हिन्द पॉकेट बुक्स

एक से बढ़कर एक शिखर महिलाएँ

संगीता अग्रवाल का जन्म 19 अगस्त, 1977 को एक राजनैतिक और व्यापारिक परिवार में हुआ। पिता श्री नानक चंद्र अग्रवाल और मां संतोष अग्रवाल ने सिद्धांतों के साथ जीवन में आगे बढ़ने की प्रेरणा दी। इनके दादा चिंरजी लाल अग्रवाल एक प्रख्यात स्वतंत्रता सेनानी के रूप में जाने जाते हैं। पिता जी, हमेशा सामाजिक कार्यों से समाज में कुरीतियों के बदलाव के लिये संर्घषरत रहे, जिनकी प्रेरणा आज तक संगीता को मिल रही है। बालविवाह विरोध और दहेज प्रथा के खिलाफ आंदोलन के कारण वे समाज के लिए प्रेरणादायी बने। आप डी.डी. न्यूज में समाचार संपादक हैं।

एक से बढ़कर एक

शिखर महिलाएँ

संगीता अग्रवाल

हिन्द पॉकेट बुक्स

यूएसए। कनाडा। यूके। आयरलैंड। ऑस्ट्रेलिया। सिंगापुर
न्यू ज़ीलैंड। भारत। दक्षिण अफ्रीका। चीन

हिन्द पॉकेट बुक्स, पेंगुइन रैंडम हाउस ग्रुप ऑफ़ कम्पनीज़ का हिस्सा है,
जिसका पता www.hindpocketbooks.com पर मिलेगा

पेंगुइन रैंडम हाउस इंडिया प्रा. लि.,
चौथी मंजिल, कैपिटल टावर -1, एम जी रोड,
गुड़गांव 122 002, हरियाणा, भारत

पेंगुइन
रैंडम हाउस
इंडिया

प्रथम हिन्दी संस्करण हिन्द पॉकेट बुक्स द्वारा 2009 में प्रकाशित
यह हिन्दी संस्करण 2019 में प्रकाशित

10 9 8 7 6 5 4 3 2

ISBN 9789353490867

मुद्रकः रेप्रो इंडिया लिमिटेड

www.penguin.co.in

पूजनीय

प्रो. मधु दण्डवते, प्रमिला दण्डवते
और
मेरी स्वर्गीय मां श्रीमती संतोष अग्रवाल
को समर्पित

महिलाएं

अबलाएं हैं शक्तिशाली आत्मिक बल में।
इसे सिद्ध कर दिया उन्होंने समर स्थल में।

–मैथिलीशरण गुप्त

नारी की सहानुभूति हार को भी जीत बना सकती है।

–प्रेमचंद

जहां नारी की प्रतिष्ठा होती है, वहां देवता बसते हैं।

–मनुस्मृति

नारी को अबला कहना उसका अपमान करना है।

–महात्मा गांधी

यदि फूल अनबोला सौंदर्य है, तो स्त्रियां बोलते हुए फूल हैं।

–रामधारी सिंह दिनकर

स्त्री झूठ नहीं है और पुरुष के लिए सच की चुनौती स्त्री के रूप में आती है।

–जैनेंद्र कुमार

स्त्री जगत की एक पवित्र स्वर्गीय ज्योति है। वह पुरुष-शक्ति के लिए जीवन सुधा है।...त्याग उसका स्वभाव, प्रदान उसका धर्म, सहनशीलता उसका व्रत और प्रेम उसका जीवन है।

–आचार्य चतुरसेन

क्रम

अमृता प्रीतम

अमृता प्रीतम! शायद ही कोई ऐसा व्यक्ति हो, जो इस नाम से परिचित नहीं होगा। पंजाबी लेखिका के नाते जितना नाम अमृता जी ने अर्जित किया है, शायद ही इस मुक़ाम पर कोई और पहुंच पाया है। उनसे मिलने जब मैं दिल्ली स्थित उनके घर पहुंची, तो पाया कि सादगी और प्रकृति से उनका कितना लगाव है। सफ़ेद रंग का घर चारों ओर से पेड-पौधों से घिरा है। घर में सज़ाई गईं ढेरों पेंटिंग्स जिन्हें इमरोज़ जी ने बनाया है। ये पेंटिंग्स घर की शोभा में चार चांद लगा देती हैं। दुख की बात यह थी कि जब मैं उनसे मिली तो लंबी बीमारी के कारण वह बोल नहीं पाती थीं, इसलिए उनके बारे में लिखने में मेरी सहायता की इमरोज जी, अलका और उनकी आत्मकथा रसीदी टिकट ने।

सन् 1919 में मां राज और पिता नंद साधु के यहां उनका जन्म हुआ था। वह अपने माता-पिता की इकलौती संतान थी। मां की असमय मौत ने उनसे मातृत्व की छाया को बचपन में ही छीन लिया था। अमृता जी के अनुसार वह कोई दस-ग्यारह बरस की थी, तब भगवान से बार-बार उन्होंने अपनी मां की ज़िन्दगी के लिए प्रार्थना की, पर मां नहीं रहीं। तभी भगवान पर से उनका विश्वास उठ गया। पिताजी जीवन से विरक्त हो गए, पर वह उनके लिए एक बहुत बड़ा बंधन थीं। कई पल ऐसे भी आते जब वह बिलख उठतीं थी। उनकी समझ में नहीं आता था कि वह उन्हें स्वीकार्य थीं या अस्वीकार्य।

अमृता जी के शब्दों में क़ाफिये-रदीफ़ का हिसाब समझाकर मेरे पिता ने चाहा था कि मैं लिखूं। लिख़ती रही–मेरा ख़्याल है कि पिता के समीप

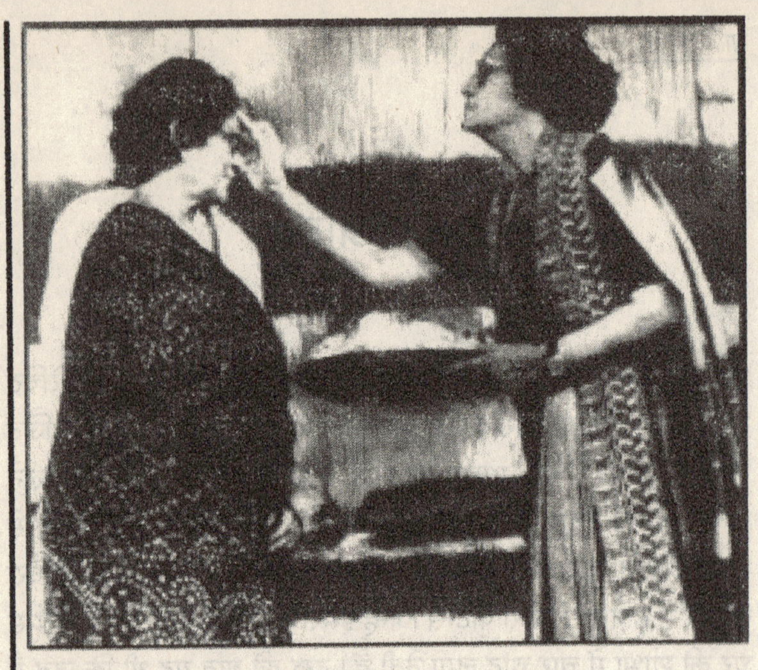

अमृता प्रीतम को टीका करती इंदिरा गांधी

होने के लिए मैंने लेखन का कार्य शुरू किया। रसोई में नानी का राज होता था। सबसे पहला विद्रोह मैंने उन्हीं के राज में किया। हुआ यूं कि नानी पिता के मुसलमान दोस्तों के लिए अलग से बर्तन रख़ती थी। मैंने ज़िद्द की कि मैं इन्हीं बर्तनों में खाना खाऊंगी और दूसरे बर्तनों में खाना खाने से इनकार कर दिया। तब नानी ने मेरी ज़िद्द पर हार मान ली, फिर न कोई बर्तन हिन्दू रहा, न मुसलमान। उस पल न नानी जानती थीं, न मैं कि बड़ी होकर ज़िन्दगी के कई बरस जिससे मैं इश्क करूंगी, वह उसी मजहब का होगा, जिस मजहब के लोगों के लिए घर के बर्तन भी अलग रख दिए जाते थे।

सोलहवें साल में 1947 के दौरान देश के विभाजन का समय भी देखा। सामाजिक, राजनीतिक और धार्मिक मूल्य कांच के बर्तनों की भांति टूट गए थे और उनकी किरचें लोगों के पैरों में बिछी हुई थीं। ज़िन्दगी का मुंह देखने की भटकन में मैंने उसी तपिश के साथ कविताएं लिखीं,

जिस तपिश के साथ कोई सोलहवें वर्ष में अपने प्रिय का मुख देखने के लिए लिखता है और इसी तरह फिर पड़ोसी देशों के आक्रमण के समय, वियतनाम की लम्बी यातना के समय, चेकोस्लोवाकिया की विवशता के समय....।

ज़िन्दगी में एक ही घटना घटी थी, ब्याह हुआ था चार साल की उम्र में, जो सगाई हुई थी, वह सोलह साल की उम्र होते-होते परवान चढ़ी। मैं चार साल की थी, जब मां ने नज़दीक के रिश्ते से लगती मेरी बुआ के बेटे से मेरी सगाई कर दी थी, फिर मां नहीं रहीं, तो पिता ने मेरे ब्याह का फ़र्ज पूरा किया 1936 में। वे बहुत अच्छे लोग थे, पर लगा, तक़दीर ने किसी बेपरवाही में मेरे ओर उन अच्छे लोगों के नसीबों पर दस्तख़त कर दिए।...छोटी-सी थी, जब से एक साये से बातें करती रहती थी, और वह शायद मेरे किसी पूर्व जन्म का साया था कि मैं उसे तलाशती रहती थी।...वे दिन देश की तक़सीम से पहले के दिन थे। मां नहीं रही थीं, बहन भाई कोई नहीं था और मेरे पिता हज़ारीबाग़ में ज़मीन लेकर एक कुटिया बसाने के लिए चले गए थे। मन की बात करने के लिए मेरा कोई नहीं था। डॉ. लतीफ़ लाहौर के एफ. सी. कॉलेज में पढ़ाते थे। वे मनोविज्ञान के माहिर कहे जाते थे, इसलिए मैं उनसे मिली थी। उन्होंने बहुत वक़्त दिया, कई दिन उनके कई सवालों के जवाब में जो था, वही कहती रही कि इस ब्याही ज़िन्दगी में मुझे कोई तक़लीफ़ नहीं। सिर्फ़ एक बात है कि मुझे अपना शरीर ज़िन्दा नहीं लगता। एक दिन उन्होंने पूछा कि मैं किसी और से मोहब्बत करती हूं? मैंने कहा, “नहीं।” यह सच था। वह भी जानते थे और मैं भी कि जहन में बसे हुए साये घर की छत नहीं बनते। इसलिए वह पूछने लगे, लेकिन घर छोड़ कर जाओगी कहां?” उसी पल से मैंने अपना संघर्ष आरंभ किया। तीन वाक्यों ने मेरे नारीत्व की पहचान मुझसे करवाई। पहला वक़्त तब देखा था, जब मेरी उम्र पच्चीस वर्ष की थीं। मेरे कोई बच्चा नहीं था और मुझे प्रायः रात को एक बच्चे का स्वप्न आया करता था। स्वप्न में वह मुझसे बात भी करता था। रोज़ एक ही बात और मुझे उसकी आवाज़ की पूरी पहचान हो गईं थी। एक ‘सिर्फ़ औरत’, जो अगर मां

नहीं बन सकती थी, तो जीना नहीं चाहती थी और जब मैंने अपनी कोख से आए बच्चे को देख लिया, तो मेरे भीतर की बेजान औरत उसे देख़ती रह गईं।

दूसरी बार ऐसा ही समय मैंने तब देखा था, जब एक दिन साहिर आया था, तो उसे हलका-सा बुख़ार चढ़ा हुआ था। उसके गले में दर्द था, सांस खिंचा-सा था। उस दिन उसके गले और छाती पर मैंने विक्स मली थीं। कितनी ही देर मलती रही थी और तब लगा था, इसी तरह पैरों पर खड़े-खड़े मैं पोरों से, उंगलियों से और हथेली से उसकी छाती को हौले-हौले मलते हुए सारी उम्र गुज़ार सकती हूं। मेरे अंदर की सिर्फ़ औरत को उस समय दुनिया के किसी काग़ज़ क़लम की आवश्यकता नहीं थी।

और तीसरी बार यह सिर्फ़ औरत मैंने तब देखी थी, जब अपने स्टूडियों में बैठे हुए इमरोज़ ने अपना पतला-सा ब्रुश अपने काग़ज़ के ऊपर से उठाकर उसे एक बार लाल रंग में डुबोया था और फिर उठ कर उस ब्रश से मेरे माथे पर बिंदी लगा दी थी।...मेरे भीतर की इस औरत या लेखक के मन पर अद्भुत प्रभाव पड़ा। उसने आप ही उसके पीछे, उसकी ओट में खड़े होना स्वीकार कर लिया था, अपने बदन को उसकी आंखों से चुराते हुए और शायद अपनी आंखों से भी और तब तक तीन बार उसने अगली जगह पर आना चाहा था। मेरे भीतर के 'सिर्फ़ लेखक' ने पीछे हटकर उसके लिए जगह ख़ाली कर दी थी।

इमरोज से मेरी मुलाकात तब हुई जब मैंने साहिर के नाम जो आख़िरी ख़त लिखा था, वह किताबी सूरत में प्रकाशत होना था, जिसके लिए किसी चित्रकार की ज़रूरत थी। सोचती थी कि उसके कुछ हिस्से चित्रित हों। दिल्ली में उन दिनों सेठी चित्रकार का नाम सुनाई देता था। सेठी ने कहा, "बम्बई से आजकल एक चित्रकार आया हुआ है। 'शमा' उर्दू की महीनेवार पत्रिका में काम करता है। उसकी कला में जो बारीकी है, वह अकथनीय है। एक दिन देवेन्द्र उस चित्रकार को ले आया, आख़िरी ख़त को चित्रित करने के लिए।

एक दिन अचानक इमरोज, उन दिनों उसका नाम इन्द्रजीत चित्रकार

था, अपने दफ़्तर से दोपहर के ख़ाली समय में मेरे पास आया। बहुत खुश। उसे बंबई के फिल्म डायरेक्टर गुरुदत्त का ख़त आया था, जिसने बुला भेजा था, उसे अपनी फ़िल्मों में काम करने के लिए। तनख़्वाह की पेशकश भी अच्छी थी, रिहाइश का बंदोबस्त भी और आर्टिस्ट खुश था। मैं खुश थी कि उसने अपनी कला की इस क़द्रदानी की बात सबसे पहले मुझे सुनानी चाही थी। वह बम्बई चला गया। मेरे ख़्याल में हमेशा के लिए, पर तीन दिन गुज़रे थे। जब बम्बई से उसका फ़ोन आया, मैं कल वापस आ जाऊंगा। यहां नौकरी का सारा सिलसिला ठीक है। गुरुदत्त मुझे अच्छा लगा है, पर मुझे लगता है, मैं यहां रह नहीं सकूंगा। मैंने पूछा, क्यों ? तो उसने सिर्फ़ इतना कहा, पता नहीं।...आने वाली ज़िन्दगी का मुझे तनिक भी अनुमान न था, न उसे, पर लगता है, तकदीर सब कुछ जानती थी ।...फिर कई बरस गुज़र गए जब मैं और इमरोज बम्बई रहते थे, वहां गुरबख्श सिंह जी मिलने के लिए आए। उस समय सारा समाज मुझसे रूठा हुआ था। इसलिए गुरबख़्श सिंह जी का आकर मेरा हाल पूछना मुझे बहुत अच्छा लगा। बम्बई वाला घर अभी ठीक-सी हालत में नहीं था। चौके में चकला तक नहीं था और मैं थाली को औंधा करके बेलन से रोटी बेल रही थीं। गुरबख़्श जी ने देखा, कहा कुछ नहीं, लेकिन बाद में किसी से कहा, अगर यह क़दम उठाना ही था, तो कोई अमीर आदमी खोजती। उस घड़ी मैंने जाना कि डॉ. लतीफ़ ने मेरी कच्ची उम्र में मेरा हाथ पकड़कर जिस राह से रोका था, उसके अर्थ सचमुच तक़दीरी अर्थ थे।

इमरोज़ जी का कहना है कि अमृता और मेरा प्रेम कितना सच्चा या कितना गहरा है, इसकी प्रामाणिकता देने की हमें कोई ज़रूरत नहीं, क्योंकि अमृता का तलाक़ भी क़ानूनी तौर पर नहीं हुआ था, जब हमने साथ रहना आरंभ कर दिया था। अमृता के पहले पति को दूसरी शादी करने के लिए तलाक चाहिए था, इसलिए उन्होंने ही तलाक़ की मांग की। मेरे परिवारजन मेरे और अमृता के संबंध से खुश नहीं थे। इसकी ख़बर उन्हें अख़बारों के माध्यम से मिली, क्योंकि हमारे संबंधों को अख़बारों में खूब उछाला गया, पर परिवार वाले जानते थे कि मैं अपने निर्णय नहीं

बदलता, न ही किसी की दखलंदाजी बरदाश्त करता हूं। इस कारण उनका विरोध भी अपने फ़ैसले से मुझे हटा नहीं सका। हम दोनों एक-दूसरे के जज़्बातों और विचारों के साथ-साथ एक-दूसरे की मौज़ूदगी को भी पसन्द करते थे। अगर आप सही हैं, तो दुनिया भी कब तक आपका विरोध कर पाएगी? केवल शादी और रीति-रिवाज से सब ठीक हो जाता, तो तलाक़ जैसा शब्द ही न होता।

अमृता जी ने दो घटनाओं के ज़िक्र में इमरोज़ और अपने संबंध पर रोशनी डाली है। अमृता जी के शब्दों में, मुझे मेरे मन ने बहुत मुश्किल में डाल दिया था। जब मैं राज्यसभा में थी, तो प्रेज़ीडेंट के या प्राइम मिनिस्टर के डिनर में इमरोज़ का बाहर दो घण्टे गाड़ी में बैठना मुझे बड़ा नागवार गुज़रता था, पर वह उसी तरह हंस कर कहता, तू मेरी रोटी । गाड़ी में रख दे। मैं आराम से बाहर रोटी खाऊंगा और रजनीश पढूंगा।...

एक बार पाकिस्तान से इमरोज़ के किसी बहुत पुराने दोस्त का ख़त आया, मोह में भीगा हुआ। इमरोज़ ने जवाब लिखा, तो यह भी लिखा कि अपने आस-पास के अच्छे लोगों को मेरा सलाम कहना। कुछ दिनों बाद उसका जवाबी ख़त आया कि दोस्त, तेरा ख़त पढ़कर मैं आज सारा शहर घूमता रहा, पर मुझे एक भी वह इंसान नहीं मिला, जिसे मैं तेरा सलाम कहता।...और जब मेरा अपने पति से तलाक़ का मामला कोर्ट में चल रहा था, तब इमरोज़ से कहा था कि आज फिर तारीख़ पड़ी है। अदालत जाना होगा, सारा दिन वहां बैठना होगा, तो इमरोज़ कहता है, "गाड़ी में रोटी और चाय रख लेते हैं, जब अदालत का लंच टाइम होगा, हम बाहर खुली जगह में किसी पेड़ के नीचे बैठकर पिकनिक करेंगे।"

अमृता जी का बेटा नवराज जहां एक ओर अपनी मां के व्यक्तित्व और लेखनी का प्रशंसक है, वहीं इमरोज़ जी या साहिर जैसे किसी व्यक्ति का नाम अपनी मां के साथ जोड़े जाने पर उसके दुख या यूं कहें नाराज़गी के भाव चेहरे पर स्पष्ट दिखाई देते हैं। अमता जी ने 'रसीदी टिकट' में दो बार नवराज के साथ अपने रिश्तों पर लिखा है। एक दिन नवराज ने भी पूछा, उसकी उम्र तब कोई तेरह बरस की थी, "ममा, एक बात पूछूं,

सच-सच बताओगी?" हां।..."क्या मैं साहिर अंकल का बेटा हूं?" "नहीं।".. पर अगर हूं, तो बता दो। मुझे साहिर अंकल अच्छे लगते हैं?" हां, बेटे, मुझे भी अच्छे लगते हैं, पर अगर यह सच होता, तो मैंने तुम्हें ज़रूर बता दिया होता?" सच का अपना एक बल होता है, सो मेरे बच्चे को यक़ीन आ गया। जब नवराज होस्टल में रहकर पढ़ाई करता था, तब एक दिन उसने कहा, "ममा, आपने अपनी ज़िन्दगी को नया मोड़ दिया, पर क्या आप जानती हैं, हम दोनों बच्चों ने इसके लिए कितना मैंटली सफ़र किया है?" घर टूटता है तो मासूम बच्चे टूटते घर के कंकरों को किस तरह अपने शरीर पर झेलते हैं, इसकी पीड़ा मेरे मन में थी। मैंने कहा, "जैसे ग़रीब मां के घर जन्मे बच्चे को मां की ग़रीबी भुगतनी पड़ती है, उसी तरह मन की पीड़ा में से गुज़रती हुई मां के घर जन्मे बच्चों को उसकी पीड़ा भी भुगतनी पड़ती है। मां के नैन-नक्शों की तरह।"...जानती हूं, इस पीड़ा को मेरे बच्चों ने भुगता है, पर मेरी लड़की कन्दला, जो आज पंजाबी अकादमी दिल्ली में लाइब्रेरियन हैं, ने सारे समय की लम्बाई में कभी भी मेरे साथ हमदर्दी नहीं खोई, पर पुत्र ने कुछ समय के लिए ज़रूर खो दी थी, बचपन से लेकर जवान होने तक के समय में। यह शायद एक के लड़का और एक के लड़की होने का अंतर था।

वहीं बहू अलका अमृता जी की तारीफ़ करती नहीं थकती। उन्होंने बताया कि नवराज जी से मेरा प्रेम विवाह था, जो बिना दहेज के अमृता जी की रज़ामंदी से हुआ। अमृता जी ने कभी मुझसे सास-बहू वाला रिश्ता नहीं बनाया, बल्कि हमारा रिश्ता तो मां-बेटी का है। इससे जुड़ा एक वाक़या अब तक याद है मुझे। जब हमारी नई-नई शादी हुई थी। मेरी मां जब हमारे घर आती, तो बेटी के घर का पानी तक पीना उन्हें गंवारा नहीं था। यह व्यवहार अमृता जी को पसन्द नहीं था। इस रस्म के विरोध में उनका कहना था कि अब अलका हमारी बेटी है, इसलिये अब आप हमारे मेहमान हैं, तो आपको हमारे यहां बेझिझक सब खाना-पीना पड़ेगा। उनके इस प्यार भरे व्यवहार को मेरी मां भी नकार न सकी। अमृता जी और मेरा मां-बेटी का रिश्ता ज्यों-का-त्यों हमेशा कायम रहा।

अपने राज्यसभा में मनोनीत होने के समय की बात का ज़िक्र करते मा

हुए अमृता जी ने बताया कि पंजाब के दस साला स्याह दौर को सामने रखकर जब मैंने 1980 से 1990 तक की चौबीस कहानीकारों की अच्छी कहानियां लेकर एक किताब का संपादन किया तो किताब का नाम दिया 'एक उदास किताब'। इस पुस्तक को रिलीज़ ज्ञानी ज़ैलसिंह जी के हाथों करवाया था। उस वक़्त ज़ैलसिंह जी ने अपनी तक़रीर में मेरी तरफ़ देख़ते हुए यह भी कहा था, "देखिए, इस लड़की को मैं राज्यसभा में लाया था और यह आज तक मेरा शुक्रिया अदा करने के लिए नहीं आई, जबकि इंदिरा गांधी का शुक्रिया अदा करने चली गईं। मैंने सुना और हंस दी। कुछ नहीं कहा। देखा कि ज़ैलसिंह जी को साल-संवत कुछ याद ही नहीं रहते, जबकि यह वाक़या इंदिरा जी की ज़िन्दगी के समय का नहीं था। इंदिरा जी से दो वर्ष बाद का था। और यह भी कि मेरे नामज़द किए जाने का चुनाव राजीव गांधी ने किया था, ज़ैल सिंह जी ने नहीं। यह भी जानती थी कि ज़ैलसिंह जी मेरी जगह किसी और को नामज़द कराना चाहते थे, लेकिन राजीव गांधी के चुनाव पर उन्हें दस्तख़त करने पड़े थे।

अपनी कृतियों के कारण जहां अमृता जी ने एक ओर नाम कमाया, वहीं 'एक शहर की मौत कहानी, और 'नौ सपने' कविता, जो गुरुनानक साहब की मां के गर्भवती होने के अनुभवों पर आधारित थी, इन दो कृतियों का समाज के साथ-साथ सरकारी संगठनों ने भी विरोध किया। इसके बावजूद उनकी क़लम की ताक़त इतनी थी कि 1957 में 'सुनैहड़े' नामक कविता संग्रह पर उन्हें साहित्य अकादमी की तरफ़ से सम्मानित किया गया। 1969 में राष्ट्रपति द्वारा पद्मश्री और 1982 में भारतीय ज्ञानपीठ सम्मान मिला। इन्होंने विभिन्न देशों में जाकर अपने विचारों को रखा और दोस्ती तथा मोहब्बत का पैग़ाम दिया। इनमें सोवियत संघ, बुलगारिया, नेपाल, यूगोस्लाविया, फ्रांस, चेकोस्लोवाकिया, हंगरी, मारिशस, इंग्लैंड, जर्मनी, रोमानिया प्रमुख हैं। उनकी प्रमुख कहानियों में से कई पर टी. वी. सीरियलों और फिल्मों का निर्माण हो चुका है, जिसमें 'पिंजर' और 'डाकू' फिल्में, 'कशमकश' टी.वी. सीरियल शामिल हैं। अपनी कृतियों में उन्होंने दो आत्मकथाएं

'रसीदी टिकट' और 'हुजरे दी मिट्टी' की रचना की। उनकी रचनाओं में उपन्यास और कविता-संग्रहों के अलावा संस्मृतियां और निबंध भी हैं। अमृता प्रीतम ऐसी लेखिका हैं, जिनकी कृतियों का अनुवाद विश्व की चौंतीस भाषाओं में हुआ और अनेक भारतीय भाषाओं में भी अनूदित हुई।

बेबाक ज़िंदगी जीने वाली अमृता जी ओशो से प्रभावित रही। इसीलिए वह महिलाओं को सिर्फ़ इतना ही कहती रहीं, No Destiny is Responsible, you have to create yourself. Be Your own effect. The total responsibility is yours.

अब अमृता प्रीतम हमारे बीच नहीं हैं। वह 2005 के अन्त में अपनी यादें छोड़कर विदा हो गईं।

अरुंधति राय

अरुंधति राय उन महिलाओं का प्रतिनिधित्व करती हैं, जो समाज में अपने कार्यों के कारण सदैव विशिष्ट होती हैं। अरुंधती राय को मिलकर इस कथन पर विश्वास अधिक अड़िग हो जाता है कि आपके ज्ञान का प्रकाश, सच्चाई, निष्पक्षता और सटीकता के गुणों से मिश्रित होने पर ही समाज को नई चेतना देने का काम करता है।

अरुंधती जी बताती हैं कि मेरा जन्म वर्ष 1961 में केरल में हुआ। मेरी मां केरल निवासी हैं और ईसाई धर्म से संबंधित हैं। पिता बंगाल के हिन्दू हैं। शायद मेरे माता-पिता का दो अलग धर्मों से होना ही मुझे अपने जीवन में धर्मनिरपेक्षता की भावना को आत्मसात करना सिखा पाया। बदकिस्मती से वैचारिक मतभेदों के चलते मेरे माता-पिता का विवाह असफल रहा। मैंने अपना बचपन अपनी मां के साथ आमन्यम् में व्यतीत किया। इस मानसिक दबाव के समय मैंने शायद संघर्ष-पूर्वक लिखना आंरभ किया। मेरी मां सामाजिक बदलाव करने के लिए एक समाज-सुधारक के नाते अपना एक निजी स्कूल भी चला रही थी। यह स्कूल समाज में अपने विचारों को व्यक्त करने में अहम भूमिका निभाता था। इसी स्कूल में मैंने भी अपनी स्कूली शिक्षा शुरू की। अपनी मां से विचार और स्कूल के स्वस्थ वातावरण ने मुझे अपनी सोच के साथ स्वतंलता, बौद्धिकता का निर्माण करने में महत्त्वपूर्ण भूमिका निभाई।

फिर 'जोन सिमनस' (Jon Simmons) के प्रोत्साहन पर 'अरुंधती राय वेब' का निर्माण कर मैंने लेखन क्षेत्र में शुरुआत की। मेरा लेखन मेरी अंतर्रात्मा की आवाज़ है। जब मैं लिखने बैठती हूं तो वाक्यों की पुनरावृत्ति

अरुंधति राय

मुझे पसंद नहीं, क्योंकि जो मैं सोचती हूं वही लिखती हूं। हम जीवन के लिए सांस लेते हैं, बिना श्वास जीवन संभव नहीं, हम श्वास गिनकर नहीं लेते उसी तरह मेरा लेखन, मेरे विचारों की स्वतंत्रता, मेरा अनुभव, मेरे जज़्बात हैं। मेरा बचपन और जीवन के महत्त्वपूर्ण शुरुआती दिन केरल में बीते। केरल जैसे क्षेत्र की छाप आज भी मेरे मन पर है। केरल जहां ईसाई, हिन्दू, इस्लामिक और मार्क्स विचारधारा को मानने वाले लोग अलग-अलग विचारधाराओं से जुड़े होने के बावजूद सौहार्दतापूर्ण रहते हैं। केरल अपनी सांस्कृतिक विभिन्नता में एकता की मिसाल है। बचपन में झीलों से मछलियां निकालना मुझे आज भी रोमांचित कर देता है। मुझे लगता है कि शहरों में पैदा होने वाले बच्चे बड़ी-बड़ी इमारतों और शहरी चकाचौंध में ही फंस कर रह जाते हैं। प्राकृतिक सुख-शांति, सुंदरता ज़मीन के खूबसूरत रंगों से महरूम रह जाते हैं। इस प्राकृतिक सुंदरता का लुत्फ़ मैंने खूब उठाया।

अपनी 16 वर्ष की आयु में मैं केरल के अपने घर से 'दिल्ली स्कूल ऑफ आर्किटेक्चर' में पढ़ने आ गईं। अपनी पढ़ाई के दौरान भी मैंने अपना लेखन नहीं छोड़ा, बल्कि इन दो अलग कार्य क्षेत्रों ने मेरी बौद्धिकता बढ़ाने में सहायता की। अपने सैलून [Salon] साक्षात्कार के दौरान मैंने यह विचार व्यक्त किया कि किस प्रकार लिटरेचर का प्रयोग बिल्डिंग बनाने में किया जा सकता है। हम बिल्डिंग को कैसे एक ईंट-गारे की इमारत की बजाय लोगों की भावनाओं के अनुरूप ढाल सकते हैं। जिस तरह लेखन में शब्द, विराम-चिह्न और पैराग्राफ़ का प्रयोग होता है, उसी तरह मुझे लगता है। कि आर्कटेक्चर में ग्राफिक डिजाइन का प्रयोग होता है। मैंने टी. वी. नाटकों के लिए लेखन कार्य भी किया था, जो धन के अभाव के

चलते प्रसारित न हो सका। मैंने दो स्क्रीन प्ले के लिए भी लेखन कार्य किया, जो ज़्यादा कामयाबी नहीं बटोर सके। 'बैंडिट- क्वीन' जैसी फिल्म, जिसमें महिला उत्पीड़न को दिखाया गया है। इस फिल्म के बारे में चले विषाद के स्वर के समय में मैंने इस फिल्म के विषय और सोच का समर्थन किया। कुछ समय पश्चात् मैंने 'गॉड ऑफ स्मॉल थिंग्स' पर काम करना शुरू कर दिया, वर्ष 1977 के अप्रैल माह में मेरी यह किताब प्रकाशित हो गईं। मेरी किताब को प्रकाशित होने के 6 माह की अल्पावधि में ही इतनी प्रसिद्धि मिली कि मुझे पहली भारतीय महिला 'बुकर' पुरस्कार विजेता होने का गौरव अंतर्राष्ट्रीय स्तर पर प्राप्त हुआ। मैं अपना लेखन इंग्लिश भाषा में करती हूं, क्योंकि मेरा मानना है कि अंग्रेज़ी जन-संपर्क की महत्त्वपूर्ण भाषा है। इंग्लैंड के बाद शायद सबसे ज़्यादा जनसंपर्क भाषा के रूप में अंग्रेज़ी भारत में प्रयोग की जाती है। मुझे लगता है कि व्यावसायिक दृष्टि से भी अंग्रेज़ी भाषा ज़्यादा उपयोगी है, क्योंकि एक अच्छी नौकरी प्राप्त करने से लेकर विश्वविद्यालय में दाख़िल प्राप्ति तक यह भाषा महत्त्वपूर्ण है। सभी बड़े अख़बार अंग्रेज़ी भाषा में प्रकाशित होते हैं। इसलिए अंग्रेज़ी भाषा में लेखन मेरे लिए अपनी व्यक्तिगत पसंद का प्रश्न है, जिसमें आप सरलता से अपने विचारों की अभिव्यक्ति कर सकें।"

अपनी इस किताब से जहां एक ओर अरुंधति को प्रसिद्धि मिली, वहीं दूसरी ओर उन्हें कई विरोधी स्वरों का सामना भी करना पड़ा। एक साम्यवादी चरित्र को अपनी किताब में चित्रित करने के कारण उन पर इस चरित्र को गैर साम्यवादी चित्रित करने का आरोप लगाया गया। केरल के पूर्व मुख्यमंत्री का तो यहां तक कहना था कि अरुंधति ने साम्यवाद को तोड़-मरोड़कर पेश किया है, जिस वजह से यह किताब अंतर्राष्ट्रीय स्तर पर प्रसिद्ध रही। अरुंधति पर अश्लील लेखन का आरोप भी लगा, उनसे अपनी किताब के अंतिम अध्याय को हटाने पर दबाव डाला गया, इस अध्याय में उन्होंने स्त्रियों के शारीरिक शोषण के खिलाफ निडर होकर बहुत स्पष्ट ढंग से लिखा है। अरुंधति जी का कहना है कि आज़ादी के 60 वर्षों बाद भी यदि गांधी जी द्वारा हरिजन (भगवान के बच्चे) मुहिम के बाद भी हिन्दू जाति-प्रथा विद्यमान है, तो यह आज भी एक गंभीरविषय है।

भारत की सामाजिक-राजनैतिक समस्याओं व चुनौतियों पर भीअरुंधति ने अपना लेखन आरंभ किया। परमाणु शक्ति के प्रयोग के खिलाफ़ उन्होंने सितम्बर 1998 में अपने लेख 'द एण्ड ऑफ ईमेजिनेशन' में जमकर लिखा। अगर परमाणु हथियारों का प्रयोग किया गया, तो यह न केवल भारत अपितु विश्व मानव जाति के लिए भी हानिकारक है। भारत में उस समय हुए परमाणु शक्ति परीक्षण के खिलाफ उनका यह लेख था। अरुंधति जी ने अपनी पुस्तक 'दी गॉड ऑफ स्माल थिंग्स' में दलित उत्पीड़न पर खुलकर लिखा, इसे प्रोत्साहित करने के लिए उन्होंने इसे 'मलयालम्' में अनुवादित भी करवाया, जिससे यह ज़्यादा-से-ज़्यादा जन-सामान्य तक पहुंच सके। ऐसा करने से उन्हें लगता है कि दलित लेखन और दलित लेखकों की कहानियों, विचारों को विश्व स्तर पर पहचान मिलेगी।

अरुंधति ने नर्मदा बांध परियोजना में भी अपना सक्रिय योगदान अपने लेख 'द ग्रेटर कॉमन गॉड' द्वारा सैकड़ों विस्थापितों की समस्याओं को उजागर करने का प्रयास किया है। वर्ष 2000 में नर्मदा घाट बचाओं आंदोलन के तहत उन्होंने नर्मदा घाटी पर बनाए जा रहे बांधों के खिलाफ अपने विरोध को जताते हुए गिरफ़्तारी भी दी। अरुंधति अपनी राजनैतिक विचारधारा के तहत अमेरिकी साम्राज्यवाद का खुलकर विरोध करती हैं। अपने 'सात पर्दे के भीतर उन्होंने सरकारी नीतियों और राजनैतिक भ्रष्टाचार पर खुलकर प्रहार करते हुए लिखा है कि–"ऐसा विकट समय है जब अवसरवाद की तूती बोल रही है, तब आशा दम तोड़ती लग रही है, जब हरेक काम व्यावसायिक सौदेबाजी हो गया है, ऐसे समय में भी हमें सपने देखने की हिम्मत जुटानी होगी।" और "इन चुनाव में जब हम वोट डालेंगे, तब सिर्फ़ यह चुनेंगे कि राज्य की उत्पीड़नकारी, दमनकारी शक्तियां किस राजनीतिक पार्टी के पास होंगी?"

अरुंधति की व्यक्तिगत पसंद, जिसमें वह अपने को तरोताज़ा महसूस करती हैं, बावजूद इतनी व्यस्तता के नदी के किनारे पढ़ना अच्छा लगता था। उनका मानना है कि पर्यावरण सुरक्षा और साहित्य अध्ययन द्वारा साहित्य प्रोत्साहन से ही हम ज्ञान का विस्तार कर देश की प्रगति में विशेष योगदान दे सकते हैं।

अर्पणा कौर

अर्पणा कौर एक ऐसी चित्रकार हैं, जो रंगों द्वारा कैनवास पर अपने विचारों को चित्रित करती हैं। मैं जब उनसे मिली, तो एक ऐसी चित्रकार से मेरा परिचय हुआ, जो विचारों को केवल नारी शोषण और घुटन तक ही सीमित न रखकर हर क्षेत्र में व्याप्त सामाजिक विसंगतियों को अपने रंगों द्वारा कैनवस पर उतारती है। वह सामाजिक कार्य करती हैं, पर अपने को समाजसेवी नहीं कहलवाती। समाज के प्रति उनका कार्य करने का ढंग 'कर्ण' जैसा है, जिसमें आप अगर दाएं हाथ से दान करते हों, तो बाएं हाथ को पता न चले। उनके ज्ञान, साहस, लगन से मिलकर जो रंग उभरता है, उसने उनका निर्माण किया।

अर्पणा जी का जन्म 4 सितम्बर, 1954 में मां अजीत कौर और पिता राजेंद्र सिंह के घर में हुआ। उनकी एक बहन थी, जिसका बचपन में ही देहांत हो गया और पिता भी जल्दी ही दुनिया को अलविदा कह गए। वह बचपन में बहुत शर्मीली थीं। निःसंकोच वह सच्चाई के साथ अपनी ज़िंदगी से रू-ब-रू करवाती हैं –

मैं पेंटिंग तो तीन साल की उम्र से कर रही हूं, पर मुझमें इतनी हिम्मत या आत्मविश्वास नहीं था कि एक दिन मैं बड़ी पेंटर बनूंगी। मेरी मां लेखिका हैं और वो पहले अध्यापिका भी रह चुकी हैं। इस कारण हमारे घर में पढ़ाई और सादगी का वातावरण बना रहा। मैं सोचती थी कि मां की तरह अध्यापिका बनूंगी और साथ-साथ पेंटिंग भी करती रहूंगी। बचपन से ही मां संघर्ष कर रही हैं। उनके संघर्ष ने मुझे भी स्वावलम्बी बनने की ओर अग्रसर किया। अपनी स्कूली पढ़ाई मैंने तीन विद्यालयों

से की, जिसमें लेडी इरविन स्कूल प्रमुख हैं। जब मैं लेडी श्रीराम कॉलेज में लिटरेचर की पढ़ाई कर रही थी, उन दिनों एम. एफ. हुसैन जी ने वर्ष 1974 में अख़बारों में विज्ञापन दिया कि वह नए उभरते चित्रकारों को तलाश रहे हैं। मुझमें अपने काम के प्रति विश्वास तो था ही नहीं, इसलिए डरते-डरते मैंने अपनी तीन पेंटिंग बनाकर उनको भेजी। मैं हमेशा से अपनी पेंटिंग बड़े आकार में बनाती हूं। उन दिनों रंग और कैनवास बहुत महंगे होते थे। दिल्ली में तब दो गैलरी थीं, अब ढेरों हैं। तब दो-चार ख़रीदार होते थे। आज कई हज़ार हैं। अब पत्रकार भी कलाकारों के काम को तवज्जो देते हैं। मैंने पहले कभी सोचा ही नहीं था कि कलाकारों को भी आरामदायक और सूकुन भरी ज़िंदगी नसीब होगी।

अपनी माँ के साथ अर्पणा कौर

19 साल की कम उम्र में ही चित्रकारों की दुनिया में अपना लोहा मनवाने वाली अर्पणा जी अपनी पेंटिंग्स को ही अपना जीवन बताती हैं। वर्ष 1974 में उन्होंने पहली बार अपनी पेंटिंग्स की प्रदर्शनी लगाई। वर्ष 1982 में उनकी 'जगलर' शीर्षक पेंटिंग को राष्ट्रीय संग्रहालय में सुशोभित किया गया। इसमें समाज का औरत के प्रति शोषण दर्शाया

गया है। एक औरत अकेली बैठी है और समाज व अन्य महिलाओं ने उससे पीठ मोड़ ली है। उस औरत के साथ हुए अन्याय के प्रति आवाज़ उठाने वाला कोई नहीं है। 'वूमन इन इंटीरियर्स शीर्षक' पेंटिंग में कमरों के अंदर घुटन भरी महिलाओं की ज़िंदगी को उन्होंने चित्रित किया। स्त्री की तुलना में पुरुष अपनी स्वच्छंद ज़िंदगी जी रहा है। पेंटिंग में उन्होंने एक पुरुष को पतंग उड़ाते हुए दिखाया। बड़े शहरों की ज़िंदगी को दर्शाने के लिए जो पेंटिंग बनाई, उसमें 'मेल फिगर' का प्रयोग किया।

वर्ष 1979 में अर्पणा जी ने मेल सर्वेंट सीरिज़ शीर्षक पेंटिंग में अमीर और ग़रीब के फ़ासले को दिखाते हुए सामाजिक विषमता की ओर ध्यान आकर्षित करवाया। अमीरी का प्रतीक पेंटिंग में छतरी को दिखाया, यानी एक महिला जो छतरी पकड़े खड़ी है, अमीरी का प्रतीक है। बाक़ी सब महिलाएं खुले आसमान में बिना छतरी के खड़ी हैं, जो ग़रीबी का प्रतीक हैं। उनकी यह सीरीज इतनी पसंद की गईं कि 'लोट्स' पत्रिका में आठ पेंटिंग्स को प्रयोग किया गया।

इसी वर्ष उन्होंने बहुचर्चित 'माया त्यागी' काण्ड पर भी पेंटिंग बनाई। इसका शीर्षक 'कानून के संरक्षक' रखा। इसमें तीन बॉक्स बनाकर दर्शाया कि पुलिस जो रक्षक है, वह भक्षक बन गईं है। तीन पुलिस वाले और एक नग्न महिला है, औरत का लिबास ही झंडा बन गया है। यह पहली पेंटिंग एम. एफ. हुसैन जी ने ख़रीदी थी। बैंगलोर के संग्रहालय में यह पेंटिंग आज भी मौज़ूद है।

भारत में वर्ष 1984 में सिक्खों का नर-संहार हुआ। इसकी निर्ममता और वीभत्सता ने अर्पणा जी को अंदर तक झकझोर कर रख दिया। 84 के दंगों पर उन्होंने पूरी सीरिज की रचना की। इसमें मेल, फीमेल दोनों फ़िगर प्रयोग किए। पानी में डूबते हुए आदमी को सब देख रहे हैं, पर सबने पीठ मोड़ ली है। एक आदमी बैठा है, एक बांसुरी बजा रहा है। सब अपने कामों में व्यस्त हैं। उसकी जान बचाने की ओर किसी का ध्यान नहीं है। यह पेंटिंग सीरीज़ दिल्ली, मुम्बई और कलकत्ता में प्रदर्शित की गईं। वर्ष 1985 में 'दुनिया चलती रहती है' शीर्षक से अर्पणा जी ने प्रकृति के

निरंतर प्रवाह को दर्शाया है। यह सीरीज़ लोगों ने काफ़ी सराही। इसका प्रदर्शन भी दिल्ली, मुम्बई और कलकत्ता में किया गया। इसी सीरीज की एक अन्य पेंटिंग में दर्शाया गया कि एक घर को आग लगी हुई है। एक आर्टिस्ट अपनी कला व संगीत की ठंडक सहनशीलता की वर्षा से उस आग को ठंडा कर रहा है। इस पेंटिंग के लिए उन्हें अन्तर्राष्ट्रीय स्वर्ण पदक से सम्मानित किया गया।

वर्ष 1987 में अर्पणा जी वृन्दावन के मथुरा संग्रहालय में गईं। वहां दूसरी शताब्दी की विश्वस्तरीय पेंटिंग का संग्रह है। यहां आकर उन्होंने नए विषयों का अध्ययन किया। उस समय विधवाओं पर कुछ ख़ास नहीं लिखा जा रहा था। वृंदावन में उन्होंने विधवाओं को कठोरतम ज़िंदगी जीने की प्रक्रिया के तहत उनके साथ शोषण होते हुए देखा। उनकी कठोर ज़िंदगी को उन्होंने 'विडोवज़इन वृंदावन' शीर्षक में चित्रित किया। अर्पणा जी ने अपनी इस सीरीज में महसूस करवाने की कोशिश की कि जब ये विधवाएं युवाकाल में थीं, तब इनकी ज़िंदगी और सुंदरता कैसी रही होगी? इस विचार को उन्होंने टाइम्स सीरीज़ शीर्षक द्वारा चित्रित किया। समय जो 'काल' कहलाता है। इस विषय पर वह आज तक काम कर रही हैं।

'टाइम्स सीरीज़' में उन्होंने मेल, फिमेल दोनों फ़िगर्स को प्रयोग किया है। यह दर्शाने की कोशिश भी की है कि हम अपने को कितना भी वैज्ञानिक बना लें, पर मौत पर हमारा काबू नहीं है। हमें भी पेड़ के पत्ते की तरह झड़ जाना है, क्योंकि प्रकृति का नियम मृत्यु ही है। टाइम्स सीरीज़ के अंतर्गत 'डे एण्ड नाइट' शीर्षक अंतिम पेंटिंग में गिरा हुआ प्राप्त समय का प्रतीक है। 'टाइम' को दर्शाने के लिए एक औरत कढ़ाई कर रही है और कैंची उसे काट रही है। कैंची 'काल' या समय का प्रतीक है। सर्वप्रथम विश्व में कैंची, प्लग और ट्रेफ़िक लाइट का प्रयोग पेंटिंग में अर्पणा जी ने ही किया है। प्रकृति अपना कार्य बनाने में करती है। और कैंची यानी समय उसे काटने को तैयार है।

जीवन-मृत्यु के इस रहस्य को दर्शाने के लिए 'कबीर' पर पूरी श्रृंखला भी बनाई। वर्ष 1993 को रवींद्र भवन में इसे प्रदर्शित किया गया। इसका

शीर्षक था 'बॉडी जस्ट ए गार्मेंट' यानी 'शरीर एक वस्त्र' है। इस श्रृंखला की पेंटिंग्स में अर्पणा जी ने कबीर को पानी बुनते दिखाया है। कबीर जो एक आम जुलाहे थे। कैसे आज वह इतने वर्षों बाद भी अपनी विचारधारा से जीवित हैं? इस श्रृंखला में कबीर की संत वाणी को, जो 'डाउन टू अर्थ' है अच्छी तरह दर्शाया है।

अर्पणा जी ने बुद्ध के जीवन-दर्शन को भी अपनी पेंटिंग में चित्रित किया है। ज्ञान द्वारा एक आम व्यक्ति से वह महात्मा बुद्ध बन गए। उनके सफर को इस तरह दर्शाया, जैसे कल्पवृक्ष, जिसके सारे पत्ते गिर रहे हैं और सारे पक्षी उस पेड़ से उड़ रहे हैं। यह मृत्यु का प्रतीक है। बुद्ध का सम्पर्क भगवान से करवाने के लिए 'प्लग' का इस्तेमाल किया। 'प्लग' संपर्क का प्रतीक है। 'न्यूयार्क टाइम्स' ने भी इस श्रृंखला की पेंटिंग्स को छापा।

इसी श्रृंखला की एक पेंटिंग में अर्पणा जी ने दर्शाया है कि एक आदमी लेटा हुआ है, पेड़ हैं और 'प्लग' आ रहा है। कल्पवृक्ष में उल्टा पेड़ लिटाया है, जो कथोपनिषद् में वर्णित है। यह पेड़ समुद्र से निकले चौदह रत्नों में से एक है। उलटे पेड़ों का प्रयोग पेंटिंग में सर्वप्रथम अर्पणा जी ने ही किया। उलटे पेड़ का अर्थ है। ('ट्री ऑफ़ डिज़ायर' 'ट्री ऑफ ड्रीम) पेंटिंग के अंतर्गत कई डिब्बे बने हैं और उन डिब्बों या घरों में से बूढ़े लोग कल्पवृक्ष को ताक रहे हैं।

वर्ष 2003 में 'नानक' शृंखला प्रदर्शित हुई। इसमें गुरुनानक की धर्मनिरपेक्षता का विज्ञान है। उनके अलग-अलग नाम पीर नानक, बाबा नानक, नामा नानक उनकी धर्मनिरपेक्षता का ही प्रतिपादन है। नानक के पिता जब उन्हें जनेऊ संस्कार के लिए लेकर गए तो नानक ने इसके विरोध में कहा, 'यह मेरा, यह तेरा' की सोच जनेऊ उत्पन्न करता है। इस पेंटिंग में नानक को कैंची से जनेऊ काटते हुए दिखाया गया है।

जब नानक मक्का गए, तो उन्होंने अपने पैर मक्के की तरफ कर दिए। लोगों ने उन्हें पागल कहते हुए विरोध किया कि तू खुदा की तरफ़ पैर करता है। इस पर नानक बोले, मेरे पैर उधर कर दो, जहां तुम्हारा खुदा

नहीं है। लोगों ने जिधर नानक के पैर किए उधर ही मक्का का दर्शन किया। इस पेंटिंग का शीर्षक 'खेद' है।

नानक सीरीज़ में ही अर्पणा जी ने दर्शया है कि नानक के पास अमीर और ग़रीब दोनों अपनी रोटियां उन्हें देने आते हैं। वह दोनों रोटियां निचोड़ते हैं। ग़रीब की रोटी निचोड़ने पर दूध और अमीर की रोटी निचोड़ने पर लहू निकलता है। नानक, कबीर, बुद्ध, को उन्होंने समाज-सुधार के रूप में प्रदर्शित किया है कि किस तरह वह एक आम आदमी से अपने विचारों और कार्यों के बल पर भगवान के समीप हो गए?

वर्ष 1997 में 'नए और पुराने' के मिश्रण को चित्रित करने के लिए अर्पणा जी ने मॉडर्न आर्टिस्ट होते हुए 'गोदना' कलाकारों के साथ मिलकर पूरी सीरीज़ बनाई। गोदना कलाकारों में सत्यनारयण पाण्डे प्रमुख हैं। 'किस्सा कुर्सी का' नामक शीर्षक पेंटिंग में लकड़ी की कुर्सी के लिए राजनीति में अपराधीकरण को दिखाया। जो पेड़ अर्पणा जी ने 'गोदना कलाकारों' के साथ मिलकर बनवाए उन पर हथियारों को लटके दिखाया। इसका मतलब हुआ कि हम प्रकृति का विनाश करने के लिए हथियार बना रहे हैं इस पेंटिंग का शीर्षक 'द सेम वुड' रखा। 'सो मेनी आवर्स आर' पेंटिंग में दो विपरीत वस्तुओं और विचारों को दर्शाते हुए गांव और शहर के बीच के फ़ासले का विचार रखा। आज चारों तरफ कारें ही कारें नज़र आती हैं, घोड़े की सवारी या तांगे न के बराबर हैं। यह देश-विदेश में भी प्रदर्शित की गईं। प्रदर्शनी के प्रमुख शहरों के नाम दिल्ली, मुम्बई, न्यूयार्क, बर्लिन शामिल हैं।

वर्ष 1991 में अर्पणा जी को जापान के हिरोशिमा के माडर्न आर्ट के संग्रहालय से चिट्ठी आई। उन्हें यही पता नहीं था कि अर्पणा कोई स्त्री कलाकार है या पुरुष। वहां के मेयर ने भी चिट्ठी लिखी उनका कहना था कि हम हिरोशिमा की चौसठवीं वर्षगांठ पर विश्व-भर से कलाकारों को पेंटिंग के लिए आमंत्रित कर रहे हैं। उन्हें हम एक पेंटिंग के लिए एक लाख रुपए देंगे। अर्पणा जी को छोड़कर बाकी सभी कलाकार पुरुष थे। उन्होंने अपनी 12x6 फ़ीट की वाटर कलर से हिरोशिमा पर बनी पेंटिंग भेजी, जो उन्हें बहुत पसंद आई। इसका शीर्षक 'व्हे एंड अल द फ़्लायर गोन' रखा था।

जब जापान में प्रदर्शनी की गईं तब वह वहां गईं थी। तब जापानियों को मालूम हुआ कि वह एक महिला कलाकार है। उनका व्यवहार उनके प्रति बहुत सम्मानजनक था। किसी जापानी संग्रहालय में एक ही भारतीय पेंटिंग है, जो उन्होंने बनाई है। यह सम्मान उनकी ज़िंदगी का सबसे ख़ुशी का दिन बन गया।

वर्ष 2000 में अर्पणा जी ने 'सोनी-महिवाल' सीरीज़ बनाई इस प्रदर्शनी की दो अलग-अलग डायरेक्टर्स ने तीस-तीस मिनट की फ़िल्में बनाई। इन फ़िल्मों में दो गायकों नसरत फतेह अली ख़ां और सुरेंद्र कौर ने गाने भी गाए। यह पेंटिंग आज भी मुम्बई संग्रहालय में मौज़ूद है। इसी वर्ष गांधी जी के पोते के कहने पर पेंटिंग बनाई कि एक औरत समाज में व्याप्त आग को बुझाने के लिए पानी बन रही है। इसका शीर्षक 'वाटर रीवर' रखा। इसे भी लोगों ने काफ़ी पसंद किया। चार पेंटिंग्स में से दो संग्रहालयों में पहुंच गईं। एक इंग्लैंड के ब्रेड फ़ोर्ड और दूसरी चण्डीगढ़ के संग्रहालय में। वर्ष 2001 में बनाई अपनी एक पेंटिंग में उन्होंने चित्रित किया कि सीता अपनी लक्ष्मण रेखा खुद बना रही हैं।

अर्पणा जी ने शुरू में ही बताया कि पेंटिंग ही उनका जीवन है। इसलिए उन्होंने शादी भी कला प्रेमी परिवार में ही की। उनके ससुर जसवंत सिंह, जो दिल्ली में पेंटर थे, उनकी मां के क़रीबी दोस्त थे। अब उनका स्वर्गवास हो चुका है। अर्पणा जी के पति हरेंद्र सिंह भी पेंटर हैं। वह बताती हैं कि हमने जब शादी की थी, तब हम अपने डी. डी. ए. के छोटे से घर में रहते थे। गुरुग्रंथ साहिब' के फेरे लेकर दो घंटे के थोड़े समय में ही सभी रीति-रिवाज़ों के साथ हमारी शादी हो गईं। शादी में केवल क़रीबी और बहुत कम लोगों को बुलाया था, जिनका खाना मेरी मां ने ही घर पर बनाया था।

अर्पणा जी को ग़रीब और अनाथ बच्चों की सहायता करने में काफ़ी सुकून मिलता है। इसकी व्यवस्था उन्होंने अपने संस्थान में ही की हुई है। वहां लड़कियों को निःशुल्क रोज़गारोन्मुखी कार्यों का प्रशिक्षण देकर स्वावलम्बनी बनाने का प्रयास किया जाता है। अर्पणा जी को आर्ट बुक पढ़ने का बेहद शौक है। यह अलग बात है कि उन्होंने किताबों को अपनी

पेंटिंग के बदले ख़रीदना आरंभ किया था। उस समय उनके पास धनाभाव था। वह ऐसी कलाकार है, जिन्होंने देश-विदेश में भारतीय नारी का सम्मान बढ़ाया। समाज के हर विषय पर अपनी सोच को रंगों द्वारा उकेरा। वह खुद भी ज़िन्दगी के सभी रंगों सुख-दुख, बेटी, पत्नी से परिपूर्ण है।

अंजु बॉबी जॉर्ज

भारतीय एथलीटों की दुनिया में आज अंजु बॉबी जार्ज के नाम से सब परिचित हैं। आज भी जहां पुराने ख़्यालों से बंधे लोग लड़कियों को खेलों से दूर ही रखना अच्छा समझते हैं, वहीं अंजू ने खेलकूद की दुनिया में लंबी छलांग लगाने की क़ाबलियत की वजह से विश्व स्तर पर अपना लोहा मनवाया है। केरल की रहने वाली अंजु के इस सफ़र की तैयारी तब आरंभ हुई, जब 1991 में 60 किमी दूर चंगनासेरि से अभिभावकों के चार दल के. पी. थॉमस नाम के प्रशिक्षक से अनुरोध करने आए कि वे उनके बच्चों को प्रशिक्षण दें। इनमें अंजु के पिता के. टी. मार्केज़ भी थे। वह बताते हैं कि हमने देखा कि हर जगह थॉमस के शिष्य ही पदक बटोर रहे हैं, इसलिए हमने भी अपने बच्चों को उनसे ही प्रशिक्षण दिलाना उचित समझा। पहले तो थॉमस ने इनकार कर दिया, क्योंकि दूर से आईं लड़कियों को दाख़िल देने के लिए पर्याप्त सुविधाएं वहां नहीं थीं। उन्हें लड़कियों को अपने घर में रखना पड़ता, क्योंकि न तो स्कूल में कोई हॉस्टल था और न ही उस गांव में ही ऐसी कोई व्यवस्था थी।

थॉमस का कहना है कि मुझे स्थानीय चर्च के पादरी ने बुलाया और कहा कि इन बच्चियों को दाख़िल दे दो। मुझे यह दैवी इलहाम हुआ है कि इनमें एक अंतर्राष्ट्रीय सितारा बनेगी। आज सारा संसार इस सितारे अंजु को जानता है। केशवन मेमोरियल हाई स्कूल के बड़े फाटक से स्कूल तक की चढ़ाई उतरना-चढ़ना ही सुस्त-से-सुस्त छात्र को चुस्त-दुरुस्त बना सकता था। यह चढ़ाई ही उन बच्चों के लिए प्रशिक्षण की पहली सीढ़ी थी, जो उन्हें ऊच्चस्तरीय एथलीट बनाने के लिए काफ़ी

उत्कृष्ट प्रदर्शन करती अंजु बॉबी जॉर्ज

थी। थॉमस कहते हैं, "हमारे चारों तरफ़ फैली ग़रीबी में ही छिपा है हमारी प्रतिभा का रहस्य।" राज्य में कड़ी प्रतिद्वंद्विता वाली वार्षिक राज्य स्कूल एथलेटिक स्पर्धा में यह स्कूल लगातार 16 साल से अव्वल आता रहा। यहीं अंजु ने अपने प्रशिक्षण द्वारा सर्वश्रेष्ठ एथलीट बनने का अभ्यास किया। अंजु और चार दूसरी लड़कियों के साथ शुरू हुआ यह गुरुकुल अब काफ़ी बड़ा हो गया है। इसमें 100 से अधिक लड़के-लड़कियां प्रशिक्षण पा रहे हैं। हर प्रशिक्षु को कठिन अभ्यास करना पड़ता है। जो कठिन डगर पर चलने को तैयार रहते हैं, वही आगे जा सकते हैं। केरल की नामी एथलीट पी. टी. ऊषा या एम. डी. बालसम्मा या उनकी भतीजी शइनी विल्सन सभी ऐसी ही पृष्ठभूमि से उभरी हैं। शायद इसीलिए अंजु में भी इतना साहस और लगन रही है।

पिता द्वारा दिखाए गए रास्ते पर चलने और अमल करने तथा थॉमस

जैसे प्रशिक्षक से सीख कर अंजु आगे बढ़ने का प्रयास करती रही। 19 अप्रैल को 1977 में केरल में जन्मी इस सांवली और साहसी युवती ने 20 साल की उम्र से ही लंबी छलांग पर ध्यान लगाना शुरू कर दिया था उसने इतने दमखम के साथ प्रयास किया कि अपने समकालीन सभी खिलाड़ियों को पछाड़ दिया। सन् 1999 में उसने साउथ एशियन फेडरेशन गेम्स में रजत पदक अर्जित कर लिया। वही सन् 2002-2003 में स्वर्ण पदक एशियाई खेलों में जीता, कांस्य पदक राष्ट्रमंडल खेलों में और कांस्य पदक विश्व एथलेटिक्स चैंपियंस पेरिस में पाया। इस तरह 2004 के आते-आते अंजु विश्व में चौथे नम्बर की एथलीट बन गईं।

अपने इस सफ़र में उनकी मुलाक़ात बॉबी जॉर्ज से एक प्रशिक्षक और खिलाड़ी के रूप में हुई। उन दिनों वह कोच टी. पी. ऊसफ से प्रशिक्षण ले रही थी। अंजु ने ऊसफ से चार वर्षों तक प्रशिक्षण लिया। बंगलौर में जहां वह ऊसफ से प्रशिक्षण ले रही थी, तब वह अभ्यास पर ख़ास ध्यान नहीं दे पा रही थी। शायद एक आकर्षक और लोकप्रिय लड़की को खेलों के शौक़ीन पिता ने खेलकूद में यूं ही उतार दिया था। यहां आकर उसने अपनी प्रतिभा के बूते जो हो सकता था वह किया, पर यह नहीं सोचा कि वह और क्या-क्या कर सकती है? अंजु से पहले देश की सबसे बेहतरीन लंबी छलांग लगाने वाली लेखा थॉमस मणि का कहना है, "कोच उससे कहते रहते थे कि वह अपनी पूरी क्षमता का इस्तेमाल नहीं कर रही है और वह सुनी-अनसुनी कर देती थी।"

इसके उलट ट्रिपल जपर रॉबर्ट बॉबी बहुत गंभीरता से काम करता था। ऐसे युवा एथलीट का आगमन इस समय अंजु के जीवन में एक प्रशिक्षक के रूप में हुआ। केरल के खेलकूद से जुड़े परिवार के आठ में से सबसे छोटे बेटे बॉबी हमेशा ओलंपिक में अपना योगदान करना चाहते थे। इसके लिए बॉबी पुस्तकालय में प्रशिक्षण का अध्ययन करते और लगन के साथ तैयारी की बातें करते हुए देर रात तक काम करते। वह किसी बात से नहीं डरे। उन्हें यह भी डर नहीं था कि दूसरों की तरह उनके पास कोई नौकरी नहीं है। जब उन्होंने शिविर में शामिल होने के लिए पैसा दिया, तो हर किसी ने उन्हें सनकी क़रार देते हुए शिविर छोड़कर परिवार

के कारोबार में शामिल होने की सलाह दी। ऐसी विकट परिस्थितियों में उन्हें अंजु मिल गईं और इसके साथ ही उन्हें दूसरी तरह का पारिवारिक कारोबार भी मिल गया।

जब ऊसफ शिविर से चले गए, तो ईश्वर प्रदत्त गुणों वाली लड़की ने उनसे कहा कि क्या वे प्रशिक्षण में उनकी मदद कर सकते हैं? वर्ष 2000 में दोनों ने शादी कर ली। इस दंपत्ति को जानने वाले ट्रिपल जंपर राय के. मणि बताते हैं कि अगर अंजु ने बॉबी से विवाह न किया होता तो वह खेलकूद छोड़ चुकी होती। आज अंजु इसे बाख़ुशी कबूल करती हैं कि दो लोगों की टीम का हिस्सा बनने से वह हर तरह से बदल गईं। अपने पति के प्रशिक्षण से ही अंजु ने अपना शारीरिक और मानसिक विकास किया। वह श्रेष्ठ जंपर की काया विकसित कर चुकी थी। उसका धड़ उभर आया था और पैर अधिक शक्तिशाली हो गए थे, लेकिन सबसे ज़्यादा परिवर्तन उसके भीतर हुआ। वह लापरवाह किशोरी से निडर खिलाड़ी बन गईं। आज उसे दूसरों पर प्रभावी होने का मतलब मालूम है और वह इसका इस्तेमाल करती है। अंजु कहती है कि मैरियन जोंस मेरा आदर्श थी, लेकिन अब नहीं है। क्या उनकी राय जोंस के साथ दौड़ने या फिर डोपिंग के आरोप के कारण ऐसी हो गईं है, इसका जवाब अंजू नहीं देती।

उसे ऊंचाई तक पहुंचाने में पेरिस का काफी योगदान है, यहां डेनिस स्टेडियम में 6.74 मी. की छलांग लगाकर विश्व चैंपियनशिप का कांस्य पदक जीता था। इस तरह आईएएएफ के आयोजन में एक भारतीय खिलाड़ी हार मानने के बजाए अपना वर्चस्व हासिल करती चली गईं। अपने इन्हीं प्रयासों और पुरस्कारों के लिए अंजु लोगों के लिए कौतूहल का विषय बन गईं। आज जब वह छलांग लगाती हैं, तो बॉबी दीर्घा में बैठे कोचों को उन पर ध्यान देते हुए देख़ते हैं।

सन् 2004 के ओलंपिक खेलों में अंजु का मुक़ाबला मैरियन जोंस (अमेरिका), तात्याना लेनेदेवा (रूस), यूनिस बार्बर (फ्रांस) से था, लेकिन अफ़सोस एंथेस के मुख्य स्टेडियम में उस रात अंजु बॉबी जार्ज के साथ इस देश के सपने भी बिखर गए। उस दिन आधी रात को पूरा देश अपने टी. वी. सेटों पर निगाहें गड़ाए हुए था। अंजु ने अपनी ज़िन्दगी की सबसे लंबी

छलांग लगाई, लेकिन वह मैडल की छलांग नहीं बन पाई। मिल्खा सिंह और पी. टी. ऊषा की तरह अंजु ने ओलंपिक मैडल की आस जगाई तो थी, पर वह फ़ाइनल में कहीं फिसल गईं। 'बहुत नज़दीक और बहुत दूर' का मुहावरा उनके साथ भी एथेंस ओलंपिक में चस्पां हो गया।

खेल में हार-जीत तो होती रहती है। इससे अंजु की मेहनत का रंग फीका नहीं पड़ा और भारत सरकार ने लंबी कूद की एथलीट अंजु बॉबी जॉर्ज को राजीव गांधी खेल रत्न प्रदान किया है। यह सम्मान पेरिस विश्व चैंपियनशिप में कांस्य प्रदक लाने के कारण अंजु को दिया गया। खेल रत्न के लिए पांच लाख रुपए की पुरस्कार राशि दी जाती है। पुरस्कार समारोह राष्ट्रपति भवन में सितंबर के महीने में आयोजित हुआ था।

अंजु का कहना था कि यह सम्मान पाकर ऐसा लग रहा है, मानो उसने दुनिया ही फ़तह कर ली है। एथेंस में मिली निराशा को ख़त्म करने और उसकी भरपाई करने में यह पुरस्कार मेरी बहुत मदद करेगा। अंजु ने आगे कहा कि मैं इसलिए भी ज़्यादा खुश हूं कि मेरे पति और प्रशिक्षण रॉबर्ट बॉबी जॉर्ज को भी द्रोणाचार्य पुरस्कार के लिए चुना गया। अंजु उन विरली महिलाओं में से हैं, जिन्होंने अपने छोटे शहर से अपना सफ़र शुरू किया और विश्व के आकाश में भारतीय सितारा बन गईं। एक आदर्श बेटी, आदर्श पत्नी और आदर्श एथलीट होने तथा भारतीय समाज की प्रेरणा स्रोत होने के नाते मैं यही कहती हूं कि नारी एक सचमुच संपूर्ण व्यक्तित्व है।

अलका सक्सेना

हिन्दी पत्रकारिता के क्षेत्र में अलका सक्सेना ने बिना किसी गॉड फ़ादर के शून्य से शुरुआत कर आसमान की बुलन्दियों को छुआ है। प्रायः कहा जाता है कि एक पुरुष की सफलता के पीछे किसी किसी स्त्री का हाथ अवश्य होता है, किंतु एक स्त्री अपने कार्यक्षेत्र, सपनों, कठिनाइयों से जूझने का साहस स्वयं करती है। ज़ी न्यूज प्रोग्राम हैड अलका सक्सेना ने इन सब बातों को सत्य कर दिखाया। आज इलेक्ट्रॉनिक मीडिया की चकाचौंध में सैकड़ों युवक-युवतियां इस क्षेत्र में खिंचते चले आ रहे हैं। इन सबका सपना होता है कि वे भी छोटे पर्दे के इस क्षेत्र में अग्रणी पत्रकारों की तरह अपनी पहचान बनाएं। यहां तक तो ठीक है, परंतु ग़लत नीति या ग़लत क़दम की शुरुआत तब होती है, जब हम यह जानने का प्रयास ही नहीं करते कि इन पत्रकारों ने कितने साहस और परिश्रम से यह स्थान पाया है।

हम सिद्धांतों से मुंह मोड़कर केवल सफलता का राग ही अलापते रहते है। तब हाथ लगती है निराशा। मैंने तय किया कि असंभव को चुनौती देने वाली किसी महिला से मिला जाए। इसी उधेड़-बुन में मेरी नज़र अलका सक्सेना पर गईं। मैं उत्साह से भर उठी और उनसे मिलने पहुंच गईं। अपनी तमाम व्यस्तताओं के बावजूद अलका जी मुझसे मिलीं। मैंने उनकी निजी ज़िन्दगी के साथ-साथ प्रोफ़ेशन के लिए संघर्ष को जानने का प्रयास किया। उनकी जगह अगर कोई और होता, तो शायद इतनी सच्चाई और विस्तार से अपने जीवन की परतें नहीं खोलता। उन्होंने अपने भोले-भाले बचपन से लेकर जानी-मानी पत्रकार बनने की कहानी कुछ इस तरह सुनाई–

मेरा जन्म सहारनपुर में 4 दिसम्बर 1961 को हुआ। अपने चार

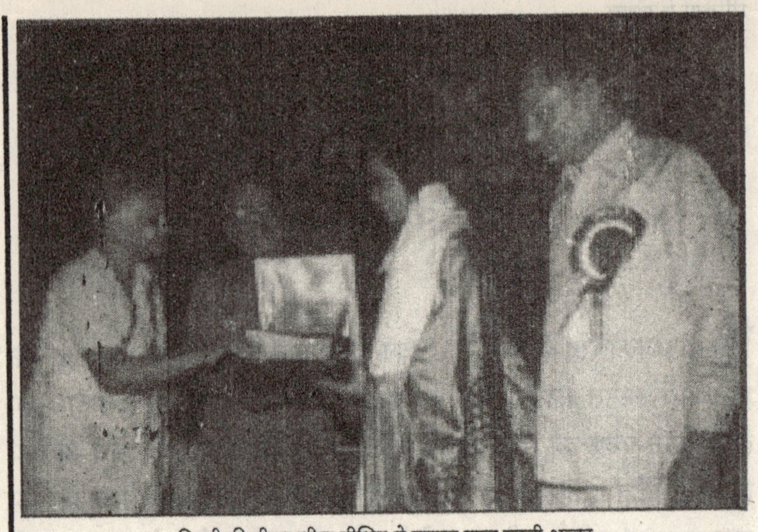

दिल्ली की सीएम शीला दीक्षित से सम्मान प्राप्त करती अल्का

भाई-बहनों में मैं दूसरी नम्बर पर थी। बचपन में बहुत शर्मीली थी। मेरी छोटी बहन वंदना, जिसे घर में सब मलका कहकर बुलाते थे, मेरे सीधेपन का हमेशा फ़ायदा उठाती रहती थी। उलटे उसे ही मुझे दीदी पुकारना पड़ता था। मलका मुझसे शरीर में बलिष्ठ और बेहद चतुर थी। जब हम बाहर खेलने जाते, तो अकेले में मुझसे कहती, "मुझे दीदी कहो" और मुझे बहुत बार दीदी कहना पड़ता। जब हमारी किसी से लड़ाई हो जाती, तो मलका ही मुझे बचाती थी। इसके बदले उसका सारा स्कूल का होमवर्क मुझे करना पड़ता।

स्कूल में हमारी सभी टीचर्स मलका को कहती, "अलका कितनी होशियार और सीधी हैं, तुम भी वैसी बनो।" मलका को यह सुनना बुरा लगता था। हमने अपनी पढ़ाई की शुरुआत दिल्ली के रामजस स्कूल से की। बचपन में हमारा परिवार दिल्ली आ बसा था। माता-पिता कमल सक्सेना और एस. एन. सक्सेना मेरे शांत स्वभाव के कारण मेरा ज़्यादा ध्यान रखते थे, ताकि मुझे कोई परेशानी न हो।

मां बताती है कि जब मैं दो साल की थी कि एक बार मैं वर्णमाला किताब के अन्दर बने उल्लू को देखकर बोल रही थी, 'उ से उल्लू' । इतने में किसी ने सफ़ाई करते वक़्त किताब को उल्टा करके रख दिया।

मां मेरे पास आई, तो मैंने कहा, "मैंने तो कुछ भी नहीं किया, फिर यह उल्लू उल्टा कैसे हो गया?"

मैं अपने स्कूल की तरफ़ से दूसरे स्कूलों में जाती और हमेशा पुरस्कार लेकर आती थी। पहली बार नवभारत टाइम्स में मेरा नाम छपा, तब मैं आठवीं कक्षा में पढ़ती थी। शायद वही पहला बीज था, जिसने मुझे पत्रकारिता की ओर आकर्षित किया। फतेहचंद शर्मा 'अराधक' जी ने मुझे जूनियर और सीनियर छात्रों में से पुरस्कार स्वरूप सौ रुपए की राशि अपनी जेब से दी। अगले दिन जब हमारे घर अख़बार आया तो पापा ने पढ़कर बताया कि कल के कार्यक्रम की इसमें छोटी-सी ख़बर छपी है। सारे ज़ोन के विद्यालयों की भाषण प्रतियोगिता में अलका सक्सेना ने जूनियर और सीनियर छात्रों को मिलाकर प्रथम पुरस्कार प्राप्त किया है। जब मैंने यह बात सुनी, तो मुझे बहुत ख़ुशी हुई। मैंने अपनी मम्मी से पूछा, "क्या यह अख़बार उज्जैन में रहने वाले मामा जी ने पढ़ा होगा? क्या कलकत्ता में मौसी ने पढ़ा होगा? मैंने दर्जनों लोगों के नाम मम्मी को गिनवा दिए, जो अलग-अलग जगह रहते थे। मम्मी ने कहा, "हां, सबने पढ़ा होगा।" तब मैंने बिना किसी से कहे यह निश्चय किया कि मैं बहुत पढ़ाई करूंगी और एक दिन पावरफुल व्यक्ति बनूंगी।

सन् 1985 में रामजस कॉलेज से ग्रेजुएशन करने के बाद वहां से एम. ए. इंग्लिश में किया। 1984 में ही मैं पत्रकारिता में आ चुकी थी। हिन्दी की शायद ही कोई पत्रिका या अख़बार ऐसा हो, जिसमें मेरे लेख न छपे हों। आनंद बाजार पत्रिका प्रकाशन समूह की साप्ताहिक पत्रिका रविवार में मैंने खोजी रिपोर्टर के पद से शुरुआत की। पंजाब और जम्मू-कश्मीर में जारी आतंकवाद को मैंने विशेष संवाददाता के पद पर रहते हुए कवर किया। मेरे लेखन और रिपोर्टिंग को प्रोत्साहित करने के उद्देश्य से मुझे 'बेस्ट यंग जर्नलिस्ट एवार्ड से 'इंस्टीट्यूट ऑफ़ जर्नलिज़्म' ने सम्मानित किया।

घर पर उन दिनों रेडियों कार्यक्रम 'हवा महल' व 'इंस्पेक्टर ईगल' के अलावा कुछ सुनने की इजाज़त नहीं थी। रेडियो पर गाने सुनते पकड़े जाने पर पिटाई होने की पूरी-पूरी संभावना रहती थी। जब हम सिनेमाघर

के सामने से गुजरते, तो हमेशा अंदर से कैसा होगा? यह देखने की चाह मन में रहती। मैं प्रथम वर्ष में पढ़ रही थी, तब अपनी एक सहेली के साथ 'हरियाली और रास्ता' फ़िल्म का सुबह का शो देखने का प्रोग्राम बनाया। फ़िल्म के बीच में लाइट चली गईं और हॉल में शोर मचना शुरू हो गया। मुझे लगा, चलो, अच्छी बात है अंधेरे में कोई मुझे नहीं देख पा रहा है और मैंने हॉल देखना शुरू किया, फिर लाइट कहां से आती? फ़िल्म कैसे चलती है? यह सब जानने का प्रयास किया। शाम जब घर पहुंची, तो मुझसे पहले मेरे फ़िल्म देखने की बात घर पहुंच चुकी थी। मेरे बड़े भाई के मित्र भी दिल्ली यनिवर्सिटी में पढ़ते थे। उन्होंने घर आकर बता दिया कि आज अलका को सिनेमाघर में टिकट लाईन में खड़े देखा था। इस पर माता-पिता की चेतावनी मिली कि यह पहली और आख़िरी घटना है। यदि आगे ऐसा हुआ, तो तुम्हारा कॉलेज छुड़वा दिया जाएगा। उसके बाद मैंने कभी ऐसा नहीं किया।

मेरा विवाह संजय से मई, 1987 में हुआ। हम दोनों ही तब 'रविवार में कार्य करते थे। सुबह हमने 'रजिस्टर मैरिज' की और शाम को दफ़्तर हमें जो रिपोर्ट फाइल करनी थी, वह कर दी। मेरे लिए पत्रकारिता एक नशा है, जिसके बिना रह पाना नामुमकिन है। संजय और मेरा सम्बन्ध इसलिए आज तक प्यार के धागे में बंधा है, क्योंकि वह भी एक पत्रकार है। हम पत्रकार की भावनाओं को अच्छी तरह समझते हैं। अपनी ज़िन्दगी का हरेक फ़ैसला, चाहे वह पारिवारिक हो या कैरियर से सम्बन्धित, आपसी सलाह-मशविरे के बाद ही करते हैं। मेरे बेटे कबीर का 1991 में जन्म हुआ, तब वह मेरी परीक्षा की घड़ी थी। उस समय आपसी समझदारी की बात नहीं थी। एक बच्चे के लिए अपनी मां की उपस्थिति अति आवश्यक थी। मैं हमेशा सोचती थी कि अगर बच्चा हुआ तो मुझे कभी कोई परेशानी नहीं होगी। बच्चे की परवरिश मेरे ससुराल के सदस्य कर लेंगे या हम बच्चे को क्रश में डाल देंगे। वहां बच्चे को कोई परेशानी नहीं होगी और मेरा कैरियर भी ठीक से चलता रहेगा। कबीर के जन्म के बाद मेरा मातृत्व जागा और मेरी पहचान एक छोटे अलका सक्सेना से हुई। तीन महीने की छुट्टी के बाद मैं वापिस अपने काम में जुट गईं।

मुझे कबीर की याद आती कि वह अब मेरे पास आना चाहता होगा, उसे यह परेशानी होगी, उसे वह चाहिए होगा। तब मैं सब काम छोड़कर कबीर के पास चली जाती थी। मुझे लगा, मैं कबीर और अपने कैरियर दोनों के साथ अन्याय कर रही हूं। मैंने दस दिन के अंदर इस्तीफ़ा दे दिया। मेरे सभी परिचित यह जानकर हैरान थे कि मैं इतनी भावुक हो सकती हूं कि बच्चे के लिए अपना कैरियर छोड़ रही हूं।

तीन महीने बाद मैंने अपने आपको कबीर के साथ वक़्त गुज़ारते हुए अच्छा-ख़ासा पाया, फिर मैंने टी. वी. पत्रकारिता में फ्रीलांसिंग शुरू कर दी। उन दिनों यह अनुमान नहीं था कि टी. वी. पत्रकारिता एक दिन इतना व्यापक रूप ले लेगी। कॉलेज के दिनों में रेडियो के लिए युवजन युवामंच, कविता जैसे कार्यक्रम कर चुकी थी, इसलिए शायद मुझमें झिझक नहीं थी और आत्मविश्वास बहुत था। दूरदर्शन व कारपोरेट जगत के लिए डॉक्यूमेंटरी फिल्मों के लिए काम किया। 1994 में भोपाल में दूरदर्शन के एक कार्यक्रम 'दस्तक' के लिए डायरेक्शन भी किया। उन दिनों मेरे पास इंडिया टुडे ग्रुप से प्रस्ताव आया कि वे लोग हिन्दी का एक टी. वी. न्यूज़ चैनल शुरू करना चाहते हैं। इसके लिए मुझसे बातचीत के इच्छुक हैं। एक सप्ताह बाद मैं दिल्ली आई और इस विषय पर काम किया। शुरुआती दौर में हम छः लोग थे इस प्रोग्राम का नाम 'आज तक' रखा गया। मई, 1995 से 2001, मई तक मैंने आज तक में काम किया। आज जी. टी. वी. में काम करते मुझे कई साल हो गए हैं।

हिन्दी पत्रकारिता में महिलाओं को ज़्यादा महत्त्व नहीं दिया जाता। अभी भी यह संकीर्णता देखने को मिलती है कि यदि कोई महिला है, तो वह केवल फ़ैशन, फ़िल्म, शिक्षा, बच्चों और महिलाओं से संबंधित विषय ही कर सकती है। गंभीर विषयों पर उसकी पकड़ मज़बूत नहीं होगी। वह भारत-पाकिस्तान रिश्तों, खेल, विदेश नीति, व्यापार, आतंकवाद, युद्ध जैसे विषयों पर संपूर्णता से कार्य नहीं कर सकती। अलका जी का कहना है कि इस भ्रम को यदि तोड़ना है तो महिला पत्रकारों को स्वयं आगे आना होगा और बढ़-चढ़कर अपने कार्यों द्वारा इस मिथ्या धारणा को समाप्त करना होगा। अपने अस्तित्व को स्वयं साबित करना होगा।

वह महिला पत्रकारों को हरेक के साथ हमेशा प्रोफ़ेशनल रिश्ते ही रखने पर ज़ोर देती हैं।

सन् 1998 के लोकसभा चुनाव के दौरान एक पार्टी के वरिष्ठ नेता ने टी. वी. प्रोग्राम में ब्रेक के दौरान दूसरी पार्टी की महिला नेता के बारे में बहुत ही हलके शब्दों का प्रयोग किया, जो उत्तर प्रदेश के चुनाव में हार गईं थीं। तब मैंने बड़ी सख्ती से कहा कि मेरे प्रोग्राम की मर्यादा मुझे क़ायम रखनी है, इसलिए आप किसी महिला के लिए ऐसा कोई हल्का शब्द प्रयोग नहीं करेंगे। यदि आपने ऐसा किया, तो मैं प्रसारित शो के दौरान भी अपना यही व्यवहार जारी रखूंगी। उस नेता ने फिर ऐसा नहीं किया।

एक घटना मेरे साथ 1987 में हुई। मैं मेरठ के पास मलियाना के हिन्दू-मुस्लिम दंगों को कवर करने गईं थी। वहां दंगाइयों ने मुझे और एक दूसरी महिला पत्रकार को हिन्दू समझ कर कमरे में बंद कर दिया। तब बात पत्रकारिता की न रहकर महिलाओं के साथ हैवानियत की बन गईं थी। जब भी कमरे में आहट होती, हम दोनों सोचती कि अब हम दोनों का क्या होगा? हम कहां छिपें? शायद किसी भले व्यक्ति ने हमें वहां देख लिया था। उसने हमारे साथी पत्रकारों को ख़बर कर दी। तक़रीबन दो या तीन घण्टे बाद वह वहां पुलिस के साथ आए और हमें रिहा करवाया।

आज इलेक्ट्रॉनिक मीडिया सिर्फ़ बिज़नेस बनकर रह गया है। एक चैनल को चलाने में जितना ख़र्च करना पड़ता है, उतने में कई अख़बार निकाले जा सकते हैं। आज इस क्षेत्र में पत्रकारों के व्यवहार में जो बदलाव आया है, वह चिंता का विषय है। किसी भी पत्रकार की ईमानदारी और निष्ठा मिशन के प्रति ख़त्म होती जा रही है, बल्कि सिर्फ़ रुपए की महत्ता ही सर्वोपरि रह गईं है। भारत के न्यूज चैनल अभी अपने शैशवकाल में हैं। समय के साथ इसमें परिपक्वाता आएगी, जिससे आज विद्यमान बुराइयों में कमी आएगी। इसमें अनुभव ही सही और ग़लत का दायरा तय करेगा।

आप मुझे यह बताते हुए हर्ष होता है कि मैं जिंन पत्रकारों के साथ कार्य कर रही हूं, वे मुझे पूरा-पूरा सहयोग करते हैं, जिसके चलते हम 'स्पेशल कॉरस्पोण्डेन्ट', 'द इनसाइड स्टोरी', 'पहल', 'एनकाउंटर' जैसे

कार्यक्रम अपने दर्शकों तक पहुंचा पाते हैं। हमने महिलाओं के साथ हो रहे अपराधों के विषय से संबंधित कार्यक्रम के अंतर्गत 'धनंजय की फांसी की सजा' पर आधारित विशेष कार्यक्रम भी दिखाया था। इस विषय पर मेरी व्यक्तिगत राय यह है कि धनंजय जैसे अपराधियों को फांसी की सजा होनी ही चाहिए। उसने जितनी निर्ममता से बलात्कार करके चौदह वर्षीय पारिख की जिस तरह हत्या कर दी थी, वह जघन्य अपराध था। समाज में पुनः ऐसे अपराध न हों, इसके लिए आवश्यक है कि दोषी को कठोर-से-कठोर दण्ड दिया जाए। सुप्रीम कोर्ट का इस विषय पर कहना है कि विशेष केसों में ही मौत की सजा होनी चाहिए। धनंजय के केस में यही तर्क लागू होता है, इसीलिए मैं उसकी फांसी के हक में हूं।

अपने जीवन दर्शन के विषय में मेरा कहना है कि "मदर टेरेसा सफल है और मेडोना प्रसिद्ध हैं, तो मैं यही कहूंगी कि मुझे प्रसिद्ध नहीं होना, सफल होना है।" मेरी सफलता का राज़ यही है कि मैं प्राकृतिक रूप से मीडिया के लिए जन्मी हूं। इस प्रोफ़ेशन के प्रति मेरे जूनुन ने मुझे यहां तक पहुंचाया है।

अपने आप को तरोताज़ा रखने के लिए मुझे प्रकृति के क़रीब रहना पसन्द है। रफ़ी व किशोर मेरे पसंदीदा गायक हैं। परिवार के साथ गोवा में वक़्त-बिताना सबसे ज़्यादा आनंदित करता है। ऑलटर्नेटिव मेडिसन, साइंस फिक्शन और ट्रैवलिंग की किताबें पढ़ना सबसे रोचक लगता है।

अपने इन्हीं गुणों की वजह से अलका जी को हिन्दी अकादमी की ओर से सम्मानित किया गया। अपने पत्रकारिता के अनुभवों और विचारों को वह अंतर्राष्ट्रीय मंचों पर भी रख चुकी है। इसके अंतर्गत उन्होंने साउथ एशिया मीडिया कांफ्रेंस इस्लामाबाद, पाकिस्तान में वरिष्ठ पत्रकार के नाते धार्मिक शान्ति और सौहार्द्र से पूर्ण रिश्तों को अंतर्राष्ट्रीय स्तर पर कैसे क़ायम किया जाए, इस बारे में अपने विचार रखें।

अलका जी ने यह चरितार्थ कर दिखाया कि हर मुश्किल का सामना करते हुए महिलाएं अपने परिवार का दायित्व निभाते हुए भी कार्यक्षेत्र में आसमान की ऊंचाइयों को छू सकती हैं।

एकता कपूर

एकता कपूर और कोई नहीं, बल्कि वही युवती जो आज टेलीविज़न क्वीन बन चुकी है। हिंदी में 'क' और अंग्रेज़ी में 'के' शब्द आते ही उनका स्मरण हो आता है। उनका जन्म हुआ प्रसिद्ध अभिनेता जितेंद्र और मां शोभा के यहां, पर आज जितेंद्र जी की पहचान उनकी यह होनहार बेटी बन गई है। अपने भाई अभिनेता तुषार कपूर से वह बड़ी हैं। मुम्बई में रहने वाला यह कलाकार परिवार खुशियों से हरा-भरा है। एकता पहले बनना तो पत्रकार चाहती थीं, पर उन्होंने अपने तेजस्वी भविष्य की शुरुआत की ज़ी. टी. वी. के लिए 'हम पांच' धारावाहिक बनाकर। इसके बाद तो उन्होंने कभी पीछे मुड़कर नहीं देखा।

श्रीबालाजी टेलीफिल्म्स' जिसमें उसके पारिवारिक सदस्य भी काम में मदद करते हैं, आज टेलीविजन धारावाहिक बनाने वाली सुप्रसिद्ध कम्पनियों में से एक है। इस कम्पनी की मुख्य कार्यकारी अधिकारी एकता कपूर ने जब स्टार टी. वी. पर अपने धारावाहिकों के प्रसारण की नीति बनाई होगी, तो कभी सोचा भी न होगा कि "क्योंकि सास भी कभी बहू थी' धारावाहिक मील का पत्थर साबित होगा। और वर्षों तक चलकर लोकप्रियता के सारे रेकॉर्ड तोड़ देगा।

एकता कपूर ने यह सिद्ध कर दिखाया कि दर्शक धारावाहिक के चरित्रों से अपने को किस क़दर जुड़ा महसूस करते हैं। आज स्टार प्लस और एकता कपूर एक-दूसरे का पर्याय बन चुके हैं। इतनी कम उम्र में इतनी भारी सफलता प्राप्त कर पाना ऐसे ही लगनशील और प्रतिभावान लोगों के ही बस की बात है। इन धारावाहिकों की ख़ासियतों में एक सबसे महत्त्वपूर्ण बात यह है कि उनके पात्र और कहानी सब

अपनों के साथ एकता कपूर

भारतीय संस्कृति और आम आदमी के काफ़ी निकट होकर समाज में महिलाओं की वास्तविक स्थिति को प्रस्तुत करते हैं। आजकल युवाओं का ज़माना है और हर तरफ उनकी प्रतिभा को सामने लाने के प्रयास हो रहे हैं। एकता कपूर का जादू एक और चैनल पर भी चल गया है, इसलिए एम. टी. वी. ने एक धारावाहिक दिखाने का फ़ैसला किया 'कितनी मस्त है। ज़िन्दगी' धारावाहिक का निर्माण एकता ने किया, लेकिन इसके निर्माण का तरीक़ा थोड़ा अलग था। इसके लिए देश के 100 शहरों में प्रतिभाओं का चयन किया गया और उनमें से ही कुछ को इस धारावाहिक में काम करने का मौक़ा मिला। उनकी तलाश वे चेहरे थे, जिनमें सुंदरता की जगह सरलता, आकर्षण और गंभीरता के साथ गहराई भी हो। इसमें चंडीगढ़, नई दिल्ली, बंगलौर, पुणे और मुम्बई सहित अन्य शहरों में प्रतिभाओं का चयन किया गया। इसमें दो लड़के और चार लड़कियों की टीम किस तरह से अपना सपना सच करती हैं, यही दिखाया गया।

एकता कपूर ने जहां कार्यक्षेत्र स्तर पर इतना सम्मान पाया है, वहीं वह पारिवारिक रिश्तों में भी किस्मत वाली है। जितेंद्र जैसे पिता और शोभा

जैसी मां उनका हर परिस्थिति में हौसला बढ़ाकर मार्गदर्शन करती हैं। तुषार जैसे भाई के साथ शरारत भरा रिश्ता उनकी ज़िन्दगी का बेहद प्यारा और मजबूत पक्ष है। तुषार का कहना है कि जब वह एकता को मोटी कहकर चिढ़ाते हैं, तो उसे बहुत गुस्सा आता है। यह सुनकर वह शेरनी की तरह मुझे मारने दौड़ती है। एकता का कहना है कि तुषार बहुत कंजूस प्रवृत्ति का है। हर रक्षाबंधन पर शगुन देने में बहुत देरी और मस्ती करता है, फिर भी मुझे पता है कि मेरा भाई दुनिया में कहीं भी हो, वह हमेशा हर कठिनाई में मेरा साथ देगा। एकता अपने भाई के लिए 'कुछ तो है' जैसी फ़िल्में बना चुकी हैं। उनका मानना है कि एक दिन अपने भाई को मुख्य भूमिका में रखकर वह किसी धारावाहिक का निर्माण करेंगी। वैसे वह गोविंदा के साथ जैसे मनोरंजक 'क्योंकि मैं झूठ नहीं बोलता' जैसी फिल्म का निर्माण भी कर चुकी है। एकता को दिल्ली शहर काफी पसंद है इसी शहर में उनकी गहरी मित्र नताशा नंदा रहती हैं, जिन्हें वो प्यार से नाट बोलती है।

एकता को हमेशा कुछ नया करने की चाह रहती है। अपने हर धारावाहिक में नए कलाकारों को अपनी प्रतिभा निखारने का मौका अवश्य देती है, क्योंकि 'सास भी कभी बहू थी' की मुख्य पात्र स्मृति मल्होत्रा ईरानी, जिन्हें लोग तुलसी के नाम से जानते हैं के साथ एकता की गहरी छनती है। उन्हें संगीत और किताबों से बेहद लगाव है। विभिन्न राज्यों और देशों में भ्रमण कर अपनी जानकारी बढ़ाना भी वे नहीं भूलती।

कल्पना चावला

कल्पना चावला का जन्म 1961 में करनाल के बनारसी लाल चावला पिता और मां संज्योति के यहां हुआ। कल्पना अपने घर में सबसे छोटी संतान थी। उससे पहले उनके परिवार में दो लड़कियां व एक लड़का था। पाकिस्तान से विस्थापित हज़ारों परिवारों की तरह चावला परिवार भी भारत आया था। अपना घर बसाने के लिए जहां उन्हें शरण मिली, वह करनाल की पवित्र भूमि थी। कल्पना का परिवार एक धार्मिक प्रवृत्ति का तथा आध्यात्मिकता में रुचि रखने वाला था। उसकी मां का झुकाव रजनीश की ओर था। घर में सभी कल्पना को प्यार से मोंटू कह कर पुकारते थे। उनके यहां शाकाहारी सात्विक भोजन ही किया जाता है। इसका अनुसरण कल्पना ने अपने अंतरिक्ष यात्री होने तक किया।

"परिश्रम करने से कभी हानि नहीं होती" ऐसा चावला परिवार के सभी सदस्य मानते हैं। उनकी इस धारणा की पहचान तब हुई, जब टायर बनाने की स्वदेशी मशीन अपने हाथों तैयार करने के लिए बनारसी लाल चावला को राष्ट्रपति के हाथों सम्मानित किया गया। अपने पिता के अनुभवों ने ही इस बालिका के मन में ऐसी लगन पैदा की। 17 फ़रवरी, 2003 को कोलंबिया की उड़ान पर जाने से पूर्व प्रेस को अपने वक़्तव्य में उसने कहा था, "परिस्थितियां कैसी भी हों, मेहनत करते रहने से सपने साकार होने में सहायता अवश्य मिलती है।" मोंटू के परिवार के सदस्य प्रगतिशील विचारों के हैं। लड़की और लड़के लिए समान अवसर दिए गए। मोंटू को सबसे पहले घर के नज़दीक ही 'टैगोर बाल निकेतन' में पढ़ने के लिए भेजा गया।

कल्पना सदा अपने विचारों के अनुसार ही चलती थीं। यही वजह थी

कि चौदह वर्ष की आयु में अपने भाई संजय से कार चलाना सीख लिया। उसने अपना बचपन करनाल जैसे छोटे से शहर में बिताया। गर्मियों में वहां रात में अक्सर बिजली चली जाती थी और सभी को आंगन में या छत पर खुले आसमान के नीचे सोना पड़ता था। कल्पना अपनी चारपाई पर लेटी घंटों तारों को निहारती रहती और उन तक पहुंचने को सपने देखा करती। अंतरिक्ष यात्री बनने का पहला बीज शायद यहीं से पड़ा और उसके मन में इसके लिए असीम इच्छा शक्ति पैदा कर दी।

कल्पना चावला

कल्पना को बचपन से ही प्रशिक्षण यान के उड़ने उतरने को देखना बहुत पसंद था। वह अपनी साइकिल से उड़ान क्लब पहुंच जाती। पिता ने बेटी की इस रुचि को भांप लिया। वह आठवीं कक्षा की छात्रा ही थी, जब उसने पहली बार ग्लाइडर से उड़ान भरी। इससे उसे जो सुकून मिला वह चेहरे पर आई चमक से साफ़ झलकता था। उन्हीं दिनों उसने इंजीनियर बनने की इच्छा ज़ाहिर की, जबकि ग्यारहवीं कक्षा में इसके लिए तय करना होता था। आख़िर कल्पना ने अंतरिक्ष विज्ञान को चुना। अपनी हर कठिनाई में यदि किसी को उसने अपने साथ पाया, तो वह थी उसकी मां। कल्पना कहा करती थी, "कोई भी व्यक्ति, जो कुछ करते रहने के लिए उत्साहित तथा तत्पर रहता है, उसी से मझे प्रोत्साहन और प्रेरणा मिलती है।" 1976 में उसने अपनी स्कूल की पढ़ाई पूरी की। 1998 के आरंभ में कल्पना को नासा द्वारा

आयोजित ग्रीष्मकालीन शिविर के लिए नामित किया गया। कल्पना ने अपने परिवार की परम्परागत मान्यताओं को नकारते हुए विज्ञान विषय होने के कारण दयालसिंह कॉलेज में प्रवेश लिया। विश्वविद्यालय शिक्षा पूरी करने के दौरान ही उसने इंजीनियरिंग

की डिग्री लेकर स्नातक तक शिक्षा प्राप्त करने का मन बना लिया था। इसी कारण पंजाब इंजीनियरिंग कॉलेज में उसने प्रवेश लिया। कल्पना का कहना था कि "मैं भाग्यशाली हूं कि पंजाब इंजीनियरिंग कॉलेज में वायुमंडलीय अभियान्त्रिकी, यानी अंतरिक्ष अभियन्त्रण शिक्षा का मुझे अवसर मिला, क्योंकि उस समय मेरा उद्देश्य एयरो स्पेस इंजीनियर बनना था। अंतरिक्ष विषय तो वास्तव में बहुत ही विशाल था। कहना न होगा कि मुझे इसका तनिक भी ज्ञान नहीं था।"

एयरोनॉटिकल इंजीनियरिंग कल्पना को पसंद थी, ताकि उड़ान के दौरान वायुयान व उसके लिए संबंधी समस्याओं को स्वयं ही हल कर सके। इसके लिए उसे फ़्लाइट इंजीनियर बनना था। पंजाब इंजीनियरिंग कॉलेज में वह महिलाओं के आवासीय परिसर में रहती थी। उसे रोज़ाना चार किलोमीटर दूरी साइकिल से तय करनी पड़ती थी।

उस समय जब लड़कियां सलवार-कमीज़ पहनती थी, जींस पहनना उसकी अलग पहचान बनीं, इस पर उसके मित्र उसे 'यंक' कह कर बुलाते। कॉलेज के समारोहों और अन्य गतिविधियों में वह सक्रिय भाग लेती थी, वार्षिक समारोह व खेलकूद दिवस मनाने के साथ-साथ एस्ट्रो पे एयरो से जुड़े कार्यकलापों में भी पूरा सहयोग देती थी। यहीं रहकर उसने पी. ई. सी. में प्रशिक्षण प्राप्त किया, यह बहुत कठिन था, पर साथ ही अंतरिक्ष यात्री के लिए बेहद ज़रूरी था।

1979 में कल्पना ने एयरोनॉटिक्स डिग्री का एक वर्ष पूरा कर लिया। पिता के करीबी मित्र योग चुघ के सहयोग से कल्पना अमेरिका के विश्वविद्यालय में प्रवेश पा सकी। उन्होंने यू. टी. ए. में प्रवेश तो दिलाया ही, बल्कि इसके लिए चावला परिवार को राज़ी भी किया। कल्पना ने यूनिवर्सिटी द्वारा आयोजित अपनी पहली अंतरिक्ष यात्रा के बाद कहा था, "यदि आपको अपनी यात्रा में आनंद नहीं मिलता, तो

सारा मज़ा ही किरकिरा हो जाएगा ओर तब स्वयं से पूछना होगा कि क्या ऐसा करना ठीक है?"।

अमेरिका पहुंचने पर सबसे पहले उसकी मुलाक़ात जीन पियरे हैरिसन से हुई। जल्द ही यह मित्रता में बदल गई। कल्पना की साहसी प्रवृत्ति, तीक्ष्ण बुद्धि और सहजता ने जीन पियरे को आकर्षित किया। कल्पना को जीन पियरे का फ़्लाइंग छात्र के साथ-साथ गोताखोर होना लुभाता था। वह ऐसा मित्र भी था, जो हर समय उसकी सहायता के लिए तत्पर रहता था। आर्लिंगटन में समय बीतता गया और जीन पियरे व कल्पना के बीच सम्बन्ध प्रगाढ़ होते गए। दिसंबर 1983 में परिवार की इच्छा के विरुद्ध कल्पना ने एक अनजान विदेशी व्यक्ति से विवाह कर लिया।

वह बहुत ही कुशल छात्रों में से थीं। उसका छोटा क़द कभी भी रुकावट नहीं बन सका। उसे यान में अपनी सीट पर गद्दियां रखनी पड़ती थीं, ताकि यान को नियंत्रित करने के लिए उपकरणों का प्रयोग ठीक से कर सके। मास्टर डिग्री प्राप्त करने के बाद कल्पना ने मैकेनिकल इंजीनियरिंग में डॉक्टरेट करने के लिए कोलोरेडो के नगर वोल्डर के प्रसिद्ध विश्वविद्यालय में प्रवेश लिया। प्रथम वर्ष के अंत में कल्पना ने अंतरिक्ष इंजीनियरिंग को ही अपने लिए चुना। इसके लिए कल्पना को अपने विभाग को बदलने की आवश्यकता थी। प्रो. सी. पी. काउ ने उसकी इस आकांक्षा में उसका साथ दिया। यद्यपि अमेरिका में यह बहुत कठिन कार्य था। इसके लिए छात्र को अपनी छात्रवृत्ति से भी हाथ धोना पड़ सकता था। डॉक्टरेट की डिग्री लेने के लिए कल्पना ने कैलिफ़ोर्निया के एक रिसर्च सेंटर में नासा के साथ काम करना शुरू कर दिया। उसके शोध का विषय था, "वायु प्रवेश का हवाई जहाज़ पर कम प्रभाव पड़ता है, जैसा कि हैरियर पर ज़मीनी प्रभाव पड़ता है।" सन् 1993 में कल्पना ने कैलिफोर्निया की सिलिकॉन ओनर सेट मेथड्स इन्फ़ो में उपाध्यक्ष एवं शोध वैज्ञानिक के रूप में भी कार्य किया।

6 मार्च, 1995 को कल्पना ने नासा के साथ एक वर्षीय प्रशिक्षण आरंभ किया। वह दस चालकों के दल में सम्मिलित होने वाले नौ अभियान विशेषज्ञों में से एक थी। नासा के आंतरिक सूत्रों के अनुसार चयन समिति बहुत ही कठोर थी। कठिन परीक्षा प्रक्रिया में पास होने के पश्चात् ही

अभ्यर्थियों को चुना जाता था। उनमें प्रायः ऐसे गुणों का होना अनिवार्य था, जो गंभीर एवं उदार अपने कार्य में पूर्ण निष्ठा रखने के साथ-साथ जन-सामान्य के बीच अपनी बात रखने की योग्यता रख़ते हों। नवंबर, 1996 में कल्पना ने इतना ज्ञान अर्जित कर लिया था कि उसे अभियान विशेषज्ञ तथा रोबोट संचालक का कार्य सौंपा गया था। तब तक वह नासा में सामान्यतः के. सी. के नाम से विख़्यात हो गईं थी। अक्टूबर, 1997 को नासा ने एस. टी. एस. 87 को छोड़ने का निर्णय लिया था। उसका सपना नवंबर में पूर्ण हुआ, जब नासा ने इस अन्तरिक्ष यान को छोड़ने का निर्णय लिया। 19 नवंबर, 1997 को भारतीय समय के अनुसार प्रातः साढ़े ग्यारह बजे एस. टी. एस. 87 के चालक दल में कमांडर केविन आर. क्रेगल ई. स्कॉट, पायलट स्टीवन डब्ल्यू लिंडसे, अभियान विशेषज्ञ कल्पना चावला व तकाओ दोह और पे-लोड विशेषज्ञ के रूप में लियोनिद के कदेन्यूक के साथ अपनी पहली अंतरिक्ष यात्रा आरंभ की। शुक्रवार को 5.2. बजे प्रातः यान अपनी 16 दिन की सफल यात्रा पूर्ण करते हुए केनेडी अंतरिक्ष केंद्र पर उतर गया।

जनवरी, 1998 में उसे दूसरी अंतरिक्ष यात्रा के लिए शटल यान के चालक दल का प्रतिनिधि घोषित किया गया। उनके बाद सन् 2000 में उसे एस. टी. एस. 107 के चालक दल में शामिल कर लिया गया। पहले अभियान की तिथि अगस्त में रखी गईं थी। अंततः नासा द्वारा 16 जनवरी 2003 तिथि निश्चित की गईं। अंतरिक्ष यान फिर से कोलंबिया ही रखा गया। एस. टी. एस. 107 का चालक दल बहुत ही ग्रहणशील दलों में से था। इस यात्रा पर जाने से पहले नासा के अमेरिकन अंतरिक्ष यात्री विंसटन स्कॉट तथा जापानी अंतरिक्ष यात्री तकाओ दोह ने अंतरिक्ष में पैदल चल रहे स्कॉट की सुरक्षा का दायित्व कल्पना को सौंपा और परिणामस्वरूप वह दुःखद क्षण आया, जब कल्पना को गंभीर आरोपों का निशाना बनाया गया। नासा द्वारा कराई गईं जांच में पाया गया कि उपग्रह और कंप्यूटर प्रणाली में काफ़ी गड़बड़ी थी। इस विषय की जांच रिपोर्ट उसके हित में आई। इस विषय परिस्थिति का भी कल्पना ने डटकर सामना किया और वह किसी के दबाव में नहीं आई।

कल्पना की यह अन्तरिक्ष यात्रा सफल न हो सकी। कोलंबिया के पृथ्वी की कक्षा में पुनः प्रवेश के समय ही अंतरिक्ष यान 1 फरवरी, 2003 को छूटकर बिखर गया। इस दुर्घटना के कारणों में से एक यह भी बताया जाता है कि 16 जनवरी को प्रक्षेपण के बयालीसवें सेकेंड के बाद शटल के बाहरी टैंक से गिरने वाले मलबे का कोलंबिया के पंख से टकराना भी रहा। उष्णता-रोधी फ़ोम गिरने पर वह शटल के बाएं पंख से दो या तीन जगह पर जा टकराया। इससे उष्णता-रोधी टाइल्स, जो पंख को बचाए हुए थी, को हानि पहुंची और बाद में यही विनाश का कारण बना। इधर चालक दल के परिवार जन शटल यान की प्रतीक्षा फ्लेरिडा स्थिति अंतरिक्ष केंद्र पर कर रहे थे। उसकी मां भी ह्यूस्टन में उसके घर में प्रतीक्षा कर रही थी। बाकी सभी परिवार जन भारत से यहां अपनी मोंटू की सफल अंतरिक्ष यात्रा के लिए एकत्रित हुए थे।

कल्पना के सपनों को ज़िन्दा रखने के उद्देश्य से उसके परिवार ने 'मोंट्सू फाउंडेशन' की स्थापना की है। कल्पना के पति जीन पीयरे हैरिसन के शाब्दों में, "इस फाउंडेशन का उद्देश्य प्रतिभावान युवकों व युवतियों को आर्थिक अभाव के कारण उच्च शिक्षा से वंचित होने से बचाकर विश्वविद्यालय स्तर की उच्च शिक्षा प्राप्त करने में सहायता करना है।

ध्येयनिष्ठ, कर्तव्य पारायण व्यक्ति के लिए कुछ भी असंभव नहीं है। अपने जीवन की शुरुआत करनाल जैसे छोटे शहर से करने वाली कल्पना चावला पूरे विश्व में भारत का नाम रोशन कर गईं। कल्पना ने अपनी यात्रा के समय भेजे अपने ई–मेल संदेश में कहा था, "सपनों से सफलता की ओर जाने की राह मौज़ूद है। आप में उसे खोजने की दृष्टि, उस पर चलने का साहस और उसका अनुसरण करने की इच्छा-शक्ति होनी चाहिए। भविष्य की यात्रा के लिए शुभकामनाएं।"

"साहस और इच्छा-शक्ति की यह उल्लेखनीय यात्रा, जिसने हरियाणा के एक छोटे से शहर की इस भारतीय महिला को अंतरिक्ष का एक नागरिक बना दिया, सभी के लिए गर्व की बात रहेगी।" यह कहना है, राष्ट्रपति डॉ. ए. पी. जे. अब्दुल कलाम का।

"वह सितारों से आगे चली गईं।" यह विचार अमेरिकी राष्ट्रपति जॉर्ज डब्ल्यू. बुश ने कल्पना के विषय में रखे।

किरण बेदी

आज यदि रानी लक्ष्मीबाई के साथ किसी महिला की तुलना की जा सकती है, तो वह सिर्फ़ प्रथम भारतीय महिला पुलिस अधिकारी किरण बेदी ही हैं। यह एक ऐसी महिला की कहानी है, जो हमेशा नदी के बहाव के विरुद्ध तैरना पसन्द करती है, भले ही वह प्रतिकूल धारा कितनी भी प्रचंड क्यों न हो?

किरण बेदी का जन्म पेशावर (अब पाकिस्तान में) में एक पितृसत्तात्मक संयुक्त परिवार में हुआ था। देश के विभाजन के बाद यह परिवार अमृतसर में बस गया। किरण के पिता प्रकाशलाल और मां प्रेमलता बड़े ही प्रगतिशील विचारों के थे। अपनी चार बहनों में से वह दूसरे नम्बर पर हैं। उनका जन्म 9 जून, 1949 को हुआ था। किरण के माता-पिता ने समाज में सम्मान प्राप्त करने के लिए अपनी पुत्रियों को खेल और शिक्षा में उत्कृष्टता प्राप्त करने का मूल-मन्त्र दिया। अपने माता-पिता के इसी मार्गदर्शन की वजह से किरण ने सभी गतिविधियों में दृढ़तापूर्वक भाग लेना शुरू कर दिया। किरण एन. सी. सी., नाटकों, वाद-विवाद प्रतियोगिता में भाग लेने के अलावा टेनिस भी खेलती थीं । पुस्तकालय के प्रति समर्पण और व्यायाम से संबद्ध कार्यक्रमों में भी खूब मन लगाया। आठवीं कक्षा उत्तीर्ण करने तक किरण अपने मानसिक स्तर को इस स्तर तक ले आई थी कि अपने जीवन के फ़ैसले स्वयं ले सकें। उनका पहला अहम फ़ैसला था, कॉन्वेंट में आगे पढ़ाई न करके एक निजी संस्था कैंब्रिज कॉलेज से दसवीं कक्षा की बोर्ड परीक्षाओं की तैयारी करना। इस तरह जब संगी-साथियों ने नवीं कक्षा की परीक्षा उत्तीर्ण की, तब किरण ने दसवीं कक्षा की परीक्षा दी। उन्होंने डबल प्रोमोशन के लिए मेहनत भी की और सफल रहीं। इसके बाद

किरन बेदी

1968 में अंग्रेज़ी ऑनर्स गवर्नमेंट कॉलेज फॉर विमेन, अमृतसर से पास किया। कॉलेज के दिनों में भी उनके व्यक्तित्व से सदा चुस्ती और तत्परता का अहसास होता था। वह बिना एक क्षण गंवाए सदा क्लासरूम से टेनिसकोर्ट और फिर लायब्रेरी की ओर भागती हुई-सी दिखाई देतीं। मित्रों के साथ मिल-बैठकर आराम के कुछ क्षण बिताना विरल ही होता था। निरर्थक बातचीत और गपशप में रुचि बिल्कुल नहीं रही। बाक़ी लड़कियां यह अच्छी तरह जानती थीं और उन्हें किसी प्रकार की हलकी-फुलकी बातों में नहीं उलझाती थी। 1970 में किरण ने चण्डीगढ़ स्थित पंजाब विश्वविद्यालय से राजनीतिशास्त्र में एम. ए. की उपाधि अर्जित की।

सन् 1968 में सोलह वर्ष की आयु में ही वह टेनिस की राष्ट्रीय जूनियर चैंपियन बन गईं। उनका मानना है कि टेनिस के कारण ही वह शैक्षणिक योग्यता के साथ-साथ अपने बहुमुखी व्यक्तित्व का चहुमुखी विकास कर पाई। टेनिस खेल ने ही मुझको यह सिखाया कि मनुष्य को अपने अधिकार पाने के लिए लड़ना पड़ता है, नहीं तो आपकी उपेक्षा हो सकती है। यह भी कि जिन्हें प्रभावशाली समर्थन प्राप्त न हो, उन्हें अपने चारों ओर के माहौल के बारे में सजग रहना चाहिए और जब जैसी ज़रूरत हो, अपना प्रभाव अवश्य जमाना चाहिए। इसी एकाग्रता ने उन्हें दिल्ली विश्वविद्यालय से 1988 में एल. एल. बी. की डिग्री दिलवाई और फिर 1993 में पी. एच-डी. की डिग्री अर्जित कर ली। पढ़ने की असीम चाह के कारण ही वह 1997 में जवाहर लाल नेहरू स्मारक निधि द्वारा नेहरू फ़ेलोशिप प्राप्त कर पाईं, उनका विषय था तिहाड़ जेल के अन्तर्गत प्रबन्धन।

एक ओर किरण ने अपनी शैक्षणिक योग्यता, टेनिस और कैरियर में सफलता हासिल की, वहीं दूसरी तरफ़ उनका पारिवारिक दायित्व भी बढ़ा। मार्च, 1972 को किरण ने बिना दहेज़ और दिखावे के अपने और बृज के माता-पिता और कुछ गिने-चुने मित्रों के बीच शिव मंदिर में अपना विवाह संपन्न कराया। उनकी बृज बेदी से मुलाकात अमृतसर टेनिसकोर्ट में ही हुई थी। उनसे जब विचारों के सही तालमेल के कारण हुए विवाह के कारण उनके पति और उन्हें कोई काम करने से परहेज़ नहीं था। शादी के बाद अगली सुबह ही किरण अपनी मां के पास पहुंचीं और उनसे दूध का गिलास लेकर पीने के बाद छोटी बहन अनु को पहले की तरह ही स्कूल पहुंचाने के लिए निकल पड़ीं, ताकि अनु यह महसूस न करें कि शादी के बाद उनकी ज़िम्मेदारियों में कोई बदलाव आ गया है।

सन् 1970 से 1972 तक किरण ने खालसा कॉलेज फॉर विमेन, अमृतसर में राजनीतिशास्त्र की प्राध्यापिका के रूप में काम किया। उनका चुनाव जुलाई, 1972 में भारतीय पुलिस सेवा में हो गया। अपने प्रशिक्षण के लिए वह नेशनल पुलिस अकादमी माउण्ट आबू चली गईं। किरण जब अपने कार्यकाल के बीच में ही थी, तो किरण और बृज ने महसूस किया कि उनमें से कोई भी अपने काम के साथ समझौता नहीं कर सकता। इसलिए आंतरिक रूप से साथ होते हुए भी उन्होंने अपना जीवन स्वतन्त्रता के साथ अलग-अलग बिताने का फ़ैसला किया। किरण की सास ने स्वर्गवास तक उन्हें अत्यधिक सहारा और अपना बेइंतहा स्नेह दिया। उनके देहावसान के पश्चात् किरण उनका चश्मा अपने साथ ले आई। इस चश्मे से वह उन्हें स्नेह और ममता से देखा करती थी।

किरण को एक महिला पुलिस अधिकारी होने के नाते हर रोज एक नए संघर्ष का सामना करना पड़ा। कुछ घटनाओं ने तो उन्हें एक पुलिस अधिकारी के नाते बार-बार परखा। उन्होंने एक बार का संस्मरण बताया कि दिल्ली में कुछ नेता मुस्लिम बहुल क्षेत्रों की गलियों से जुलूस निकालना चाहते थे और मैं सोचती थी कि इस कारण दंगे निश्चित रूप से भड़केंगे। समस्या खड़ी हो जाएंगी। स्थिति बेकाबू हो सकती है और मुमकिन था कि आवश्यकता पड़ने पर पुलिसबल का प्रयोग करना पड़ता। वह क्षण मेरे

लिए बहुत तनाव भरा था। इस जटिल समस्या का किरण ने सुलझे हुए ढंग से समाधान निकाला। सबसे अधिक तनाव भरा दौर था वकीलों की हड़ताल का, जो जनवरी, 1988 में शुरू होकर जून तक चला। बेशक अदालत के भीतर और बाहर इससे संबद्ध कानूनी लड़ाई अप्रैल 1990 में जाकर समाप्त हुई, किन्तु यह समस्या अपना अलग रूप लेकर सामने आई, जब न्यायालय के एक पूर्व आदेश के अनुसार विशिष्ट परिस्थितियों के अतिरिक्त हथकड़ी के प्रयोग पर प्रतिबंध था, जबकि एक सब इंस्पेक्टर ने एक वकील को डी. टी. सी. की बस में ले जाते समय हथकड़ी पहना दी। सब इंस्पेक्टर के निलंबन की मांग की जाने लगी। किरण का मानना है कि चाहे कोई भी मजबूरी क्यों न हो, कर्तव्य पालन के लिए किसी को कभी भी दण्डित नहीं किया जाना चाहिए। एक बार प्रधानमंत्री की मोटरकार को ग़लत जगह पर खड़ा पाकर सब इंस्पेक्टर निर्मल सिंह 'टो' करवाकर ले गया, तब भी किरण ने उसका समर्थन किया था।

किरण के इन्हीं गुणों ने मदर टेरेसा तक को प्रभावित किया था। किरण तिहाड़ जेल की महानिरीक्षक थी, तब मदर ने उनसे मिलने की इच्छा प्रकट की थी। वह उनसे उनके आश्रम में जाकर मिली। वहां दो-एक बार मदर ने उन्हें आलिंगन में बांधा था। यह उनके लिए एक अनूठा और गौरवशाली अनुभव था।

किरण को अपने कार्यक्षेत्र में उलझनों का सामना भी करना पड़ा। कुछ समय वह अपने पारिवारिक सदस्यों के ऊपर आए संकट में भी देना चाहती थीं। 1982 में दिल्ली में आयोजित एशियाई खेलों का श्रेष्ठ प्रबंध डी. सी. पी. यातायात पुलिस अधिकारी के रूप में किया। खेलों की समाप्ति के बाद किरण का तबादला गोवा कर दिया गया। उस समय सात वर्षीय सुकृति को बीमारी की हालत में छोड़कर जाना पड़ा, जबकि इलाज के दौरान उसे उनकी ज़रूरत थीं। उन्हें पहली बार ऐसा लगा, मानों वह अपना हृदय और आत्मा पीछे ही छोड़ आई हों। 1990 से 1992 के दौरान वह मिजोरम में डी. आई. जी. पद पर कार्य कर रही थीं। उन्हीं दिनों उनके पिता के बिगड़ते स्वास्थ्य ने उन्हें काफी कष्ट पहुंचाया। उस विकट स्थिति में मिज़ोरम के तत्कालीन राज्यपाल

स्वराज कौशल ने उनकी मदद की, जिससे उनके पिता का दिल्ली के अखिल भारतीय आयुर्विज्ञान संस्थान में इलाज सही ढंग से हो पाया। इस संकट में साथ देने के कारण ही आज किरण स्वराज जी को अपना भाई मानती हैं तथा उचित सम्मान देती हैं।

परिस्थितियों का डटकर सामना करने वाली किरण का नाम नए तरीके खोजने और नए नतीजे हासिल करने वाली महिला पुलिस अधिकारी के रूप में लिया जाता है। 1980 में दिल्ली में शराब तस्करी तहलका मचा था। सांसी जनजाति के लोग परंपरा से ही अवैध शराब बेचते आए थे। पश्चिमी ज़िले के डिप्टी कमिश्नर के रूप में किरण बेदी इस जनजाति के लोगों से मिलकर और उनको समझा-बुझाकर गैर आपराधिक क्षेत्रों में इनके पुनर्वास की कोशिशों में जट गईं। यह पहला मौका था. जब किरण को समाज सुधारक पुलिस अधिकारी के रूप में काम करने का अवसर मिला। इसी कदम को आगे बढ़ाते हुए उन्होंने जून, 1986 में नशे के रोगियों का उपचार कराने के लिए 'नवज्योति' की नींव रखी। 1 मई 1993 को आई. जी. के पद पर तिहाड़ जेल का कार्यभार संभाला। किरण ने तब इस जेल में भ्रष्टाचार, नज़रबंदी शिविरों में बर्बरता, क़ैदियों के बीच सक्रिय माफ़िया, चिकित्साकर्मियों द्वारा बेईमानियां, मादक द्रव्यों का धड़ल्ले से मिलना, विकृत यौनाचार, लूट-खसोट, ब्लैकमेल और अस्वास्थ्यकर परिवेश पाया। सर्वप्रथम उन्होंने यहां व्याप्त नशे के बाजार को परखा और उसके रोगियों को सुधारने का प्रयास किया। इसके तहत जेल नंबर 4 में एक वार्ड को 'नशा मुक्ति केंद्र' बना दिया। 'आशियाना' और 'नवज्योति' की मदद से नशा मुक्ति कार्यक्रम को कार्यान्वित करने में काफी सहायता मिली। इसके बाद जेल के भीतर प्रयास शुरू किए और भीतरी प्रबंध एवं प्रशासनिक व्यवस्था को पारदर्शी बना दिया। क़ैदियों के स्वास्थ्य से संबंधित एक और गंभीर समस्या धूम्रपान की सामने आई। इसका हल भी धूम्रपान निषेध लागू करके निकाला और इसके रोगियों की लत इलाज द्वारा छुड़वाने का काम किया। क़ैदियों को हृदय परिवर्तन की ओर उन्मुख करने के लिए सर्वप्रथम तिहाड़ जेल में 'रक्षा बन्धन' का त्यौहार मनाने की इजाज़त दी। यह सुनकर क़ैदियों की आंखों में आंसू भर आए। भरे दिल से उन्होंने

आश्वासन दिया कि वे कोई भी ऐसा काम नहीं करेंगे, जिससे जेल प्रशासकों को नीचा देखना पड़े। तब से भारत की सामाजिक संस्कृति के अनुरूप वहां हर समुदाय के त्यौहार पूरे रीति-रिवाज के साथ मनाए जाने लगे। किरण ने क़ैदियों को स्वावलम्बी बनाने के लिए उनकी शिक्षा और स्वरोजगार पर भी कार्य किया।

किरण इस कार्य को अंजाम तक पहुंचाने में साथ देनेवाले अपने सहयोगी उन 1,500 अधिकारियों और पुलिस जवानों को भी नहीं भूली, जिनकी सहायता के बिना यह सब कर पाना असंभव था, जिसके लिए अन्तर्गत इन पुलिस अधिकारियों और जवानों के परिवारों के कल्याण हेतु वेतन बढ़ाने की पेशकश, ड्यूटी के घण्टों में फेरबदल और उनके पारिवारिक सदस्यों के लिए एक संस्थान खोला गया। 4 नवंबर 1993 को विपस्यना साधना संस्थान ने किरण को ध्यान संबंधी अपनी सेवाएं अर्पित करने का प्रस्ताव भेजा। किरण ने इसे सहर्ष स्वीकार किया। इस तरह योग की कक्षाओं में क्रोध रोकने और एकाग्रता सुधारने के लिए ध्यान की तकनीक क़ैदियों को सिखाई गईं। यह इसलिए था कि क़ैदी अपने सकारात्मक रूख का विकास कर सकें और व्यावहारिक दक्षता के प्रशिक्षण द्वारा दीवारों के दूसरी ओर की ज़िन्दगी सरलता से बिता सकें। किरण बेदी के इन्हीं कार्यों की वजह से उन्हें 1994 के रमन मेगसेसे पुरस्कार से सम्मानित किया गया। किरण बेदी में स्वाभिमान कूट-कूट कर भरा है, इसलिए जब उनसे जूनियर अधिकारी को दिल्ली पुलिस महानिदेशक बना दिया, तो उन्होंने स्वैच्छिक सेवानिवृत्ति ले ली तथा पूरे समर्पण के साथ समाज सेवा में लग गईं।

किरण बेदी ने अनुशासन आत्मविश्वास और प्रतियोगी उत्साह के साथ 'पुलिस एडवाइजर यूनाइटेड नेशन, के पद पर कार्य करके विश्व मंच पर भारतीय महिला और देश का सर गर्व से ऊंचा किया है। उनका मानना है कि जब तक महिलाएं देने को नहीं पाने की ही स्थिति में बनी रहेंगी, उन पर अन्याय होता रहेगा। इसलिए आवश्यकता है कि वे अपने आत्मविश्वास को बढ़ाने और हर संकट का बहादुरी से सामना करते हुए अलग पहचान बनाने के लिए तत्पर रहें।

डॉ. जयन्ती दत्ता

जहां इन्सान की उलझनें, तनाव, मानसिक व सामाजिक परेशानियां उसकी ज़िन्दगी को कठिन बना देती हैं, ऐसे में आशा की रोशनी सामने लिए आती हैं, डॉ. जयन्ती दत्ता। यह नाम किसी पहचान का मोहताज नहीं है। इन्होंने फूलों की खुशबू की तरह अपने काम को चारों ओर बिखेरा हुआ है। "मैं किताबों की अपेक्षा लोगों के दिलों में झांकने की कोशिश करती हूं।" ज़िन्दगी के प्रति जयन्ती जी की यही सोच उनके व्यक्तित्व को दृढ़ बनाती है।

पुरानी दिल्ली का इलाका जहां धर्म, जाति, भाषा की कोई दीवार नहीं है। चांदनी चौक, जहां शिव मंदिर, गुरुद्वारा, मस्जिद, गिरजाघर सब एक साथ हैं। तंग गलियों में एक-दूसरे से बिलकुल सटे बड़े-बड़े मकान जहां आज भी पड़ोसी आपस में अंकल, आंटी के बजाय चाचा-चाची, भैया-भाभी का प्रयोग करते हैं। ऐसे वातावरण में सन् 1949 में 17 सितम्बर को जयंती जी जन्मी थीं। परिवार में पांच भाई-बहनों में उनका नम्बर दूसरा है। पिता श्यामाशरण सरकार हिन्दुस्तान लीवर में ऊंचे पद पर कार्यरत थे। घर में बंगाली सभ्यता के साथ-साथ थोड़ी विदेशी सभ्यता भी कहीं ना कहीं झलक जाती थी। मां रेणु सरकार एक बंगाली संस्कारवान गृहिणी थीं। मुझे जब जयंती जी ने अपने बचपन की बातें बताना शुरू की तो उनमें इतनी खो गईं कि बिना रुके, बिना कुछ विचारे ज़िन्दगी की कहानी उनके मुंह से शब्दों में बयान होती चली गईं। वह बता रही थीं, "मेरी मां इतनी धार्मिक प्रवृत्ति की थी कि हमें बिना पूजा किए नाश्ता नहीं मिलता था। घर में सब मुझे मुन्ना बुलाते थे। उस समय लड़के-लड़की में कोई भेद-भाव नहीं किया

एवार्ड ग्रहण करती जयंती दत्ता

जाता था। मैं तो इतनी शरारती थी कि मां को कहकर जाती कि पड़ोस में चाची के घर जा रही हूं और पहुंचती ताई के घर। मां को तो हमेशा परेशान करती रहती थी। मेरे बाल इतने घने और लम्बे थे कि कंघी करवाने में दर्द होता था, जिससे बचने के लिए दिनभर पड़ोस में घूमती रहती। शाम को गली के चबूतरे पर पिता के आने का इंतजार रहता और उनके साथ ही घर लौटती, पिताजी की वजह से हमेशा मां की डांट से बच जाती। हुड़दंग मचाना तो जैसे मेरी नस-नस में था। कभी पटाखे चलाती, तो कभी पतंग उड़ाती। पतंग के लिए बच्चों से लड़ाई भी करती। मां कहती कि इस लड़की ने पतंग के चक्कर में धूप में अपना सारा रंग काला कर लिया!

उन दिनों प्रशिक्षित दाईयों द्वारा घर पर ही बच्चे जन्म लेते थे। आज भी कस्तूरी अम्मा याद हैं जिन्होंने तीन बेटियों के बाद घर पर मेरे भाई का जन्म करवाया था। तब लड़के के जन्म पर शंख बजाया जाता था और लड़की के जन्म पर उसे दुर्गा नाम से पुकारा जाता था। बचपन में मैं काफ़ी बीमार रहने लगी थी। इसका उपाय मेरा नाम परिवर्तन

रूप में सोचा गया और मेरा नाम मुन्नी से जयंती हो गया। बंगाली स्कूल कश्मीरी गेट से मैंने ग्यारहवीं प्रथम स्थान में पास की। उर्दू और मनोविज्ञान पढ़ने की चाह मुझे ज़ाकिर हुसैन कॉलेज ले गईं। यह और बात है कि दाख़िल तो इंद्रप्रस्थ कॉलेज में ही मिल गया था।

उन दिनों की एक बात भुलाए नहीं भूलती। हुआ यह कि एक बार मां और बड़ी बहन घर से बाहर किसी काम से गए थे। घर पर रह गए पिताजी, मैं और छोटी बहन। खाना मुझे बिलकुल बनाना नहीं आता था। पिताजी ने ढेर सारा पनीर सब्ज़ी बनाने के लिए लाकर दिया। मैंने इतना ख़ारब बनाया कि पिता जी की डांट से बचने के लिए छोटी बहन को हर टुकड़े को खा जाने के लिए पच्चीस पैसे दिए। वह भी पनीर का एक टुकड़ा खाती और उंगली के इशारे से पच्चीस पैसे ले लेती।

ज़ाकिर हुसैन कॉलेज को उन दिनों दिल्ली कॉलेज कहा जाता था। मैंने वहीं से हिन्दी और उर्दू सीखी। मेरी शैतानियां अभी ख़त्म नहीं हुई थी। अनवर सुलताना मेरी मित्र थी। रोज़े के समय मैं उसका पीछा करती और उसे ज़ोर-ज़ोर से नमाज़ पढ़ने को बाध्य करती थी। इस पर भी मुझे चैन कहां था, मैं कहती, "देख सुलताना तूने पहले अपने लिए नमाज़ पढ़ी अब मेरे लिए पढ़!"

उन दिनों भी लड़के लड़कियों के साथ शरारतें किया करते थे, पर सीमा के अंदर। कॉलेज में प्रवेश द्वार पर ही लड़के हाथ जोड़कर खड़े हो जाते। मुझे मिस साइकी कहकर चिढ़ाते और मेरे डिपार्टमेंट तक पीछा करते। सुषमा चड्ढा मेरी सबसे अच्छी मित्र थी। ऐसी मित्र फिर मुझे कभी नहीं मिली। कॉलेज से उसका घर नज़दीक ही था। इसलिये उसके घर पर मुझे चाची जी, यानी सुषमा की मां का पूरा प्यार मिलता, उसके दादा जी मुझे बंगाली बाबू कहकर बुलाते थे। पंजाबी मैंने वहीं से सीखी। सुषमा के दादा जी मुझसे मज़ाक़ करते हुए कहते, "बंगाली बाबू! तैनू पंजाबी आई?" कभी मज़ाक में गाली देकर कहते, "खसमानूं खानी तैनू पंजाबी आई?" उन्हीं दिनों की वजह से आज पंजाबी चैनल पर यह भाषा बोल पाती हूं।

सन् 1969 में आर्ट्स फेकल्टी से एम. ए. मनोविज्ञान से किया।

दिल्ली विश्वविद्यालय में पी. एच-डी. के लिए रजिस्ट्रेशन करवाया। कुछ ही दिनों में वहां से उकता जाने के कारण छोड़ दिया। पूरे भारत से मेडिकल में मनोविज्ञान की पढ़ाई के लिए छह विद्यार्थी चुने जाते हैं, जिसमें मेरा भी स्थान था। रांची में मनोचिकित्सकीय संस्थान पोस्ट ग्रेजुएट इंस्टीव्यूट ऑफ साइकेंटरीस में दाख़िल के लिए पिताजी घर से बाहर रहकर पढ़ाई के लिए जाने देने के हक़ में नहीं थे। मां के प्रोत्साहन और स्वास्थ्य मंत्रालय द्वारा दिए गए वज़ीफ़े की बदौलत मेरा सपना पूरा हो पाया।

इससे पहले मेरी मुलाकात सुप्रिय से हो चुकी थी। यह जीवन भर का साथ बन जाएगा, ऐसा कभी नहीं सोचा था। हुआ यूं कि मण्डी हाउस में मैं अपनी मित्रों के साथ अमृता शेरगिल की पेंटिंग की प्रदर्शनी देखने गईं थी। वहां सुप्रिय भी अपने दोस्तों के साथ आए थे। सुप्रिय के एक दोस्त ने मेरी मित्र से दोस्ती करने के लिए उसे संतरा खाने के लिए दिया। साथ में मुझे भी ऑफर दिया। मैंने साफ़ इनकार कर दिया वह मित्र बोला, "हमारे संतरे में क्या ज़हर है, जो आप नहीं खा रही हैं? मैंने कहा, "हुआ तो।'

मित्रबोला, "इसकी जांच करने के लिए हमारे पास डॉक्टर हैं।"

तब पीछे से सुप्रिय सामने आए और बोले, "मैं डॉक्टर हूं और मौलाना आज़ाद मेडिकल कॉलेज में इंटर्नशिप कर रहा हूं।" उनकी सादगी और प्रोफ़ेशन ने मुझे सबसे ज़्यादा प्रभावित किया।

जब मैं दिल्ली से पी. एच-डी. कर रही थी, उन दिनों भी एक बार सुप्रिय बिना बताए मुझसे मिलने लाइब्रेरी में आए। जहां एक ओर तो दूसरे लड़के उपहारों द्वारा लुभाने की कोशिश करते थे, वहीं सुप्रिय मेरे पास आए और बोले, "कॉफी पिलाओगी। मेरे हॉस्टल में सारा सामान चोरी हो गया है।" रांची से जब पढ़ाई पूरी होने के बाद दिल्ली आई, तब भी सुषमा के घर उसकी मां का इलाज करने के लिए सुप्रिय आए थे। कुल मिलाकर अब तक सुप्रिय को मैं पति की नज़र से चाहने लगी थी, फिर एक दिन सुप्रिय अपने परिवारजनों के साथ मेरे घर आए। इसका नतीजा यह निकला कि 2 फरवरी, 1975 को कलकाता में बिना दहेज के हम दोनों परिणय-सूत्र में बंध गए। कलकत्ता से दिल्ली लौटकर हमने अपनी गृहस्थी साउथ एक्शटेंशन

में शुरू की। एक बार मैं और सुप्रिय कहीं बाहर घूमने गए, तो न जाने कैसे शौचालय का दरवाज़ा अन्दर से बंद हो गया। जो मेरे लाख प्रयास के बाद भी नहीं खुला। न जाने कैसे बाहर इंतज़ार कर रहे सुप्रिय ने मुझे बाहर निकाला। ज़रूरत के हर मोड़ पर बिना मदद मांगे सुप्रिय हमेशा मेरे लिए तैयार रहते हैं।

अब वक़्त आया मेरी डिलीवरी का! मुझे जिस डॉक्टर से अपनी डिलीवरी करवानी थी, वह अपनी किसी निजी परेशानी की वजह से डिलीवरी नहीं करवा पाई। पहली डिलीवरी वह भी प्रीमैच्योर, ऐसी कठिन स्थिति में मौलाना आज़ाद अस्पताल में सुप्रिय के हाथों मैंने हमारे बेटे सुजोय को जन्म दिया। मेरा दूसरा बेटा सुमंत दत्ता एम्स में हुआ। दोनों बेटों के जन्म के बाद सुप्रिय बेटी चाहते थे, जिसका उन्हें आज तक ग़म है। मेरी ससुराल में सभी पढ़े-लिखे और अधिकतर डॉक्टर हैं, पर मुझे छोड़कर घर की कोई औरत बाहर काम नहीं करती।

मेरी सासू मां को मेरा पागलों का इलाज करना बिलकुल पसन्द नहीं रहा। उनका कहना था कि इससे बच्चों पर बुरा असर पड़ता है। इसलिए सन् 1979 में लेडी इरविन कॉलेज में पढ़ाना शुरू कर दिया। यहां से मेरे जीवन में एक नए अध्याय की शुरुआत हुई। इस कॉलेज में मैं चाइल्ड डेवलपमेन्ट की अध्यक्ष रही और आर्ट फेकल्टी में मैंने एम. ए. क्लासेज़ को मनोविज्ञान भी पढ़ाया। सन् 1981 में दिल्ली विश्वविद्यालय से पी. एच-डी. करके हज़ारों मन्दबुद्धि बच्चों को नई ज़िन्दगी देने का प्रयास किया। इस कार्य की सराहना के तौर पर दिल्ली सरकार ने मुझे स्टेट एवार्ड से भी नवाज़ा। नारी निकेतन और दिल्ली पुलिस से जुड़कर इन क्षेत्रों में भी काम किया। यूनिसेफ़ के साथ-साथ अंधे लोगों की सहायता के लिए कार्य किया, पर मानसिक तनाव से ग्रस्त आत्महत्या करने को उतारू लोगों को मैं जीवन का महत्त्व समझाने के लिए सबसे ज़्यादा काम कर रही हूं। सन् 1979 से आकाशवाणी के माध्यम से अपने विचार भी व्यक्त कर रही हूं। आजकल एफ. एम. में भी मुझे अपनी बात रखने के लिए बुलाया जाता है। शिक्षा के क्षेत्र में एक ओर जहां पी. एच-डी. के विद्यार्थियों का मार्गदर्शन करती हूं, वहीं यू. जी. सी. की सलाहकार भी हूं।

सातवीं, आठवीं और नवीं के स्कूली विद्यार्थियों के कोर्स के लिए सलाह देती हूं। दिल्ली विश्वविद्यालय में डब्ल्यू. डी. सी. की सलाहकार और पी. एच-डी. की परीक्षाकर्ता के तौर पर कार्य कर चुकी हूं।

कई पत्रिकाओं और अख़बारों के माध्यम से मुझे अपनी बात कहने का मौक़ा मिला है। हिन्दुस्तान टाइम्स, दैनिक हिन्दुस्तान, द टाइम्स ऑफ इण्डिया, हिन्दू, धर्मयुग, फ़ैमिना, सखी, पैरेंटिंग में मेरे लेख हैं। मैं अध्यापिकाओं के चयन संबंधी कमेटी की सदस्य भी रह चुकी हूं।

इलेक्ट्रॉनिक मीडिया के माध्यम से भी मुझे महिलाओं और मानसिक रोगियों पर अपने विचार रखने के लिए बुलाया जाता है। डी. डी. लाइव दूरदर्शन में घर-परिवार, युवाओं, ग्रामीण महिलाओं के लिए, बंगाली में एल्फा, जी, ई. टी. वी. उर्दू में महिलाओं की समस्याओं पर आधारित बज़में ख़्वातीन, जिसमें सऊदी अरब और पाकिस्तानी महिलाओं की समस्याओं पर चर्चा का मौका मिलता है। पंजाबी लश्कारा चैनल और स्टॉर प्लस में मेरी सहेली माध्यम से अमेरिका, कनाडा और दुबई में रहने वाली महिलाओं की समस्याओं को समझकर उनकी मदद करने का काम भी हुआ। कई प्रसिद्ध हस्तियों के व्यक्तित्व की समीक्षा करने का काम भी किया, जिनमें अमर सिंह, अंजलि ईला मेनन, रीता गांगुली, बंगाली बाऊल, गीत के विशेषज्ञ पूर्णचरण दास भी शामिल हैं।

महिलाओं के लिए मेरा एक अलग नज़रिया है। मैं यह नहीं मानती कि जिस भ्रूण को स्त्री ने अपने ख़ून से सींच कर लड़की को जन्म दिया, वह लड़की पराया धन है। क़ुदरत ने भी औरत को सराहा है, तभी तो गर्भाशय औरत के पास है। लड़कियों को जो हमारा समाज यह शिक्षा देता है कि डोली में जाओ और अर्थी में बाहर आओ, यह तथ्य हमारे समाज की संकीर्णता को दर्शाता है। जो बहू आपके वंश को चलाएगी, उसे दहेज़ या लड़की होने के कारण मारने की बात क्यों की जाए?

शायद इन्हीं विचारों और कार्यों ने नेपाल में मुझे 'सीरीज़ ऑफ़ लेक्चर्स वूमेन एमपॉवरमेन्ट' पर अपनी बात रखने का अवसर दिया। वहां औरतों को वेश्यावृत्ति के लिए काफ़ी बड़ी संख़्या में मजबूर किया जाता है। उनके कोई नैतिक, मौलिक अधिकार नहीं हैं। वहां के ग़रीब बच्चों की हालत भी

इतनी ख़ारब है कि विदेशों में ले जाकर इन्हें बेच दिया जाता है। वहां इनका क्या होता है, कोई नहीं जानता? इसके समाधान के तौर पर मेरा सिर्फ़ इतना ही कहना था कि इन सबको आर्थिक सहायता और शिक्षा देकर उन्हें जागरूक बनाया जाए। नेपाल में रॉयल ऐकेडेमी ऑफ पुलिस और बी. पी. कोइराला इंस्टीट्यूट ऑफ़ मेडिकल साइंस में मैंने 'कन्या भ्रूण हत्या' पर अपने विचार रखे। नेपाल में लोगों ने मेरे विचारों और सुझावों को इतना पसन्द किया कि नेपाल के राजदूत ने मेरे सम्मान में भोज दिया।

आज मैं अपनी ज़िन्दगी से सन्तुष्ट हूं। एक ओर सुप्रिय जैसा पति है, तो दो प्यारे बेटे हैं। उनसे कई बातों पर विचार टकरा जाते हैं, पर हमारे परिवार में हमने एक-दूसरे को इतना अधिकार दिया कि वे अपनी-अपनी ज़िन्दगी के सही फ़ैसले बिना दूसरे सदस्य को दुःख पहुंचाए ले सकते हैं। दो बातें मुझे हमेशा कचोटती हैं। पहली आज की अंकल-आंटी की कल्चर, जहां बच्चे भी सुरक्षित नहीं हैं। दूसरी ओर बदनसीब लड़कियां या औरतें, जो अपने घर या बाहर किसी की हैवानियत की शिकार होकर परिवार के सुख से महरूम रह जाती हैं।

अपनी गृहस्थी और काम के बीच संतुलन बनाए रखने के लिए बागवानी करना मेरा शौक़ है। बेगम़ अख़्तर, जगजीत सिंह आदि मेरे प्रिय गायक हैं। सूफ़ी संगीत और उर्दू की शरों-शायरी मुझे तरो-ताज़ा कर देते हैं। जब स्थिति पर तनाव की छाया महसूस होने को होती है, तभी अपने पति के साथ बंगाल में उनके गांव की सादगी और ताज़गी भरे माहौल में वक़्त बिताने चली जाती हूं।

त्रिपुरारी शर्मा

"जीत अन्ततः उसी की होती है, जिसके मन में सत्य और साहस है।" यह वाक्य है तो एक फिल्म के डायलाग जैसा, पर इसे अपने जीवन में चरितार्थ कर दिखाया है त्रिपुरारी शर्मा ने। त्रिपुरारी जी 'राष्ट्रीय नाट्य विद्यालय रंगमण्डल' में अध्यापन कार्य कर रही हैं। यह निर्देशक और लेखिका अब तक 25 नाटकों और 50 लघु नाटकों को रंगमंच पर प्रस्तुत कर चुकी है। 'मिर्च-मसाला' और 'हज़ार चौरासी की मां' जैसी कला फिल्मों के संवाद उन्होंने ही लिखे। वास्तव में यह राह बेहद कठिन थी, लेकिन अगर कहा जाए कि त्रिपुरारी जी के लिए राष्ट्रीय नाट्य विद्यालय रंगमण्डल में भविष्य बनाना असम्भव था, तो यह ग़लत नहीं होगा, किन्तु इसे संभव कर दिखाया त्रिपुरारी शर्मा ने।

वह बताती हैं कि मेरा जन्म पुरानी दिल्ली में कश्मीरी गेट में रहने वाले मध्यवर्गीय परिवार में 1956 की 31 जुलाई को हुआ। पिताजी हरीशचन्द्र शर्मा सरकारी अधिकरी थे और मां फूलकुमारी गृहिणी। एक भाई और 3 बहनों में सबसे छोटी थी मैं। पहले मेरा नाम पिंकी था, पर जब स्कूल जाने की बात आई, तो सभी ने मेरा नाम बदलने का विचार किया। उन दिनों मेरा अपने पड़ोसियों के यहां बहुत आना-जाना था। वो लोग बड़े धार्मिक और वेद-पुराण का पाठ करने वाले थे। हुआ यूं कि उनके यहां मुझे पूजा के दौरान त्रिपुर सुन्दरी नाम बहुत पसन्द आया। मैंने अपने स्कूल प्रेज़ेंटशेन कन्वेंट स्कूल जो लालकिले के पीछे था, में यही नाम लिखवा दिया। मैं शुरू में पढ़ाई में बिलकुल अच्छी नहीं थी। यह सिलसिला छठी कक्षा तक चला। पिताजी को मेरी पढ़ाई की बहुत चिन्ता थी। इसलिए उन्होंने अपना पूरा ध्यान इसी पर

त्रिपुरारी शर्मा प्रसन्न मुद्रा में

देना शुरू कर दिया। पिताजी के अलावा अपनी अध्यापिका के. टी. सिधवा के कारण मैंने पढ़ाई की ओर ध्यान देना शुरू किया। इस उम्र से ही मेरा रुझान निबन्ध लेखन की ओर था।

अपने बचपन की एक बात मैं कभी नहीं भुला सकती। पिताजी ने अपने सुख और आराम के लिए कभी कोई बचत या ख़र्च नहीं किया। यहां तक कि हमारा मकान भी किराये का था। फिर भी हम सब भाई-बहन कान्वेंट स्कूल में पढ़े। उस समय मुझे स्कूल में अपने साथियों के सामने अर्थाभाव की वजह से दीनता का अहसास होता था। अपने मित्रों को घर बुलाने पर हमेशा संकोच रहता। दूसरी ओर रिश्तेदारों के साथ-साथ पड़ोसियों तक के किसी बच्चे ने अंग्रेज़ी स्कूल का मुंह नहीं देखा था। इस बात का मुझे गर्व भी था।

बचपन का यह अनभुव बड़े होने पर जैसे वरदान बन गया। रंगमंच के लिए काम करने के दौरान मैंने पूरे विश्वास और लगन के साथ भारतीय गांवों में भी काम किया। इसी विश्वास के कारण विदेशों में कार्य करने में भी मुझे कोई कठिनाई नहीं हुई।

दिल्ली विश्वविद्यालय के मिरांडा हाउस से मैंने इंग्लिश आनर्स 1976 में पास किया। मिरांडा हाउस में छात्र संघ की मैं सचिव थी। उन दिनों "देश में इमरजेंसी' का क़हर बरपा था। जयप्रकाश नारायण छात्रों को सम्बोधित करने मौरिस नगर आए थे। उस समय छात्र संघ भी दो विचारों में बंटा था। एक तरफ़ जेपी का साथ देने की बात थी, तो दूसरी तरफ़ तीसरा मोर्चा

था। अंत में हमने जे. पी. का ही साथ दिया। जे. पी. ने आवाहन किया था कि 'युवाओं को आगे आकर स्थिति में बदलाव लाना ही पड़ेगा, उनकी इस पुकार को मैं कभी नहीं भूल सकती। 1977 में मैंने कॉलेज की ओर से जेल जीवन के अनुभवों पर एक नाटक भी लिखा। उस समय चाहती, तो राजनीति में ही अपना भाग्य आज़मा सकती थी, पर मैंने निर्णय लिया कि राजनीति मेरे लिए नहीं है।

1976 में राष्ट्रीय नाट्य विद्यालय में प्रवेश लिया। पिताजी इसके सख़्त ख़िलाफ़ थे। यहां तक कि उन्होंने फ़ीस के पैसे तक नहीं दिए। तब बड़ी बहन करुणा ने रुपए देकर दाख़िल करवाया। दाख़िल मिल जाने के बावजूद मेरी दिक़्क़तों का अन्त नहीं हुआ। द्वितीय वर्ष तक आते-आते मैं इतनी निराश हो चुकी थी कि लगता था रंगमंच छोड़ दूं। ऐसी स्थिति में मेरी मदद की उस "समय डायरेक्टर बी. बी. काथ" ने। उन्होंने कहा, "त्रिपुरारी, तुम अभी रंगमंच मत छोड़ो। तीन-चार महीनों तक जैसा चल रहा है, वैसा चलने दो।" मैंने उनकी बात मानी और पाया कि पहले मेरी मेहनत कम थी, इसलिए दुगनी-चौगुनी मेहनत से दोबारा अपना काम शुरू किया। इसी वजह से आज तक इसी कैरियर में हूं।

अपने तृतीय वर्ष में मैंने पहला नाटक 'बह्रू' लिखा और उसे डायरेक्ट भी किया। 'बह्रू' एक विधवा औरत की ज़िन्दगी पर आधारित था। इसकी प्रेरणा मुझे अपने गांव की एक महिला से मिली थी। इस नाटक को मैंने अपने तृतीय वर्ष के प्रोडक्शन में प्रस्तुत किया। मुझे काफी सराहना मिली। थियेटर की पढ़ाई पूरी करने के बाद मेरे पास केवल तीन विकल्प थे, अध्यापिका बनना, रेडियो और टी. वी. में नाटकों का प्रोडक्शन करना, या फिर अन्तिम रास्ता था, भाग्य को आज़माते हुए फ़्री लांसिंग करना। आख़िर मैंने अपना स्वतन्त्र कार्य करना आरंभ कर दिया। उज्जैन, भोपाल, लखनऊ, कानपुर से थियेटर की शुरुआत की। कानपुर में 'दर्पण' के बैनर से 'कथा नन्दन' का मंचन किया। तमिल लेखक इन्दिरा पार्थसारथी का यह नाटक मैंने नौटंकी शैली में किया था। कानपुर में यह मेरी पहचान बन गया। मुझे कभी महिला होने के नाते शौषण का सामना नहीं करना पड़ा। रंगमंच की दुनिया

में पारिवारिक माहौल मिला। आज तो हम अगर किसी काम के लिए बाहर जाते हैं, तो होटल में ठहरते हैं, परन्तु पहले ऐसा नहीं था। घरों में निवास स्थान बनाए जाते थे। मैंने कभी दूसरों के अनुभवों पर अपनी राय किसी व्यक्ति के प्रति बनाने के बजाय अपने को संयमित रख़ते हुए केवल प्रोफेशनल रिश्ते ही बनाए। मैंने किसी के निजी जीवन में न झांका और न ही किसी को अपने जीवन से ज़्यादा रू-ब-रू होने दिया। शायद इसी कारण एक महिला रंगकर्मी होने के बावजूद जितने अलग-अलग स्थानों पर जाकर मैंने कार्य किया, शायद उतना मौका किसी को नहीं मिलता।

उस समय मेरी उम्र कोई 22 या 23 वर्ष रही होगी। तब मेरी इच्छा शक्ति ग़ज़ब की थी। किसी भी ब़ात को अपने वरिष्ठ अधिकारियों से कहने में संकोच नहीं होता था। ऐसी ही एक घटना कानपुर में सत्यमूर्ति जी के साथ घटी। हुआ यूं कि 'कथा नंदन की' के रंगमंच के दौरान सत्यमूर्ति ग्रुप के इंचार्ज थे। तब मैंने उनसे बेधड़क कहा कि "मुझे इसके नृत्य की प्रैक्टिस के लिए छह दिन का समय चाहिए।" उन्होंने मेरी इच्छा शक्ति को देख़ते हुए, पूरे छह दिन एक स्कूल के अंदर सैट के साथ अभ्यास करने का मौका दिया।

इसका पूरा ख़र्च संस्था ने उठाया। अपने उस दौर में जब मेरे पास नौकरी नहीं थी, तब मैं लिखने पर ज़्यादा ध्यान देती थी। इसी कड़ी में मैं मध्य-प्रदेश में नागदा गईं। वहां मिल्स मजदूरों की समस्याओं पर आधारित नाटक किए, ताकि मज़दूर नाटकों द्वारा अपनी समस्याओं को समझकर इनका निवारण कर सकें। वहां एक बात सामने आई कि ग़रीबी । की चक्की में पिसते-पिसते लोग कितने नीरस हो चुके हैं। यह धागे की मिल्स थी। इसलिए मज़दूरों की नीरसता को कम करने के लिए वहां हमने रंग-बिरंगे चार्टों का प्रयोग किया।

मुझसे गलती यह हुई कि मैंने उन्हें संवाद लिखित में दिए, जबकि मज़दूर तो अनपढ़ थे। बाद में सारी तैयारी मौखिक रूप में ही कराई गईं। महिलाओं की समस्याओं पर केंद्रित 'एहसास' नाटक बनवाया, जो बहुत सराहा गया। 1986-87 तक स्वतन्त्र रूप से ही काम किया। मेरे काम

की सराहना की वजह से ही मुझे यूनिसेफ़ और एफ. ए. ओ. के साथ काम करने का अवसर मिला। यूनिसेफ में कुष्ठ रोगियों पर आधारित 'काठ की गाड़ी' बनाने से पहले मैंने अलग-अलग शहरों, जैसे दिल्ली, कलकत्ता, पुरुलिया, बांद्रा, पूना, सहारनपुर, चकराता जाकर पूरी खोज-बीन की। इतनी मेहनत का ही यह नतीजा था कि यूनिसेफ़ ने 'काठ की गाड़ी' की बहुत प्रशंसा की। बाद में इसे अलग-अलग शहरों में दिखाया भी, जिनमें मुम्बई, पूना, नागपुर, हैदराबाद, चेन्नई भी शामिल थे। एफ. ए. ओ. द्वारा बांग्लादेश और श्रीलंका में छोटे-छोटे नाटक प्रस्तुत करने का मौक़ा मिला।

अपने पति संजय शर्मा से मेरी मुलाकात 1982 में सहारनपुर में हुई। हुआ यूं कि मेरे एक नाटक के सैट के लिए लकड़ी के डिजाइनर संजय थे। मुझे उनकी सादगी और बिना किसी ऊंच-नीच की भावना के मज़दूरों के साथ काम करना बहुत पसन्द आया। पहले हम दोनों ने बिना शादी किए साथ रहना शुरू कर दिया। उस समय समाज की परवाह न करते हुए मेरे माता-पिता ने मेरा पूरा-पूरा साथ दिया। 1987 में मैंने और संजय ने रजिस्टर शादी कर ली।

उस समय तक मेरे और मेरे पिता के बीच के सारे तनाव मिट चुके थे। 'काठ की गाड़ी' जो कुष्ठ रोगियों पर आधारित था, उन्हें बेहद पसन्द आया। मेरे पिता की गर्दन पर कुछ सफेद निशान थे, पर मुझे नहीं लगा कि इसे लेकर उनमें कोई हीन भावना थी। यह नाटक देखने के बाद पिताजी ने समझा कि मेरा और नाटक का क्या रिश्ता है?

सन् 1989 का 26 अगस्त वाला दिन मेरी ज़िन्दगी का सबसे सुखद दिन था। उस दिन हमारा बेटा कबीर इस दुनिया में आया। पर उसके जन्म के कुछ समय बाद ही मेरे पिता का कैंसर की बीमारी के कारण देहांत हो गया, तब मेरी सारी मान्यताएं ही बदल गईं। ज़िन्दगी में रूमानियत की जगह संघर्ष ने ले ली। हम सबने मां के घर जाकर रहना शुरू कर दिया। मेरे बेटे की परवरिश में मां का बहुत बड़ा हाथ है?

सन् 1984 में मैंने 'अल्लाह रिपु' नामक ग़ैर सरकारी संस्था बनाई और गांवों में काम करना शुरू कर दिया। तिलोनिया गांव के लोगों ने इसमें पूरा सहयोग दिया। वहां से भंवरगोपाल हमारे मित्र घर आए। मुझे बाद में

उनके साथ गांव जाना था। मां ने इस पर आपत्ति जताई कि अभी कबीर का मुण्डन नहीं हुआ है। तुम बाहर कैसे जा सकती हो? उस समय सुधीर और भंवरगोपाल ने जो किया वह आज तक मुझे हंसी दिलाता है। दोनों जाने कहां से एक नाई को पकड़ लाए और उससे बाल साफ़ करवा, कर उसे 51 रुपये के साथ गुड़ थमा दिया। इसके बाद हम हैदराबाद चले गए।

सन् 1985 में जब केतन मेहता के साथ 'मिर्च-मसाला' फिल्म के संवाद लिखे, सब दीना पाठक ने कहा, "एक बार में हमें पूरी स्क्रिट दे दो, ताकि हम चरित्रों को इस फ़िल्म के अनुसार समझ सकें।" इस तरह पूरी रात बैठकर केतन और मैंने संवादों को अंतिम रूप दिया। बाद में 'हज़ार चौरासी की मां', 'संशोधन' गोविंद निहलानी के साथ बनाई। 'स्वराज' की कहानी भी मैंने लिखी। 'अरमान' धारावाहिक और जी. टी. वी. के लिए 'शक्ति' धारावाहिक बनाया। 'कहानी रंगमंच की' को लेकर प्रसार भारती के लिए संवाद लिखे। 1986 में संस्कृति पुरस्कार मिला। और 1990 में दिल्ली नाट्य संघ ने भी सम्मानित किया।

एक नारी तभी एक संपूर्ण व्यक्तित्व की भागीदार हो सकती है, जब आप दूसरों पर दायित्व डालने की बजाय अपने दायित्वों को खुद समझें। तभी आप अपने परिवार और कैरियर को एक धागे में पिरोकर ज़िन्दगी में अग्रसर हो सकते हैं। ऐसी ही प्रेरणा मिलती है त्रिपुरारी शर्मा के जीवन से।

नुज़हत हसन

सैंया भये कोतवाल,
अब डर काहे का॥

सदियों पुरानी इस कहावत को तब प्रयोग किया जाता था, जिस समय केवल पुरुष ही पुलिस अधिकरी हुआ करते थे और स्त्रियों को कमज़ोर समझकर कभी एक पुलिस अधिकारी के रूप में उनकी सपनों में भी कल्पना नहीं की जाती थी। इस कहावत को मिथ्या साबित कर दिखाया है पहली भारतीय मुस्लिम महिला 'आई. पी. एस.' नुज़हत हसन ने। नुज़हत जैसी पुलिस अधिकारी से मिलकर मुझे इस बात का अहसास हुआ कि किस सादगी और नम्रता के साथ अपराधीकरण जैसे कठोर काम को भी नियंत्रित करने का कार्य किया जा सकता है। मैं उनके पास साक्षात्कार के लिए दो बार गईं, दोनों ही बार मेरा विश्वास इस बात पर अधिक मजबूत हो गया।

पहली बार जब मैं उनसे साक्षात्कार के लिए प्रतीक्षा कर रही थी, तो देखा कि दो लड़कियां, बिना हिचकिचाहट या खौफ़ के आई और नुज़हत जी के सेक्रेटरी से बोली–"हमें मैडम से मिलना है, कुछ लोग हमारे साथ बदतमीज़ी करते हैं।" सेक्रेटरी सीधा उन्हें मैडम के केबिन में ले गया, जबकि मैं उन लड़कियों से पहले प्रतीक्षा कर रही थी। लेकिन इस बात ने मुझे आत्मिक ख़ुशी दी, मुझे लगा, "चलो भ्रष्ट कही जाने वाली पुलिस में एक अधिकारी तो ऐसी है, जिससे संपर्क साधने में आम लड़कियों को भी लंबा इंतजार नहीं करना पड़ता।"

दूसरा वाक़्या मेरी नज़र में तब आया, जब मैं दूसरी बार उनके

पति व बेटे के साथ नुज़हत हसन

पास साक्षात्कार के लिए बैठी थी। मैं उनसे प्रश्न पूछ रही थी और वह जवाब दे रही थी। इतने में ही एक पुलिस अधिकारी ने उन्हें सूचना दी कि "मैडम दो लड़के ढाई लाख रुपए छीन कर भाग गए हैं।" मेरा साक्षात्कार कुछ समय के लिए बीच में रुक गया, नुज़हत जी के चेहरे के भाव कुछ बदल गए। उन्होंने अपनी कार्यवाही करते हुए पुलिस अधिकारियों की तफ़तीश करने की आज्ञा दी। मेरा साक्षात्कार फिर शुरू हुआ कोई दस या पन्द्रह मिनट ही बीते होंगे कि वह अधिकारी पुनः आकर बोला "मैडम! चोरी की रकम के साथ, अपराधी पकड़े गए।" यह कथन सुनते ही नुज़हत जी अपनी कुर्सी पर ही बैठी इस कद्र चहक कर बोली, "बहुत अच्छा-बहुत अच्छा। जिन पुलिस अधिकारियों की वजह से यह संभव हो पाया है, मैं उन्हें पुरस्कृत करूंगी।"

इन दो वाक्यों ने मुझे नुज़हत जी से प्रेरित कर दिया। मैंने जब उनके व्यक्तिगत जीवन का परिचय जानना चाहा, तब भी वे बिना कुछ टाल-मटोल करते हुए निष्पक्षता से अपने जीवन के विषय में बताती रही। नुज़हत जी अपने बचपन के बारे में जब बता रही थी, तो उनके चेहरे

की ख़ुशी इस बात का अहसास करा रही थी कि नुज़हत जी अपने को इस समय अपने बचपन के दिनों में ही महसूस कर रही हैं। नुज़हत ने बताया, "मेरा जन्म मुम्बई में 7 जनवरी 1966 में हुआ। मेरे पिताजी वसीम अहमद खान एक व्यापारी थे और मां बिरजिस खान एक गृहिणी। अपने तीन भाई-बहनों में मैं सबसे बड़ी हूं। अपने ननिहाल में मैं सबसे छोटी थी और पिता के यहां सबसे बड़ी संतान। इस वजह से मैं बहुत ही लाडली थी। हमारे घर में लड़की-लड़के का कोई भेदभाव नहीं था। मेरे माता-पिता प्रगतिशील विचारों के थे, शायद इसी कारण मैं एक पुलिस अधिकारी बन पाई। मैं मुम्बई में जीसस एण्ड मेरी स्कूल में पढ़ी और जब हमारा परिवार 1979 में दिल्ली आ गया, तब भी दिल्ली में मेरा स्कूल जीसस एण्ड मेरी ही था। मुझे याद है कि हमारे घर में शुरू से ही पढ़ाई को विशेष तवज़्ज़ों दी जाती थी. जिस वजह से हमारे दिमाग़ में भी यह बात बैठ गईं थी। शनिवार और रविवार को हमारे स्कूल की छुट्टी होती थी। इसलिए हम सब शुक्रवार को ही अपना 'स्कूल होमवर्क पूरा कर लेते और फिर दो दिन की छुट्टी में खूब मौज़-मस्ती करते। भाई इकलौता था, पर मुझे कभी हिन्दू-मुस्लिम धर्म या लड़की होने की रूढ़िवादिता का आभास नहीं हुआ। मुझे याद है कि हम अंग्रेज़ी स्कूल में पढ़ते थे और पिता व्यापारी थे, इसलिए कभी मुझे उनके 'गल्ले पर भी बैठने में शर्म नहीं आई। बचपन में मुझे कान की बालियां गुमा देने पर मां से कई बार डांट पड़ती थी, पर मेरे पिता फौरन दूसरी बालियां ला देते थे।

मैंने दिल्ली विश्वविद्यालय 'सेंट स्टीफंस कॉलेज' से पढ़ाई की। इसी कॉलेज से मैंने 'कैमिस्ट्री में एम.एस-सी. किया। इन दो सालों में मैंने कॉलेज में प्रथम स्थान प्राप्त किया, वहीं मुझे बेस्ट स्टुडेंट इन कैमिस्ट्री' से भी नवाज़ा गया। इसके बाद राष्ट्रीय छात्रवृत्ति के तहत 'सेंटर फॉर एडवांस स्टडी' के लिए दिल्ली विश्वविद्यालय से मास्टर डिग्री में पढ़ाई करने का अवसर मिला। मैंने कैमिस्ट्री में शोध करने की पढ़ाई के लिए मुम्बई के टाटा इंस्टीट्यूट ऑफ फंडामेंटल रिसर्च को चुना था, पर किसी कारणवश मैं वहां जाकर पढ़ाई नहीं कर पाई। दिल्ली विश्वविद्यालय

में अपने पांच साल की पढ़ाई के दौरान मुझे 8 पुरस्कार मिले। मुझे आज भी वो दिन याद है, जब हमने पहली और आख़िरी बार कॉलेज से बंक मारा था, यह दिन था 'एम. एस-सी.' में मेरे प्रथम आने के कारण हमारी पूरी क्लॉस उस दिन कॉलेज नहीं गईं। हमारे स्वेच्छा से छुट्टी मारने का कारण जानकर शिक्षक भी ज़्यादा गुस्सा नहीं हुए। मैंने दिल्ली विश्वविद्यालय से 'एम. एस-सी' करने के बाद 'जामिया मिलिया विश्वविद्यालय' से 'एम. ए.' मास कन्यूनिकेशन' में किया। कुछ वर्षों पूर्व ही दिल्ली के लॉ फैक्लट्री' से सांध्य क्लॉस में पढ़कर मैंने अपनी वकालत में स्नातकोत्तर की पढ़ाई पूरी की। बचपन में मैं डॉक्टर बनना चाहती थी। पर जब मैं 9वीं कक्षा में आई, तो यह लक्ष्य बदल चुका था। मैंने निर्णय लिया कि मुझे सिविल सर्विस में जाना है। मेरे माता-पिता ने हमें इतना सक्षम बनाया कि हम अपनी ज़िन्दगी के फ़ैसले स्वयं ले सकें। इस तरह मैंने वर्ष 1991 में अपनी 'आई. पी. एस.' की पढ़ाई पूरी की।

मैं अपने काम में व्यस्त थी कि मेरी ज़िन्दगी ने एक नया मोड़ लिया। जी हां, वर्ष 1996 के मार्च महीने में मैंने अपने 'आई. पी. एस.' मित्र 'ताज हसन' से निकाह कर लिया। मेरे पति मुझसे चार साल सीनियर और बिहार कैडर से थे। हमारी शादी में हमारे सीनियर मित्रों और दोनों के माता-पिता की रज़ामंदी शामिल थीं। ताज़ जैसे व्यक्ति को पति रूप में पाकर मुझमें सकारात्मक बदलाव आए। मैं अपने घर में लाडली होने की वजह से बहुत ही अड़ियल थी। ताज़ के साथ एक रिश्ते में बंधने के बाद मैंने यह जाना कि पति या पारिवारिक सदस्यों का सहयोग आपके कार्यक्षेत्र के लिए भी कितना ज़रूरी है। मेरी व्यक्तिगत राय यह है कि जब तक कोई भी व्यक्ति अपने घर से संतुष्ट नहीं है, तब तक अगर वह अपने कार्यक्षेत्र में ऊंचाईयों को छू भी ले, तो वह खुश नहीं रह सकता। इस मामले में मैं बहुत खुशकिस्मत हूं। मुझे हमेशा ही अपने पारिवारिक सदस्यों और अपने पति ताज़ का पूरा-पूरा सहयोग मिला।

मेरी ज़िन्दगी का सबसे खूबसूरत लम्हा उस समय आया जब 10 जनवरी 1997 को हमारा बेटा 'सरमद हसन' हमारी ज़िन्दगी में आया और हमारा परिवार पूरा हो गया। मेरा और सरमद का रिश्ता दोस्तों वाला

है, वह अपनी सारी बातें मुझे बताता है। जब वह बहुत छोटा था, तब ज़रूर मुझे उसकी ज़्यादा चिंता होती थी। लेकिन आज साइंस ने इतनी तरक्की कर ली है कि आप कहीं भी हों, अपने प्रियजन से संपर्क साध सकते हैं। फिर मेरा बेटा अभी बहुत छोटा है। वह बहुत अच्छा पेंटर है और वह अपनी पेंटिंग में जिस तरह रंगों का प्रयोग करता है, उसका वर्णन करना बड़ा कठिन है। उसका नम्र, शान्त, स्वभाव, इस कला से भली-भांति प्रदर्शित होता है। इतना छोटा बच्चा यह भी पसंद नहीं करता कि आप उसके ऊपर टोका-टाकी करते रहें। बच्चे कोमल होते हैं, उन्हें हर परिस्थिति के अनुसार अपने को बदलना आता है। सरमद को पता है कि मेरे माता-पिता पुलिस अधिकारी हैं और उनके ऊपर अनेक दायित्वों के चलते समय का अभाव रहता है। लेकिन वह यह ज़रूर चाहता है। कि छुट्टी का पूरा दिन हम उसी के साथ व्यतीत करें।

मेरा मानना है कि अपने सामाजिक-पारिवारिक दायित्वों को हम अपने 'अहम्' की भावना से मुक्त होकर सुचारू ढंग से चला सकते हैं। कहीं। भी अगर आप पर अहम् की भावना हावी हो जाए, तो अपने कार्यक्षेत्र में या परिवार में उससे दरारें पड़नी आरंभ हो जाती हैं। वह आपकी सफलता की दुश्मन हैं। मुझे यह जानकर बहुत ख़ुशी होती है कि लोगों ने हर पहचान से परे होकर शायद मेरे कार्यों से प्रभावित होकर मुझे सम्मानित किया। चाहे वह 'कांवड़ियों की सेवा के लिए बनाए गए शिविर का उद्घाटन हो, जैन धर्म या सिख धर्म के लोग हों। इस बात से दिल को सुकून मिलता है कि आपको चारों ओर से सराहा जा रहा है, आप एक मुस्लिम महिला हैं या कोई ओर धर्म से, इससे किसी को कोई सरोकार नहीं। मैं इसे ही अपनी सफलता मानती हूं जब आप की पहचान आपका काम बन जाए। अपने देश की धर्मनिरपेक्षता और सभी धर्मों में मेरी आस्था है। इसलिए वर्ष 2003 में मैंने 'ईदगाह' में 'होली मिलन' करवाया। एक पुलिस अधिकारी के रूप में अपने प्रोफेशन की शुरुआत मैंने वर्ष 1991 में ए. सी. पी. रैंक से की थी। अपने इतने वर्षों के कार्यकाल के दौरान मैंने यह जाना कि पढ़ाई करना और कार्यक्षेत्र में उस निर्णय या ज्ञान को कर गुजरना दो अलग बातें हैं। मेरा कार्यक्षेत्र भी

इसी श्रेणी में आता है, जहां हर क्षण एक नई चुनौती से भरा है।

मेरा सिर्फ़ इतना मानना है कि यदि कोई भी काम अच्छी नीयत से किया जाए तो उसका असर आपके साथ काम कर रहे अधिकारियों पर भी होता है, जिसका परिणाम हमें सफलता के रूप में मिलता है। यदि हम ज्ञान को बढ़ाने में नहीं हिचकिचाते और अपने वरिष्ठ सहयोगियों से भी सलाह-मशविरा कर अपने काम को प्रोफ़ेशनल ढंग से करते हैं, तो ग़लती होने के अवसर कम आते हैं। इन नीतियों पर यदि कोई अधिकारी कार्य करता है, तो यह बात कोई मायने नहीं रख़ती कि आप एक पुरुष पुलिस अधिकारी हैं या महिला पुलिस अधिकारी।

अपनी ज़िन्दगी में मुझे सबसे अधिक दुःख तब पहुंचा जब पहली बार मैंने संगीन अपराधों में कम उम्र के बच्चों को भी आरोपी पाया। दूसरी बार जब मैंने तलाक़ के कारण परिवारों को बिखरते देखा, जिसमें सबसे ज़्यादा दुःख बच्चों को उठाना पड़ता है। ऐसे बच्चों का बचपन मां-बाप के प्यार की बजाय किसी एक के प्यार तक ही सीमित होकर रह जाता है। मुझे लगता है कि यदि हम सरकार और पुलिउ पर ही निर्भर रहेंगे, तो अपराध पर कभी भी पूरी तरह से नियंत्रण स्थापित नहीं किया जा सकता। यदि हम अपने आपको कमज़ोर समझते रहेंगे, तो यह भावना ही हमारे असफल होने के लिए काफी है। हम कुछ नहीं कर पाएंगे।

मेरी मां कहा करती थी कि जीवन एक संघर्ष है। हर संघर्ष हमें नई सीख देकर जाता है। हमें यदि अपने प्रतिद्वंद्वी से भी कोई ज्ञान मिले, तो उसे भी अवश्य ही आत्मसात् कर लेना चाहिए। शायद मां ने इस जीवन मूल्य को हमारे अंदर इस तरह से समाहित करवा दिया, जिस पर चलकर मैं यहां तक का सफ़र तय कर पाई। मेरा मानना है कि समय-समय पर हमें अपना आत्मावलोकन कर लेना चाहिए, जिससे समय रहते हम अपनी त्रुटियों को सुधार सकें। हम जो भी काम करें। उसे पूरी लगन और आत्मसंतुष्टि से करें। हमारा काम बोझ न बन जाए, इसलिए यह आवश्यक है कि हम अपने पारिवारिक व प्रोफ़ेशनल दायित्वों में तालमेल स्थापित करें। मुझे घर के छोट-छोटे काम करके बहुत सुकून मिलता है। यह और बात है कि घरेलू कार्यों के लिए समय बहुत कम मिल पाता है। जब मैं अपने बेटे के साथ

समय बिताती हूं, तो सारी परेशानियां भूल जाती हूं।

पुलिस सेवा के बाद नेशनल बुक ट्रस्ट के निदेशक पद को गौरवान्वित करने वाली नुज़हत हसन एक ऐसा व्यक्तित्व है, जो कार्य तो बेहद जिम्मेदारी-भरा करती हैं पर अपनी ज़िंदगी और सोच में उतनी ही सहज और सरल हैं।

नंदिता दास

रामायण की एक सूक्ति है 'हर महान कार्य युवाओं द्वारा ही संपन्न होते हैं, क्योंकि युवा हर क्षेत्र में अपनी जिम्मेदारियों को बखूबी निभा सकते हैं।' इस सूक्ति को चरितार्थ कर दिखाया है 'नंदिता दास' ने, जो बहुमुखी प्रतिभा की धनी हैं। नंदिता से मिलकर उनके जीवन-दर्शन को जानने का अवसर मिला। वह अपने उत्तरदायित्व को सरलता के साथ सादगी से परिपूर्ण करती हैं। नंदिता ने अपने जीवन से रू-ब-रू करवाया, जब वह बचपन की यादें मुझे बताने लगी, तो ऐसा प्रतीत हो रहा था मानो वह पुनः अपने बचपन में लौट गईं हों।

नंदिता बताती हैं कि मेरे माता-पिता श्रीमती वर्षादास व जतिन दास आज भी कहते हैं कि 'तुम बचपन में बहुत बातूनी थी। मेरी स्कूल की मार्कशीट पर हमेशा लिखा आता कि बेहद होशियार, बेहद क्रियाशील, पर बेहद बातूनी। मेरे माता-पिता ने मुझे हमेशा प्रश्न करने का अवसर दिया, यह नहीं कि तुम बच्चे हो, प्रश्न ज़्यादा मत किया करो, बड़े होकर अपने आप समझ जाओगी। शायद ये ही वे कारण हैं, जिसने मुझे एक अच्छी वक़्ता और संपर्क के विभिन्न साधनों के माध्यम से अपनी बात और अपने विचारों को प्रस्तुत करना सिखाया। चाहे फिर एक रंगकर्मी, एक समाजसेविका, एक सिने कलाकार का ही कार्यक्षेत्र क्यों ना हो?

मैं और छोटा भाई सिद्धार्थ बचपन में कई और बच्चों के साथ घर पर ही कॉफी मौज-मस्ती किया करते थे। मुझे बचपन से ही ओडिसी नृत्य, संगीत और नाटक का बहुत ही शौक है। स्कूल की छुट्टियों में अक्सर मैं अपने चचेरे-ममेरे भाई-बहनों के साथ खेल-खेल में खूब

नंदिता दास मां के साथ

नाटक, अभिनय इत्यादि करती थी। बचपन में कला इस तरह मेरे संस्कारों में रच-बस गईं कि आज तक कला से जुड़ाव है।

जो स्त्री-पुरुष समानता और एक स्वस्थ माहौल मैंने अपने घर में देखा वो आज इस आधुनिक माहौल में भी मुश्किल से देखने को मिलता है। मेरी मां एक लेखिका हैं। इस वजह से उन्हें काफी समय घर से बाहर रहना पड़ता था। वहीं दूसरी ओर मेरे पिता जो एक पेंटर हैं, उनका स्टूडियो घर पर ही था। मैं बचपन में सोचती थी कि मम्मी बाहर जाकर काम करती हैं और सबके पापा घर पर रहकर घर के काम करते हैं, बाकी जो समय बचता है उसमें वो कोई दूसरा काम करते हैं, जैसे मेरे पापा पेंटिंग करते हैं। इसलिए मुझे पूरा-पूरा मौका मिला अपना व्यक्तित्व बनाने का। मुझमें और मेरे छोटे भाई में कभी कोई भेदभाव नहीं किया गया। मेरे माता-पिता ने बचपन से अब तक कभी यह नहीं सिखाया कि ये फलां काम औरत का है या ये काम आदमी का है। पिता उड़ीसा से हैं और मां गुजरात से, इसलिए बचपन से ही कई भाषाओं को जानने का अवसर मिला। रिश्तेदारों के साथ संपर्क बने रहने के

कारण इन भाषाओं का अभ्यास भी रहा। मेरे पति बंगाली हैं, इसलिए सौम्यसेन से शादी करने के बाद बंगाली भाषा भी काफी सीख गईं हूं।

मैंने भूगोल स्नातक करने के बाद दिल्ली विश्वविद्यालय से ही सामाजिक कार्य में स्नातकोत्तर की डिग्री हासिल की। उन दिनों वर्षों तक ओडिसी नृत्य सीखा, शास्त्रीय संगीत, कविता पर ध्यान केंद्रित किया और सफ़दरहाशमी के साथ नुक्कड़ नाटक भी किए। उन दिनों को याद करके आज भी चैन का अनुभव होता है। उसी समय के परिश्रम ने आज यह मंजिल तय करने में सहायता की है। उस समय से आज तक अभिनय मेरे लिए एक शौक है। यह एक अलग माध्यम हैं, अपनी बातें व विचार लोगों के साथ बांटने का। अपनी ग्रेजुएशन के बाद मैं एक साल के लिए 'ऋषेली' गईं, वहां जे. कृष्णमूर्ति एक फिलोसफ़र हैं, उनका स्कूल है आन्ध्रा में, मेरा भाई वहां पढ़ता था और छुट्टियों में जब घर आता था, तब वहां की बहुत तारीफ़ करता था। इसलिए मेरा मन भी वहां पढ़ाने का हुआ, मैंने पत्र लिखकर उनसे इसकी इज़ाजत मांगी। पत्र में साफ़तौर पर मैंने यह स्पष्ट कर दिया कि मैं टीचर की योग्यता से कम सिर्फ़ ग्रेजुएट हूं। मैं कछ करना चाहती हूं। तब उन्होंने मुझे पांचवीं कक्षा के बच्चों को 4 महीने का एक सेमेस्टर पढ़ाने की इज़ाजत दी। मैंने इस पर कहा कि मैं गणित के सिवाय सब विषय उन्हें पढ़ाऊंगी, क्योंकि गणित खुद मुझे काफी कठिन विषय लगता है। वहां बच्चों के साथ काम करके मुझे काफ़ी मज़ा आया। इसी तजुरबे ने मुझे उड़ीसा में बच्चों के साथ नाटक की वर्कशाप करने को प्रेरित किया। इसी राह पर चलते हुए मैं 'अंकुर' और 'अल्लाह रिप्पू' जैसे संगठनों से जुड़ी, जहां महिलाओं और बच्चों की समस्याओं के निवारण पर विशेषतः ध्यान दिया जाता है।

वर्ष 1996 में 'फायर' जो 'दीपा मेहता' की फिल्म है, उसमें काम करके मैंने अपने फ़िल्मी कैरियर की शुरुआत की। इस फ़िल्म के रिलीज होने के बाद जिस तरह यह फ़िल्म विवादों के घेरे में आ गईं और कुछ लोगों ने इसे प्रदर्शित होने से रोकने के लिए सिनेमाघरों पर हिंसा का सहारा लिया। इस परिस्थिति ने मुझे काफी ठेस पहुंचाई। मेरा सिर्फ़ इतना कहना है कि हर व्यक्ति को अपनी पसंद-नापसंद ज़ाहिर करने का हक़

है, पर उसके लिए हिंसा का सहारा लेकर सब पर अपने विचार थोपना ग़लत है। हर फ़िल्म को साईन करने से पहले मैं फ़िल्म की कहानी, उसका डायरेक्टर और अपना रोल क्या है? इन तीन बातों पर ध्यान देकर पहले यह समझने की कोशिश करती हूं कि मेरा रोल या कहानी का संदेश क्या है? एक सिने कलाकार बनने के बाद मैंने यह जाना कि फ़िल्म जिस कहानी को लेकर शुरू होती है, अक्सर अंत तक पहुंचते-पहुंचते उसमें काफी बदलाव आते हैं। ऐसा इसलिए होता है, क्योंकि पहले सिर्फ़ कहानीकार या डायरेक्टर की सोच पर फ़िल्म शुरू होती है। पर जैसे-जैसे फ़िल्म निर्माण कार्य आरंभ होता है, उसमें कलाकारों व परिस्थितियों के अनुसार काफी बदलाव आते हैं।

वर्ष 2000 में मैंने भंवरी देवी के साथ हुए सामूहिक बलात्कार विषय पर आधारित फ़िल्म 'बवंडर' की। इस फिल्म के माध्यम से हमने यह दर्शाने का प्रयास किया कि किस तरह एक महिला पुरुष-प्रधान देश के शोषण का शिकार होती है। असल ज़िंदगी में भी भंवरी जी को आज तक इंसाफ़ नहीं मिला है, वह अपने हक के लिए 'हाईकोर्ट' में इंसाफ़ की लड़ाई लड़ रही है। इस फ़िल्म में जब मैं भंवरी देवी के सामूहिक बलात्कार के दृश्य को दर्शा रही थी। उस समय मुझे उनकी कठिनाई और दुःख का अहसास हुआ। मैंने पाया कि आस-पास कई ऐसे लोग जो सिर्फ़ शूटिंग देखने आए हैं और वो लोग जो शूटिंग के दौरान कार्यरत हैं। सब इस दृश्य का मज़ा ले रहे हैं। यह देखकर मुझे इतना गुस्सा आया कि मैं वहां खड़े हुए लोगों और शूटिंग के दौरान कार्यरत लोगों से बोली, "आप लोगों को शर्म आनी चाहिए। जो आप इन घिनौने कुकर्म का मज़ा ले रहे हैं।" यह और बात है कि बाद में कुछ लोगों ने मुझसे मांफी भी मांगी। मुझे दुनिया में चारों ओर हो रहे कुकृत्यों को देखकर काफी दुःख पहुंचता है। पर औरत को सिर्फ़ शारीरिक दृष्टि से देखना और उसके साथ बलात्कार जैसा कुकर्म मुझे सबसे ज़्यादा दुःख और घृणा पहुंचाता है कि कैसे कोई सिर्फ़ अपने शारीरिक बल पर दूसरे इंसान का शारीरिक शोषण कर सकता है। इस समस्या का समाधान तभी हो सकता है, जब समाज मूक दर्शक बनने की जगह इसका विरोध करे

और ऐसे घृणित कुकर्म करने वालों को कानून द्वारा दंडित किया जाए।

'हैड या टेल' नाम से मैं एक नाटक कर रही हूं, जिसमें पति-पत्नी के संबंधों और उपभोक्तावादी समाज की छवि को दर्शाने का प्रयास किया है। हम अपनी उपभोक्तावादी जीवनशैली की ज़रूरतों को पूरा करने के लिए नैतिक-अनैतिक हर समझौता करने को तैयार हैं। इसका उपाय मैं गांधीवादी विचार-धारा को मानती हूं। आज हम पूरी तरह से चाहें गांधी जी के विचारों को आत्मसात् न कर पाएं, पर प्रयास करके उपभोक्तावादी समाज के बिना दिलवाले मनुष्य बनने से बच सकते हैं।

एशियन फिल्म समारोह के दौरान मेरी मुलाकात सौम्या से हुई। वहां सौम्या के करीबी भाई भी आए हुए थे, जिन्हें मैं पहले से ही जानती थी। वहां पहले हमने पूरी फ़िल्म देखी और उसके बाद डिनर में भी हम सम्मिलित हुए। सौम्या से मेरे विचार इतने मिले कि हम अपनी पहली मुलाक़ात से ही एक-दूसरे को काफ़ी पसन्द करने लगे। तीन महीनों की थोड़े अवधि की ही जान पहचान के बाद हमने दिसंबर 2002 में शादी करने का निश्चय किया। सौम्या के शांत और सरल स्वभाव ने मुझे काफी प्रभावित किया। मैं गांधी जी के विचारों से काफ़ी प्रभावित हूं और गांधी जी ने विवाह के लिए 'आश्रम विधि' नामक एक पुस्तक लिखी है। उसमें सिर्फ़ 20 मिनट की बहुत सरल विधिपूर्वक विवाह पद्धति का वर्णन है। इसमें पति-पत्नी के लिए समान नियम व अधिकार हैं। इसमें दृश्य और मंगल सूत्र का नियम वर-वधू की इच्छा पर निर्भर है। कन्या-दान का नियम मुझे बिलकुल पसंद नहीं है, मंगल सूत्र की जगह सूत की माला को हमने पहनाया था एक-दूसरे को। हमारे कुछ मित्र फूल की माला ले आए थे, तो उसे भी एक-दूसरे को पहना दिया। शादी हमारे दिल्ली स्थित घर की छत पर हुई थी। शादी के रिसेप्शन में भी कुछ करीबी रिश्तेदार और दोस्त ही थे। मैं शादी को बहुत ही व्यक्तिगत मामला मानते हुए इसे सादगी व सरलता से करना ही पसंद करती हूं।

मेरे लिए मैं, मेरा परिवार, मेरा काम कोई अलग चीज़ें नहीं हैं, बल्कि सब एक-दूसरे से जुड़ी हुई हैं। मैंने वर्ष 2002 में बंगाली फिल्म 'अमर भुवन' और तमिल फ़िल्म 'कन्ना तिल मुत्ता मित्तल' की। उससे पहले ही

मैं वर्ष 1999 में कन्नड़ फिल्म 'देवरी कर चुकी थी।

मेरा मानना है कि यदि हम अपनी ज़िम्मेदारियों और कार्यों को जितना हो सके स्वयं करें और दूसरों पर उसकी सफलता या असफलता का दोष देने के बजाय स्वयं का आत्म अवलोकन करें, तो अपने पारिवारिक और प्रोफ़ेशनली दायित्वों को बखूबी निभा सकते हैं। मेरे और मेरे पति के बीच दोस्ती का रिश्ता है। हम हर बात पर आपस में विचार-विमर्श करके ही कोई निर्णय लेते हैं। पहले सौम्या विज्ञापन बनाते थे। आजकल वो 'लिपफ्राग' नामक सामाजिक संस्था बनाकर कार्य कर रहे हैं।

मेरा मानना है कि औरतें हमेशा एक अपराध बोध ओढ़े रहती हैं। कि वो एक अच्छी बेटी, पत्नी, मां बनकर ही काम करें। इसके साथ-साथ यह भी ज़रूरी है कि वो एक अच्छा भाई, पति, बेटा बनाने की भी कोशिश करें। संपूर्ण व्यक्तित्व वाली नारी वह है, जो अपने आत्मविश्वास और लगन से पूरा-पूरा प्रयास करती रहें। असफलता ही सफलता की पहली सीढ़ी है। जो भी काम आप करें, उसमें सर्वप्रथम आपकी रुचि हो।

नंदिता दास नारी के उस रूप को उजागर करती हैं, जो समाज में विचारों को बनाने और उन पर चलने से गुरेज़ नहीं करती। जितनी सच्चाई, नयापन, गंभीरता, सरलता उनके विचारों में है, वह खूबियां उन्होंने अपने व्यक्तिगत जीवन में भी आत्मसात् की हैं।

प्रमिला दण्डवते

प्रमिला दण्डवते को देश व विदेश में एक राजनेता और समाजसेविका के रूप में पहचाना जाता है। इन गुणों के बावजूद आख़िर उनमें ऐसा क्या था, जिससे प्रमिला जी अपने तईं नारी के सम्पूर्ण व्यक्तित्व को दर्शाती हैं? उन्होंने मधु दण्डवते जैसे व्यक्ति से शादी की जिनकी देश में राजनेता की छवि थी और जो अपने कार्यों और विचारों के लिए प्रसिद्ध थे, परन्तु प्रमिला जी ने केवल उनकी छाया में ही अपना जीवन निर्वाह नहीं किया, बल्कि अपनी एक अलग पहचान बनाई।

प्रमिला जी का जन्म मुम्बई में 27 अगस्त, 1928 को डॉ. जे. एन. करंडे और लक्ष्मीबाई करंडे के यहां हुआ। अपने मालवाण के स्कूली दिनों में ही उन्होंने राष्ट्र सेवा दल के दादा शिकारे के विचारों को अपना लिया। उनसे स्वतन्त्रता आन्दोलन, महात्मा गांधी और पं. जवाहरलाल नेहरू के विचारों को सुन-सुनकर नए जीवन की शुरूआत की। इसके बाद मध्यवर्ग की स्त्री की रूढ़िवादिता को तोड़ते हुए राष्ट्र सेवा दल में शामिल होने वापिस मुम्बई आ गईं। यहां जे.जे. स्कूल ऑफ आर्ट्स से फाइन आर्ट्स में डिप्लोमा किया। इतना होने के बावजूद उन्होंने आर्ट टीचर, पेन्टर के पेशे को अपनाने के स्थान पर अपना पूरा ध्यान राष्ट्र सेवा दल पर ही केन्द्रित कर दिया। आगे चलकर उन्होंने मुम्बई के गिरगांव जिले की महिलाओं के कार्यक्रमों का राष्ट्र सेवा दल के लिए आयोजन भी किया।

प्रमिला जी की बहुमुखी प्रतिभा में से एक थी नृत्य कला। उन्होंने कई बार मुंबई के प्रतिष्ठित संस्थान के लिए सांस्कृतिक कार्यक्रम दिए। उनमें 'कलापथक', 'अन्नदाता', 'मंगलावर्ची मनसे', 'महाराष्ट्र दर्शन' और

एक कार्यक्रम में भाग लेती प्रमिला दण्डवते

'जेलुम्मचे अश्रु' प्रमुख हैं, जिन्हें महाराष्ट्र के प्रसिद्ध कवि वसन्त बापट ने लिखा था। उनकी भूमिकाओं ने उन्हें इस कला में बेहद लोकप्रिय बना दिया।

अपनी दृढ़ता, वाक्पटुता और कार्य करने के प्रति उनकी अटूट लगन ने उन्हें मुम्बई के म्यूनिसिपल कांउसलर के रूप में ही नहीं लोकसभा के नेता के तौर पर भी लोकप्रिय बना दिया। उन्होंने संयुक्त महाराष्ट्र आन्दोलन में हिस्सा लिया, जिसके कारण जेल में भी रहना पड़ा। इस आन्दोलन में उनके साथ मृणाल गोरे और अहिल्या रांगणेकर ने बढ़ते दामों पर नियन्त्रण के लिए सरकार को अपने धरनों और प्रदर्शन द्वारा चेताने का प्रयास किया। इतनी व्यस्ता के बावजूद उन्होंने विश्वविद्यालय से समाजशास्त्र में मास्टर डिग्री प्रथम श्रेणी में प्राप्त की।

1965 में वे मुम्बई म्यूनिसिपल कार्पोरेशन के चुनाव में दादर से विजयी होकर सक्रिय राजनीति में आईं। मुम्बई म्युनिसिपल कार्पोरेशन ने 'टाउन प्लानिंग स्कीम को लागू करने के लिए पुराने घरों को तोड़ने का फ़ैसला लिया बिना वहां के निवासियों को पुनर्वास की सहायता दिए। इसका उन्होंने

डटकर विरोध किया और इसे तब तक लागू न करने के लिए कहा, जब तक वहां रहने वालों को घर के बदले घर और बाक़ी तमाम जन-सुविधाएं नहीं मिल जातीं।

महिलाओं से जुड़ी समस्याओं पर ध्यान देने और उनको दूर करने के लिए 1959 में समाजवादी महिला सभा में महत्त्वपूर्ण भूमिका निभाई। इसके चलते संयुक्त राष्ट्र संघ ने 1975 को अन्तर्राष्ट्रीय महिला वर्ष बनाने का निश्चिय किया। साथ ही महिलाओं के अधिकारी को समझाने के लिए निर्देशिका भी जारी की। समाजवादी महिला सभा ने प्रमिला जी और उनकी साथी 'अनुताई लिमये' सहित अन्य साथियों को भी धन्यवाद दिया, क्योंकि ये महिलाएं संयुक्त राष्ट्र की पहल से पहले ही 1969 में महिलाओं के अधिकारों के लिए संघर्ष कर चुकी थीं। उनके इन्हीं कार्यों की वजह से इग्लैण्ड जैसे देशों में रहकर महिलाओं की समस्याओं को और अधिक गहनता से समझने का मौका मिला। स्वदेश लौटने पर प्रमिला जी ने अपना ध्यान अधिकतर महिला कल्याण पर ही केन्द्रित कर लिया, चाहे वह क्षेत्र समाजसेवा का हो या फिर राजनीति।

1974 में प्रमिला जी ने सुचेता कृपलानी और सुशीला नय्यर के साथ मिलकर 'महिला दक्षता समिति' की स्थापना की। इस संस्था ने 1961 के दहेज़ विरोधी क़ानून को केवल काग़ज़ी बताते हुए स्वयं इस समस्या पर कार्य प्रारम्भ कर दिया। दहेज विरोधी कार्यवाही को अनजाम देने के लिए इस संस्था ने प्रमिला जी के नेतृत्व में स्वयं ऐसी पीड़ित महिलाओं की सुनवाई करके उन्हें न्याय दिलाने का प्रयास किया।

प्रमिला जी के कार्यों ने लोगों के दिलों पर असर बना लिया। वह लोकसभा के लिए 1980 में मुम्बई सेन्ट्रल नार्थ से निर्वाचित हुईं। 7वीं लोकसभा में उन्होंने महिलाओं से जुड़ी समस्याओं पर सबका ध्यान केन्द्रित कर उन्हें न्याय दिलाने पर जोर दिया। उन्होंने लोकसभा द्वारा ऐसी नीति बनाने एवं व्यवस्था करने की मांग की, ताकि दहेज के आरोपियों और बलात्कारियों को फ़ौजदारी कानून के तहत सज़ा दी जाए तथा इन यातनाओं पर नियंत्रण पाया जा सके।

प्रमिला जी ने घुटनों के तीन बार ऑपरेशन के बावजूद महिलाओं को हक़ दिलाने और उनके मनोबल को बढ़ाने के लिए राजस्थान की भंवरी बाई, जो बाल-विवाह और सामन्ती प्रथा के ख़िलाफ़ लड़ाई लड़ रही थी, के साथ हुए सामूहिक बलात्कार के विरोध में लम्बी पद-यात्रा भी की।

युवाओं को महिला आन्दोलन से जोड़ने और उन्हें महिलाओं की समस्याओं से अवगत कराने के लिए उन्होंने कॉलेजों के छात्रों से अपील की कि वे महिलाओं पर होने वाले अत्याचारों को अपने रंगों द्वारा काग़ज़ पर उकेरें। यह सोच काम कर गईं। भारत के विभिन्न इलाकों में यह प्रदर्शनी आयोजित की गईं। महिलाओं को जागरूक बनाने के लिए शुरू की गईं, यह प्रदर्शनी बीजिंग में भी आयोजित की गईं। विभिन्न देशों से आए सदस्यों के सामने प्रमिला जी ने भारतीय नारी का चित्रण पेश कर उन्हें महिलाओं की समस्याओं से अवगत कराया। उन्होंने भारतीय महिला के हक़ों के लिए अन्तर्राष्ट्रीय महिला फ़ोरम तक अपनी आवाज़ पहुंचाई।

अपने अनेक रूपों की तरह यदि उन्हें एक पत्नी के रूप में भी जाना जाए, तो वहां भी उन्होंने मधु दण्डवते जैसे व्यस्त राजनैतिक व्यक्ति से शादी करने के बावजूद अपनी अलग पहचान बनाए रखी। अपने एक लेख में उन्होंने मधु जी के साथ अपने वैवाहिक जीवन को चित्रित किया है। उसी का कुछ अंश यहां प्रस्तुत है–"वैसे तो नाना (वह मधु जी को नाना कहती थी) बहुत ही शर्मीले थे। किसी से ज़्यादा बात नहीं करते थे। नाना शादी न करके केवल स्वतन्त्रता के लिए संघर्ष करना चाहते थे। उस वक़्त नाना तेइस वर्ष के थे और वह प्रजा सोशलिस्ट पार्टी, मुम्बई के अध्यक्ष पद पर थे। इसलिए नाना ने कठिन संघर्ष करते हुए भी इसका असर अपनी कॉलेज की नौकरी पर नहीं आने दिया। वह इतना बढ़िया पढ़ाते थे कि उनके लेक्चर में दूसरे कॉलेजों, एल्फिस्टन व जेवियर के विद्यार्थी भी आते थे।

मैं भी राष्ट्र सेवा दल के कार्यों में इतनी तल्लीन हो गईं थी कि मैंने भी शादी न करके सामाजिक कार्य करते रहने का निर्णय ले लिया था। पर मेरे पिताजी तो केवल मेरी शादी के पीछे पड़े हुए थे। मुझे घर में इतना परेशान

किया गया कि मेरे पास सिवाय शादी करने के कोई रास्ता न रह गया था। मैं एस.एम. जोशी के पास गईं और उन्हें अपनी परेशानी बताई। उन्होंने मेरे सामने होनहार लड़कों की लिस्ट रख दी। उस वक़्त मधु के बारे में उन्होंने कहा कि मधु बहुत ही प्रामाणिक और सत्यनिष्ठ प्रोफ़ेसर है और मुझे महसूस हुआ कि मधु के साथ वैचारिक धरातल पर समझौता नहीं करना पड़ेगा। इसलिए मैंने मधु के नाम पर सहमति दे दी, पर हम दोनों एक-दूसरे से मिलने को तैयार न थे। हमारी मुलाक़ात मंगला पारिख और पी.पी. पारिख ने करवाई। मधु से जब मेरे बारे में पूछा गया, तो उस वक़्त नाना ने कहा, "मैं यूगोस्लाविया होकर आता हूं। तब तक उसकी शादी होती है, तो उसे करने दो। मैं आने के बाद जवाब दूंगा।"

तीन महीने के बाद नाना आ गए और हमारी बातचीत हो गईं। आख़िर शादी न करने के निर्णय पर अड़े दो व्यक्तियों का विवाह बहुत ही सादे ढंग से हो गया। हम दोनों ही सेवादल में शामिल हो गए। ऐसे ही हैं मधु। उनकी शादी हुई, परन्तु उनका नटखटपन नहीं गया। हम दोनों शारदाश्रम में रहने लगे। मैं घर में अकेली थी, नाना की राह देख़ते हुए नाना को आते-आते शाम के सात या साढ़े सात बज गए। तुरन्त मैंने चाय का पानी चढ़ा दिया। चाय तैयार होने पर नाना को बुलाने गईं, तो नाना कहां? वह तो कहीं दिख नहीं रहे थे। सब जगह ढूंढ़ा। उन्हें आवाज़ लगाना शुरू कर दिया। मैं तो एकदम रोने को हो आई। आवाज़ लगाकर थक गईं और यह धीरे-से लोहे की आलमारी से निकल आए। बचपन में लुका-छिपी खेलने वाले नाना छिपकर बैठे तो आलमारी में!

एक बार में सब्जी काटते हए बैठी थी। रतन डिसूजा डिलीवरी के लिए हमारे पास आई हुई थी। नाना कहीं बाहर गए हुए थे। इतने में रतन ने देखा, नाना पैर में रूमाल बांधे लंगड़ाते हुए चले आ रहे हैं। वह घबराते हुए मेरे पास आई और कहने लगी, "प्रमिला उठ शायद नाना को कुछ चोट लग गईं।"

मैंने शान्ति से कहा, "अरे, कुछ नहीं हुआ होगा। बहाना बनाकर वह लंगड़ाते हुए आए होंगे।" मैं वैसे ही बैठी रही।

नाना घंटी बजाकर घर आए और कहने लगे, "अरे, प्रमिला ट्रेन में मेरी चप्पल खो गईं, तो मैं क्या करूं? मैंने एक तरकीब लगाई। पैरों में रूमाल बांधा और रास्ते में लंगड़ाते हुए घर तक आ गया।" मैंने रतन की ओर देखा मेरी आंखों से वो समझ गईं कि देख, मेरा कहना सही निकला न।

एक बार ऐसा ही कुछ और किया नाना ने। बहुत बारिश हो रही थी। नाना को किसी से मिलने स्टेशन जाना था। मुझसे कहने लगे, "देख मैं ऐसे ही जाता हूं, ख़ाली अंडरवियर, बनियान और ऊपर से रेनकोट पहनकर।"

मैंने कहा, "अगर बारिश रुक गईं, तो?"

तो उन्होंने कहा, "बादल इतने भर आए हैं। बारिश कहां रुकेगी?" और वह वैसे ही चले गए। मैंने जैसा कहा, वैसा ही हो गया। बारिश पूरी तरह रुक गईं और धप निकल गईं, फिर क्या करते। टैक्सी की और घर आ गए।

प्रमिला जी और मधु जी के बारे में नाना साहेब गौरे ने एक बार 'साधना' में लिखा था कि दण्डवते के परिवार की संसद में यदि मधु शासक दल का प्रतिनिधित्व करते हैं, तो प्रमिला प्रमुख विपक्षी नेता का। बावजूद इसके दोनों की परिवारिक संसद बिना किसी कलह के चल रही है। इसका कारण है, दोनों का अटूट प्रेम, लगाव और अन्तहीन आपसी समझ का विद्यमान होना।

कुछ मामलों में प्रमिला जी और मधु दण्डवते के विचार अलग-अलग थे। एक मुस्लिम महिला शाहबानो के पति द्वारा तलाक के बाद गुज़ारा भत्ता देने का मामला था। कोर्ट ही नहीं राजीव गांधी सरकार ने भी मुस्लिम समुदाय की कट्टरता के कारण शाहबानो का साथ नहीं दिया। इस केस के बारे में मधु जी ने कहा कि इसको और आगे मत बढ़ाओ। इस पर प्रमिला जी ने असहमति जताई और कहा कि सभी भारतीय महिलाओं के लिए एक से अधिकार होने चाहिए। ऐसा नहीं होना चाहिए कि मुस्लिम, पिछड़ी या किसी अन्य समुदाय की होने के कारण उस महिला के साथ अन्याय किया जाए। पार्टी में इस बात को लेकर अलग-अलग मत थे। चन्द्रशेखर जी ने पार्टी में मत जानने की सलाह दी। अधिकांश लोग इस विचार से सहमत नहीं थे। मत न मिलने के बावजूद प्रमिला ने कहा, "मैं अपनी बात

पर क़ायम रहते हुए महिलाओं को न्याय दिलाने के लिए संघर्षरत रहूंगी।"

गोवा में 1955 के सत्याग्रह के दौरान एस.एम. जोशी ने स्त्रियों को भाग न लेने की सलाह दी। प्रमिला जी ने इसका विरोध करते हुए गोवा आन्दोलन में मधु जी के साथ भाग लिया। पी.वी. नरसिंह राव की सरकार के समय लोकसभा में 33% महिला आरक्षण की बात पर भी प्रमिला जी डटी रहीं और जीवन-भर इसके लिए संघर्षरत रहीं।

इन्दिरा गांधी के शासन काल में इमरजेंसी घोषित होने के समय प्रमिला जी को मुम्बई में गिरफ़्तार कर लिया और पूना जेल में भेजा गया। मधु जी उस समय बैंगलोर में थे। अंग्रेजों के समय में भी पति-पत्नी को जेल में एक साथ रखा जाता था, पर इन्दिरा गांधी के शासन काल में दोनों को अलग-अलग रखा गया। इसका विरोध पार्टी सदस्यों ने कोर्ट में याचिका दायर करके किया। कोर्ट ने फ़ैसला दिया कि यदि मधु को प्रमिला से मिलना है, तो वह विमान द्वारा बैंगलोर से पूना जेल आकर मिल सकते हैं, पर इसका ख़र्च उन्हें स्वयं उठाना पड़ेगा। इस प्रस्ताव को प्रमिला जी ने ठुकरा दिया और कहा कि हम जेल से ही अपना संघर्ष जारी रखेंगे।

बैंगलोर में मधु जी के पास ख़बर आई कि जयप्रकाश नारायण की किडनी ख़ारब हो गईं है, तो उन्होंने जे.पी. को ख़त लिखकर अपनी किडनी देने की बात कही। उसके लिए उन्होंने गृहमन्त्री से अनुमति भी ली। यह पत्र जे.पी. तक पहुंचा पर जे.पी. द्वारा लिखा पत्र उन तक नहीं पहुंच पाया। मधु जी ने जे.पी. को पत्र लिखने के बाद प्रमिला जी को पत्र लिखकर यह सब बताया। इसके साथ यह खेद भी जताया कि उन्होंने इतना महत्त्वपूर्ण फ़ैसला बिना उनकी सहमति से कर लिया। इस पर प्रमिला जी का कहना था कि आप और मैं अलग-अलग नहीं हैं। अगर जे.पी. के लिए त्याग नहीं, तो किसके लिए?

प्रमिला जी और मधु जी के इन वृतान्तों से यही ज़ाहिर होता है कि वे एक-दूसरे के पूरक थे। उनमें परस्पर असीम प्रेम था। भले ही 1 जनवरी, 2002 को प्रमिला जी पंच तत्वों में विलीन हो गईं हों, परन्तु अपनी ज़िन्दगी में उन्होंने जिस व्यक्ति को सबसे ज़्यादा चाहा, उसके साथ जीने-मरने की

इच्छा को प्रकृति का नियम भी तोड़ न सका। अपने आख़िरी वक़्त में प्रमिला जी मधु जी के साथ थीं और उन्होंने उनकी बाहों में ही दम तोड़ा।

एक बार जब मैंने प्रमिला जी से पूछा था, "दादी मां, आप मंगल सूत्र और बिन्दी लगाती हैं, तो क्या आप हिन्दू स्त्री का सुहागन मरना ही उसका सौभाग्य मानती हैं?" तब उन्होंने कहा था, "मैं रीति-रिवाजों को नहीं मानती, पर अगर मेरा प्यार सच्चा है, तो मैं तुम्हारे दादा जी से पहले ही मरना पसन्द करूंगी और मेरी इच्छा है कि हम आख़िरी समय में एक साथ हों। अलग-अलग नहीं।" और अब तो मधु जी भी इस दुनिया में नहीं रहे। पहले प्रमिला जी गईं, तो पीछे वह भी चल दिए। वे अलग कैसे रह सकते थे भला! ।

प्रमिला जी अपने द्वारा एक ठोस मार्ग हम सबके लिए छोड़ गईं हैं, जो वास्तव में नारी के सम्पूर्ण व्यक्तित्व का एक प्रकाशमय पुंज है।

पी. टी. उषा

पी. टी. उषा भारत की पहली ऐसी महिला एथलीट हैं, जिन्होंने दो दशक तक अपना लोहा देश-विदेश में मनवाए रखा। उनकी इस तेज़ रफ़्तार दौड़ की प्रवृत्ति के कारण लोग उन्हें पय्योली एक्सप्रेस कहते हैं। केरल राज्य में कालीकट के समीप मेलादी पय्योली नामक गांव में एक गरीब परिवार में उनका जन्म हुआ। जहां उन्होंने गरीबी और बीमारी की भयानकता को देखा। जब वो बालिका ही थीं, तब से उनका झुकाव स्पोर्ट की ओर था। इस प्रतिभा के कारण उन्हें केरल सरकार से हर महीने ढाई सौ रुपए स्कॉलरशिप के रूप में प्राप्त होते थे। इस राशि ने उनका मनोबल बढ़ाया और उन्हें स्पोर्ट्स के लिए विशेष रूप से बनाए गए कन्नूर विद्यालय में पढ़ने का मौक़ा भी मिला। इस विद्यालय ने उनकी ज़िंदगी को नए आयाम दिए। उनके गुणों की पहचान ओ. एम. नम्बियार जैसे कोच ने की।

उषा ने अपनी अंतर्राष्ट्रीय खिलाड़ी होने की शुरुआत मास्को ओलंपिक 1980 से की, पर उनकी पहचान बनी 1982 के 'एशियन गेम्स' से। इसका आयोजन दिल्ली में किया गया था। उषा ने एशियन गेम्स में 100 मी. और 200 मी. की दौड़ में पदक हासिल किए। वर्ष 1985 में 'जकार्ता' की एशियन मीट में पहुंचने तक वह पांच स्वर्ण पदक जीतने के कारण एशियन ट्रेक क्वीन बन चुकी थी। यह सिलसिला लगातार चलता रहा। एशियन गेम्स, सियोल में उषा ने अपने नाम चार स्वर्ण और एक सिल्वर पदक अर्जित किए।

उषा की ज़िन्दगी का सबसे बड़ा ख़ुशी का दिन था, जब वह अपने

पी.टी. उषा

कैरियर की सबसे ऊँची उड़ान भरने वर्ष 1984 में आयोजित ओलंपिक में भाग लेने लॉस एन्जेल्स पहुंची। यहां उषा ने 400 मी. की दौड़ में भाग लिया। उषा ने यहां इंडियन नेशनल रिकॉर्ड तो अर्जित किया। लेकिन 1/100 सेकेंड की देरी से अपनी जीत दर्ज नहीं करा सकी। उषा तो रो ही पड़ी!

कुछ सालों पश्चात् उषा ने केवल अपना ध्यान एशियन गेम्स जो बीजिंग में होने थे, उसमें पदक जीत के लिए किया। जनता में उनके प्रति लगाव का ही नतीजा है कि विदेशों में भी लोग उषा को पसंद करते हैं। इस राह पर चलते हुए केरल सरकार ने एक सड़क को उषा का नाम दिया है।

वी. श्रीनिवासन जो सेन्ट्रल इंडस्ट्रियन सिक्योरिटी में सब इन्सपेक्टर थे उषा ने उनसे 1991 में शादी की। एक साल बाद एक बेटे की मां बनीं। इस तरह उन्होंने अपने पारिवारिक जीवन में भी एक पत्नी और एक मां के गौरवमय दायित्व को पूरा किया।

विजय मंच पी. टी. उषा को नहीं छोड़ता। एक बेटे की मां इस 33 वर्षीय राधिका ने 1998 में जापान की स्पर्धा में चार पदक जीतकर यही साबित कर दिया। तभी तो उन्होंने आश्चर्यजनक ढंग से 4 गुणा 400 मी. रिले का रजत और 200 तथा 400 मी. दौड़ के कांस्य पदक हासिल किए। इस अवसर पर उन्होंने कहा, "मैं बहुत घबरा गईं थी।" पी. टी. उषा ने जिस तरह भारत को विदेशी मंच पर सम्मानित किया, उसी के सम्मान में उन्हें 1983 में अर्जुन एवार्ड और वर्ष 1985 में पद्मश्री जैसे अलंकरण से सम्मानित किया गया। खेल की दुनिया में उनके

महान योगदान के कारण ही उन्हें स्पोर्ट्स परसन ऑफ द सेंचुरी का खिताब इंडियन ओलंपिक एसोसिएशन ने दिया।

पी. टी. उषा आम महिला नहीं हैं। हर चुनौती का सामना करके नए पथ का निर्माण करना ही उनका व्यक्तित्व है। उनकी पसंद भी यही है कि वह आज युवा धाविकाओं की सलाहकार हैं। इसके लिए उन्होंने केरल में जुलाई 2000 से स्पोर्ट अकादमी की भी शुरुआत की है।

हम उनके पय्योली एक्सप्रेस नाम का रहस्य जान गए हैं। उनका असली नाम उषा उनके नाना ने रखा था। हुआ यूं कि जब उषा का जन्म होने वाला था, तब नाना एक कविता पढ़ रहे थे, जिसमें एक पात्र का नाम उषा था। उषा अपने सभी पारिवारिक और सामाजिक दायित्वों को निभा रही है। उम्र की थकान उनमें नहीं है। यानी वह पय्योली एक्सप्रेस बनकर लगातार रफ़्तार पकड़ रही है।

पुनीता अरोड़ा

भारत जैसे विशाल देश की सुरक्षा की ज़िम्मेदारी का दायित्व अब केवल पुरुषों तक सीमित नहीं रह गया है। महिलाएं भी विश्व के सबसे बड़े लोकतांत्रिक देश की सुरक्षा व्यवस्था में अपना महत्वपूर्ण स्थान रख़ती है। यह कथन चरितार्थ कर दिखाया है हमारे देश की पहली महिला लेफ्टिनेंट जनरल पुनीता अरोड़ा ने। भारतीय सेना के चिकित्सा विभाग में कार्यरत पुनीत अरोड़ा ने हर विकट स्थिति में अपने ज्ञान और संयम का परिचय दिया। 14 मई 2002 को जब जम्मू के निकट कालूचक में अल-मंसूरियन और जमीयत-उल-मुजाहिदीन के फिदायिनी हमले में 34 निर्दोष नागरिकों और बच्चों की जान गईं और अनेक घायल हुए तो सेना का जम्मू अस्पताल संभाल रही पुनीता अरोड़ा को त्वरित चिकित्सा मुहैया कराने के लिए राष्ट्रपति ने विशिष्ट सेवा पदक दिया था। अब वे पुणे के आर्ड फोर्सेज मेडिकल कॉलेज की मुखिया बनने के साथ ही देश की पहली महिला लेफ्टिनेंट जनरल बन गईं हैं।

वर्ष 1968 में सेवा चिकित्सा कोर में भर्ती होने के पहले उन्होंने ए. एफ. एम. सी. से ही एम. बी. बी. एस. किया था। वे स्त्री और प्रसूति रोग की जानी-मानी विशेषज्ञों में से एक हैं और विभिन्न सैन्य अस्पतालों में तैनात रही हैं। आठवीं योजना के दौरान सुरक्षित मातृत्व और पोलियो उन्मूलन के लिए बनी कमेटी की भी वे सदस्य रही हैं। अपने चार दशक से अधिक वर्षों के कैरियर के दौरान उन्होंने अनेक सम्मान हासिल किए। सेना की ओर उन्मुख महिलाओं के लिये वे पहली महिला लेफ्टिनेंट जनरल के नाते प्रेरणा की मशाल साबित होंगी।

चिकित्सा क्षेत्र को और बेहतर व व्यापक बनाने में उनका महत्त्वपूर्ण

पुनीता अरोड़ा

योगदान है। पुनीता जी अपनी सादगी, सरलता और अथक परिश्रम के दम पर ही सेना के दुर्गम रास्तों को तय कर पाई हैं। आज के दौर में जब डॉक्टर और चिकित्सा सामान्य लोगों की पहुंच से दूर होती जा रही है और सैकड़ों लोग बिना चिकित्सा या सही इलाज न मिल पाने के कारण मौत का शिकार हो रहे हैं, वहां पुनीता अरोड़ा जी ने सरकारी योजनाओं के साथ-साथ सेना में भी मेडिकल व्यवस्था में अपने योगदान द्वारा एक बार फिर यह साबित कर दिखाया है कि डॉक्टर का प्रोफ़ेशन प्रायः समर्पण और सेवा-भाव का ही है, फिर चाहे वह एक सामान्य डॉक्टर हो या सेना में कार्यरत डॉक्टर।

पुनीता अरोड़ा जी ने जो रोशनी की मशाल प्रज्ज्वलित की है, वह सैकड़ों महिलाओं को अपनी मंजिल तलाशने में मदद करेगी।

पद्मा बंद्योपाध्याय

सन् 1962 के भारत-चीन युद्ध में जो सेना के जवान अपने प्राण न्यौछावर कर गए, उनको समर्पित देशभक्ति का गीत, स्वर कोकिला लता मंगेशकर ने 27 नवंबर, 1962 को नई दिल्ली में गाया–

ऐ मेरे वतन के लोगों,
ज़रा आंख में भर लो पानी।
जो शहीद हुए हैं उनकी,
ज़रा याद करो कुर्बानी।

इस युद्ध की त्रासदी को देखकर देश के लिए कुछ कर दिखाना है, इसी भावना ने पद्मा को सेना में जाने का हौसला दिया। इसके परिणाम क्या होंगे? किन समस्याओं का सामना करना पड़ेगा? यह सब उसने नहीं सोचा था। वह देखकर हैरान थी कि जिन लोगों के साथ वह खेलती थी या उसके पड़ोसी, जो इस युद्ध में गए थे, कोई भी वापस लौट कर नहीं आया। सब देश की आन पर शहीद हो चुके थे। यही पहला मौक़ा था, जब सेना में लड़कियों की भर्ती शुरू की गईं और पद्मा ने चुना वायुसेना को।

मैं जब अपने देश की सर्वप्रथम महिला एयर मार्शल पी. बंद्योपाध्याय से मिली, तो मैं निहाल हो गईं। उनकी सादगी और अपनेपन के व्यवहार ने मुझे बहुत आकर्षित किया। उन्होंने बचपन की सबसे महत्वपूर्ण घटना मुझे बताई। इस घटना ने उनका जीवन ही बदल दिया। एयर मर्शल

प्रशिक्षण के बाद राष्ट्रसेवा को समर्पित हुईं पद्मा बंधोपाध्याये।

पद्मा बंद्योपाध्याय का जन्म 4 नवंबर 1944 को दक्षिण भारत की धार्मिक नगरी तिरुपति के एक ब्राह्मण परिवार में हुआ। उन्होंने अपने बारे में बताया कि उस समय उच्च स्तर पर लड़कियों के लिए प्रगति के द्वार बंद से थे। भाग्य से मैं अपने परिवार में इकलौती बेटी थी। वैसे मेरे भाई भी हैं। मेरी स्कूली पढ़ाई दिल्ली के तमिल विद्यालय में पूरी हुई। यहां मैंने प्रथम स्थान प्राप्त किया। संस्कृत, तमिल, इतिहास और अर्थशास्त्र पढ़ने वाली पद्मा ने सोचा, अब मैं डॉक्टर कैसे बन सकती हूं? तीन साल इन विषयों को पढ़ने के बाद मैंने साइंस पढ़ने की ठानी। एकदम से यह काफ़ी कठिन था। शायद यह मेरे भीतर छिपी इच्छा-शक्ति और कड़ी मेहनत करने का भरोसा ही था, जो मैंने अपना विषय बदलकर साइंस कर लिया।

मैंने प्री-मेडिकल की पढ़ाई दिल्ली के किरोड़ीमल कॉलेज से की। उसके बाद आर्मी फोर्स मेडिकल कॉलेज, पुणे से एम. बी. बी. एस. किया। मद्रास विश्वविद्यालय विलिंगटन के डिफैंस स्टॉफ सर्विस कॉलेज से एस. एस.

सी. डिफेंस साइंस में किया। पुणे विश्वविद्यालय के आर्मी फोर्स मेडिकल कॉलेज से ही एम. डी. भी कर लिया। भारतीय विश्वविद्यालय, कोयम्बटूर तमिलनाडु से पी. एच-डी. साइक्लोजी में भी कर लिया।

मेरे पिताजी का मानना था कि एयरफोर्स में सिर्फ़ शराब पीना और रात की पार्टियों में डांस करना शगल है। उन्हें एयरफोर्स में कोई गरिमा नज़र नहीं आती थी और लड़कियों के लिए तो बिलकुल भी नहीं। मां के विचार भी पिताजी से भिन्न न थे। मां का कहना था कि इकलौती बेटी को सेना में नहीं भेज सकतीं। मां मुझे पहली बार वर्दी में देखकर रो पड़ी थी।

अपने पति से मेरी मुलाकात ट्रेनिंग के दौरान ही हुई थी। उनके व्यक्तित्व, सोच, व्यवहार, ज्ञान और गुणों ने मुझे इतना प्रभावित किया कि हम दोनों ने भविष्य साथ गुज़ारने का निश्चय कर लिया। दोनों के परिवार वालों को शुरू में कुछ आपत्ति ज़रूर थी, परंतु हमारे प्रेम और शादी के फ़ैसले के आगे उन्हें अपनी स्वीकृति देनी ही पड़ी। तमिल रीति-रिवाज से हमारा विवाह संपन्न हुआ। ससुराल में मांसाहारी भोजन किया जाता था, जब कि मैं ठहरी शुद्ध शाकाहारी। इसमें भी सभी ने मुझे पूरा सहयोग दिया और यह एक साधारण-सी बात बन कर रह गईं कि जिसे जो पसन्द है, वह वैसा ही भोजन करें। मेरे ससुर ने ही शादी के बाद मुझे हिन्दी और बंगाली भाषाओं का ज्ञान करवाया। मुझे खाना बनाना तो बहुत अच्छा नहीं आता था, पर मैं व्यवस्था कर लेती थी। अपनी व्यस्तता के कारण रोज़मर्रा के घरेलू कार्य में नियमित रूप से नहीं कर पाती। मेरा मानना है कि शादी एक बहुत ही प्यारा, भावुक और मज़बूत रिश्ता है। इसमें दो अनजान परिवारों के साथ-साथ दो अनजान व्यक्ति भी अपनी पूरी ज़िन्दगी एक रिश्ते में बंधकर बिताते हैं। दो पक्षों की ओर से यदि तालमेल के साथ व्यवहार कायम रखा जाए, तो ज़िन्दगी बेहद शान्ति से व्यतीत हो सकती है।

पति एस. एन. बंदोपाध्याय और मेरे बीच सही तालमेल ने ही हमें 1971 में एक साथ, एक ही दिन और एक परेड में विशिष्ट सेवा पदक से सम्मानित करवाया। यह सम्मान हमें 1971 के युद्ध के दौरान हजारों

सैनिकों का इलाज तत्परता से करने के कारण दिया गया था। यह समय मेरी ज़िन्दगी का सबसे खूबसूरत दिन था। इस दिन ने हमारा सम्मान अपने परिवारजनों, दोस्तों और रिश्तेदारों में बढ़ा दिया। यह दिन मुझे भुलाए नहीं भूलता।

शायद अपने ऐसे ही कार्यों की वजह से मैं कई पदों पर रहते हुए एवीएम के पद तक पहुंची। भारतीय वायुसेना में एयर कोमोडोर का स्थान प्राप्त करने वाली मैं प्रथम महिला थी। एयरोस्पेस सोसायटी की प्रथम महिला फेलो भी बनी। नार्थ पोल में आयोजित वैज्ञानिक अनुसंधान कार्यक्रमों में भाग लेने वाली प्रथम महिला अधिकारी, वर्ष 1978 में रक्षा सेवा स्टाफ़ कॉलेज से पाठ्यक्रम पूरा करने वाली प्रथम महिला के रूप में सामने आई। भारतीय वायुसेना की सेंट्रल मेडिकल एस्टेनब्लिशमेंट की कमान संभालने वाली प्रथम महिला अधिकारी के तौर पर मेरी तैनाती हुई। एविएशन के क्षेत्र में सी.एम.ई. एक प्रमुख संस्था है, जहां भारतीय वायु सेना, थल सेना एवं कोस्टगार्ड के साथ-साथ सिविल पायलटों को भी उपचार की सुविधाएं प्रदान की जाती हैं। मेरा व्यक्तिगत तौर पर यह मानना है कि सेना में जितनी ईमानदारी से हर अधिकारी को कार्य करने के अवसर प्रदान किए जाते हैं, ऐसा किसी और विभाग में कठिन है। यदि मैं अखिल भारतीय आयुर्विज्ञान संस्थान में भी कार्य करती, तो शायद इतना सम्मान कभी प्राप्त नहीं कर पाती।

चीन-भारत युद्ध के पश्चात् पायलट बनने की मेरी अदम्य इच्छा ने ही मुझे भारतीय वायुसेना में भर्ती होने के लिए प्रेरित किया, किन्तु अपने दृष्टिदोष के कारण मैं भारतीय वायुसेना में पायलट न बन सकी। मैंने हतोत्साहित हुए बिना मेडिकल कैरियर अपना लिया। वर्ष 1975 में मैंने एवीएशन मेडिसन में विशेषज्ञता हासिल की। उस समय यह एक नया क्षेत्र था। मेरी इसी ललक ने अंततः भारतीय वायुसेना के प्रमुख युद्धक विमानों को उड़ाने का अवसर दिया। मुझे ये विमान इसलिए उड़ाने पड़े, ताकि पायलटों की उड़ान के दौरान होने वाली समस्याओं का अनुभव प्राप्त हो सके। इन उड़ानों के माध्यम से पायलटों के साथ संपर्क स्थापित करने में भी मदद मिली और मेरी अंतर्दृष्टि जागृत हुई। यह किताबी ज्ञान से मैं कभी प्राप्त नहीं कर सकती थी।

ईश्वरीय सत्ता पर मेरा अटूट विश्वास है। इसका श्रेय मैं भगवान को ही देती हूं। जिस तरह मैं अपने कैरियर में आगे बढ़ रही थी, उसी तरह मेरा परिवार भी आगे बढ़ रहा था। मेरे दो बेटे हैं। पहले बेटे अमिया बनर्जी ने 1970 में और दूसरे अजित बनर्जी ने 1975 में जन्म लिया। आज मैं दो प्यारे-प्यारे पोतों अर्जुन और माधव की दादी मां भी हूं। अभी दोनों पोते छोटे हैं, फिर भी उन्हें इस बात पर गर्व है कि हमारी दादी मां दूसरों की दादी मां से अलग है। और वह वायुसेना में कार्य करती हैं।

कारगिल युद्ध में भी मेरी मेडिसन विशेषज्ञता देश के काम आई है। जब भी कहीं एअर क्रैश होता और हमें सूचना मिलती तो हम तुरंत दुर्घटना स्थल पर पहुंच जाते। मेरी 24 घण्टे की डॉक्टर की ड्यूटी थी। मुझे लगता है कि अपने पति के पूर्ण सहयोग के कारण ही मैं अपने कैरियर को इतना समय दे पाई।

एक घटना मुझे याद आती है, तब मेरी पोस्टिंग पंजाब में थी। वहां राष्ट्रीय राजमार्ग पर ट्रक दुर्घटना में कई लोगों की मौत हो गईं। मैं पूरी रात उन लाशों के साथ अकेले बैठी रही, क्योंकि जब तक शिनाख़्त नहीं हो जाती, तब तक हमारी ड्यूटी ख़त्म नहीं होती थी। कई बार इस घटना के बारे में लोग मुझसे पूछते हैं कि आपको डर नहीं लगा, तो मेरा जवाब होता है कि मैं एक डॉक्टर हूं, इसलिए बेजान लाशों से क्या डरना?

पूर्वी सेक्टर की ऊंची, हसीन वादियों में एक बार मेरी पोस्टिंग रही। वहां सोने लिए स्लीपिंग बैग का प्रयोग करना पड़ता था और रोशनी के लिए सिर्फ़ टार्च रहती थी। न जाने कौन-सा जानवर रोज़ मेरे पास आकर बराबर में सो जाता था, पर उसने कभी मुझे कोई हानि नहीं पहुंचाई। जब हम अपने कार्यस्थल पर होते हैं, तब यह ख़्याल दिमाग से निकल जाता है कि आप अकेले हैं और औरत हैं। इस तरह हर कठिनाई का सामना स्वयं करना आ जाता है।

मैं स्टॉफ़ कॉलेज, वालिंगटन के लिए जब चुनी गईं, तब वहां एक दिन पहले ही पहुंच गईं। एक वरिष्ठ अधिकारी का मुझसे कहना था कि कल एक महिला अधिकारी यहां आकर अपना कार्यभार संभालेगी। वह

बार-बार यही कहते रहे कि एक महिला के साथ काम करना कितना कठिन है? उनका मानना था कि महिलाएं स्वयं भी परेशान रहती हैं और अपने आसपास का वातावरण भी तनावग्रस्त बना देती हैं, पर अगले दिन जब उन्होंने मुझे वर्दी में देखा, तो उनके आश्चर्य का ठिकाना न रहा। उनके चेहरे की वह प्रतिक्रिया मैं कभी नहीं भुला सकती।

आज जब विदेशों में भारतीयों को सम्मान की दृष्टि से देखा जाता है, तो अच्छा लगता है। यह देन है, हमारे प्रतिष्ठित सूचना प्रौद्योगिकी उद्योग की। पहले जब मैं विदेश जाती थी, तो लोग भारतीयों से कम परिचित थे। यह जानकर मुझे बहुत दुःख होता था कि विश्व का सबसे बड़ा लोकतान्त्रिक देश और लोग इसके बारे में ठीक से जानते भी नहीं। आज अपने देश की प्रगति देखकर दिल को बड़ा सुकून मिलता है।

वायुसेना में रहते हुए मैंने कई बार युद्ध का सामना किया, फिर भी मैं शान्ति में विश्वास रख़ती हूं। वेद वाक्य वसुधैव कुटुम्बकम स्मरण कराता है कि पूरा विश्व ही एक परिवार है। मैं उन महिलाओं को संदेश देना चाहती हूं, जो पुरुष प्रधान क्षेत्रों में अपना जौहर दिखाना चाहती हैं कि "सपना देखो, मगर उसे पूरा करने के लिए मेहनत से परहेज मत करो।"

अपने आपको चुस्त-दुरुस्त रखने के लिए मैं योग और व्यायाम करती हूं। भरत नाट्यम् भी थोड़ा-बहुत कर लेती हूं। पुराना फ़िल्मी संगीत और पारंपरिक संगीत मुझे बेहद पसन्द है। फिलोसोफिकल किताबें पढ़ने से मन को शान्ति मिलती है। 'गीता' का नित्य पाठ करना मेरी दिनचर्या में शामिल है। संगीत में लता जी और अभिनय में जया बच्चन के साथ संजीव कुमार मेरी पहली पसन्द हैं। रिटायर होने के बाद मैं अपना समय उस समाज को समर्पित करना चाहती हूं जिसने मुझे इतना सम्मान प्रदान किया। मेरा जीवन-दर्शन यही है कि 'सब अन्दर से खुश रहें, न कि ऊपरी दिखावे के लिए हंसे। किसी को ज़िन्दगी में दुख मत दो। जहां तक हो सके खुशियां बांटने की कोशिश करो।

अपने इन्हीं गुणों के कारण पद्मा जी प्रथम महिला एयर मार्शल बनीं, क्योंकि दूसरों की राह पर चलकर सन्तुष्ट हो जाना इनके स्वभाव में नहीं है।

कठिनाईयों का सामना करते हुए नए पथ का निर्माण करना और आसमान की ऊंचाईयों को छूना ही इनका जीवन है। पद्मा जी ने आने वाली पीढ़ी के लिए एक रास्ते का निर्माण किया है। अब यह आने वाली पीढ़ी की कर्मठता पर निर्भर करता है कि वह इस मंजिल को पार कर पाती है या नहीं।

भारती तनेजा

भारती तनेजा उन भारतीय मध्यमवर्गीय महिलाओं का प्रतिनिधित्व करती हैं, जो अपनी लगन, इच्छा-शक्ति और कला के दम पर हर कार्य को संभव बना सकती हैं। भारती जी ने इस क्षेत्र में अपनी पहचान बनाई जिसका महत्त्व आम लोगों में कम था यह अभिजात्य वर्ग और सिने कलाकारों तक ही सीमित था। वह ऐसी पहली भारतीय महिला है, जिन्होंने सौंदर्य विशेषज्ञ बनकर आम महिला में आत्मविश्वास बढ़ाने के साथ-साथ महिलाओं को आकर्षक बनाने में भी सहायता की। भारती जी किसी आम भारतीय महिला जैसी दिखाई देती हैं, परंतु उनकी चेतना उन्हें अन्यों से अलग बना देती है। बेबाक ज़िन्दगी जीने वाली इस महिला से जब मैंने उनके जीवन के बारे में जानना चाहा, तो उन्होंने बताया कि मेरा जन्म 10 अगस्त 1955 में तिलक नगर स्थित हमारे घर में हुआ। मेरे माता-पिता अवतार कौर और जगदीश सिंह हैं, किन्तु मेरे पिताजी ने अपने बालों को तिलांजलि दे दी, जो कि सिख धर्म के उसूलों के विरुद्ध है। उनके इस कार्य से नाराज़ होकर मेरे दादा-दादी सरदार सोहन सिंह और प्रकाश कौर ने ज़बरदस्ती मेरे माता-पिता से मुझे गोद ले लिया। आज मेरे माता-पिता सरदार सोहण सिंह और प्रकाश कौर ही हैं।

घर में इकलौती लड़की होने के कारण मैं हमेशा सबकी लाडली रही। बाद में मेरे माता-पिता के यहां मेरे दो भाई सुनीत और सुनील अरोड़ा जन्मे। बचपन में मुझे टीचर-टीचर खेल खेलना बहुत पसन्द था। मैं हमेशा ज़िद्द करती थी कि मैं ही टीचर बनूंगी। मैंने अपनी

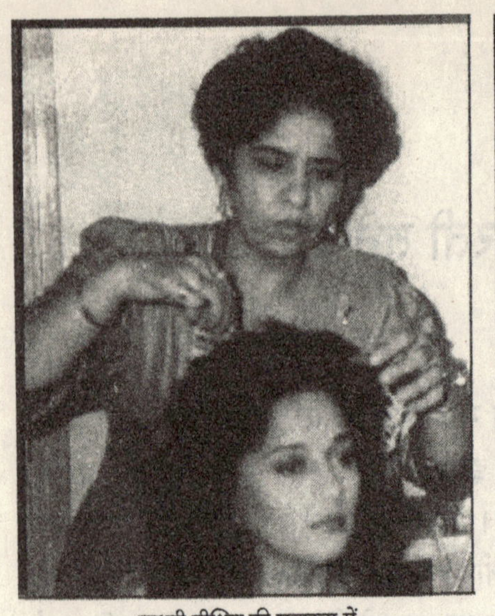

माधुरी दीक्षित की सुन्दरता में चार चांद लगाती भारती तनेजा

स्कूली पढ़ाई सुभाष नगर के सरकारी विद्यालय से पूरी की। दौलत राम कॉलेज से बी. एस-सी. 1974 में किया, जबकि आर. बी. एस. रिवाड़ी से बी. एड. किया है। हैप्पी मॉडल स्कूल से रूसी भाषा भी सीखी। आगे आयुर्वेदाचार्य का डिप्लोमा किया। मैग्नेट थैरेपी, आरोमा थैरेपी के कोर्स ऑस्ट्रेलिया और दिल्ली में किए। गिटार बजाना भी जानती हूं। असंभव जैसा शब्द मेरे शब्दकोश में नहीं है।

सन् 1977 में अमृतसर में एक नए टी. वी. कार्यक्रम की शुरुआत बैसाखी पर की गईं, जिसमें मैंने अपना कार्यक्रम प्रस्तुत किया। आस-पड़ोस के लोगों और तमाम रिश्तेदारों ने इस कार्यक्रम के लिए मेरी बहुत प्रशंसा की। पिताजी मेरे भारती मामा से काफी प्रभावित थे। इसीलिए उन्होंने मेरा नाम रवीन्द्र कौर से बदलकर भारती रख दिया।

बलराज से मेरी शादी 13 अप्रैल 1978 को हुई। यह हमारे माता-पिता ने ही तय की थी, लेकिन विवाह पूर्व मैंने बलराज के साथ बहुत ही हसीन समय व्यतीत किया। सगाई के बाद हमारी शादी पूरे एक साल बाद हुई। इस दौरान मैं कई बार चोरी-छिपे अपने परिवार वालों को बिना बताए बलराज से मिलती रही। उन दिनों मैं स्कूल में पढ़ाती थी। हमारे स्कूल से टीचर्स और विद्यार्थियों को छुट्टियों में घुमाने के लिए कश्मीर ले जाया गया। मैंने चालाकी चलते हुए वापस लौटने की तारीख़ घर पर नहीं बतलाई। बलराज को सब मालूम था। वह मुझे लेने रेलवे स्टेशन पहुंच गए। हम दोनों ने साथ में पूरा दिन बिताया। आख़िर घर

पहुंची तो मेरी चोरी पकड़ी गईं, क्योंकि मेरे कई विद्यार्थी घर के पास ही रहते थे। उनसे मेरी मां ने पूछा, "तुम लोग वापिस आ गए, तुम्हारी भारती मैडम कहां है?" तो उनका जवाब था कि वह तो बलराज जीजू के साथ पहले ही चली गईं थी। दिल्ली में एक बार उड़नतश्तरी आने जैसी ख़बरों से हवा गर्म थीं, सभी अख़बारों और दूरदर्शन के समाचारों में इससे संबंधित जानकारी व ख़बरें दिखाई जा रही थी। मैं और बलराज इस सबसे बेख़बर हमेशा की तरह एक-दूसरे से मिलने बुद्धा गार्डन पहुंच गए। दिल्ली में उस दिन लगभग सारा यातायात ठप्प-सा था। धूल भरी आंधी चल रही थी। इधर-उधर कई टूटे हुए पेड़ पड़े थे, पर हम दोनों को केवल यही चिंता थी कि कहीं एक-दूसरे तक पहुंचने में लेट ना हो जाएं। हमारे आस-पास क्या हो रहा है, इस पर हमारा रत्ती भर भी ध्यान नहीं था।

शादी के कुछ समय बाद मैं अपने माता-पिता से मिलने कुवैत गईं। तब पति से अलग रहकर समय बिताना बहुत ही कठिन हो गया। वे पन्द्रह दिन जैसे पन्द्रह साल की तरह व्यतीत हुए। भगवान की कृपा से आज तक हमारा प्यार ज्यों-का-त्यों बरक़रार है। मेरे पति आज भी मेरे हाथ से ही बना खाना खाते हैं। हर जन्म में मैं उन्हें ही पति बनाना चाहती हूं। मुझे और उन्हें पूर्ण विश्वास है कि हम दोनों सिर्फ़ एक-दूजे के लिए ही बने हैं।

सन् 1979 में बड़ी बेटी गुंजन और सन् 1988 में छोटी बेटी ईशिका का जन्म हुआ। ससुराल में पिता की तरह हमेशा प्रेम करने वाले मेरे ससुर कश्मीरी लाल जी थे। जहां मेरी गोद में ईशिका आई, वहीं मौत के बेरहम हाथों ने मेरे पिता जैसे ससुर का साया मुझसे छीन लिया। मेरी सासू मां विमला तनेजा भी हर कठिनाई में मेरा साथ देती है। उनके सहयोग और पति की प्रेरणा से ही मैं अपना कैरियर शुरू कर पाई। अपने विकासपुरी स्थित घर से ही 1988 में 6 मार्च को मैंने एक कमरे में एक शीशा लगाया, सोने वाले बैड का सिरहाना हटाकर उसका सोफ़ा बनाया और ALPS का बोर्ड लगाकर अपना काम शुरू कर दिया। एक साल के अंदर ही दूसरा कमरा भी ले लिया। थोड़े समय

बाद पूरे घर को ही पार्लर में तब्दील कर दिया और रहने की कहीं और व्यवस्था कर ली।

2000 रुपए मात्र से शुरू किया गया यह व्यवसाय आज विकासपुरी की और भारती तनेजा की पहचान बन गया है।

इस दौरान मेरी पारिवारिक ज़िन्दगी में कई पड़ाव आए। मेरी पहली संतान गुंजन के जन्म के समय मेरे बचने की उम्मीद बहुत कम थी। तब मेरे ससुर जी ने मन्नत मांगी थी, रामेश्वरम् जाने की। धर्म की कट्टरता को मेरे स्वास्थ्य के आगे मेरी सासू मां ने तिलांजलि दे दी। करवा चौथ पर मैं गर्भवती थी, तब थाली फिराने की रस्म के बाद ही मेरी सासू मां ने मुझे खाना-खाने की इज़ाजत दे दी। एक बार करवा चौथ तब आया, जब हम सब सपरिवार कहीं घूमने गए हुए थे। तब मेरी सासू मां ने कहा कि सफ़र के दौरान कैसे व्रत रख पाओगी, केवल पूजा कर लो।

ज़िन्दगी में एक ख़ेद हमेशा रहेगा। मुझे लगता है, मैं अपनी छोटी बेटी ईशिका को उतना समय नहीं दे पाई, जितना एक बच्चे को अपनी मां से आशा होती है। यहां मेरे पति और मुझमें इतना प्यार है, वहीं बहुत सी ऐसी पारिवारिक और व्यावसायिक बातें हैं, जिसमें हम दोनों के विचार अलग-अलग हैं। मेरे पति अत्यधिक गंभीरता के साथ काफ़ी समय लगाते हैं, कोई निर्णय लेने में, जबकि मैं आत्मविश्वास के साथ तुरंत फ़ैसले लेती हूं। मुझे अपनी बड़ी बेटी गुंजन की शादी बिना उनकी रज़ामंदी के करवानी पड़ी। वैसे हमारे दामाद विपिन को पसन्द तो बलराज ने ही किया था, न जाने सगाई के बाद किस बात पर उन दोनों का झगड़ा हो गया, जिससे बलराज ने विपिन के साथ गुंजन की शादी करने से साफ़ मना कर दिया। उस समय गुंजन मेरे पास आई और बोली, "आप दोनों ने पहले मुझे विपिन से मिलवाया था और अब आप मना कर रहे हैं, मैं विपिन से ही शादी करना चाहती हूं।"

अपनी बेटी की इस बात ने मुझे झकझोर कर रख दिया और मैंने पति के विरोध के बावजूद दोनों की रजिस्टर शादी करवा दी। अपनी प्रोफ़ेशनल लाइफ़ से जुड़ा एक वाक्य मुझे भुलाए नहीं भुलता। एक

बार माधुरी दीक्षित मेकअप करने आईं। मुझे देखते ही वह बोली, "हैलो मैं माधुरी दीक्षित हूं।"

मैंने कहा, "माधुरी जी, आपको कौन नहीं जानता।" शूटिंग के दौरान लंच टाइम में वह खुद सबको खाना परोस रही थीं। उनकी इस सरलता ने मुझे यह सोचने पर मजबूर कर दिया कि आप चाहे किसी भी कैरियर में क्यों न हों। सबसे पहले आपका एक अच्छा इंसान होना ज़्यादा ज़रूरी है।

शायद इस सोच पर क़ायम रहते हुए और कार्य पर पूरा ध्यान केंद्रित करने के कारण मुझे कई सम्मान भी प्राप्त हुए। वूमैन ऑफ द इयर, 1996 में एस. एम. ई. एस. के द्वारा गोल्ड मैडल। यू. पी. फिल्म फोटो जर्नलिस्ट वैलफ़ेयर एसोसिएशन, मेरठ की ओर से मिलेनियम वूमैन एवार्ड, एक्सीलैंस एवार्ड, पूर्व गर्वनर आसाम और तमिलनाडु भीष्म नारायण सिंह के हाथों में दिया गया। सद्भावना एवार्ड 23 जून 1997 में भावना कला मंदिर सोशल एण्ड कल्चरल सोसायटी के सौजन्य से दिया गया। राजधानी रतन एवार्ड 17 अगस्त 1997 को डॉ. हर्षवर्धन के हाथों दिया गया। राष्ट्रीय एकता पुरस्कार श्री राम जेठमलानी के हाथों मिला। पोलेंरिड लेडीज़ एवार्ड भारत निर्माण द्वारा दिया गया। इसके अलावा कई अन्य पुरस्कारों द्वारा मेरी हौसला अफज़ाई की गईं।

मेरे लिए अच्छा इंसान बनना ही सबसे बड़ी पूजा है। रसोईघर में खाना बनाकर मुझे सुकून मिलता है। फ़िल्में देखना खूब पसन्द है। अमिताभ और शाहरुख खान मेरे पसंदीदा हीरो हैं। 'जीया ले गयो रे मेरो सांवरिया' मेरा सदाबहार प्रिय गीत है। मैंने अपने अनुभवों, ज्ञान और प्रयोगों द्वारा नई तकनीक सौंदर्य के क्षेत्र में जानी है। उसे दूसरों तक पहुंचाने के लिए मुझे टीचिंग करना पसन्द है। अपने काम को मैं हमेशा बेहतर-से-बेहतर बनाने पर ध्यान देती हूं, ताकि कोई ठहराव और बासीपन न आए।

सौंदर्य का अर्थ मेरे लिए है, आपके व्यक्तित्व का आकर्षक होना। यदि आप अपने विचारों, आत्मविश्वास और अपनी शारीरिक स्वच्छता से दूसरों को अपनी ओर आकर्षित कर पाते हैं, तो मेरी नज़र में यही सौंदर्य हैं। कभी

सास अपनी बहू के पार्लर जाने पर एतराज़ करती थी। आज दोनों एक साथ जाती हैं। मीडिया ने आम लोगों तक चेतना पहुंचाने में काफ़ी मदद की है। मैं पहले एक किताब 'ब्यूटी बुक बाई भारती तनेजा' लिख रही हूं। दूसरी किताब भी जल्द आने वाली है। हीरा तो हीरा ही होता है, हम तो पत्थर को भी तराश कर सुन्दर और उपयोगी बनाने की कोशिश करते हैं।

मदर टेरेसा

यदि मैं मदर टेरेसा के विषय में न लिख़ती तो मुझे सदैव एक अधूरेपन का एहसास सालता रहता। अभी तक जिन महिलाओं के बारे में लिखा, वे सब जन्म से भारतीय हैं, लेकिन एक अन्य देश से आकर भारत के लोगों की निस्वार्थ सेवा और सहायता में सारा जीवन अर्पित कर देने वाली मदर टेरेसा कैसे छूट सकती थीं। उनके बिना यह काम कैसे पूर्ण समझा जा सकता था।

विश्व की इस महान विभूति का जन्म 26 अगस्त, 1910 के दिन मक़दूनिया के सोपय नामक जगह में हुआ। उनका परिवार मूलतः अलबेनियन था। माता-पिता ने नवजात बालिका का नाम एगनैस गोनाक्सा रखा। उनकी दो और संतानों में एगा का जन्म 1904 में और लेजर का 1907 में हुआ था। अपनी अन्य सन्तानों के समान ही माता-पिता ने उन्हें भी प्रारम्भिक शिक्षा के लिए स्थानीय सरकारी स्कूल में भेजा। इसी समय 1914 में यूरोप में प्रथम विश्वयुद्ध आरम्भ हुआ, जिसने जनजीवन को उद्वेलित करके रख दिया। बालिका एगनेस के मन पर इसका गहरा प्रभाव पड़ा। इस युद्ध की विभीषिका को अभी वह भुला भी ना पाई थी कि अबोध बालिका के सर से पिता का साया हट गया।

एगनस की मां डूस्बा ने किसी तरह बच्चों को संभाला। वह चर्च जाती, प्रार्थना करतीं और बच्चों को पढ़ातीं। वह बड़ी दयालु थी और गरीबों तथा असहायों की मदद करने के लिए सदैव तत्पर रहतीं। एगनस पर तभी से गहरा, प्रभाव पड़ता गया और वह सेवा की भावना से भरती चली गईं।

ममता की मूरत मदर टेरेसा

एगनस को भारत में मिशनरियों के काम के बारे में छोटी उम्र में ही पता चल गया था। बारह वर्ष की उम्र में ही वह सारा जीवन ईश्वर की सेवा में ही लगा देने की सोच बैठी और 18 वर्ष की उम्र में मानव सेवा का व्रत ले लिया। उन्होंने तय कर लिया कि एक मिशनरी के रूप में वह भारत जाएंगी। दिसम्बर, 1928 में वह भारत जाने को तैयार हुई। सन् 1929 के आरंभ में श्रीलंका पहुंची। वहां से मद्रास और फिर कोलकाता जाना हुआ, फिर वह दार्जिलिंग गईं। 23 मई 1929 में वह शिक्षार्थी बनी। दो वर्ष प्रशिक्षण के बाद कोलकाता लौट आईं।

भारत आने के बाद मदर कलकत्ता गईं, जो उनका कर्मक्षेत्र बना। यहां वह सेंट मेरीज़ हाई स्कूल में भूगोल पढ़ाती थी। यह स्कूल कलकत्ता के इंटाली क्षेत्र में स्थित है। यहीं उन्होंने अध्यापन कार्य किया। उन्हें लोरेटो की सिस्टर्स के साथ परोक्ष रूप से 'डॉटर्स ऑफ़ सेंट एन' का उत्तरदायित्व भी मिला। सेंट मेरी स्कूल के समीप ही मोतीझील की बस्ती थी। ज़्यादातर वह स्कूल में रहती, लेकिन थोड़ा भी समय मिलने पर मोती झील की बस्ती में पहुंच जाती थी। वहां बस्ती के बच्चों को बुलाती और उनके दुख-दर्द सुनकर सहायता करने का प्रयास करती।

उनके जीवन से जुड़ी एक बहुत ही रोचक घटना है। बी. बी. सी. लंदन से सम्बद्ध रहे, मैलकम मैगरिज़ ने अपनी पुस्तक 'समथिंग ब्यूटीफुल फॉर गॉड' में एक घटना का उल्लेख किया है। बी. बी. सी. के लिए एक टी. वी. फ़िल्म बनाई जानी थी, इसके लिए मैल्कम मैगरिज

कलकत्ता आए। वह फ़िल्म मदर टेरेसा और मिशनरीज़ ऑफ चैरिटीज़ पर बनाई जा रही थी। फ़िल्म बनाने वाला यह दल मदर की करुणा से अस्तित्व में आए 'निर्मल हृदय' कालीघाट, कलकत्ता आया। फ़िल्म बनने लगी। कैमरामैन का मत था कि कमरे के अंदर फ़िल्म ठीक नहीं बनेगी अतः बाहर प्रकाश में शुरु की जाए। ऐसा ही हुआ। इसके बाद कुछ कार्य शेष रह गया, तो कमरे के अन्दर के दृश्य को भी ले लिया गया। इस दल को विश्वास था कि कमरे के अंदर के दृश्य भी नहीं आएंगे। यदि आएंगे भी, तो अच्छे नहीं होंगे। फ़िल्म बाद में डेवलप की गईं। यह देखकर सभी के आश्चर्य की सीमा न रही कि बाहर प्रकाश में की गयी फ़िल्म की तुलना में अंदर अंधेरे में की गईं शूटिंग अधिक साफ आई थी। इस घटना के विषय में पूछे जाने पर मदर का यही उत्तर है कि यह घटना सत्य है। इसमें आश्चर्य करने जैसी कोई बात नहीं, परमात्मा प्रतिदिन–प्रतिपल अपने पावन अस्तित्व का अहसास कराता रहता है।

उन्होंने लोरेंटो के वस्त्रों को त्याग दिया और भारतीय साड़ी अपना ली। यह साड़ी भी किसी सम्भ्रांत महिलाओं की नहीं, बल्कि सफेद रंग की नीली किनारी वाली थी। केवल उन्होंने परिधान ही नहीं, रहन-सहन, आहार-व्यवहार सभी कुछ भारतीय ही अपना लिया। घुटने मोड़कर ज़मीन पर बैठना, भात, दाल, दही, सब्जी थाली में लेकर हाथ से खाना, कपड़ों को बाल्टी में भिगोकर फर्श पर पटक निचोड़ कर धोना सभी कुछ वह खुद करती थी।

मदर ने रोगियों की सेवा के लिए नर्स का प्रशिक्षण ज़रूरी समझा। और उन्होंने पटना से नर्सिंग का प्रशिक्षण प्राप्त किया और पुनः कलकत्ता लौट आई। पुराने स्कूल से सम्बन्ध विच्छेद हो चुका था। न रहने का कोई स्थान था, न भोजन की व्यवस्था। कलकत्ता लौटने पर वह लिटिल सिस्टर्स ऑफ पूअर संस्था में आईं। उनके मानस में रह-रहकर मोती झील की बस्ती घूम रही थीं वह उसी बस्ती से अपने कार्य की शुरुआत करना चाहती थी। उन्होंने वहीं एक स्कूल खोलना उचित समझा। 21 दिसम्बर 1948 को उन्हें इस स्कूल के लिए अनुमति प्राप्त हो गईं। लोरेंटो के स्कूल से त्यागपत्र देने के बाद मदर ने सियालदह के समीप

एक अत्यंत पुराने भवन में रहने की व्यवस्था की और वहीं पर उन्होंने अपने भावी कार्यक्रम के भवन की आधारशिला रखी। सियालदह के अपने इस निवास स्थान में वे अनेक बेसहारा शिशुओं का पालन करने लगीं। ऐसे शिशुओं का, जिन्हें हमारा समाज सर्वथा अवांछित समझता है, जो सर्वथा निर्दोष होते हुए भी एक अभिशप्त जीवन जीने के लिए बाध्य कर दिए जाते हैं। उन्हें जन्म देने वाले तो समाज में शुभ्र वस्त्रों में घूमते रहते हैं, किन्तु उन मासूमों को समाज दुत्कार देता है। मदर के पास में साधनों का अभाव था। खाने के लिए सामान्य बंगाली भोजन दाल-भात की भी व्यवस्था मुश्किल से होती थी। यदा-कदा रात्रि में भूखा ही रहना पड़ता फिर भी मदर तो मदर ही थी। वह अपनी इन निरीह निर्दोष सन्तानों को गले से लगाए रहीं।

आज इसी कलकत्ता महानगरी में लोअर सर्कुलर रोड पर मिशनरीज ऑफ़ चैरिटीज़ का कार्यालय है। यहीं मदर के कार्य-कलापों का मुख्य केन्द्र है। इसके पास इंटाली मार्किट की विपरीत दिशा में गिरिजाघर के सामने लोअर सर्कुलर रोड पर ही 'निर्मला शिशु भवन' है। भवन की दूसरी मंजिल पर जाते हुए सामने दीवार पर टंगे चित्र में लिखा है–

The Poors want your love,
Not Service only.

इससे मदर के ममतामय हृदय को परिचय स्वतः ही मिल जाता है। वहां प्रवेश करते ही कई छोटे-छोटे शिशु हंसते-मुस्कुराते किलकारियां भरते मिल जाते हैं जो मदर के विशाल हृदय की कहानी अपने आप कह देते हैं। उनका रोगियों की सेवा का यह कार्य भी समानान्तर रूप में चलता है। एक बार बरसात में वह कहीं जा रही थी। उन्होंने रास्ते में देखा कि एक व्यक्ति अपनी अंतिम सांसे गिन रहा है। कलकत्ता जैसी महानगरी में यह कोई विशेष घटना नहीं थी, फिर भी वह सोचने के लिए बाध्य हो गईं कि इस प्रकार के निराश्रय लोगों के लिए भी कुछ व्यवस्था होनी चाहिए। वह इसकी व्यवस्था करने में जुट गईं। दो महीने बाद इसके लिए स्थान मिल गया। यह स्थान था, कालीघाट स्थित काली मंदिर के पीछे का एक मकान, जहां पहले तीर्थयात्री ठहरते थे।

कुष्ठ रोग के लिए एक घनिष्ठ सहयोगी ने उनसे कहा था कि लोगों में इसके बारे में एक घृणा की भावना व्याप्त है। उनका हृदय कुष्ठ रोगियों की इस पीड़ा को नहीं देख सका। वह उनके पुनर्वास तथा उपचार के लिए प्रयत्नशील हो गईं। उनके प्रयत्नों के परिणामस्वरूप पश्चिम बंगाल की सरकार ने उन्हें चौंतीस एकड़ भूमि प्रदान कर दी। आज आसनसोल के समीप इसी भूमि पर कुष्ठ रोग आश्रम है। यहीं पर रोगियों का पुनर्वास केंद्र 'शान्ति नगर' बसा हुआ है। सर्वप्रथम मदर के पास पांच कुष्ठ रोगी आए थे, जिन्हें इस रोग का अधिक प्रकोप हुआ भी नहीं था, किंतु रोग के लक्षण प्रकट होते ही उन्हें उनकी नौकरियों से निकाल दिया गया था। नौकरियों से ही नहीं, उनके घर वालों ने भी उनका बहिष्कार कर दिया था। चारों ओर से निराशा होने पर वे भीख मांगने के लिए बाध्य हो गए थे। संयोग से इसी समय कुष्ठ रोग विशेषज्ञ डॉ. सेन भी मदर के पास आए। उन्होंने उनसे इस रोग के विषय में विस्तार से चर्चा की। डॉ. सेन से उन्हें बहुत सारी जानकारियां प्राप्त हुईं। उन्हीं के अनुरोध पर डॉ. सेन ने कुछ बहिनों को इस रोग के उपचार का प्रशिक्षण दिया। इस तरह मदर ने कुष्ठ रोगियों की सेवा का कार्य भी आरम्भ कर दिया। अमेरिका आदि देशों से इस कार्य के लिए दवाएं प्राप्त होती रहती हैं। बहिनों की निस्वार्थ सेवा, भाषण तथा उपचार से रोगी स्वास्थ्य लाभ प्राप्त करने लगे हैं। मदर तथा बहिनें समझ गईं हैं कि कुष्ठ रोग पूर्णरूपेण साध्य है, किन्तु इसमें उचित उपचार की आवश्यकता होती है।

असामान्य वृद्धि और विकलांग बालकों की शरण स्थली है उनकी ममता का एक अन्य मूर्त रूप 'प्रेमदान' । उनका यह 'प्रेमदान' कलकत्ता के पूर्वी अंचल तिलजला में स्थित है। 'रैन बसेरा', बेघर तथा फुटपाथों पर जीवन बिताने वाले लोग रात्रि में शरण प्राप्त करते हैं। आज यह अपने नाम की सार्थकता का परिचय दे रहा है।

'निर्मला केनेडी केंद्र' मदर टेरसा की ममता का एक और साकार रूप है। सन् 1971 में जब बांग्लादेश से लाखों शरणार्थी भारत आए, तो 'दमदम' हवाई अड्डे से कुछ ही दूर एक स्थान पर उनके लिए शिविर लगाया गया। जब बांग्लादेश के विस्थापित देश की स्वतन्त्रता पर स्वदेश वापस चले गए तो शिविर के लिए मिली जगह को मां ने छोड़ा नहीं। इसी

स्थान पर 'निर्मला केनेडी केंद्र' की स्थापना हुई। इस केंद्र में मन्द बुद्धि, पक्षाघात के रोगियों तथा विकलांगों के लिए आवास की व्यवस्था है।

प्रारंभ में वह अकेली थी, इसके बाद एक सिस्टर ने उनका शिष्यत्व ग्रहण किया। इस प्रकार उनकी शिष्य संख़्या में निरंतर वृद्धि होती गईं। आज उनकी सहयोगी बहिनों की संख़्या हजारों में है।

मदर की इसी सतत साधना का परिणाम है कि आज कलकत्ता में कालीघाट, दमदम, तिलजला, शान्तिनगर, आसनसोल टीटाघाट, के साथ ही दिल्ली, बम्बई, आगरा, रांची, अम्बाला, झांसी, अमरावती, रायगढ़ आदि स्थानों पर मिशनरीज़ ऑफ़ चैरिटीज के प्रायः 60-65 प्रतिष्ठान दीन-दुखियों की सेवा कर रहे हैं। भारत ही नहीं, विदेशों में भी इसके अधीन प्रतिष्ठान कार्यरत हैं। स्विट्जरलैंड, ऑस्ट्रेलिया, अमेरिका, कनाडा, इटली, ऑस्ट्रिया, इंग्लैंड, हालैंड, फ्रांस, डेनमार्क, वेनज़ुएला, आयरलैंड, न्यूज़ीलैंड आदि देशों में लगभग 30 प्रतिष्ठान उनके आदर्शों पर चलते हुए सेवा भावना का परिचय दे रहे हैं। मिशृनरीज़ ऑफ चैरिटीज़ के साथ ही मदर की विराटता की सूचक एक अंतर्राष्ट्रीय संस्था 'इंटरनेशनल एसोसिएशन ऑफ़ को-वर्कर्स ऑफ़ मदर टेरेसा' भी है।

मदर के कार्यों को सम्मानित करने के लिए उन्हें देश-विदेश में अनेक पुरस्कारों से नवाजा गया। उन्होंने भारत का सर्वोच्च राजकीय सम्मान भारत रत्न 1980 में प्राप्त किया। उससे पहले 1978 में विश्व का शिखर सम्मान शान्ति के लिए नोबेल पुरस्कार प्राप्त हो चुका था। 1996 में उन्हें अमेरिका की मानद नागरिकता मिली, जबकि उन्होंने भारत की नागरिकता 1949 में प्राप्त की।

5 सितम्बर 1997 को मदर शारीरिक रूप से हम सबसे बहुत दूर चली गईं, लेकिन वसुधैव कुटुम्बकम की उनकी भावना, उनके कार्य, उनका व्यक्तित्व हर पीढ़ी को मानवता की सेवा करने के लिए प्रेरित करता रहेगा।

मार्ग्रेट अल्वा

श्रीमती मार्ग्रेट अल्वा, उन वरिष्ठ नेताओं में से एक हैं, जिन्होंने अपने कार्यों द्वारा भारतीय राजनीति में अपने और दूसरी महिलाओं के लिए एक विशेष स्थान बनाया है। श्रीमती इंदिरा गांधी के कार्यकाल से लेकर मनमोहन सिंह के समय में अपनी पहचान बरक़रार रखी और कांग्रेस पार्टी की पदाधिकारी भी रही।

इस महान विभूति का जन्म 14 अप्रैल, 1942 को बंगलौर में पिता श्री पी. ए. नराथे के यहां हुआ। इस तेजस्वी कन्या के गुणों की पहचान माता-पिता को बचपन में ही हो गईं थी। अल्वा जी ने उस समय बी. ए., एल. एल. बी. की डिग्री प्राप्त की, जब प्रायः लड़कियों को शिक्षा से वंचित रखा जाता था। मार्ग्रेट जी ने वकालत के पेशे को अपनाया, ताकि न्याय की आवाज वह कानून तक पहुंचा सकें।

अपने वैवाहिक जीवन की शुरुआत उन्होंने निरंजन अल्वा से 24 मई, 1961 में प्रणय-सूत्र में बंध कर की। पति के सहयोग से जब सामाजिक जीवन में अपना क़दम बढ़ाया, तो फिर पीछे मुड़कर नहीं देखा। वर्ष 1972 में उन्हें कर्नाटक में गर्वनर पद से सम्मानित किया गया। वर्ष 1974 के अप्रैल माह में कर्नाटक से ही राज्य सभा की सदस्य बनीं। उन्होंने कांग्रेस पार्टी की स्टेडिंग कमेटी के साथ-साथ 1977 के दौरान ए. आई. सी. सी. के संयुक्त सचिव पद का कार्यभार भी संभाला। वर्ष 1978 से 80 तक वह कनार्टक से पी. सी. सी. की जरनल सेक्रेटरी रही। राज्यसभा के लिए उन्हें अप्रैल 1980 में दुबारा चुना गया। वह महिला कांग्रेस की वर्ष 1983-88 तक राष्ट्रीय अध्यक्ष भी रहीं। सितम्बर 1985 से नवम्बर 1989 तक राज्यमंत्री के पद पर

एक चुनावी जनसभा के दौरान कांग्रेस अध्यक्ष सोनिया गांधी के साथ मार्ग्रेट अल्वा

रहते हुए युवाओं से जुड़े मामले, स्पोर्ट्स और महिलाओं के साथ-साथ बाल कल्याण पर काम किया। अप्रैल, 1986 में वह पुनः राज्यसभा के लिए निर्वाचित हुईं। जून 1991 में राज्यमंत्री के पद पर रहते हुए लोकजन शिकायत और पेंशन जैसे गंभीर मुद्दों को भी सुलझाया।

मार्गेट जी जहां इतने विशिष्ट पदों को सम्मानित कर रही थीं, वहीं उन्होंने अपने पारिवारिक जीवन में दुनिया के सबसे गौरवपूर्ण और ममतामय मां का पद भी पा लिया। उनकी एक बेटी और तीन बेटे हैं। वह मानती हैं कि यदि हम अपने दायित्वों और कार्यों का दोष दूसरों के सिर मढ़ने के बजाय समय-प्रबंधन से कार्य करें, तो सामाजिक और पारिवारिक जीवन में सही तालमेल बिठा सकते हैं॥

अपने कार्यों के कारण ही मार्ग्रेट जी को विदेशों में भी अपने विचार व्यक्त करने का अवसर मिला। वर्ष 1975 में मैक्सिको में आयोजित इंडियन कमेटी की ओर से उन्होंने अंतर्राष्ट्रीय महिला वर्ष पर अपने विचार रखे। वर्ष 1978 में भी उन्हें यूनाइटेड नेशन्स में नई सोच को पेश करने का मौक़ा मिला।

अपनी अलग सोच और समाज के लिए कुछ कर गुज़रने की राह पर चलते हुए उन्होंने कई कार्यों को अंजाम दिया। 'करुणा' और आई. डब्ल्यू. सी. ए., जैसे संस्थानों की संस्थापक अध्यक्ष, महिला वकील सोयायटी, विश्व महिला शांति संगठन की अध्यक्ष होने का भी मौका मिला। राष्ट्रीय प्रौढ़ शिक्षा बोर्ड के अंतर्गत भी उन्होंने शिक्षा के क्षेत्र में बहुत कार्य किया।

इन्हीं कार्यों और दायित्वों के निर्वाह के कारण उनकी हौसला अफ़ज़ाई के लिए उन्हें अनेक पुरस्कारों से सम्मानित किया गया। वर्ष 1989 में मैसूर विश्वविद्यालय की ओर से डाक्टरेट की मानद उपाधि, वर्ष 1991 महिला शिरोमणि सम्मान और इसी वर्ष राजीव गांधी एक्सीलैंस एवार्ड दिया गया।

मार्ग्रेट जी अपने को तनाव मुक्त रखने के लिए फुरसत के पल, जो प्रायः कम ही मिलते हैं, अपने परिवार के साथ व्यतीत करना पसंद करती हैं। वे कलाओं में भी निपुण है। ऑयल पेंटिंग, साज-सज्जा और जापान की लोककला 'ईकेबाना' में उनकी गहरी रुचि है।

मार्ग्रेट जी का मानना है कि शिक्षा और स्वरोजगार ही महिलाओं की स्थिति में सुधार ला सकती है। उन जैसी महिलाएं ही बहुमुखी प्रतिभाओं की मालिक होती हैं और बड़ी सादगी तथा सरलता से अपनी पारिवारिक, राजनैतिक तथा सामाजिक भूमिका को जोड़े रख़ती है।

मां प्रेम उषा

मां प्रेम उषा एक सुविख़्यात टैरो कार्ड विश्लेषक हैं, जो बीस वर्षों से दुनिया भर में टैरो कार्ड को निरंतर समझने व उसके रूपांतरण में सहायता कर रही हैं। उन्होंने रहस्यमय टैरो कार्ड को पश्चिम से पुनः पूर्व में लाने में महत्त्वपूर्ण भूमिका निभाई है। आज भी वह विभिन्न पुस्तकों व समाचार पत्रों में टैरो कार्ड अध्ययन पर आधारित ज्योतिषफल तथा स्तंभ लिखकर लाखों पाठकों का मार्गदर्शन कर रही है। टी. वी. चैनलों में भी इनके साक्षात्कार दिखाए गए हैं। लगभग बीस वर्षों से वह ओशो संन्यासिनी हैं और ओशों के आध्यात्मिक ज्ञान व दर्शन से अभिभूत हैं। अपनी अंतर्दृष्टि का इस्तेमाल करके वह व्यक्तियों को उनके भूत, वर्तमान व भविष्य की जानकारी देने में सक्षम है। आज वह इतनी विशिष्ट बन चुकी कि लाखों लोग उन्हें मां कहकर सम्बोधित करते हैं।

जब मैं उनसे मिली, तो एक ऐसी महिला से परिचय हुआ, जिसके चेहरे का तेज और निर्मल मुस्कान हर किसी को मुग्ध कर देने वाली लगी। इस मुलाकात के दौरान वह अपनी ज़िन्दगी के दरवाज़े खोलती गईं।

उन्होंने बताया कि मेरा जन्म लाहौर में हुआ था, तब पाकिस्तान अलग देश नहीं था। मेरे माता-पिता का नाम संतोष टण्डन और रामरखा टण्डन था। पांच भाई-बहनों में मैं चौथे नंबर पर थी। बड़े भाई-बहनों से लड़ाई या शरारत का तो सवाल ही नहीं था, क्योंकि उम्र में वे हमसे काफ़ी बड़े थे। मैं और मेरा छोटा भाई साथ खेलते भी थे और झगड़ते भी थे, फिर भी हम गहरे दोस्त थे। बचपन में सभी लड़कों वाले खेल क्रिकेट, कंचे और

मां प्रेम उषा

पेड़ पर चढ़ना वगैरह किया करती थी। मेरे पिता एक सरकारी अधिकारी थे, इसलिए उनका स्थानांतरण अलग-अलग शहरों में होता रहता था। यही वजह थी कि मुझे यहां-वहां कई स्कूलों में पढ़ना पड़ा।

सन् 1957 में मैंने लखनऊ से विश्वविद्यालय की पढ़ाई की। उसी साल मैं कर्नल राजकुमार कपूर से मिली। मेरे पिता के किसी दोस्त ने राज को इसलिए घर पर बुलाया था कि उसे उनकी लड़की को शादी के लिए हां कहने से पहले देखना था। हम अपने पिता के साथ उनके दोस्त के घर पहुंचे, तो मुझे उनकी बेटी को देखकर हंसी आने को हुई। वह लड़की तो जैसे शादी करने को बिलकुल तैयार बैठी थी। गहरे मेकअप, गहनों और ज़रक़-बरक़ साड़ी में लदी हुई थी, राज को लड़की पसंद नहीं आई। वह आर्मी में होते हुए भी आर्मी से संबंधित प्रश्नों का ग़लत जवाब दे रहा था। वह पहली नज़र में ही मुझे अच्छा लगा, क्योंकि वह काफ़ी बुद्धिमान और संपूर्ण व्यक्तित्व का धनी लग रहा था। वहां शादी की बात नहीं बनी, तो राज का और हमारा परिवार अपने-अपने घर लौट गया। एक हफ्ते बाद ही राज के माता-पिता ने मेरे साथ उसकी शादी का प्रस्ताव रखा। मेरा कहना था कि पहले मैं राज से मिलूंगी, उसके बाद शादी का निर्णय लूंगी। मेरे माता-पिता को बेटी की यह बात अच्छी नहीं लगी, फिर भी मेरी इच्छा के आगे उन्हें स्वीकृति देनी पड़ी।

शादी से पहले मैं राज से दो तीन बार मिली। मुझे अहसास हुआ कि हम दोनों एक-दूजे के लिए ही बने हैं। इस तरह सन् 1957 में

धौला कुआं रेलवे कालोनी में हमारी शादी पूरे विधि-विधान के साथ सम्पन्न हो गईं। तब राज लैफ्टिनेंट थे और इंजीनियरिंग कर रहे थे। वहां ससुराल के सदस्यों का व्यवहार भी बहुत अच्छा था। राज अपने घर में इकलौते पुत्र हैं और उनकी दो बहनें हैं, इसलिए भी शायद मुझे भाभी और बहू का पूरा सम्मान मिला। उस समय घर की आर्थिक हालत ठीक नहीं थी, क्योंकि फ़ौज में ज़्यादा तनख़्वाह नहीं मिलती थी। मैंने शुरू से ही घर पर बैठकर काम किया। सिने कलाकारों के कपड़े डिजाइन किए जिसमें विनोद खन्ना, मीना कुमारी, नन्दा, वहीदा रहमान शामिल हैं। हैंड मेड पेंटिंग से बनाई गईं कृतियों की प्रदर्शनी लगाकर आर्थिक स्थिति मजबूत करने की कोशिश करती थी। मन बहलाने के लिए सेना का खेल का मैदान था वहां मैं बैडमिनटन खेलती। किताबें पढ़ना हमेशा अच्छा लगता था। इसी तरह हमारी वैवाहिक ज़िन्दगी गुज़र रही थी। शादी के लगभग तीन साल बाद ऋतंभरा ने जन्म लिया। उसके बाद तीन बच्चे सोनिया, मिलिन, अंजलि ने मातृत्व का अनुभव कराया। इस दुनिया का सबसे खूबसूरत दिन या लम्हा मेरे लिए मां बनना रहा। इससे भगवान के करिश्मे का अहसास होता है। अपने बच्चों को मैं North, South, East, West कहकर बुलाती, क्योंकि चारों चार दिशाओं की तरह एक-दूसरे से बिलकुल अलग-अलग हैं।

ऋतंभरा आज टैरो कार्ड विश्लेषक हैं। कमल दीवान से उसने शादी की थी। आज वह इस दुनिया में नहीं है। ऋतंभरा की बेटी है करिश्मा। सोनिया एक सामाजिक कार्यकर्ता हैं वह क्रिश्चयन धर्म में विश्वास रख़ती है। तिहाड़ जेल के क़ैदियों के लिए वह आज भी कार्य कर रही है। मिलिन ने एक मुस्लिम लड़की आमिना से शादी की है। मुझे लगता है कि धर्म और मान्यताओं के अलग-अलग होने से कोई फ़र्क नहीं पड़ता, लेकिन इंसान का चरित्र और व्यक्तित्व अच्छा होना चाहिए। इसीलिए मुझे अपने बच्चों की पसंद से कभी कोई एतराज़ नहीं रहा।

ज़िन्दगी में उतार-चढ़ाव तो आते ही रहते हैं। इसी का नाम ज़िन्दगी है। मेरे माता-पिता और दामाद कमल का देहांत हुआ, वे घड़ियां मेरे लिए सबसे ज़्यादा कष्टदायक थी। यही अहसास हुआ कि सब भगवान

के हाथ में है, हम तो सिर्फ़ अपनी-अपनी भूमिका निभाने आए हैं। कुछ ऐसे पल भी याद आते हैं, जिन्होंने ज़िन्दगी का रूख ही मोड़ दिया। मैंने पहली बार एक लड़के को अपने पति रूप में देखा वह बहुत ही खूबसूरत पल था। जब मां बनी तो भगवान के अस्तित्व का एहसास हुआ, लेकिन जब मैं साक्षात् ओशो के साथ सात साल पूना में रही। उनसे ज्ञान के उपदेश सुनकर एकदम ख़ालीपन का आभास हुआ। और मैंने अपनी तलाश प्रारंभ की। वहीं मेरी भेंट मां सोना से हुई। वह आज अमेरिका में टैरो कार्ड विश्लेषक हैं। एक दिन मैं उनके पास गईं। उन्होंने मेरे कार्ड पढ़े। तब मुझे लगा कि मैंने पहले ये कार्ड देखे हैं, पर असल में देखे नहीं थे। मां सोना ने तब कहा था कि तुमने ज़रूर कभी-ना-कभी कार्ड पढ़े होंगे। उस कमरे में उस दिन उन पत्तों को देखकर मुझे अंतर ऊर्जा का अहसास हुआ। मैंने टैरो कार्ड पढ़ना कभी किसी से सीखा नहीं। शायद पिछले जन्म की याद और भगवान की दिव्य शक्ति के दम पर ही कर पा रही हूं।

बड़ा ही मज़ेदार अनुभव तब हुआ, जब मेरे पति 'फ़ौजी' सीरियल बना रहे थे। मेरे दामाद कमल ने शाहरुख खान का परिचय मेरे पति से करवाया था। राज ने अपने सीरियल के लिए पहले लड़कों को कड़ी फ़ौजी ट्रेनिंग दी। इस दौरान कई लड़के काम छोड़कर भाग खड़े हुए पर शाहरुख डटा रहा। राज को लगा इस लड़के में कुछ दम है। धारावाहिक की शूटिंग हमारे घर पर ही होती थीं। शाहरुख की एक बात आज तक हंसी दिलाती है। वह हमेशा लेट आता और नए-नए बहाने बनाता। उसके आते ही राज कहते, "तो आज का तुम्हारा बहाना क्या है?" राज चाहते थे कि मिलन, शाहरूख वाला रोल करें, पर उसने यह कहकर मना कर दिया कि मैं कैमरा मैन ज़्यादा अच्छा हूं। पहले शाहरूख को छोटा-सा रोल दिया गया था। बाद में उसको ही मुख्य भूमिका दे दी। आज शाहरुख खान से कौन परिचित नहीं है?

मैं अब भी यही कहूंगी कि आज जो कुछ भी मैं हूं, वह सिर्फ़ ओशो के कारण। पहले जब मैं ओशो के आश्रम में गईं, तब यह लगा था कि जो हमने परिवार, कॉलेज और समाज से सीखा है, वही सत्य है। ओशो

के प्रवचन सुनकर सारी मिथ्या धारणाएं टूट गईं। मैंने वहां ओशों के साथ आश्रम में और उसकी लाइब्रेरी में काम किया। जितनी सच्चाई और प्रभावशाली ढंग से ओशो अपनी बात कहते और लिख़ते थे, मैंने आज तक न ऐसा देखा, न सुना, न पढ़ा। ओशो से ही मैंने संन्यास धारण किया। उनका संन्यास पारिवारिक जीवन में रहते हुए अपने को संयमित कर कार्य करने से है, न कि समाज और परिवार को त्यागने से। मेरी बेटी ऋतंभरा और पति राज भी ओशो संन्यासी हैं। वहां मैंने यह भी जाना कि 'भगवान' का अर्थ है 'ऊर्जा', नहीं तो सब 'ख़ाक' है। इसका माध्यम है 'ध्यान योग' और चिंतन। ओशो कहते हैं कि अगर तुम सचमुच परमात्मा को प्राप्त करना चाहते हो, तो फिर तुम्हें अपने अहंकार को मिटाना होगा। जब तुम मिट जाओगे, तभी परमात्मा शुरू होता है। जहां तक खुदी है, वहां तक खुदा नहीं है और जहां खुदी की समाप्ति हो जाती है। वहीं से खुदा का प्रारंभ होता है।

अगर ओशो के सिद्धांतों को अमली जामा पहना दिया जाए, तो कहीं भी दंगे-फसाद या हिंसा का नाम ही नहीं रहेगा। इन्सान के अंदर ऊर्जा है और वही ऊर्जा भगवान का स्वरूप है। अपने फ़ायदे के लिए हम अलग-अलग धर्म, जाति और सम्प्रदाय के नाम पर विभाजित न हों यही ओशो का संकल्प है। हर किसी को अपनी वैयक्तिक और वैचारिक स्वतंत्रता होनी ही चाहिए। मैं अपनी ज़िन्दगी के अनुभव और ज्ञान को दूसरों के साथ बांटना चाहती हूं। अगर हम हरेक के साथ आदर का व्यवहार बनाए रखें, तो तनाव और अपने आस-पास की ज़्यादातर समस्याओं से बचा जा सकता है।

आत्मकेंद्रित होकर हम हरेक रिश्ता और ज़िम्मेदारी बखूबी निभा सकते हैं। जिस काम को करते हुए हमें सच्चाई, शांति, संतुष्टि का अहसास होता है, तो उस पथ की राह पकड़नी चाहिए। जब हम ध्यान करते हैं, तब हमें अपनी स्थिति का ज्ञान होता है कि हम ध्यान या भक्ति के मार्ग से आ रहे हैं, बौद्धिक या ज्ञान मार्ग से आ रहे हैं या सबसे निचले स्तर केवल कामवासना से आ रहे हैं। मेरा यह मानना है कि 'ध्यान योग' द्वारा ही भगवान को पाया जा सकता है और अपना मूल्यांकन सच्चाई के आधार पर हो सकता है।

भगवान से मांगने के बजाए मैं ज़िन्दगी का हर लम्हा समूचे साहस और ख़ुशी के साथ जीना ही ज़िन्दगी मानती हूं। शायद इसी करनी से बिना मांगे भगवान सब कुछ आपको दे दे। "प्रेम अचानक तुम्हारे आयाम को बदल देता है। तुम समय से बाहर फेंक दिए जाते हो, तुम शाश्वत के सामने-आमने खड़े हो जाते हो। प्रेम गहरा ध्यान बन सकता है, गहरे से गहरा।"–मां प्रेम उषा ओशों की शिष्या होने के नाते इन्हीं शब्दों को असल ज़िन्दगी में अपना रही हैं और अपने नाम के अर्थ को चरितार्थ कर रही है।

मीरा नायर

यदि कलात्मक अभिरुचि हो और तथ्यों को पकड़ने की गहरी समझ हो तो एक आम विषय भी कैसे ख़ास बन जाते हैं, इस बात को मीरा नायर ने एक बार नहीं, कई बार साबित कर दिखाया है। फ़िल्म निर्माण के क्षेत्र में अपनी विशिष्ट सोच के चलते मीरा नायर ने सफलताओं का एक ऐसा इतिहास रच डाला, जहां नामी-गिरामी हीरो-हीरोइनों को लेकर करोड़ों की लागत से बनाई गईं बड़ी-बड़ी फिल्में भी हाशिए पर नज़र आ जाती हैं, वहां मीरा नायर ने मामूली-सी रक़म में बड़ा काम करके अपने नाम का झण्डा गाड़ा। सीमित बजट में मात्र परीक्षण के तौर पर 'मानसून वैडिंग' बनाते समय स्वयं मीरा नायर ने भी इस बात की कल्पना नहीं की थी कि यह फिल्म सफलता और शोहरत की बुलंदियों तक जा पहुंचेगी।

मीरा जी को देखकर ही उनके ज्ञान, सादगी और आत्मविश्वास का आभास हो जाता है। वह निर्देशिका के तौर पर हमेशा नए विचारों के साथ काम करती हैं। उनका यह भी मानना है कि आपके नए विचार तब तक कामयाब नहीं हो सकते, जब तक उन विचारों को समझने वाली पूरी टीम तैयार नहीं कर लेते, क्योंकि फ़िल्म निर्माण टीम के अनुशासित होकर काम करने से ही संभव है। आप जिस विचार या उद्देश्य से फ़िल्म बना रहे हैं, वही संदेश जनता तक जाए, तभी आप निर्देशन का कार्य सफलता के साथ कर पाएंगे। मैं अपनी फ़िल्मों का निर्माण सिर्फ़ एन. आर. आई. दर्शकों को आकर्षित कर एवार्ड पाने के लिए नहीं करती। मेरा पूरा ध्यान इस ओर रहता है कि एक अरब आबादी वाले इस देश के साथ-साथ मैं भारतीय फ़िल्मों के प्रति विदेशियों की रुचि भी बढ़ा सकूं।

मीरा नायर

'मानसून वैडिंग' को वेनिस फिल्म समारोह में सर्वश्रेष्ठ फ़िल्म के रूप में गोल्डन लायन पुरस्कार से सम्मानित किया गया। उनकी इस उपलब्धि पर सभी भारतीय सिने प्रेमियों को नाज़ है। वह इस सम्मान को प्राप्त करने वाली प्रथम भारतीय महिला हैं। यह उपलब्धि भारतीय सिनेमा के लिए मील का पत्थर साबित हुई।

मीरा जी से अपने इस सफर के विषय में पूछा, तो उन्होंने बताया कि मुझे इस फ़िल्म को बनाने की प्रेरणा एक पंजाबी परिवार की शादी में मिली थी। शादी के समय निभाई जाने वाले रस्मो-रिवाज ने मुझे इतना प्रभावित किया कि मैंने इसी विषय पर फ़िल्म बनाने का निर्णय कर लिया। फ़िल्म को सीमित बजट में हाथ के कैमरे से मात्र तीस दिनों के शूटिंग शेड्यूल में पूरा करने का निश्चय किया। हालांकि इस विषय पर पहले भी 'हम आपके हैं कौन', 'दिलवाले दुलहनियां ले जाएंगे' और 'हम दिल दे चुके सनम' जैसी सफल फ़िल्में बन चुकी थीं, पर जो अंदाज़ मीरा नायर का था, वह बेजोड़ था।

मीरा जी का विषय व्यावसायिक न होकर हक़ीक़त से जुड़ा कलात्मकता पर आधारित था। प्रयोग के तौर पर फ़िल्म पर काम करने के दौरान उनकी मुलाक़ात एक फ्रेंच फ़िल्म कम्पनी के लोगों से हुई। वह उनकी छत्तीस मिनट की डॉक्यूमेंटरी फ़िल्म लॉफिंग क्लब ऑफ इंडिया' पहले ही देख चुके थे। उन्हें मेरा काम पसंद आया था। फिल्म की योजना के बारे में जानने के बाद वह कम्पनी मेरे साथ सहयोग करने

के लिए तैयार हो गईं।

फ्रेंच कम्पनी से बात होते ही मैंने फ़िल्म की लेखिका सबरीना धवन के साथ 'मानसून वैडिंग' की स्क्रिप्ट पर काम करना शुरू कर दिया था। इस कहानी के मुख्य पात्र की भूमिका में एक पंजाबी युवती थी। उसके माता-पिता उसकी शादी करते हैं। इस शादी को लेकर नायिका पशोपेश में पड़ जाती है। कहानी पांच एपीसोड में बंटी हुई थी, जो पांच विभिन्न जोड़ों के साथ आगे बढ़ती है। कुल मिलाकर इसमें 68 पात्र हैं और हर पात्र की एक अलग भूमिका है। इस फ़िल्म की अधिकांश शूटिंग दिल्ली की डिफ़ेंस कॉलोनी स्थित एक कोठी में हुई थी। बाक़ी की बिजवासन फ़ार्म हाउस, पुरानी दिल्ली और इंदिरा गांधी नेशनल ओपन यूनिवर्सिटी में की गईं। मीरा नायर 'मानसून वैडिंग' को सहज अभिव्यक्ति के प्राकृतिक स्वरूप में बनाना चाहती थी। ऐसा ही उन्होंने किया भी। यही उनकी जबरदस्त सफलता का कारण बनी। बिना किसी सुपरहिट चेहरे, बिना नाच, गानों अथवा ग्लैमर के बॉलीवुड में फ़िल्म की कल्पना भी नहीं की जा सकती। मीरा जी के काम के इसी अंदाज़ को देखने के बाद लार्क थिएटर कम्पनी के अंतर्राष्ट्रीय कार्यक्रम निर्देशक माइकल चेज़ ने कहा था, "दक्षिण एशियाई सिनेमा मुख्यधारा में पहुंचने वाला हैं। कुछ लेखक आगे बढ़ेंगे ही। सिर्फ़ भारतीय ही सिनेमा पर छाप नहीं छोड़ रहे हैं, बल्कि उनके विषय भी प्रेरक साबित हो रहे हैं।"

अपने यथार्थपरक दृष्टिकोण के कारण मीरा नायर की अब तक बनाई गईं ज़्यादातर फ़िल्में विवादास्पद रही। 'इंडिया कैबरे', 'सलाम बॉम्बे' तथा 'कामसूत्र' उनकी ऐसी ही कुछ फिल्में हैं। इन फ़िल्मों में समाज के कड़वे सत्य को उजागर करने की वजह से जहां उनकी आलोचना हुई, वहीं एक वर्ग द्वारा प्रासंगिकता व सहज-सरल अभिव्यक्ति को जमकर सराहा भी गया।

दिल्ली से अमेरिका तक के सफर के विषय में मीरा जी बताती हैं कि दिल्ली विश्वविद्यालय से पढ़ाई पूरी करने के बाद 1978 में मैं अमेरिका चली गईं। वहां जाने के एक साल बाद ही 1978 में 'जामा मस्जिद स्ट्रीट जर्नल' फ़िल्म का निर्माण किया। इसके बाद 'सो फ़ार फ्राम इंडिया', 'इंडिया

कैबरे', 'चिल्ड्रेन ऑफ ए डिज़ायर्ड सैक्स' और उसके बाद 'सलाम बाम्बे' जैसी फ़िल्मों में कुछ नया करने की ईमानदार कोशिश की। इनमें से सलाम बॉम्बे ने मीरा को अलग पहचान दी। इससे एक संवेदनशील एवं यथार्थ परक फ़िल्म निर्माण के रूप में उन्हें ख़्याति मिली। यह फ़िल्म यथार्थवादी व ज्वलंत विषय पर आधारित थी। देह-व्यापार व बच्चों के उत्पीड़न तथा शोषण जैसे समाज के अनछुए पहलू पर कथानक का ताना-बाना बुना गया था। इस फ़िल्म को कनाडा के मांट्रियल फ़िल्मोत्सव में सर्वाधिक लोकप्रिय फ़िल्म के जूरी पुरस्कार का सम्मान प्राप् हुआ। यह मीरा जी की पहली उपलब्धि थी, जो उन्हें स्वदेशी कथानक पर फ़िल्म बनाने के लिए विदेशी हाथों द्वारा प्रदान की गईं थी।

'सलाम बाम्बे' के तीन साल बाद मीरा नायर की 'मिसीसिपी मसाला' ने तो ढेरों विदेशी पुरस्कार अर्जित किए। इस फ़िल्म ने ब्राजील में आयोजित किए जाने वाले 'साओ पाउलो फिल्मोत्सव' में कई एवार्ड हासिल किए, जिनमें सर्वश्रेष्ठ स्पेशल एवार्ड, सर्वश्रेष्ठ फ़िल्म तथा निर्देशन एवार्ड प्रमुख थे। इस फ़िल्म की सफलता ने उन्हें एक ऐसा जाना-पहचाना नाम बना दिया, जिसकी फिल्म आने से पहले ही चर्चाओं का केंद्र बन जाती है।

आज मीरा नायर की नई फ़िल्म 'वेनिटी फ़ेयर' की समीक्षा और 'हैरी पॉटर' निर्देशित करने की पेशकश चर्चा में है। उन्होंने अपनी नई परियोजना के लिए स्टार कॉस्टिंग शुरू कर दी है। वह पुलित्जर विजेता झुम्पा लाहिड़ी की 'द नेमसेक' के लिए रानी मुखर्जी को निर्देशित करेंगी। 'नेमसेक' में उन्होंने रानी मुखर्जी को एक बंगाली लड़की का किरदार दिया है। फ़िल्म में किशोरावस्था से अधेड़ उम्र तक का सफ़र दिखाया जाएगा। यह फ़िल्म अमेरिका में बंगाली लोगों के अनुभवों पर है। 'वेनेटी फ़ेयर' के प्रीमियर से लौटने के बाद न्यूयॉर्क में मीरा ने इसकी पुष्टि कर दी हैं। उन्होंने बताया कि इस फिल्म में मुख्य भूमिका अदा करने के लिए रानी को साइन कर लिया है। रानी 'नेमसेक' में आशिमा की भूमिका करेगी। कोलकाता में उन्हें फ़िल्म के बाक़ी कलाकारों का चयन करना था। इस फ़िल्म में बंगाली युवक का मुख्य किरदार किसी भारतीय द्वारा निभाए जाने की योजना बनाई गईं। उनकी आशातीत सफलता से प्रेरित होकर कला फ़िल्मों का वह दौर एक

बार फिर आएगा, जिसने नसीरुद्दीन शाह, ओमपुरी, स्मिता पाटिल जैसे कलाकारों की पारदर्शी अभिव्यक्ति से दर्शकों का परिचय कराया। अभी तो ख़ैर इतना ही पर्याप्त है कि गोल्डन लॉयन से सम्मानित होने के बाद मीरा नायर ने स्वयं को श्रेष्ठ फ़िल्म मेकर साबित कर दिखाया है। इस पुरस्कार को पाने वाली वह प्रथम भारतीय महिला तो हैं ही, साथ ही विश्व की प्रथम महिला फ़िल्म मेकर होने का गौरव भी उन्हें हासिल हुआ है। अपनी इस बेमिसाल उपलब्धि से उनके वे आलोचक ज़रूर हैरान, परेशान होंगे, जिन्हें उनकी 'इंडिया कैबरे', 'कामसूत्र', 'सलाम बाम्बे' जैसी फ़िल्मों के विषयों पर आपत्तियां थीं। इन आलोचकों का मानना था कि इससे अंतर्राष्ट्रीय स्तर पर भारत की छवि ख़ारब होती है।

इन आलोचनाओं के बावजूद अपनी मौलिक सोच, उत्कृष्ट निर्देशन, कलाकारों की तत्कालीन परिवेश जैसे सेटों पर कुशल अभिनय और उच्च तकनीकी पक्ष को अपनी फिल्मों में दर्शाने के कारण उनकी सराहना हमेशा की जाएगी। मीरा ने ग्लैमर की चकाचौंध से हटकर मनोरंजन की दुनिया में नए रास्तों तथा नई संभावनाओं का जो सूत्रपात किया है, वह अनुकरणीय है। उन्हें हमेशा कुछ नया करने की चाह रहती है। अपनी इसी राह पर चलते हुए उन्होंने 16 अक्टूबर, 2004 के पुडस्टॉक फ़िल्म समारोह में मावेरिक एवार्ड जैसा सर्वोच्च सम्मान प्राप्त किया।

मीतू माथुर

पहली भारतीय महिला नौसेना लेफ्टिनेंट मीतू माथुर ने यह साबित कर दिखाया है कि अब जमाना युवा पीढ़ी का है, चाहे कार्यक्षेत्र कोई भी हो। जब मीतू माथुर से मैंने अपनी इस किताब के विषय में उनसे अपना जीवन परिचय देने को कहा तो उन्होंने बड़ी सच्चाई से मुझे अपने जीवन से अवगत कराया।

मीतू जी ने अपना आत्मकथांश इस प्रकार बताया-"मेरा जन्म 14 अप्रैल 1973 को सिकंदराबाद में हुआ। मेरे पिता मेजर जनरल एम. एल. माथुर और मां सरोज माथुर ने हमेशा अपने प्रगतिशील विचारों से मुझे प्रेरित किया। मेरे अलावा मेरी दो छोटी बहनें भी हैं। मेरे पिता आर्मी में थे, जिसके कारण उनकी पोस्टिंग देश के अलग-अलग शहरों में होती रहती थी, इसलिए सौभाग्य से मेरा बचपन बड़ा ही रोमांचक रहा। अलग-अलग शहरों में रहने के कारण सभी धर्मों के लोगों और संस्कृति को जानने का मौका मिला। ऐसे माहौल ने मेरे अंदर बचपन से ही अनुशासित और लोगों के साथ हर कठिनाई के बावजूद समन्वय की भावना से मिलजुल कर रहने की प्रवृत्ति पैदा की। यानी हर माहौल में अपने को ढाल लेना। जहां तक शिक्षा का सवाल है तो पढ़ाई मैंने कलकत्ता, दिल्ली और पुणे के स्कूल, कॉलेजों से की है। बैंगलोर के कॉलेज से B. Com की पढ़ाई की, जब मैं अपने अंतिम वर्ष की तैयारी कर रही थी, तब मेरे सामने कई प्रोफ़ेशन थे जिसमें मैं अपना भाग्य आज़मा सकती थी। पर जब मैंने अख़बार में यह विज्ञापन पढ़ा कि पहली बार नौसेना में महिलाओं को भी कार्य करने की अनुमति मिल गईं है और नौसेना के लिए महिलाओं का चयन किया जा

रहा है। तब मैंने इस विशिष्ट एवं बेहद रोचक प्रोफ़ेशन में कार्य करने का निश्चय किया। मेरे इस फ़ैसले में मेरे माता-पिता ने मेरा पूरा-पूरा सहयोग दिया और उन्हें आज भी मेरे इस निर्णय पर गर्व है।

फिर मेरा नौसेना का सफर शुरू हुआ। पहले एक वर्ष की ट्रेनिंग की, जो नवल अकादेमी, आई. एन. एस. मांढूवी में हुई। वहां हमारे चहुंमुखी विकास के लिए हमें ड्रिल, खेल, कैंप और 'नवल हिस्ट्री' एक विषय के रूप में पढ़ाया गया। मेरी पहली पोस्टिंग मैटिरियल आर्गनाईजेशन, मुम्बई में हुई। जहां मुझे नौसेना से संबंधित सामान और कल-पुर्जों की देखभाल का इंचार्ज बनाया गया। इस पद पर मैंने वहां नौ साल काम किया। इसके बाद ऑफसोर पैट्रोल वैसल [Officer Patrol Vessel] के किनारे पर जहां जहाजों से सामान लादा जाता था, वहां मैंने 'लोगोस्टिक आफिसर' [Logostics Officer] के पद पर 11 वर्ष काम किया। इस पद पर कार्य करने से मुझे नौ सेना के कार्यक्षेत्र का पूर्णरूप से अनुभव हआ। मैं अपने आपको उन भाग्यशाली महिलाओं में से एक मानती हूं, जिन्हें यह सुअवसर प्राप्त होता है।

मेरी ज़िन्दगी का सबसे खूबसूरत लम्हा तब आया, जब मैंने 2002 के गणतंत्र दिवस समारोह में अपनी नौसेना की परेड का नेतृत्व किया। अपनी ज़िन्दगी के अनुभव के आधार पर मैं आने वाली महिला नौसेना अधिकारियों को यह संदेश देना चाहती हूं कि–नौ सेना में किसी स्त्री का रहना और पुरुषों के साथ कंधे-से-कंधा मिलाकर चलना बेहद कठिन है। पर आप अपने व्यवहार, कार्यकुशलता, आत्मविश्वास और कठिन परिश्रम के दम पर पुरुष प्रधान देश में अपनी जगह बना सकती हैं।

मीतू माथुर जी ने यह साबित कर दिखाया है कि नौजवान पीढ़ी अपने जोश-होश के सही तालमेल के शिखर की बुलंदियों को अपने पैरों तले ला सकती है।

मीरा कुमार

जब हम विभिन्न कार्य क्षेत्रों में अग्रणी महिलाओं के जीवन संघर्ष की बातें करते हैं, तो मीरा कुमार की छवि एकाएक आंखों के सामने आ जाती है। केंद्रीय सामाजिक न्याय और अधिकारिता मंत्री मीरा जी का जन्म पूर्व उप प्रधानमंत्री बाबू जगजीवन राम और मां इन्द्राणी के यहां हुआ। 31 मार्च, 1945 को पटना में जन्मी थीं। अपने दो भाइयों की इकलौती बहन के जन्म से घर में ख़ुशी की लहर दौड़ गईं। उनकी दादी खुश होकर कहने लगीं, "भगवान ने बहुत दिनों में भाई-बहिन की जोड़ी दी है। घर में लक्ष्मी आ गईं है।" कुछ दिन बाद कन्या का नामकरण संस्कार हुआ। पंडित जी ने राशि का नाम रोहिणी रखा, पर बड़ा भाई सुरेश कुमार, जो अभी खुद बहुत छोटा था, कहने लगा, "बबूई के नाम मीरा रखे के चाहीं, मीरा भगवान के भक्त रहीं।" तब से कन्या का नाम मीरा हो गया।

मीरा जी की स्कूली पढ़ाई जयपुर के महारानी गायत्री देवी स्कुल में हुई और उन्होंने दिल्ली विश्वविद्यालय से ग्रेजुएशन किया। स्कूल के दिनों में वह एन. सी. सी. में थी और शूटिंग का भी शौक था। एन. सी. सी. के कैंपों में अलग-अलग राज्यों में जाकर ट्रेनिंग का मौका भी मिलता था। एक बार राजस्थान के किशनगंज इलाके में कैंप लगा। वहां उड़ते कबूतरों पर निशाना लगाना होता था। वह उन्हें बहुत पसंद था। उनका निशाना भी अच्छा था। मीरा जी जब कॉलेज में पढ़ रही थीं, तो उन दिनों बिहार के कुछ जिलों में भयंकर सूखा पड़ा था। तब वह कॉलेज की तरफ़ से वहां खाने का सामान, पाउडर, दूध, कपड़े आदि लेकर गईं थी। उस वक़्त मीरा ने एक 'फ़ेमिली एडोप्शन स्कीम' चलाई, जिसके तहत वह सूखा पीड़ित परिवारों

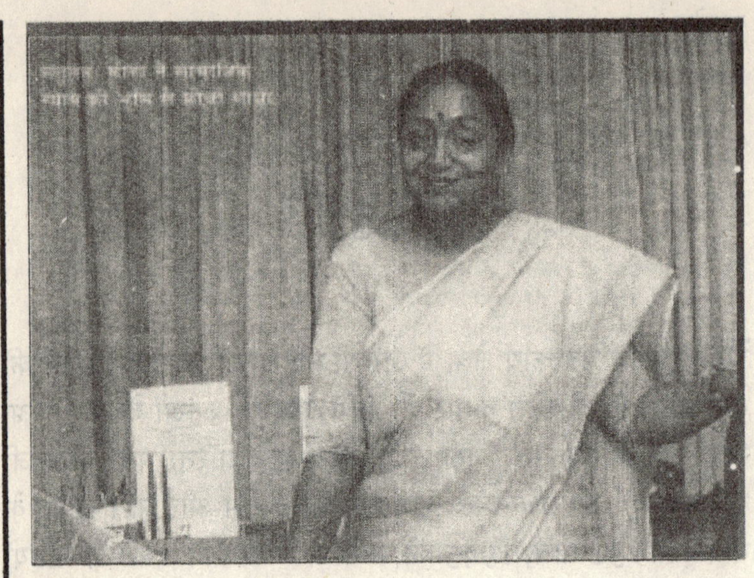

अपने कार्यलाय में मीरा कुमार

को दिल्ली लेकर आई। यहां के संपन्न परिवारों से कहा कि उन परिवारों को सहायता हेतु एडोप्ट करें या फिर इन्हें उन की इच्छानुसार ज़रूरत का सामान दें। यह स्कीम सफल रही, क्योंकि कई सम्पन्न परिवारों ने उन लोगों को एडोप्ट किया था।

मीरा जी ने 29 नवंबर, 1968 को श्रीमंजुल कुमार जी से विवाह कर लिया। पति के रूप में उन्हें एक ऐसा साथी मिला, जिसने विवाह उपरांत भी मीरा जी को सामाजिक व राजनैतिक कार्यों के लिए प्रोत्साहित किया। उनकी आगे की पढ़ाई के रास्ते में भी वह रोड़ा नहीं बना। कॉलेज की पढ़ाई के बाद मीरा कुमार ने आई. एफ. एस. के पेपर दिए और वह चुन ली गईं। सन् 1973 में उन्होंने आई. एफ. एस. ज्वाइन किया। एम. एल. ए. एल. बी. के अलावा एडवांस लेवल डिप्लोमा इन स्पेनिश में भी विशेषज्ञता हासिल की। सन् 1973-85 तक वह भारतीय विदेश सेवा में एक अधिकारी के रूप में कार्यरत रहीं।

सन् 1985 में मीरा अपने पिता बाबू जगजीवन राम और राजीव

गांधी के कहने पर आई. एफ. एस. छोड़कर राजनीति में आईं। तब बाबू जगजीवन राम की बेटी होना ही उनकी पहचान था। अपने कार्यों, शिक्षा व कुछ कर गुज़रने की चाह ने ही उन्हें अपनी पहचान में सहायता दी। सन् 1985 में वह बिजनौर लोकसभा सीट से आठवीं लोकसभा की कांग्रेस की सदस्य बनीं। वहीं 1986-89 में विदेशी मामलों के मंत्रालय की सलाहकार सदस्य, 1987-88 में लोकसभा की हाउसिंग कमेटी की सदस्य रहीं। सन् 1991-92 में अखिल भारतीय कांग्रेस कमेटी की महासचिव का कार्यभार भी इन्होंने संभाला।

मीरा जी का कहना है कि राजनीति ऐसा क्षेत्र है, जहां हर क़दम पर समस्याएं हैं, चुनौतियां हैं। इन सामाजिक, राजनैतिक दायित्वों को निभाते हुए वह परिवार में भी अपना क़द बढ़ा चुकी थीं, क्योंकि वह दो बेटियों और एक बेटे की मां हैं। चाहे आप राजनीतिक परिवार से हों या नहीं, समस्याओं का सामना तो आपको करना ही पड़ेगा। मीरा जी का कहना है कि बाबू जगजीवनराम जी ने जो किया और जो स्थान उनका है, उसे तो छू पाने के बारे में भी सोच नहीं सकती। अपने पिता की विचारधारा, कार्यशैली का अनुसरण करने का ज़रूर प्रयास करती हूं।

मीरा पहले ब्यूरोक्रैट थीं और अब राजनीतिज्ञ हैं। जनता को सरकारी अधिकारियों और नेताओं दोनों से अपने कार्य के प्रति प्रतिबद्धता की उम्मीद होती है। ब्यूरोक्रैट अगर कंपीटिशन पास करके आते हैं, तो नेता लोगों द्वारा चुने जाते हैं। कुछ ही महीनों के अपने कार्यकाल में मीरा जी ने अपने विभाग की मुख्य समस्याओं का पता लगा लिया। उनका कहना है कि किसी जाति, धर्म या समुदाय के लिए कांग्रेस के दिल में कोई भेदभाव नहीं है। वह क्षेत्रीय असंतुलन को दूर करना चाहती हैं। और इसके लिए उन्होंने योजना बनाई है, वे चाइल्ड हैल्प लाइन जैसे कार्यक्रमों को प्राथमिकता दे रही हैं। फिलहाल 55 शहरों में चल रहे इस कार्यक्रम को और शहरों में भी लागू करेंगी। इसके बाद उन जिलों की शिनाख्त करेंगी, जहां अनुसूचित जाति की महिलाओं के बीच साक्षरता दर कम है और जहां अल्पसंख्यक समुदाय के लोगों की संख़्या अधिक है। उनके मंत्रालय की विभिन्न परियोजनाओं पर करीब 3,000 स्वयं सेवी संगठन काम कर रहे

हैं। मंत्रालय का वार्षिक बजट 1,400 करोड़ रुपए है। उन्हें अल्पसंख्यकों, अनुसूचित जातियों, अन्य पिछड़ों, घुमंतू कबीलों, अपंगों और सड़कों पर जीने वाले बच्चों की समस्याएं सुलझानी हैं। उनका कहना है कि हमारा मंत्रालय विभिन्न योजनाओं के लिए राज्य सरकारों को धन मुहैया कराता है, पर स्कीम को कार्यान्वित करने का काम राज्य सरकारों का होता है। इसके लिए समय-समय पर हमारे मंत्रालय द्वारा राज्य सरकारों के सचिवों की मीटिंगें बुलाई जाती है। उन्हें बताया जाता है कि कौन-सी स्कीम कैसे लागू करनी है। कार्यान्वयन के लिए हमारे आफिसर राज्यों के दौरे करते रहते हैं।

मीरा जी बहुमुखी प्रतिभा की धनी हैं। तभी तो एक राजनेता, सामाजिक कार्यकर्ता, प्रशासनिक अधिकारी होने के साथ-साथ भरत नाट्यम में रुचि रख़ती है और कविताएं भी लिख़ती हैं, जो समय-समय पर पत्र-पत्रिकाओं में प्रकाशित होती रहती हैं। मीरा जी ने अपने परिवार के सम्पूर्ण दायित्वों का निर्वाह करते हुए खुद को शिखर पर पहुंचाया है।

मेधा पाटकर

भारतीय लोकतंत्र में स्वतंत्रता संग्राम से लेकर अब तक कई आंदोलनों ने जन्म लिया है और जनहित के लिए आगे भी जन आंदोलन होते रहेंगे। मेधा पाटकर एक ऐसी महिला जन आंदोलनकारी हैं, जिन्होंने नर्मदा घाटी के विस्थापितों के हक़ के साथ शुरू किए अपने इस आंदोलन को वहां के निवासियों के लिए विदेशी राजनीतिज्ञों पर भी दबाव बनाया। आज तक किसी जन आंदोलन ने विश्व स्तर पर अपनी इतनी व्यापक सोच एक महिला के माध्यम से नहीं फैलाई।

मैं मेधा जी से दिल्ली के गांधी शान्ति प्रतिष्ठान में मिली। इससे पहले उनके विषय में केवल पढ़ा ही था, सच्चाई को रु-ब-रु होकर जाना या महसूस नहीं किया था। मेधा जी ने अपने साथियों के साथ अपने विचारों और कार्यक्रमों से अवगत कराया, लेकिन मैं तब उनसे प्रभावित हुई, जब वह इतनी व्यस्तता के बावजूद मुझसे रात के समय भी विस्तार से अपने कार्यों पर चर्चा करने के लिए तैयार हो गईं। उस समय उनके कार्यक्रमों के विषय में मेधा जी ने कहा था कि अब वह चाहती हैं कि नर्मदा के साथ-साथ अन्य सामाजिक विषयों पर भी अपना ध्यान दें। हम इतने वर्षों से इस बांध परियोजना पर कार्य कर रहे हैं। अब शायद लोग इन विचारों में अधिक रुचि नहीं दिखाते, क्योंकि समय के साथ-साथ सामाजिक, आर्थिक परिवेश के साथ ज़रूरतें भी बदल जाती हैं। हमारा कहना है कि बांध बनाओ पर छोटे-छोटे बांधों को। जब मैंने मेधा जी से कहा कि अरुंधति राय जैसी लेखिका भी अब आपके साथ सहयोग कर रही हैं, तो उन्होंने कहा, हम चाहते हैं कि ज़्यादा-से-ज़्यादा युवा वर्ग का सहयोग में मिले, जिससे आंदोलन को व्यापकता

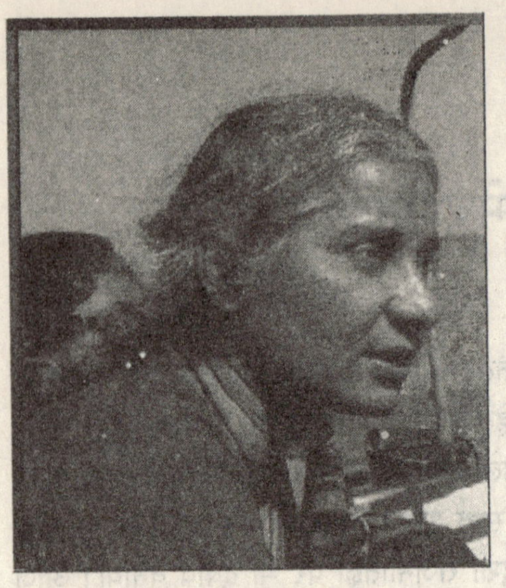
मेधा पाटकर

से चलाया जा सकें। देश की सुविधाओं और संसाधनों पर केवल कुछ लोग ही अधिकार कायम न कर लें।" ये सब तो खैर कार्य, सोच, नीति, आंदोलन से जुड़ी बातें थीं। मेधा जी खाना खा रही थीं और मैं उन्हें ताई पुकार कर सम्बोधित कर रही थीं। मैं उनसे काफी समय तक कई विषयों पर बातें करती रही। उस एक दिन ने मुझे मेधा जी के प्रति गहरे लगाव से भर दिया, वह मेरी डायरी पर आंदोलन से ही परिवर्तन लिखकर पुनः अपने कामों में जुट गईं।

मेधा पाटकर का जन्म दिसंबर 1954 को मुंबई में स्वतंत्रता सेनानी बसंत खानोलकर के घर हुआ। मां इंदु सरकारी नौकरी में थीं। अपने माता-पिता की संतानों में मेधा जी अपने भाई से बड़ी हैं। मेधा जी का बचपन देश के जाने-माने स्वतंत्रता सेनानियों और समाजवादियों के बीच बीता। मधु दंडवते जैसे राजनीतिज्ञों का उनके घर आना-जाना रहता था। उनके पिता आज नहीं हैं, पर उन दिनों वह मुम्बई के मज़दूर आंदोलन में सक्रिय थे। मां आज तक रचनात्मक कार्य और समाजसेवा में जुटी हैं। मेधा के व्यक्तित्व के विकास में यह माहौल काम आया ही, आगे चलकर ये संबंध भी काम आए। वह 'राष्ट्र सेवा दल' से भी जुड़ी रही, जिससे प्रमिला दण्डवते, अच्युत पटवर्धन, एस. एम. जोशी, मधु लिमये, बापू कालदाते जैसे बड़े समाजवादी नेता जुड़े थे। इन लोगों के गुणों का असर भी मेधा जी पर पड़ा। वह शहरों के प्रदूषण से उब कर

अभयारण्य बचाने वाली पर्यावरणवादी नहीं हैं, बल्कि सभ्यता, समाज और प्रकृति में साहचर्य ढूंढ़ने और सामाजिक-आर्थिक समता क़ायम करने में लगी एक आंदोलनकारी हैं।

मेधा जी ने 1970 के दशक में हायर सेकेंडरी की परीक्षा पास की और नेशनल मेरिट स्कॉलरशिप हासिल की। सन् 1974 में मुम्बई के राम नारायण रूइया कॉलेज से बी. एस-सी. की और 1976 में टाटा इंस्टीट्यूट ऑफ़ सोशल साइंसेज से सोशल वर्क में एम. ए. भी कर लिया। इस दौरान वह किसी ख़ास विचारधारा की तरफ नहीं मुड़ी थी, पर अपनी सामाजिक सक्रियता बनाए रखी थी। आपातकाल के दिनों में डॉ. सुरेश खैरणार की बुलेटिन निकालने और लोगों की चेतना बनाए रखने में सहयोग करती थीं। टाटा इंस्टीट्यूट ऑफ सोशल साइंसेज में उन्होंने 1977 से 79 तक पढ़ाया भी। इस दौरान वह चेंबूर के इलाके में काफी सक्रिय रहीं। यहां की झुग्गी बस्तियों में काम किया। वह डॉक्टरी या इंजीनियरी की लाइन छोड़कर सामाजिक आंदोलन में नहीं आईं, बल्कि शुरू से सामाजिक आंदोलन में थी। वह समाज शास्त्र पढ़ती और पढ़ाती भी थीं। साथ ही विकास नीति और उसके प्रभावों पर शोध कर रही थी। मेधा का नर्मदा आंदोलन उनके व्यक्तित्व का सहज विस्तार है, जबकि कुछ बौद्धिक कार्यकर्ताओं का कहना है कि टाटा इंस्टीट्यूट में साथ पढ़ा रहे पति अरुण पाटकर से तनाव न होता, तो मेधा सब कुछ छोड़कर नर्मदा आंदोलन में सक्रिय न होती, पर अगर उनके शोध-प्रबंध के विषयों पर ग़ौर किया जाए, तो आंदोलन से उनके जुड़ने पर किसी को कोई आश्चर्य नहीं होना चाहिए। उन्होंने 1976 में शहरी और ग्रामीण विकास पर स्पेशलाइजेशन किया। उनके पी. एच-डी. का विषय था, आर्थिक विकास और पारंपरिक समाजों पर उसका प्रभाव। पी. एच-डी. का काम काफी हद तक हो चुका था, पर सामाजिक आंदोलन से जुड़ने के कारण वह अधूरा रह गया। वह 1976 में और फिर 1980 से 83 तक मुम्बई की झुग्गियों की विकास परियोजनाओं की इंचार्ज रही। मेधा ने 1983 में बाल विकास के क्षेत्र में यूनिसेफ़ की दो सलाह और शोध परियोजनाएं भी पूरी की।

मेधा ने 1984 से 85 तक गुजरात के उत्तर-पूर्वी आदिवासी जिलों में आदिवासियों के स्वप्रेरित छोटे एक्शन ग्रुपों के साथ विभिन्न मुद्दों पर काम किया। इनमें विकास से लेकर सामाजिक न्याय के मुद्दे शामिल थे। गुजरात के काम ने उन्हें समाजशास्त्र का अध्ययन करने वाले पोलेंटियर से आगे बढ़ने को प्रेरित किया। उन्हें लगा कि संघर्ष और रचनात्मक कार्य दोनों का नेतृत्व करना पड़ेगा। आदिवासियों के बीच छह महीने काम करने के दौरान ही उन्होंने सामाजिक आंदोलन प्रारंभ करने का मन बना लिया। उनका मुद्दा था, बांधों से विस्थापित हुए लोगों का पुनर्वास। मेधा ताई बताती हैं कि सन् 1985 से 87 तक हमने महाराष्ट्र के गांवों में नर्मदा परियोजना का सवाल उठाया। प्रशासन की कोई जगह ऐसी नहीं है, जहां हमने अपना प्रतिवेदन नहीं किया हो। प्रदर्शन भी किए फिर मैं मध्यप्रदेश गईं। वहां एक आधी-अधूरी समिति बनी हुई थी। 87 से मध्य प्रदेश में वही प्रक्रिया चलाई, जो महाराष्ट्र में चलाई थी। जिन-जिन से कहना संभव था, कहा। जितनी बार जितनी तरह से हमसे बातें पूछी गईं, जानकारियां मांगी गईं, हमने दी। हमारे पास कोई दफ़्तर नहीं था, कोई सुविधा नहीं थी, इसी संघर्ष के साथ वह सब तैयार किया। राज्य सरकार से मिले या केंद्र सरकार से सब कहते थे कि काम तो आप लोग ही कर रहे हैं। इतने बड़े सवाल पर देश का ध्यान खींचा है। ज़रा हमें फलां रपट या फलां जानकारी तैयार करके भेज दीजिए। मुझे याद है कि दिल्ली से बड़ोदरा उतरकर हम गांव चले गए, तो फिर यह काम नहीं हो सकेगा, सो वहीं रुककर कितनी-कितनी मेहनत से हम ये जानकारियां तैयार करते और अधिकारियों को भेजा करते, फिर इस संतोष के साथ गांव जाते कि चलो, इस कागज से सरकार इतना तो करेगी कि हमारा काम थोड़ा आसान हो जाएगा। पर सारी मेहनत का परिणाम इतना होता कि हमारी जानकारी बढ़ती जाती, सरकार जहां की तहां रहती। हमने मानवाधिकार का काम करने वालों से भी संपर्क किया और उनसे भी कहा कि जानने के अधिकार से अब तो आगे बढ़िए और जीने के अधिकार की लड़ाई में हाथ बटाइए। हमने पर्यावरणवादियों से भी कहा कि पर्यावरण सिर्फ़ जंगल नहीं हैं, जंगलवासी भी पर्यावरण हैं।

दरअसल मेधा पाटकर का तरीका तमाम अंतर्विरोधों को साधने और उनसे फ़ायदा उठाने का है। मेधा आदिवासियों को दिल्ली लाकर न सिर्फ़ उनका हौसला बढ़ाती हैं, बल्कि यहां के बुद्धिजीवियों और पढ़े-लिखे लोगों को आंदोलन से जोड़ देती हैं। इसी तरह वह दिल्ली और मुम्बई के लोगों को आदिवासी इलाकों में ले जाकर आदिवासियों को पढ़े-लिखे लोगों से जोड़ती हैं। यही नहीं उन्होंने प्रचार और संपर्क का ऐसा ताना-बाना बुना है कि चाहे दिल्ली हो या मणिबेली उनका आंदोलन देशी और विदेशी मीडिया में बराबर जगह पाता है। पिछले 19 वर्षों में उन्होंने महाराष्ट्र, मध्य-प्रदेश, गुजरात, दिल्ली और मुम्बई में सरदार सरोवर योजना के मुद्दे पर सैकड़ों धरने प्रदर्शन किए। खुद हज़ारों लोगों से संपर्क किया। असंख्य ख़त लिखे और ज्ञापन दिए। इसी कारण आज मेधा पाटकर अंतर्राष्ट्रीय समुदाय को अपने पक्ष में कर सकी हैं। भारत में भी उनके समर्थकों की कमी नहीं है। उनके पास बड़ी संख्या में कार्यकर्ता हैं और सहानुभूति रखने वाले लोग भी हैं। उन्होंने केंद्र सरकार और प्रधानमंत्री तक के नर्मदा परियोजना पर पुनर्विचार करने और पुनर्वास के मामले देखने के लिए विवश किया। मेधा ताई बताती हैं कि यह सब इसलिए हो पाया, क्योंकि बांध निर्माण के लिए कटिबद्ध केंद्र और राज्य सरकारें जिसे विकास, प्रगति और समृद्धि कह रही है, जनता उसे मानने को तैयार नहीं है। विकास और प्रगति के ये मानदंड पश्चिम की औद्योगिक सभ्यता ने निर्धारित किए हैं। जवाहर लाल नेहरू के समय में ही हमने इन सिद्धांतों को पवित्र मानदंडों के रूप में अपनाया। हालांकि राष्ट्रपिता महात्मा गांधी ने सदी के शुरू में ही इन मानदंडों को 'हिंद स्वराज' लिखकर चुनौती दी थी।

मेधा ने निमाड़ के किसानों का किस तरह से विश्वास जीता, इसके सबसे बड़े उदाहरण डूबा क्षेत्र के कड़माल गांव के सीताराम भाई हैं। उनका गांव धार जिले की कुक्सी तहसील में पड़ता है। वह बताते हैं, "पहले हमारे इलाक़े में अर्जुन सिंह और शुक्ल बंधु जैसे कांग्रेसी नेताओं ने निमाड़ बचाओ आंदोलन चलाया था, लेकिन उन लोगों के हथियार डाल देने के बाद हम लोगों की हिम्मत टूट चुकी थीं। मेधा ताई जब यहां काम करने आई, तो लोग कहने लगे कि सरदार सरोवर के आगे बड़ों-बड़ों की नहीं

चली, तो यह महिला क्या कर पाएगी? वह संघर्ष वालों को जुटा रही थीं, तो लोग कहते थे कि ये कुछ दिन साथ होंगे और फिर छूट जाएंगे। लेकिन उनका काम देखकर हमारा विश्वास बढ़ता गया और अब हम दस साल से आंदोलन के साथ हैं।"

मेधा जी ने सन् 1985 में शुरू किया अपना यह आंदोलन आज तक जारी रखा है। वह आज भी हरसूद के निवासियों के विस्थापन का विरोध करते हुए कहती हैं कि पांच साल की ज़िन्दगी जीने वाले शासकों ने अहिल्याबाई की परंपरा के प्रतीक और वंशज नर्मदा घाटी के लोगों की तबाही तय की है। क्या हम चुप बैठकर इसे देख़ते रहेंगे ?

मेधा ताई ने सरदार सरोवर बांध के निर्माण के चलते होने वाले लाखों ग्रामीणों के विस्थापन के खिलाफ 22 दिन की ऐतिहासिक भूख हड़ताल की थी। आज भी वह अपने विचारों और लक्ष्य से भटकी नहीं है। उनका मानना है, "हमारी जीवन प्रणाली सादगी पूर्ण हो और विलासिता को जगह न मिले। इसी के ज़रिए हम उपभोक्तावाद और बहुराष्ट्रीय कम्पनियों की आंधी को हरा सकते हैं।" मेधा ताई ने अपने कार्यों और साहस से जन-मानस में अपने अधिकारों के लिए जो चेतना पैदा की है। वह उन्हें सबसे विशिष्ट बना देती है।

मेनका गांधी

भारतीय बुद्धिजीवी समाज में श्रीमती मेनका गांधी एक ऐसा नाम है, जिन्होंने विश्व प्रसिद्ध नेहरू गांधी परिवार से अलग अपने बूते पर व्यक्तित्व का निर्माण किया है। जहां हर कोई गांधी परिवार से जुड़ना चाहता है और इसके लिए कांग्रेस में शामिल होना सबसे लाभदायक मानता है, वहीं मेनका गांधी एक ऐसी महिला का उदाहरण हैं, जो आग में तपाकर अपने को निखारने में विश्वास रख़ती हैं।

मेनका जी का जन्म 26 अगस्त, 1956 को पिता टी. एस. आनंद के घर हुआ था। उन्होंने परिश्रम, लगन, आत्मविश्वास और दृढ़ निश्चय के गुणों को अपने माता-पिता से प्राप्त किया। विश्व प्रसिद्ध राजनैतिक परिवार के पुत्र संजय गांधी से उनका विवाह 29 सितम्बर 1974 को दिल्ली में ही संपन्न हुआ। संजय गांधी उन सब विशेषताओं से परिपूर्ण थे, जो एक कामयाब नेता के लिए आवश्यक हैं। उनके पास समर्थकों की भारी तादाद, संपर्क, करिश्मा और कुछ नया कर दिखाने का जोश था। वर्ष 1970 के मध्य आपातकाल में संजय गांधी ने परिवार नियोजन मुहिम भी चलाई इसके लिए आगे चलकर जनता की नाराजगी का सामना करना पड़ा और आपातकाल के पश्चात् हुए चुनावों में हार कर इसका नतीजा भुगतना पड़ा। लेखक खुशवंत सिंह संजय गांधी के प्रयास के प्रबल समर्थक थे। उनका कहना था कि यदि यह सफल होता, तो देश को इससे बहुत लाभ होता। संजय गांधी का दूसरा प्रयोग था मारुति के ज़रिए देश को आधुनिक परिवहन उद्योग युग में प्रवेश कराना। वही मारुति कार, जो आज सस्ती होने के कारण आम लोगों की गाड़ी का सम्मान पा चुकी है। बंसीलाल ने मारुति के लिए गुड़गांव में

मेनका जी

ज़मीन मुहैया कराई। मेनका जी ने एक बार अपनी करीबी मित्र को बताया था कि संजय ने मेरी देखभाल तब करनी शुरू की, जब वह आपातकाल के बाद चुनाव हार गए। दोनों इसके बाद कुछ समय के लिए अवकाश पर गए। मेनका जी मां बनने ही वाली थी। इस बात से घर में सब खुश थे। आख़िरकार ख़ुशी का दिन आ ही गया, जब मेनका जी मां बनीं। 13 मार्च 1980 को आज के युवानेता वरुण गांधी का जन्म हुआ। संजय अपने पुत्र का नाम फ़िरोज़ रखना चाहते थे–पुत्र होने पर दादी इन्दिरा गांधी ने अपने पोते का नाम वरुण रखा। फिर मेनका जी को अपनी ज़िन्दगी का सबसे बड़ा दुख का दिन झेलना पड़ा। नव निर्वाचित सांसद और प्रधानमंत्री इंदिरा गांधी के प्रिय पुत्र संजय का 23 जून, 1980 को दो सीट का हवाई ज़हाज दुर्घटनाग्रस्त हो गया। 33 साल की अल्पायु में ही उनका देहांत हो गया। देश में दुःख की लहर दौड़ गईं। मेनका जी अल्प आयु में ही अपने पति के साए से वंचित हो गईं। इन्होंने दुख को अपने तक सीमित करते हुए आंखों पर काले रंग का चश्मा पहना हुआ था। ताकि दुःख के कारण लाल और सूजी हुई आंखों को कोई देख न सके। अपने पति की आकस्मिक मौत के बाद पारिवारिक सदस्यों से वैचारिक मतभेदों के कारण 29 मार्च 1982 से वह अलग रहने लगीं। फिर उसके बाद उन्होंने शुरू की अपनी अस्मिता की तलाश। राजनीति में प्रवेश किया और 1988 में वो जनता दल की जरनल सेक्रेटेरी बनी। वर्ष 1989 में जनता दल के टिकट पर पीलीभीत, (उत्तर प्रदेश) से

लोकसभा के लिए विजयी हुई। 1990 में केंद्रीय राज्यमंत्री बनीं और उन्हें पर्यावरण तथा वन विभाग मिला।

वह लेखनी की भी धनी रहीं। इस पथ पर चलकर, उन्होंने 1980 में 'संजय गांधी', 1988 में 'स्टोरिस फॉर चिलड्रन', 1989 में '1001 एनिमल क्वीज़' पुस्तकें लिखी इसके साथ सूर्या नाम की पत्रिका का सम्पादन और संचालन किया।

वह पहली ऐसी राजनेता हैं, जिन्होंने मूक जानवरों की देखभाल पर कार्य करते हुए पीपल्स फॉर एनिमल' जैसी संस्था का निर्माण किया। पर्यावरण संरक्षण पर कार्य करने के साथ शाकाहारी भोजन व्यवस्था पर भी ज़ोर दिया। सामाजिक कठिनाईयों के समाधान के लिए 'स्वरोजगार कार्यक्रम' विधवाओं के लिए आरंभ किया। अगस्त, 1989 में उन्होंने एक अभियान चलाया, जिसके अंतर्गत 'बिना विनाश के सौंदर्य' पर सबका ध्यान आकर्षित करने का प्रयत्न किया।

मेनका जी अपने पुत्र वरुण के साथ भारतीय जनता पार्टी में शामिल हो गईं। राजनीति के गलियारों के साथ-साथ उन्होंने एक लेखक, पत्रकार के गुण को भी बनाये रखा। 'इंडिया टी. वी. मेनकाज़' आस्क और 'जीने की राह' जैसे सामाजिक विषयों पर आधारित टी. वी. कार्यक्रमों का संचालन भी किया। उन्हें झूठ, अपराध और बेईमानी से बेहद घृणा है, जब कोई उनके समक्ष झूठ बोलता है, तो उन्हें बेहद गुस्सा आता है। उनकी रुचि लेखन, किताबें पढ़ने और सामाजिक कार्यों में है।

गायत्री देवी

जब कोई मां अपनी बेटी को जन्म देती है, तो उसके सौभाग्य के लिए उसे रानी बेटी या रानी की तरह जीवन जीने का आशीर्वाद देती है। किस्से, कहानियों में भी बच्चों को यही बताया जाता है कि परी या रानी का जीवन सब सुख- सुविधाओं से भरा-पूरा होता है। पर वास्तव में यह सब कितना मिथ्यापूर्ण है, यह मैंने जाना एक ऐसी महिला के जीवन से रू-ब-रू होकर, जिसने जन्म तो बेशक एक राजघराने में रानी की तरह लिया, लेकिन उसे विशेष हस्ती उसके कार्यों और संघर्षों ने बनाया।

जयपुर की राजमाता श्रीमती गायत्री देवी जो तीन बार लोकसभा सदस्य रहीं, का जन्म 23 मई 1919 को लंदन में हुआ। उनके पिता कूचबिहार के महाराजा जितेंद्र नारायण और मां इंदिरा गायकवाड़ थी। अपने भाई-बहनों में वह तीसरे स्थान पर हैं, बड़ी बहन इला, फिर जगदीपेंद्र नारायण, फिर इंद्रजीतेंद्र नारायण के बाद खुद और सबसे छोटी बहन मेनका।

गायत्री जब छोटी थी, तब 20 दिसम्बर 1922 को उनके पिता का देहांत हो गया। इस तरह यह पांचों भाई-बहन एक बहुत ही साहसी, समझदार अपनी विधवा मां की छत्र-छाया में पले और बड़े हुए। बचपन में बड़ोदरा अपने ननिहाल जाकर छुट्टियां बिताना ही इनका आनंद का साधन होता था। अपना काफ़ी समय अपनी नानी मां महारानी चिमनाबाई गायकवाड़ के साथ बिताया। उनके गुणों का असर भी इस बालिका के मानस पटल पर पड़ा, क्योंकि वह भारत में नारी मुक्ति आंदोलन की महत्वपूर्ण नेता के रूप में अखिल भारतीय महिला सम्मेलन

कर्मों से भी राजमाता : गायत्री देवी

की प्रथम अध्यक्ष बनीं। बड़ोदरा के महल में वह सब परंपराओं का पालन करती थीं। वह नानी के बाद अपनी मां से काफ़ी प्रभावित हैं।

गायत्री जी के अनुसार वह बुद्धिकौशल, उत्साह और सुंदरता का अद्वितीय संगम थीं। उनके इन्हीं गुणों और ममत्व के कारण उन्हें कभी भी एकाकीपन या सूनापन नहीं लगता था। उनका स्वभाव लड़कों जैसा था। लड़कियों की तरह सजना-संवरना उस समय ज़्यादा पसंद नहीं था। उनका परिवार आपस में एक-दूसरे से निकटतम रूप में बंधा हुआ था। सभी सुख-दुःख और मन की हर बात को आपस में बांटा करते थे। खुशियां भी सबकी एक साथ होती थी। सब बच्चों ने समझौता किया हुआ था कि हम कभी एक-दूसरे की शिकायत नहीं करेंगे। अपनी पढ़ाई हमने शांतिनिकेतन में की, जहां अंग्रेज़ी, इतिहास, साहित्य, गणित, बंगाली, संस्कृत विषयों का अध्ययन किया। इसके साथ-साथ बोलिपुर बिलेमाउंट लोउसे, स्विट्जरलैंड, स्कूल ऑफ सेक्रेटिस, लंदन में अपनी पढ़ाई की। अन्य खेलों के अतिरिक्त जो खेल हम सबको पसंद थे, वे थे घुड़सवारी, टेनिस और शिकार। लड़कों के लिए हॉकी, फुटबाल, क्रिकेट और बॉक्सिंग जैसे खेल भी थे। पांच वर्ष की आयु में वह पहली बार शिकार पर गईं थी और बारह वर्ष की आयु में पहली बार शिकार में एक बाघ को मार गिराया।

उन्होंने बताया कि सन् 1940 में जयपुर के महाराजा सवाई मानसिंह के साथ बड़ी धूमधाम से मेरा विवाह हुआ। यहां से शुरू हुआ जीवन-संघर्ष।

मेरा दैनिक जीवन कैसा होगा? मैं महाराज की तीसरी पत्नी हूं, तो कितनी बार मैं महाराजा के साथ रह सकूंगी? जयपुर की महिलाओं के साथ मैं कैसे चल सकूंगी? कौन मुझे बताएगा कि जब महाराजा वहां नहीं होंगे, तो मुझसे क्या अपेक्षा की जा सकती थी? मैं जानती थी कि महाराजा का मेरे साथ विवाह करना उनके सम्बन्धियों को और जयपुर के ठाकुरों को अच्छा नहीं लगा था। दूसरी दोनों महारानियां राजपूत राजघरानों से सम्बन्धित थी, लेकिन मैं बिल्कुल परदेशी थी। मैं यही सोचती रही कि क्या यह बात दूसरे राजपूताना राज्यों में तनाव उत्पन्न कर सकती है? फिर भी अपने पिता और ससुराल के परिवारजनों का पूरा-पूरा सहयोग मिला। रानी होने के नाते मुझे कुछ परंपराओं और नियमों का पालन करते हुए पर्दे में रहना होता था, जो मेरे लिए थोड़ा कठिन था, पर दरबार (अपने पति को वे दरबार कह कर बुलाती थी।) के विनम्र स्वभाव और अपने दायित्वों की समझ के कारण यह मुझे बाद में इतना कठिन नहीं लगा। हमारे विवाह से पूर्व दरबार ने मुझसे कहा था कि उन्हें आशा थी कि मेरा उदाहरण किसी भी तरह धीरे-धीरे जयपुर की स्त्रियों को एक सीमा तक पर्दे से बाहर लाने के लिए प्रोत्साहित कर सकेगा। तभी एक विचार मेरे मन में आया कि सम्भवतः इस लम्बे और कठिन कार्य को व्यावहारिक बनाने का एक ही रास्ता है कि लड़कियों के लिए एक पाठशाला खोली जाए, जिससे अगले दस वर्षों में पर्दा प्रथा को ख़त्म किया जा सके। सन 1943 में अपने पति के सहयोग से पच्चीस छात्राओं के साथ महारानी गायत्री देवी स्कूल खोला गया। ये छात्राएं जागीरदारों, मंत्रियों, प्रथम श्रेणी के अधिकारियों, जौहरियों की बेटियां थीं। उनके परिवार में पर्दा प्रथा का चलन था। आने वाले वर्षों में यही भारत का सबसे प्रमुख गर्ल्स पब्लिक स्कूल बना। आज यहां देश के प्रत्येक कोनों से और विदेशों में रहने वाली भारतीय लड़कियां आकर शिक्षा ग्रहण करती हैं।

सन् 1947 को भारत आज़ाद हुआ। तब सिंध और पंजाब का काफी हिस्सा पाकिस्तान में चला गया। पाकिस्तान से आने वाले शरणार्थियों को हमने शरण दी। उनमें कई महिलाएं थीं, जिनकी जीविका का कोई साधन नहीं था। इसलिए मैंने चांद शिल्प शाला खोली, जिसे श्रीमती पॉल

चलाती थीं। इसमें सिलाई, कढ़ाई, बुनाई आदि का प्रशिक्षण दिया जाता था।

सन् 1949 में मैं जगत की मां बनी। यह मेरी ज़िन्दगी का सबसे खूबसूरत दिन था। हमारे देश में कांग्रेस की नई सरकार बनी। उसी दौरान 'अखिल भारतीय बैडमिंटन एसोसिएशन' की अध्यक्षा चुने जाने के कारण मैं देश और विदेशों में होने वाली मीटिंग में भाग लेने लगी। भारतीय टेनिस एसोसिएशन की वाइस प्रेसिडेंट होने के कारण भी मुझे काफी समय देना होता था। इसके अलावा मेरी रुचि अखिल भारतीय महिला सम्मेलन में भी थी। यह महिलाओं का सबसे बड़ा संगठन था। इसका अभियान महिलाओं की सामाजिक व शैक्षिक उन्नति के साथ-साथ उनके पारिवारिक अधिकारों, विधवा-विवाह एवं तलाक के हक के लिए संघर्ष और इसमें महिलाओं के पैतृक सम्पति में उत्तराधिकार पर भी चर्चा की जाती थी।

मेरे पति ने हमेशा मेरी योजनाओं के लिए प्रोत्साहित किया। चाहे वो राजनीति में प्रवेश की बात हो या जयपुर की कलात्मक वस्तुओं की प्रदर्शनी लगाने का निर्णय हो। भारत के स्वतंत्र होने के बाद जब कांग्रेस ने कमान संभाली, तो मुझे अहसास हुआ कि चाहे राजनेताओं से जुड़े विषय हों या सरकारी अधिकारियों से जुड़े हर तरफ़ राजनीतिक खींचातानी का माहौल है। एक महारानी का दायित्व मैं भूला नहीं पाई थी कि जन-सामान्य के प्रति हमारी ज़बावदेही हैं। इसलिए स्वतंत्र भारत में जनता द्वारा निर्वाचित संसद सदस्य बनकर ही मैं उनके लिए जनहित के कार्य कर सकती हूं। अपने पति की सहमति से मैंने कांग्रेस की विरोधी स्वतंत्र पार्टी में शामिल होने का फ़ैसला लिया है। राजगोपालाचारी जी द्वारा गठित स्वतंत्र पार्टी से तीन बार लोकसभा का चुनाव लड़ा। मैं तीसरी लोकसभा के लिए 1962-1967, चौथी लोक सभा के लिए 1967-1971 और पांचवीं लोकसभा सीट के लिए 1971-1976 जयपुर सीट से तीन बार लगातार निर्वाचित हुई। उस समय समाज का सिर्फ़ वही हिस्सा संतुष्ट नज़र आता था, जो कांग्रेस पार्टी से बहुत नज़दीक से जुड़ा था। तब मैंने सोचा कि जब तक संसद तथा राज्य सभा में कांग्रेस की नीतियों पर अंकुश लगाने के लिए कोई शक्तिशाली विरोधी दल नहीं होगा, तब तक स्थिति के सुधरने की आशा नहीं है।

कांग्रेस सरकार ने जयपुर की दीवारें तथा फाटक तोड़कर कला के विध्वंस की चरम सीमा को प्रोत्साहन दिया। पाकिस्तान से आए शरणार्थियों को योजनाबद्ध तरीके से बसाने के बजाय शहर की चारदीवारी के साथ-साथ दुकानें एवं झोपड़ियां बनाने की अनुमति दे दी गईं, जिससे शहर के भीड़ भरे इलाके में और भी गंदगी भर गईं। सरकार के अंतर्गत उन अफ़सरों का चयन किया गया, जिनमें न तो सामाजिक उत्तरदायित्व संभालने का जोश था और ना ही उन्हें शहर की परियोजना का कोई ज्ञान था।

अपने कार्यकाल के दौरान मैंने शिक्षा, विदेशों के साथ सौहार्दपूर्व संबंध और पर्यटन पर विशेषकर अपने लोकसभा के साथियों का ध्यान आकर्षित करवाया। पहली बार मैंने शिक्षा नीति के तहत हिन्दी को पूरी तरह प्रोत्साहन देने और अंग्रेज़ी भाषा की पूर्ण समाप्ति के मसले पर प्रश्न उठाया। जो क्षेत्र अहिन्दी भाषी हैं, जैसे बंगाल आदि वहां लोग कैसे अंग्रेज़ी के बग़ैर आपस में संपर्क साध सकेंगे यह एक जटिल समस्या थी। क्या वहां के विद्यार्थियों को रवींद्रनाथ टैगोर और बकिंम चन्द्र जैसे लेखकों के विषय में अनूदित भाषा में ज्ञान प्राप्त करना पड़ेगा? अतः देश-विदेश में संपर्क साधने और अलग-अलग भाषाओं का प्रयोग करने वाले राज्यों से जुड़ने के लिए अंग्रेज़ी भाषा का दूसरा स्थान होना चाहिए। पर्यटन के विषय में मेरा कहना था कि राजस्थान की कला संस्कृति से देशी-विदेशी पर्यटकों को जोड़ने के लिए पर्यटन को बढ़ावा देना चाहिए। इसकी शुरुआत सर्वप्रथम मैं और मेरे पति ने अपने सिटी पैलेस में संग्रहालय की स्थापना करके की, जिसके अंतर्गत जयपुर के राजसी बहुमूल्य हीरे जवाहरातों और सज्जा की अन्य वस्तुओं को जन-साधारण के प्रदर्शन के लिए रखा गया। मैंने मुबारक महल की ऊपरी मंजिल में टैक्सटाइल गैलेरी बनाई, जिसमें ग़लीचों एवं पुरानी हस्तलिपियों के अलावा उत्कृष्ट लघु-चित्र, परमपरागत नक़्क़ाशी एवं खूबसूरती से मढ़े हुए शास्त्र, स्त्रियों एवं पुरुषों के बेहतरीन सांगानेरी छपाई के पहनावे आदि रखे। दीवाने आम कला भवन में परिवर्तित कर दिया गया। दूसरे बड़े कमरे को पुस्तकालय में बदल दिया। उसमें तीस हज़ार हस्तलिपियां रखी हैं। कुछ 12वीं सदी की भी हैं। यह दुनिया के अत्यधिक

व्यापक पुस्तकालयों में से एक है जिसमें सभी मुख्य भाषाओं संस्कृत, हिंदी, उर्दू, बंगाली, मराठी, असमी, उड़िया, गुजराती, पारसी व अरबी आदि की पाण्डुलिपियां इतिहास, दर्शन-शास्त्र, तंत्र, कविता, नाटक, संगीत, शृंगार, चिकित्सा तथा पशु चिकित्सा आदि विषयों पर ढेरों पुस्तकें संग्रहीत की गईं। जब से हमने इनको देशी-विदेशी दर्शकों के लिए खोला है, उन्हें देखकर ख़ुशी मिलती है तथा शोध कार्य भी होते हैं। शायद मेरे इन्हीं कार्यों ने जनमानस पर मेरा विश्वास कायम किया। मैं पहली बार कांग्रेस प्रतिद्वन्द्वी शारदा भार्गव से इतने भारी वोटों से विजयी हुई कि जिसके कारण राजपरिवार का नाम 'गिनीज़ बुक ऑफ वर्ल्ड रिकॉर्ड' में आया।

भारत और चीन का युद्ध जो 1962 में हुआ था। श्रीमती इंदिरा गांधी राहत सामग्री भेजने वाली कमेटी की अध्यक्ष थी, उनके कहने पर मैंने राहत कार्यों के लिए आवश्यक वस्तुओं को भेजने का प्रयत्न किया। चीन ने एकपक्षीय युद्ध की घोषणा कर दी। कांग्रेस सदस्यों ने विरोध पक्ष को अंधाधुन्ध कटाक्ष करने का निशाना बनाया। ऐसे एक मौके पर चीन से लड़ाई के मुद्दे पर बहस के दौरान पंडित नेहरू ने संसद में स्वतंत्र पार्टी के लीडर प्रो. रंगा को अपना लक्ष्य चुना और एक आलोचनात्मक भाषण का जवाब देते हुए कहा कि प्रो. साहब अपनी जानकारी से अधिक जानने का अभिनय करते हैं। कांग्रेस के सदस्यों ने मेजें थपथपाकर इसका अनुमोदन किया। इसी सुबह प्रो. रंगा ने मुझे बताया कि हम नए सदस्य अपने लीडर के समर्थन को नहीं समझते। कोई बैक लेक्चर ही नहीं था। अतः जब प्रधानमंत्री ने कटु टिप्पणी के लिए प्रो. रंगा को फिर से चुना, मैं खुद ही उठ खड़ी हुई और बग़ैर सोचे समझे कह डाला, "अगर आपको किसी भी चीज़ के लिए कुछ भी पता होता, तो आज हम इतने अव्यवस्थित नहीं होते।" प्रो. रंगा ने हमारी पार्टी की ओर से पंडित जी को श्रद्धांजलि भाषण देने के लिए मुझे ही चुना, मैंने अपनी श्रद्धांजलि का समापन यह कह कर किया कि वह राजाओं के बीच होते हुए भी अवाम से जुड़े रहे।

मेरे पति स्पेन में भारत के राजदूत होने के नाते अधिक समय देश से बाहर रहते थे। उन दिनों मैं तीसरी बार लोकसभा सदस्य के नाते अपना

कार्यकाल पूरा कर चुकी थी। दरबार ने अपने ख़ारब स्वास्थ्य के बावजूद पोलो सेन्टर में खेलने का निर्णय लिया। यह मेरी ज़िन्दगी का सबसे दुखद दिन था। इसी मैदान में उन्होंने अपने प्राण त्याग दिए। उनकी मृत्यु के सदमें के कारण चुनाव लड़ने की मेरी रुचि नहीं रही। मुझे यह भी महसूस हुआ कि अपनी राजनीतिक, सामाजिक जिम्मेदारियों का निर्वाह करते हुए मैंने जगत और पारिवारिक ज़रूरतों के लिए समय कम कर दिया है। इसलिए मैंने थोड़ा समय इस पर केंद्रित करने का फ़ैसला किया।

1975 को आपातकाल के समय में मुझे गिरफ़्तार कर लिया गया। मीसा जैसे गंभीर आरोपों के तहत तिहाड़ जेल में मैं सबसे लम्बे समय एक सौ छप्पन रातें सोई थी। यह मेरे द्वारा किसी स्थान पर बिताया गया सबसे अधिक समय था। दरबार की मौज़ूदगी में ऐसी हिम्मत कभी नहीं की जा सकती थी। पति की मृत्यु के बाद 1971 में मैंने चुनाव लड़ना स्वीकार नहीं किया। अतः जनसंघ के सतीश अग्रवाल को संगठित विपक्षी दल के सदस्य के रूप में जयपुर से प्रत्याशी बनाया गया। सन् 1977 में राजस्थान की नई सरकार ने मुझे राजस्थान पर्यटन विकास निगम की चेयरपर्सन नियुक्त किया, यह मेरे लिए मनोरंजक अनुभव था। भारत विभाजन के समय मैंने शरणार्थियों के लिए जो चांद शिल्पशाला खोली थी। वह आज स्त्रियों का पोलिटेक्नीक बन गया, उसमें लड़कियों को आत्मनिर्भर बनाने के तरीक़ सिखाये जाते हैं। 1984 में सहशिक्षा पर आधारित 'महाराजा सवाई मानसिंह विद्यालय' खोला।

गायत्री जी ने 'ए गुरमितस् गेटवे' नामक किताब भी लिखी है। अब ज़्यादातर समय अपने घरपर ही व्यतीत करती हैं। सन् 1940 में जब विवाह के पश्चात् वे जयपुर आई थी, तब जयपुर बहुत ही खूबसूरत शहर था। अब भीड़-भाड़ वाला, दूषित शहर बन गया है। अपने जीवन के 9 दशक पूरे करने के बाद अंतिम दिनों में जितना हो सके अपने पारिवारिक दायित्वों को निभाते हुए सामाजिक कार्य करना चाहती हैं। राजमाता गायत्री देवी एक ऐसी स्त्री जीवन का ज्वलंत उदाहरण हैं, जो यह दर्शाता है कि किसी को महान उसके कार्य बनाते हैं, न कि केवल उसका वंश।

रानी जेठमलानी

सामाजिक बदलाव में कानून किस तरह मददगार साबित हो सकता है, यह सिद्ध कर दिखाया है सुप्रीम कोर्ट की वरिष्ठ एडवोकेट रानी जेठमलानी ने। रानी जेठमलानी से मिलकर एक ऐसी महिला से परिचय हुआ, जो अपनी शान को आत्मविश्वास, लगन, साहस वह दृढ़ता के साथ सामाजिक बदलाव में प्रयोग कर रही हैं। कानून की राह जितनी दुर्गम और कठिन है, उतने ही कष्टों को रानी ने अपनी निजी एवं व्यावसायिक ज़िंदगी में भी झेला। रानी की ज़िंदगी एक खुली किताब है, वो ज़िंदगी के दुःखों को आंसुओं में बहाने की जगह हर मुश्किल का सामना करना जानती हैं। रानी ने जिस सच्चाई से अपने जीवन के विषय में बताया, शायद अगर कोई दूसरी महिला होती, तो यह न कर पाती।

रानी बताती हैं कि मेरा जन्म अविभाजित भारत के कराची शहर में हुआ। जब पाकिस्तान और भारत को दो स्वतंत्र राष्ट्र घोषित कर दिया गया था, तब मेरे पिता जी राम जेठमलानी, मां दुर्गा और मेरी छोटी बहन के साथ एक जहाज़ द्वारा भारत में आकर बस गए। मेरे पिता जी वकील हैं और मां गृहिणी। भारत में आकर मैंने पंचगनी में होस्टल में रहकर सेंट जेवियर्स कान्वेंट से स्कूली शिक्षा पूरी कीं। यहां के वातावरण, मित्र, शिक्षक, शिक्षा सभी ने मेरे मानस-पटल पर गहरी छाप छोड़ी, जिससे शायद आज मेरा यह दृष्टिकोण और आत्मविश्वास बन पाया।

मेरे माता-पिता के बीच मतभेद और पिता की दूसरी शादी से मुझे अपने बचपन में ही महिलाओं की स्थिति का आभास हो गया। अपनी मां के आंसू और संघर्ष को मैं कभी नहीं भुला सकती। शायद इसी दुःख

एक कार्यक्रम में विचार व्यक्त करती रानी जेठमलानी

ने मुझे प्रेरित किया कि मैं कानून को सामाजिक बदलाव के रूप में प्रयोग करके महिलाओं के हक़ के लिए कार्य करू। अपने इस पारिवारिक माहौल के बावजूद मेरी बहन शोभा जो एक डॉक्टर हैं, भाई महेश जो आज एक वकील हैं, और मेरे मित्रों के साथ-साथ मेरी स्कूल की नन्स (Nans) का भरपूर प्यार और सहयोग मुझे मिला। मुझे आज भी याद है कि हम सब बच्चे मिलकर किस तरह 'पजामा पार्टी' किया करते थे। आपस में हम भाई-बहनों का प्यार तब से आज तक कायम है। हम हर बात को आपस में एक-दूसरे के साथ कहते थे। इसलिए माता-पिता के अलगाव का गहरा असर मन पर तो अवश्य पड़ा, लेकिन इसके अलावा एक स्वस्थ माहौल में हमारा बचपन बीता।

मेरे पिताजी ने मेरी स्कूल की पढ़ाई पूरी होने के बाद मुझे मुम्बई के 'सेंट जेवियस कॉलेज' में पढ़ने भेजा। यहां मैंने राजनीति विज्ञान एवं समाज शास्त्र विषयों के साथ ग्रेजुएशन पूरी की। फिर कॉलेज की पढ़ाई पूरी होने के बाद वकालत की पढ़ाई की। गवर्नमेंट लॉ कॉलेज से मैंने कानूनी शिक्षा पूरी की। के. सी. लॉ कॉलेज मुम्बई में मुझे पढ़ाने का अवसर

भी मिला। वहां से मैंने वकालत की प्रैक्टिस करनी भी शुरू कर दी थी। वर्ष 1977 में मैं अपने परिवार के साथ दिल्ली आई, इसी वर्ष मेरे पिता संसद सदस्य बने। दिल्ली में आने के बाद मैंने सुप्रीम कोर्ट में नए वकील के नाते अपना कार्य प्रारंभ किया। इसी दौरान मेरी मुलाकात श्रीमती प्रमिला दण्डवते से हुई जो समाजवाद की विचारधारा से स्त्री-पुरुष समानता पर कार्य कर रही थी। प्रमिला जी के विचारों और बचपन में स्वाभाविक ढंग से महसूस किए गए नारी शोषण को देख कर नारी शोषण के खिलाफ कार्य करने का मुझे नया आयाम मिला। प्रमिला जी के साथ मिलकर मैंने दहेज विरोधी मुहिम में सामाजिक चेतना लाने का प्रयास किया। मैं महिला दक्षता समिति की उपाध्यक्ष भी रही। बीजिंग सम्मेलन के लिए दहेज जैसी कुप्रथा के कारण महिलाओं की हत्या के विषय पर मैंने एक पुस्तक भी लिखी। पूर्व प्रधानमंत्री वी. पी. सिंह ने अपनी पेंटिंग के रूप में काली का रूप जिस तरह 'काली युग' किताब के लिए चित्रित किया उसने इस किताब को अधिक तर्कसंगत बना दिया। वर्ष 1995 में विश्व महिला सम्मेलन जो बीजिंग में आयोजित हुआ था, वहां मेरी इस किताब 'काली युग' का विमोचन किया गया। काली हिंदू देवी का नाम है, जो शक्ति का प्रतीक हैं। जब इस भूमि पर अन्याय का वर्चस्व बढ़ता गया और स्त्रियों का शोषण चरम सीमा तक पहुंच गया। तब देवी काली ने अपनी शक्ति से अन्याय और पापियों का नाश किया। युग समय और आयु का प्रतीक है। इस तरह 'काली युग' का अर्थ है एक ऐसा समाज जहां स्त्री-पुरुष समानता हो और अन्याय के लिए स्थान न हो।

अपने इसी विचार के साथ मैंने वार लॉ नामक गैर सरकारी संस्था का निर्माण किया। जहां लोगों के साथ-साथ वकीलों को भी सामाजिक न्याय की भावना के तहत 'मानव अधिकारों के लिए कार्य करने को प्रोत्साहित किया जाता है। दक्षिणी एशिया के देशों में महिला शोषण के खिलाफ कार्य करने के तहत मैंने एक ओर संस्था का निर्माण किया, जिसकी मैं 'फाउंडर सदस्य' हूं।

वर्ष 1997 में संयुक्त राष्ट्र के क्रिमीनल कोर्ट के तहत महिलाओं से संबंधित समस्याओं पर उनके निदान पर मैंने कार्य किया, जिसके लिए मुझे

CEDAW* की स्पेशल एक्सपर्ट कमेटी की सदस्या बनाया गया। मुझे 'अंतर्राष्ट्रीय बार एसोसिएशन' का सदस्य भी बनाया गया, जहां मुझे 'मानव अधिकार' जैसे विषय पर कार्य करने का अवसर मिला। महिलाओं के स्वास्थ्य पर तम्बाकू के दुष्प्रभाव और नशा विरोधी कार्यक्रम के तहत मैंने 'वर्ल्ड हैल्थ आर्गनाईजेशन' के साथ भी काम किया। जिससे तम्बाकू के कारण होने वाली कैंसर जैसी घातक बीमारी की रोकथाम कर उस पर काबू पाया जा सके। वर्ष 1989 में मैंने जनता पार्टी की टिकट पर लोकसभा चुनाव में भी हिस्सा लिया। मेरा लक्ष्य इस पुरुष प्रधान समाज में स्त्री की अस्मिता की तलाश करना था।

मैंने हमेशा सामाजिक विषयों से जुड़े मुकदमों को ज़्यादा तवज्जो दी। शायद इसलिए क्योंकि कानूनी क्षेत्र में हम दीवानी और फ़ौजदारी मुकदमों में ही अपने को कानूनविद् मान लेते हैं, इससे सामाजिक विषयों पर ध्यान कम देते हैं, जबकि सुदृढ़ समाज की संरचना के लिए लोकजनहित मुकदमे ज़्यादा महत्त्वपूर्ण हैं। इसी कड़ी में मैंने कई मुकदमों को सुप्रीम कोर्ट में पेश किया। कई मुकद्मे हमारे मानस-पटल पर गहरी छाप छोड़ जाते हैं। ऐसा ही एक मुकद्मे मैंने सुप्रीम कोर्ट में 'डॉ. लक्ष्मी श्री बनर्जी' का लड़ा, जो जमशेदपुर में टाटा अग्नि कांड में आहत हुए 160 लोगों में से एक हैं। डॉ. लक्ष्मी श्री बनर्जी का मुकदमा लड़ते हुए मेरा परिचय एक ऐसी महिला से हुआ जो हर दुःख और कठिनाई को अपने आत्मसंयम के साथ साहस से लड़ना जानती है।

सुप्रीम कोर्ट में ही मैंने अनिता मेहरा के मुकद्मे के दौरान यह महसूस किया कि किस तरह गरिमामय पद पर आसीन व्यक्ति की मानसिकता भी संकीर्णता के दायरे में क़ैद हो सकती है। सुप्रीम कोर्ट जज ने इस मुकदमे में बलात्कार के आरोपी पिता, जो अपनी ही बेटी का बलात्कारी था, उसे बच्चे की कस्टडी दे दी, जिसके खिलाफ मैंने काफ़ी लिखा भी। यही असमानता मुझे हिन्दू या मुस्लिम लॉ, अनुच्छेद 40 में भी लगती हैं, जहां स्त्री-पुरुष को समान अधिकार प्रदान नहीं किए गए हैं। इन कानूनों में भी सुधार के लिए मैं प्रयत्नशील हूं। मेरा

*Convention on the Elimination of All Forms of Discrimienation against women

मानना है कि कोर्ट की संरचना, कानून व्यवस्था में ज़्यादा पारदर्शिता की ज़रूरत है। आज भी कानून एक महंगी प्रक्रिया ही बना हुआ है। लोगों की भलाई को ध्यान में रख़ते हुए हमें इसे बेहद सरल और कम ख़र्चीला बनाने की पहल अवश्य करनी चाहिए। इस कदम में ग्राम पंचायत और लोक अदालतें महत्वपूर्ण भूमिका निभा सकती हैं, बशर्ते ये संस्थाएं केवल शक्ति का केंद्रीकरण न करके निष्पक्षतापूर्वक न्याय के नियम पर ही कार्य करें।

जहां मैं एक वकील होने के साथ सामाजिक कार्य भी कर पा रही थी। वहीं मेरी व्यक्तिगत ज़िंदगी में गहरे दुःख के समुद्री तूफान भी आए। वर्ष 1996 में मैं गंभीर रूप से बीमार पड़ी। 97 में मेरी 'लीवर ट्रांसपलेंट सर्जरी' की गईं। इस समय डॉक्टरों ने मेरी ज़िन्दगी की आशा को डावांडोल बताते हुए कहा था कि मेरे बचने की बहुत कम उम्मीद है। इस बीमारी के बाद मैं अपने पति से विच्छेद शायद इसलिए सह गईं, क्योंकि अब मैंने यह जान लिया था कि इस पुरुष-प्रधान समाज में महिलाओं को अपने हक़ की लड़ाई स्वयं लड़नी होगी।

आज भी मुझे वह दिन याद है जब मैंने 1990 में 'प्रेम शंकर झा' से शादी की थी, जो एक पत्रकार हैं। मेरे पति से वैचारिक मतभेदों के चलते हमारी शादी टूट गईं। ज़िन्दगी के इस मुकाम पर जब मैं हर सुख-दुःख का अनुभव कर चुकी थी। मेरा झुकाव फ्रेंच महिला मीरा और अरविंदो वेदांत की ओर हुआ। इसी कड़ी में मैं बहुत-सी धार्मिक-सांस्कृतिक संस्थाओं के संपर्क में आई। जिसके अंतर्गत अरविंदो सोसायटी, चिन्मयामंद मिशन, बौपिट फाउंडेशन (जो दलाई लामा के विचारों से प्रभावित है) शामिल हैं।

मेरे दत्तक पुत्र अली जेठमलानी ने मुझे मां के गौरव से नवाज़ा। आज अली उत्साही नवयुवक है। अपने बेटे के साथ वक़्त बिताना मुझे बेहद पसंद है। अपने फुर्सत के पलों में मैं पाक-कला को तवज्जो देती हूं, मुझे भोजन से संबंधित नई विधियों को पढ़ने का बेहद शौक हैं। मुझे योगाभ्यास, वेदांत, संगीत, ध्यान, योग करके काफी शांति और सुख का अहसास होता है। देश-विदेश घूमकर सभ्यता-संस्कृति को जहां एक ओर जानने का मौका

मिला, वहीं मैंने यह भी जाना कि विश्व भर में महिलाएं किन समस्याओं से ग्रसित हैं? इस ज्ञान ने मेरे मस्तिष्क को अधिक जुझारूपन और जागरूकता के साथ महिलाओं के लिए कार्य करने को प्रोत्साहित किया। मेरी नज़र में नारी एक संपूर्ण व्यक्तित्व वह महिला है, जो समाज को अपने ज्ञान द्वारा कुछ प्रदान करने की स्थिति में है, जो महिला अपनी अस्मिता, आत्मसमान के साथ समाज की कुरीतियों का सामना करती है।

रीतू बेरी

भारतीय महिला फैशन डिजाइनर का नाम सोचते ही जो नाम सर्वप्रथम सबकी जिह्वा पर होता है, वह नाम है रीतू बेरी! आज फैशन डिजायनिंग और रीतू बेरी एक-दूसरे का पर्याय बन चुके हैं। रीतू बेरी से जब मैं अपनी किताब के सिलसिले में मिली, तो उन्होंने अपनी ज़िन्दगी के हर पहलू से मुझे अवगत कराया। रीतू बेरी के रूप में मेरा परिचय एक ऐसी नारी से हुआ, जिसे खूबसूरती और दिमाग दोनों गुणों से प्रकृति ने नवाज़ा है।

रीतू बताती हैं कि मेरा जन्म दिल्ली में हुआ। मेरे पिता जी लेफ्टिनेंट कर्नल बी. एस. बेरी और मां इंदू बेरी ने हमेशा अपने प्रगतिशील विचारों से मुझे प्रेरित किया। बचपन में मैं एक सामान्य-सी लड़की थी, न बेहद शर्मीली, न ज़्यादा शरारती। अपने कॉलेज की पढ़ाई मैंने दिल्ली विश्वविद्यालय के 'लेडी श्रीराम कॉलेज' से वर्ष 1987 में पूरी की। मुझे आज भी याद है कि मेरे माता-पिता मुझे डॉक्टर बनाना चाहते थे, पर जब मैं 'एम. बी. बी. एस.' की प्रवेश परीक्षा में एग्ज़ाम देने गईं, तो पूरा प्रश्नोत्तर पेपर ख़ाली छोड़कर घर वापिस आ गईं। फिर मैंने वर्ष 1990 में दिल्ली स्थित नेशनल इंस्टीट्यूट ऑफ फैशन टेक्नोलॉजी से अपनी ग्रेजुएशन पूरी की। मैं उन पहले 25 छात्रों में से एक थी, जिन्हें सर्वप्रथम देशभर में से फैशन की दुनिया की बारीकियों को सीखने का सुनहरा अवसर मिला। अपनी ग्रेजुएशन कलेक्शन के साथ ही मैंने दिसम्बर 1990 'लावण्या' स्टूडियो की नींव रखी। मेरा पहला कलेक्शन भी सफल रहा। तब मैंने यह जाना कि कैसे अपनी अधिक-से-अधिक क्षमता द्वारा सफलता को

रीतू बेरी

प्राप्त किया जा सकता है?

मेरे हर कार्य में मेरे पारिवारिक सदस्यों के साथ-साथ मेरे मित्रों का भी पूरा-पूरा सहयोग रहता आया है। अपने परिवार के सहयोग के कारण ही मैं अपनी ज़िन्दगी का लक्ष्य प्राप्त कर पाई। मेरा मानना है कि सफलता आपकी अकेले की नहीं होती, बल्कि इसके लिए पूरी एक टीम की भावना से काम करने की ज़रूरत होती है, सभी के पूर्ण सहयोग के बाद ही आप अपने लक्ष्य को पूरा कर पाते हैं। अपनी इसी भावना के साथ मैंने अपने कार्यक्षेत्र में भी ऐसे लोगों की टीम बनाई है, जो अपने-अपने कार्यों में दक्ष हैं। फैशन डिज़ाइनर के नाते हर चीज को बेहतरीन बनाना मेरा दायित्व है, जिसके लिए मैं दो बातों पर ख़ास ध्यान देती हूं, यूनिफार्म और उनकी साज-सज्जा।

वर्ष 1991 में मैंने पहली बार देश से बाहर लिबर्टी लंदन में अपने बनाए कपड़ों को भेजा। जहां मेरे काम को काफी पसंद किया गया। मेरा काम लोगों को इतना पसंद आ रहा था कि मैंने दिल्ली में एक अन्य स्टूडियो खोला, वहीं मई 1994 में मुम्बई में भी मैंने 'लावण्या' की ब्रांच शुरू की। वर्ष 1995 में मेरे फैशन शो का शीर्षक था 'संस्कृति', जिसके अंतर्गत मैंने अपने देश की भारतीय कला-संस्कृति को प्रदर्शित करने का प्रयास किया। जैसे–ब्राह्मण समाज, फिर मध्ययुगीन भारत, फिर ब्रिटिशराज और वर्तमान भारतीय समाज, इस तरह मैंने बदलते समय के साथ-साथ बदलते फैशन को दर्शाने का प्रयास किया। वर्ष 1996

में अपने फैशन शो 'दी पर्ट लाइन स्प्रींग समर' [The Pret Line Spring Summer] में मैंने यह दर्शाने का प्रयास किया कि कैसे आज की महिला अपनी दक्षता क्षमता से अपनी ज़िन्दगी के हरेक संघर्ष का सामना करती है और हर क्षेत्र में अपनी कामयाबी दर्ज़ कराती है, जिसके लिए मैंने सादगी भरे डिज़ाइन, मुलायम और आरामदेय कपड़े के साथ भरपूर रंगों का प्रयोग किया।

अपने इस फैशन शो से पहले मैं मई 1995 में दिल्ली पुलिस के लिए यूनिफ़ार्म डिज़ाइन कर चुकी थी। वर्ष 1996 में मुझे भारतीय ओलंपिक टीम अंटलांटा के लिए भी ड्रेस डिजाइन करने का अवसर मिला। वहीं सहारा इंडिया परिवार ने भारतीय हॉकी खिलाड़ियों की ड्रेस भी मुझसे डिज़ाइन करवाई। इस खेल के प्रति भावनात्मकता का एक हिस्सा बनने पर मुझे बेहद ख़ुशी हुई।

श्रीमती मेनका गांधी जी के संगठन 'पीपल फॉर एनिमल्स' के लिए कपड़े डिज़ाइन करके मुझे बेहद ख़ुशी हुई। मैंने अपने इस फेशन शो का शीर्षक 'Caring Means Sharing' यानि देखभाल का तात्पर्य है कि दूसरों के साथ अपने जज़्बातों, अनुभवों को बांटना। अपने इस कलेक्शन में मैंने टी-शर्ट, कैप, स्टॅफ टुयास, मगस, नोटपैड, पोस्टरस, पोस्टकार्ड, पैनस और की श्रृंखला को डिजाइन किया।

अपने ज़िन्दगी के खूबसूरत लम्हों में मैं दो घटनाओं को कभी नहीं भूला सकती। पहला तब जब मेरा फैशन शो विश्व प्रसिद्ध फैशन की दुनिया के शहर पेरिस में आयोजित हुआ, जिसे लोगों ने काफी सराहा। इस तरह मुझे पहली महिला डिजाइनर का सम्मान मिला, जिसे पेरिस में अपना फैशन शो प्रदर्शित करने का मौका मिला।

दुसरा तब, जब प्रिंस चार्ल्स भारत आए और दिल्ली की सफल हस्तियों के नाते शाहरूख खान के साथ-साथ मुझे प्रिंस चार्ल्स का अभिनंदन करने के लिए आमंत्रित किया गया। यह सुनकर तो मेरी ख़ुशी का ठिकाना ही नहीं रहा, जब मोजू [Mozu] जी ने भारतीय डिजाइनर कहकर मेरा परिचय प्रिंस चार्ल्स से कराया।

मेरा मानना है कि एक स्वस्थ शरीर में ही स्वस्थ मस्तिष्क का निवास

होता है, इसलिए मैं स्वस्थ रहने के लिए योग और ध्यान का सहारा लेती हूं। मुझे लगता है कि यही एकमात्र साधन है, जो आपको हर मुश्किल से लड़ने का साहस प्रदान करता है। स्वयं खुश रहना और दूसरों में ख़ुशी बांटना ही मेरा जीवन दर्शन है। अगर मैं किसी की भी प्रकार से कोई मदद कर पाऊं, तो मुझे बेहद ख़ुशी होती है।

रीतू बेरी जो कहती हैं कि वह जो चाहती हैं, कर दिखाती हैं ! शायद इसलिए उन्होंने श्रीविजय गोयल द्वारा आरंभ किए गए कार्यक्रम के तहत दिल्ली नगर निगम के एक स्कूल को गोद लेकर वहां पढ़ने वाले बच्चों की मदद के लिए डेस्क, वाटर कुलर, टेलीविजन, खिलौने, नोटिस बोर्ड इत्यादि का इंतजाम किया। इस पर प्रतिक्रिया व्यक्त करते हुए बंसी कोयले वाली स्कूल के हेडमास्टर ने कहा कि स्कूल को कोयले से हीरा बना दिया गया है। अपने इन्हीं कार्यों और समाज में अद्भुत सहयोग प्रदान करने के लिए रीतू को विभिन्न सम्मानों से सम्मानित किया गया, जिसमें वर्ष 1992 युवा रत्न एवार्ड, हिन्द गौरव एवार्ड, उद्योग गौरव एवार्ड, वर्ष 1993 में के. एल. एम. कारगो एवार्ड, ज्वैलर ऑफ इण्डिया एवार्ड, वर्ष 1994 में इंटरनेशनल एक्सीलैंस एवार्ड, महिला शिरोमणि एवार्ड, मोस्कोस् एवार्ड फॉर बेस्ट डिजाइनर इत्यादि सम्मान शामिल हैं।

डॉ. रंजना कुमारी

भारत में जहां एक ओर ऐसा कोई क्षेत्र नहीं, जिसमें महिलाओं ने अपना जौहर नहीं दिखाया हो, वहीं ग़रीबी और दहेज़ के कारण आज भी महिलाओं की बड़ी दयनीय स्थिति पारिवारिक एवं सामाजिक परिवेश में दिखाई देती है। अपने ऊपर हो रहे अन्याय और उत्पीड़न का विरोध महिलाएं सामाजिक दबावों के कारण नहीं कर पातीं। उनकी कोई सुनेगा नहीं, उन्हें न्याय नहीं मिलेगा, यही धारणा विरोध नहीं करने देती।

इसी सोच के चलते जब मैं डॉ. रंजना कुमारी से मिली, तो दो बातों पर मेरा ध्यान आकर्षित हुआ। पहला सामान्य भारतीय गृहिणी जैसी दिखने वाली यह महिला राजनीति-विज्ञान में पी. एच-डी. और कनाडा की हैलिफैक्स यूनिवर्सिटी से जैन्डर व डेवलेपमेंट में डिप्लोमा प्राप्त हैं। अगर वह चाहती तो देश या विदेश में कोई भी प्रतिष्ठित नौकरी प्राप्त कर आराम से जीवन व्यतीत कर सकती थी। लेकिन रंजना जी ने अपना जीवन उन महिलाओं के अधिकारों के लिए लड़ने और उनको न्याय दिलाने में व्यतीत करना चाहा, जो अपने हक़ के लिए लड़ नहीं पातीं।

आप कैसे यह निर्णय ले पाईं और आपके अपने जीवन की कथा क्या है? जब यह प्रश्न मैंने उनसे पूछा, तो मानो जैसे वह अपने बचपन में खो गईं। रंजना जी ने बताया हमारा परिवार मूलतः इलाहाबाद का रहने वाला है। मेरे दादा जी पंडित विश्वनाथ शर्मा काशी विद्यापीठ के संस्थापकों में से एक थे। 1952 में वाराणसी में मेरा जन्म हुआ। यह एक ऐसा परिवार था, जिसमें हरेक सदस्य का स्वतन्त्रता आन्दोलन में कोई-न-कोई योगदान अवश्य रहा था। बचपन में ही मैंने पाया कि महात्मा गांधी, आचार्य नरेंद्र देव, राममनोहर लोहिया

परिवार के साथ डॉ. रंजना कुमारी

काशी विद्यापीठ आकर ठहरते थे। बचपन में ही ऐसी संगत का मेरे मानस पटल पर गहरा प्रभाव पड़ा। बिनोवा जी से तो मैं कुछ ज़्यादा ही प्रभावित थीं, इसलिए मेरे बाबा घर में मुझे बिनोवा बुलाते थे। संयुक्त परिवार में रहने के कारण सभी रिश्तों का आदर करना सीखा और सबका स्नेह भी मुझे मिला। छः भाई-बहनों में सबसे बड़ी बहन मैं और बड़े भैया आनंद थे। घर में कभी लिंग-भेद नहीं रहा, इसलिए भाइयों जितना ही प्यार और अवसर मुझे मिले।

बचपन की एक शैतानी अभी तक याद है। जब हम खेलते थे, तब लड़कों की टीम एक ओर होती और लड़कियों की टीम दूसरी ओर अकसर हमारी टीम हार जाती। इस हार की खीझ के कारण एक बार मैंने बड़े भैया आनंद के सिर पर पत्थर दे मारा। उसका निशान उनके माथे पर अब तक है। इस घटना को लेकर मुझे अपनी ग़लती का अहसास तब हुआ, जब मां के बार-बार पूछने के बावजूद भैया ने मेरा नाम नहीं लिया। यहां तक कि मुझे डांटा-फटकारा भी नहीं। इसने मुझे सही और , ग़लत की पहचान करना सिखाया।

मेरे माता-पिता जयनाथ शर्मा और चन्द्रा शर्मा की वजह से ही मेरा व्यक्तित्व बन पाया। हमारे घर का माहौल बड़ा ही शान्तिप्रिय था। मैंने काशी विद्यापीठ में पढ़ने के बजाय बनारस, हिन्दू विश्वविद्यालय से शिक्षा प्राप्त की। पढ़ाई में शुरू से बहुत अच्छी थीं। समाजशास्त्र, मनोविज्ञान, अर्थशास्त्र विषयों के साथ इंटर में प्रथम स्थान प्राप्त

किया। भैया तो पढ़ाई में थे ही बहुत होशियार। मैंने भी उनकी राह पकड़ते हुए अपनी आगे की शिक्षा दिल्ली में रहकर प्राप्त करने का फ़ैसला माता-पिता को सुना दिया। बी. ए. बनारस हिन्दू विश्वविद्यालय से करने के बाद एम. ए., एम. फिल और पी. एच-डी. दिल्ली के जवाहर लाल नेहरू विश्वविद्यालय से किया।

जब मैं प्रवेश के लिए जे. एन. यू. गईं, तो दाख़िल होने से पहले मेरा साक्षात्कार लिया गया। उस वक़्त कठिनाई यह आई कि अब तक जो पढ़ाई मैंने की थी वह हिन्दी माध्यम में थी, जबकि इंटरव्यू इंग्लिश में था। जब सदस्यों ने इंग्लिश में मेरा इंटरव्यू लेना शुरू किया, तब मैंने उनसे अनुरोध किया कि आप चाहे मुझे दाख़िल दें या नहीं पर आप हिन्दी में प्रश्न करेंगे, तो शायद मैं उत्तर दे पाऊं। इस पर अमल करके उन्होंने ऐसा ही किया और मेरा दाख़िल जे. एन. यू. में हो गया। यह मेरी ज़िन्दगी का सबसे महत्वपूर्ण क्षण था। मैंने आत्मविश्वास और इच्छा शक्ति के बल पर ही परिणाम हासिल किया।

मेरे जीवन की दूसरी महत्वपूर्ण घटना भी जे. एन. यू. के परिसर में घटित हुई। एक बार मैं सीढ़ियों से उतर रही थी, नीचे जा रहे साथियों को हाय-हैलो करने लगी। तब अचानक मेरा पांव सीढ़ियों से फिसल गया और मैं लुढ़कती हुई नीचे फर्श पर आ गिरी। मेरा दांत होंठ में गड़ गया। बहुत खून निकला और चेहरा भी बिगड़ गया। तब किसी से बात करती, तो मुंह पर हाथ लगा लेती। मित्रों के सहयोग और सही डॉक्टरी इलाज होने के बाद मेरा चेहरा ठीक हो गया, लेकिन इसी घटना ने मेरे अन्दर यह विचार उत्पन्न किया कि केवल ऊपरी सुन्दरता ही सुन्दरता नहीं है। असली सुन्दरता आपके गुणों में है।

जब मैं जे. एन. यू. की छात्रा थी, तभी सारा देश इमरजेंसी की चपेट में आ गया था। इस समय के छात्र आंदोलन में मैंने भी भाग लिया। इसी बीच मेरी मुलाक़ात अपने पति सुधीन्द्र भदौरिया से हुई। हम सब मिलकर हरियाणा, पंजाब, उत्तर प्रदेश, राजस्थान, मध्यप्रदेश के प्रमुख विश्वविद्यालयों में गए और लोकतंत्रीय मूल्यों की पुनस्र्थापना के कार्यों में सक्रिय रूप से भाग लिया। हमने बचपन से ही अपने परिवार की

स्वतन्त्रता आन्दोलन की कहानियों को सुन रखा था। अब इमरजेंसी में भी पूरे परिवार का योगदान रहा। आनंद भैया का अमेरिका में पासपोर्ट छीन लिया गया। छोटी बहन अंजना प्रकाश ने जेल काटी। इन्हीं सब कारणों से इंमरजेंसी लगने के बाद जुलाई माह में पिताजी का देहांत हो गया।

सन् 1977 में मेरे ससुर अर्जुन सिंह भदौरिया इटावा से सांसद बन गए थे। तब जयप्रकाश नारायण जी ने गांधी-शान्ति प्रतिष्ठान में सुधीन्द्र के साथ मेरे परिणय संबंध की घोषणा की। सुधीन्द्र मेरे धर्म के नहीं थे। इसलिए सिवाय मां और बड़े भैया के परिवार के सब लोग हमारी शादी के पक्ष में नहीं थे। मेरी सास ने बाद में रीति-रिवाज के साथ हमारी शादी करवाई। हमारा विवाह एक राजनैतिक विवाह था, जिसमें सभी राजनेताओं ने शिरकत की। पूर्व प्रधानमन्त्री चंद्रशेखर जी मेरे पति की बारात लेकर आए थे। उस समय राजनारायण जी स्वास्थ्य मन्त्री थे। उन्होंने तिरुपति से हमारी शादी के लिए जयमाला मंगवाई थी, जिसके इंतजार में हम दोनों बैठे थे। मज़े की बात यह है कि हमारी शादी में सबका ध्यान नेताओं के साथ फोटो खिंचवाने में था। दूल्हा या दुल्हन की तरफ से सब अनजान थे।

1980 में पुत्र राहुल और 1991 में बेटी अस्मिता का जन्म हुआ। राहुल के जन्म से पहले ही मैं सामाजिक कार्यों में पूरी तरह संलिप्त हो चुकी थी। 1983 में स्थायी नौकरी होने के बावजूद इसमें लगी रही। उस समय ग़ैर सरकारी संस्थानों की पहचान भी जनता में अधिक नहीं होती थी, फिर भी मैंने महिलाओं के लिए कार्य करते रहना बेहतर समझा और अपनी संस्था को पंजीकृत करवाया। सर्वोदय एन्कलेव में 1983 में हमारा पहला कार्यालय खुला। अपने शुरुआती दौर में आर्थिक साधनों की कमी, सामाजिक दबाव और महिलाओं के असहयोग जैसी अनेक समस्याओं का सामना करना पड़ा।

मेरी ज़िन्दगी का सबसे दुखद दिन वह था जब मेरे पास एक पिता द्वारा अपनी बेटी के साथ बलाकार का मामला सामने आया। इस घटना ने मेरी आत्मा को झकझोर कर रख दिया। पिता और बेटी का

रिश्ता जो प्रकृति का सबसे मज़बूत और पवित्र बंधन है, वहां भी शरीर की भूख के लिए बेटी को ग्रास बनाया जाए, इससे गिरी हुई बात और क्या होगी?

20 वर्षों से महिलाओं के लिए काम करने के दौरान मैंने पाया कि इनके शोषण और उत्पीड़न की जड़ें इतनी गहरी हैं कि उन्हें अभिजात्य वर्ग से लेकर निम्न वर्ग तक देखा जा सकता है। दहेज़ का दानव विधवाओं की समस्याएं, महिलाओं की शिक्षा उनकी राजनीति में भूमिका और इस तरह उसकी तमाम समस्यओं पर आधारित हर तथ्य को मैंने अपनी किताबों में उकेरने का प्रयास किया है। इनमें दहेज़ पीड़ित महिलाएं और और "Women in Decision Making' सरीखी किताबें शामिल हैं। इस विषय में मेरे सुझावों और कार्यों को देश ही नहीं विदेशों में भी सराहा गया और मुझे सम्मान भी प्रदान किए गए। अपने पारिवारिक और सामाजिक जीवन को सफल बनाकर एक धागे में बांधे रखने का नियम है। आपमें महिला होते हुए भी संयम दृढ़ता और इच्छा शक्ति होनी ही चाहिए। हर वक़्त आपकी परीक्षा की घड़ी है। कैसे परीक्षा को पास करें, यह सोच कर चलना पड़ता है। ज़िन्दगी में उतार-चढ़ाव आते रहते हैं, पर निराशा में डूबना सबसे बड़ी मूर्ख़ता है।

अपनी ज़िन्दगी में सबसे ज़्यादा प्रभावित प्रमिला दण्डवते जी से रही हूं। शादी के बंधनों से बचने के लिए तलाक़ समाधान नहीं है। मेरा मानना है कि जहां दो शादीशुदा व्यक्तियों के बीच प्यार और विश्वास खो गया हो, वहां केवल कब्ज़े की भावना असहनीय हिंसा है। वह शादी का रिश्ता नहीं है, एक तरह की सड़ांध है। उससे किसी भी पति या पत्नी को निकल जाना चाहिए।

तलाक पर नियंत्रण के लिए और हमारी सामाजिक, पारिवारिक पंरपराओं के बचाव के लिए यह आवश्यक है कि हम शादी की व्यवस्था को पूरी तरह समझें। इसके लिए आवश्यक है कि शादी से पहले दोनों के अभिभावकों के साथ-साथ लड़का-लड़की भी अपने निर्णय के प्रति ज़िम्मेदार व जागरूक हों। किसी महिला का सम्मान तभी संभव है,

जब वह अधिकारों और कर्तव्यों के प्रति ज़िम्मेदार हो और अन्याय का डटकर सामना कर सकती हो।

बलात्कार केस में मेरा मानना है कि चर्चित दुष्कर्मी धनंजय जैसे लोगों को फांसी की सज़ा देना समस्या का हल नहीं है। सामाजिक परिस्थितियां ही मनुष्य को अपराधी बनाती हैं। हिंसा के बदले हिंसा अपनाकर इस समस्या से नहीं निपटा जा सकता।

लता मंगेशकर

संगीत शब्द का उच्चारण करते ही जिस व्यक्तित्व का अक्स सामने उभर कर आता है, वह हैं स्वर सम्राज्ञी लता मंगेशकर। संगीत के आसमान में जहां सैकड़ों तारे टिमटिमाते हैं, वहीं चांद बनकर लता जी ने विश्व स्तर पर संगीत प्रेमियों के दिलों पर राज किया है। हमारी यह खुशकिस्मती है कि हम उस दौर के रु-ब-रू हैं, जिसमें लता जी ने जन्म लिया।

स्वर सम्राज्ञी लता मंगेशकर का जन्म 28 सितम्बर, सन् 1929 को रात्रि साढ़े दस बजे हुआ था। उनके पिता विख्यात संगीतज्ञ मास्टर दीनानाथ थे। जन्म के बाद उन्होंने अपनी मौसी के यहां पहली बार आंखें खोली। छह मास की होते ही पिता को उनके भावी संगीत सम्राज्ञी बनने की प्रतीति हो गईं थी। और चार वर्ष की आयु में ही यह प्रमाण दे दिया था कि वह संगीत की दुनिया के लिए ही बनी हैं। घर के बरामदे में एक दिन उनके पिता दीनानाथ सारंगी बजा रहे थे, लता ने भी हाथ बढ़ाकर उसे अपने हाथ में ले लिया। इस प्रकार पिता-पुत्री सारंगी पर संगीत का अभ्यास करने लगे। उसी वर्ष पिता के साथ इन्दौर में गाने का उन्हें पहला मौक़ा मिला। उन्होंने तन्त्रम शहनाई पर गाया, जिसे सुनकर पिता उनकी आवाज़ पर मुग्ध हो गए। वह प्रतिदिन प्रातः जल्दी उठती और तानपूरे पर गाने गाती थी। पिता के साथ रियाज़ के दौरान कुछ राग-रागनियां संगीत के छात्रों को भी सिखलाती। वे उनके पिता के साथ संगीत सीखने आते थे। छह वर्ष की उम्र में के. एल. सहगल की फिल्म 'चण्डीदास' को देखकर लता इतनी प्रभावित हुई कि उन्होंने भोलेपन में बिना कुछ जाने कहा कि मैं बड़ी होकर सहगल से शादी करूंगी। फ़िल्म में सुने गाने लता जी को शब्दशः याद रहते थे। उन्होंने प्रथम स्टेज प्रोग्राम शोलापुर में

लता मंगेशकर

दिया था। अपने पिता के साथ कई कार्यक्रमों में अलग-अलग शहरों में भाग लिया। चौदह वर्ष की अल्पआयु में ही फिर्लोस्कर संगीत मण्डल जोइन कर लिया था।

लता की बहिन मीना, आशा, उषा और भाई हृदयनाथ भी पिता के साथ रहते थे। इन्हें अपने बचपन की स्मृतियां अभी तक याद हैं। वह अपनी दादी और नानी के साथ एक छोटे-से घर में रहती थीं। नानी मां का एक छोटा-सा पूजा-घर था। सायं वे पूजा घर में एकत्र होते और वह हारमोनियम पर भक्ति गीत गातीं। उनकी नानी मां कहानियां सुनाने में माहिर थीं। वह हिंदी और मराठी के मिश्रण में भजन भी गाती थीं तथा लोकगीत भी सुनाया करती। लता जी को भगवत् भक्ति के संस्कार बचपन से ही मिलने लगे थे। वह गीता का पाठ छोटी उम्र से ही करती हैं तथा उसके नवे अध्याय से उद्धृत श्लोक गायन आरंभ करने से पहले उच्चारा करती थी। यही कारण है कि वह निर्भीक होकर शांत भाव से गाती हैं। एक बार न्यूयार्क के ऑडिटोरियम में बम की अफ़वाह फैलने पर भी लता जी बिना विचलित हुए शांत भाव से गाती रही थी।

लता जी का यह संयम अपनी व्यक्तिगत ज़िन्दगी में भी है। 13 वर्ष की उम्र में उनके पिता का देहांत हो गया। घर की आर्थिक हालत गंभीर थी। ऐसे में उन्होंने अपनी मां से नौकरी करने की इज़ाजत मांगी। इस तरह दीनानाथ के साथ श्रीपाद जोशी ने लता जी को पूरे समय के लिए बाल कलाकार के रूप में फ़िल्मों में लगा दिया। मास्टर विनायक उनके पार्टनर थे। जीवन की यात्रा चल पड़ी। लता जी ने विभिन्न फ़िल्मों में

गाने गाए 'आएगा आने वाला' (महल) 'जा-जा रे परदेशी' (मधुमती) 'कहीं दीप जले, कहीं दिल' (बीस साल बाद) 'नयना बरसे रिमझिम (वो कौन है) आदि फिल्मों में उनके अविस्मरणीय गीत थे। मलका-ए-तरन्नुम (नूरजहां) ने अपने साथ जुगलबंदी में स्वर-सम्राज्ञी को बहुत सराहा। 1952 में कलकत्ता में ध्रुव पद गायक उस्ताद बड़े गुलाम अली खां ने भी 'लागी नहीं छुटे रामा चाहे जिया जाए' (मुसाफ़िर), राजकपूर की 'सत्यम् शिवम् सुंदरम्' में भी गाया। मुकेश तथा एस. डी. बर्मन ने भी लता जी के साथ गाने गाए।

अपनी गायकी की शुरुआत उन्होंने उस दौर में की जब इस क्षेत्र में सबसे अच्छी गायिकाएं मौज़ूद थीं। नूरजहां, शमशाद बेगम, अमीरबाई कर्नाटकी और जौहराबाई अंबालेवाली का बड़ा नाम था। ऐसी गायिकाओं के बीच गाना और गाते हुए अपना स्थान बनाकर शीर्ष पर पहुंचना सिर्फ़ तभी संभव हो सकता है, जब ऊपर वाले से मिली आवाज़ को आप अपनी मेहनत से निखारें। लता जी शुरू से ही मेहनती और काम को लगन से करने वाली गायिका हैं। नौशाद का कहना है कि मैं इस मायने में खुद को थोड़ा ज़्यादा खुशनसीब मानता हूं कि लता ने मेरे साथ अपने फिल्म कैरियर की शुरुआत की। लताबाई से जब मैं मिला, तब वह केदार प्रोडक्शंस की किसी मराठी फिल्म में कोरस गीत गाने के लिए स्टूडियो आती थीं। तभी हमारे ऑफिस में काम करने वाले जयराम ने मुझे बताया कि एक मराठी लड़की है, जो बहुत अच्छा गाती हैं वह चाहता था, मैं उसका गाना एक बार जरूर सुनूं। मैं तैयार हो गया और एक दिन जयराम उसे लेकर हमारे संगीत-कक्ष में आया। लता से यह मेरी पहली मुलाकात थी। मैंने कुछ सुनाने को कहा, तो नूरजहां का एक गाना 'मेरे लिए जहां में न चैन है, ना क़रार है', सुनाया। मैंने कहा, "ठीक है, लेकिन तुम्हें अपना उच्चारण ठीक करना होगा।" मुझे अब भी याद है तब वह ट्राम से पार्ने आती थी, बरसात में हाथ में छाता लिए हुए भीगती-सी। उन्हीं दिनों मैं दुर्रानी साहब की फिल्म का संगीत तैयार कर रहा था। मैंने लता से एक गाना गवाया और बदले में 60 रुपए मेहनताना भी दिया। अब तक याद है कि 60 रुपए हाथ में लेते

हुए उनके हाथ कांप रहे थे।

अमिताभ बच्चन के शब्दों में, लता जी को सुनकर मुझे ऐसा अनुभव हुआ कि उनका स्वर पूर्णतया आंतरिक अनुभूति से पूर्ण है और वह हमारी आत्मा को परम सत्ता की ओर ऊंचा उठा देता है। वहीं उस्ताद अमजद अली खां का मानना है कि अगर ताजमहल सातवां आश्चर्य है, तो लता मंगेशकर आठवां। पंडित भीमसेन जोशी के अनुसार, "यदि आमजन भी शास्त्रीय संगीत पसंद करने लगता है, इसका श्रेय लता को है! ऋषिकेश मुखर्जी का मानना है कि जीवन में यदि एक दो बार आनंदानुभूति होती है, तो वह लता के संगीत को सुनकर होती है।

लता जी बड़े आस्तिक स्वभाव की हैं और अपनी ऊंचाइयों पर पहुंचने का श्रेय अपने प्रभु शिव आदि शक्तियों को देती हैं। वे जब भी गाना गाती हैं, अपने जूते उतार कर ही गाती हैं। इसके अलावा वह सिर्फ़ सफ़ेद साड़ी ही पहन कर गाती हैं। उन्होंने अनेक फिल्मों में गाया और अनगिनत फिल्म गीत दिए। लक्ष्मीकांत प्यारेलाल, राहुलदेव बर्मन, कल्याण जी आनंद जी, नौशाद आदि संगीत निर्देशक के साथ अविस्मरणीय गीत गाए।

लता जी को अपने संगीत में उपलब्धियों के कारण देश-विदेश से अनेक पुरस्कार प्राप्त हुए। सन् 1989 में दादा साहब फालके पुरस्कार उनके जीवन भर के संगीत के योगदान पर मिला। इससे पूर्व 1962 में फ़िल्म फ़ेयर एवार्ड पंडित विजय लक्ष्मी पंडित द्वारा प्रदान किया गया था। उन्हें छत्रपति शिवाजी यूनिवर्सिटी, कोल्हापुर तथा हैदराबाद यूनिवर्सिटी से डी. लिट् की उपाधियां भी मिल चुकी हैं। शंकराचार्य ने स्वर भारती पुरस्कार से नवाजा था। हमारे राष्ट्रपति आर. के. नारायण द्वारा मार्च 2001 में भारत के सर्वोच्च अलंकरण भारत रत्न से विभूषित किया गया। वह राज्यसभा में मनोनीत सदस्य रहीं।

लता जी को क्रिकेट पसंद है। वे सचिन तेंदुलकर को काफी पसंद करती हैं। अपने ख़ाली समय में उन्हें क्रिकेट देखना ख़ूब भाता है। उन्हें खाना पकाना भी बेहद पसंद है। उनकी आवाज में कोई ख़ारबी न आए इसके एक ख़ास तरह का विदेशी च्यूइंगम चबाती हैं। लता जी ने शादी नहीं की, जिसका उन्हें कोई अफसोस नहीं है। यश चोपड़ा

की फ़िल्म 'वीर जारा' के गीतों को भी वह स्वरबद्ध कर चुकी हैं। इस फ़िल्म में शाहरूख खान, प्रीति जिंटा और रानी मुखर्जी मुख्य भूमिका में हैं। अब तक लता जी हजारों गाने गा चुकी हैं और आने वाली पीढ़ी को भी अपनी मधुर आवाज़ से परिचित कराने के लिए आज भी गा रही हैं। संगीत की दुनिया में उन्होंने वह मुकाम हासिल किया है, जिस प्रकार विद्या का नाम लेते ही मां सरस्वती का स्मरण हो आता है। लता जी एक ऐसी महिला हैं, जिन्होंने अपनी सादगी, लगन और परिश्रम के दम पर विश्व पटल पर भारतीय संगीत से आम जन-मानस की पहचान करवाई।

डॉ. वंदना शिवा

डॉ. वंदना शिवा वैज्ञानिक क्षेत्र में एक ऐसा नाम है, जिसने समाज का ध्यान इस ओर केन्द्रित करने का प्रयास किया है कि 'विज्ञान एक वरदान है।' जब मैं डॉ. वंदना शिवा से मिली, तो उनके व्यक्तित्व और कार्य करने की शैली ने मुझे अत्यधिक प्रभावित किया। देहरादून जैसे स्वच्छ वातावरण वाले शहर में 5 नवंबर 1952 में वंदना का जन्म हुआ। उनके माता-पिता जे. के. शिवा और डी. एस. शिवा प्रगतिशील विचारों के हैं। उनके विषय में बताते हुए वंदना जी जज्बात में बह जाती हैं। और बताती हैं कि माता-पिता ने जाति, धर्म और सम्प्रदाय के भेदभाव को मिटाने के लिए शिवा शब्द अपनाया। हमारे यहां केवल हमारी मां ही शिक्षित थी। वह भारत के विभाजन के समय पाकिस्तान से भारत आने में असमर्थ थीं। पिता जी उस समय सेना में थे। उन्होंने मां को पाकिस्तान से भारत लाने की व्यवस्था की। पिता सेना की नौकरी छोड़कर फोरेस्ट अधिकारी बन गए थे। मां का किसान परिवार से होना और पिता के फोरेस्ट अधिकारी होने की वजह से ही शायद मैं प्रकृति के इतने क़रीब आ पाई।

बचपन में मैंने यह देखा कि हमारे घर में स्त्री-पुरुष का भेदभाव बिल्कुल नहीं था। पिताजी हमारी फ्रॉक सीते और मां किसानों और गांववालों के साथ मीटिंग करती थी। घर में मैं सबसे छोटी बेटी हूं। आम बच्चों की तरह शरारतें या झगड़ा हम भाई-बहनों में कभी नहीं हुआ। सब अपनी-अपनी पसन्द के काम करते थे। मुझे पसन्द था विज्ञान के बारे में ज़्यादा-से-ज़्यादा जानकर प्रयोग करना। उस समय विज्ञान में किसी की बहुत रुचि नहीं थी। एक लड़की की विज्ञान की

प्रिंस चार्ल्स के साथ डॉ. वंदना शिवा

ललक कौन समझता? मैंने अपनी स्कूली पढ़ाई नैनीताल के सेंट मेरी स्कूल से शुरू की और बाद में देहरादून जाकर जीसस एण्ड मेरी स्कूल में आगे की पढ़ाई करने लगी। स्कूल के 100 वर्ष पूरे होने पर जीसस एण्ड मेरी से आमंत्रण आया कि इस स्कूल का नाम तुमने प्रसिद्ध किया है, इसलिए स्कूल के महोत्सव में तुम ज़रूर आना।

मैंने पंजाब विश्वविद्यालय से फ़िज़िक्स में उच्च शिक्षा प्राप्त की और कनाडा से फ़िज़िक्स में पी. एच-डी. की। 1984 में चिपको आंदोलन देखा। मैं हिमालय की पैदाइश थी इसलिए प्रकृति में मेरा घनिष्ट संबंध था। वहां अब घने जंगल समाप्त होते जा रहे थे। पहले सिर्फ़ दो सड़कें होती थीं, बद्रीनाथ और पिथौरागढ़ के लिए। बाक़ी जगह जाने के लिए घोड़ों का प्रयोग किया जाता था। इससे पैदल चलने और घुड़सवारी का काफ़ी अभ्यास था। जब चिपको आंदोलन से जुड़ी, तब मैं 22 वर्ष की युवती थी। इस आंदोलन में महिलाएं भी थीं। मैं पढ़ाई के दौरान कनाड़ा से गर्मियों की छुट्टियों में भारत आती, तब अपना पूरा-पूरा सहयोग चिपको आन्दोलन को देती। इससे संबंधित कई लेख मैंने लिखे और आन्दोलनकारियों को कैमरे भी खरीद कर दिए, ताकि इसके विचार

और जागरूकता जन-सामान्य के बीच अधिक-से-अधिक पहुंचे। इसी आन्दोलन से मुझे पर्यावरण और महिलाओं का संबंध समझ में आया। आन्दोलन के अग्रणी नेता सरला बहन, नीरा बहन, सुंदरलाल बहुगुणा जैसे लोग हमारे घर आकर ठहरते थे। इस दौरान मैं बंगलुरु के इंडियन इंस्टीट्यूट ऑफ साइंस और द इंडियन इंस्टीट्यूट ऑफ मैनेजमेंट में कार्य कर रही थी। मेरा मानना है कि जब तक महिलाओं का सहयोग और कार्यपद्धति वैज्ञानिक ढंग से नहीं होगी, तब तक पर्यावरण नहीं बचेगा। इस दौरान मैंने 1988 में 'स्टेइंग लाइव' किताब लिखी। इसके माध्यम से मैंने एक नया विचार सामने रखा अपने इस विचार से महिलाओं को जोड़ने के लिए मुझे भी ग्रामीण महिलाओं से उनके कृषि ज्ञान को सीखना पड़ा। तब मैंने एक व्यवस्थित वैज्ञानिक पद्धति और व्यवस्था को छोड़कर विज्ञान का प्रयोग जन-कल्याण के लिए करने का निश्चय किया। मेरी मां ने इस कार्य को आगे बढ़ाने के लिए अपनी गोशाला प्रयोगशाला बनाने के लिए दे दी। 1982 में मैंने अपनी इस प्रयोगशाला का नाम दी रिसर्च फाउंडेशन फॉर साइंस, टेक्नोलॉजी एण्ड इकोलॉजी रखा। इसे देहरादन में शुरू किया गया। उन दिनों मैंने जाना कि अगर कोई वैज्ञानिक अपनी प्रयोगशाला के लिए किसी से आर्थिक सहायता लेता है, तो वह केवल उसके स्वार्थ तक ही सीमित रह जाता है। उस समय ऐसे कई संगठन खड़े हो गए थे, पर उन्होंने अपनी स्वतंत्रता आर्थिक सहायता देने वालों के हाथों गिरवी रख दी और वे समाज कल्याण के लिए कार्य नहीं कर पाए। मैंने कम साधनों के साथ समाज कल्याण करने का निश्चय किया, जबकि विज्ञान एक महंगा साधन है। 1993 में 'आलटर्नेटिव नोबेल पुरस्कार मुझे दिया गया। उत्साहित होकर मैंने बढ़िया-से-बढ़िया विज्ञान का काम किया। यह सब कम ख़र्च पर और जनकल्याण के लिए था।

शुरू में इन कार्यों को करते हुए काफ़ी कठिनाइयों का सामना करना पड़ा। पहले ग्रामीण महिलाओं के साथ संपर्क साधने में झिझक होती थी। उस समय शायद मुझमें झूठा अभिमान था कि मैं फिजिक्स में पी. एच-डी. हूं और मैंने भारत के 'फास्ट फिडर रियेक्टर' में काम किया

है। तब मेरा पहला भ्रम मेरी बहन मीरा ने न्यूक्लियर के दुष्प्रभाव बताकर तोड़ा। मुझे यह अहसास हुआ कि फिजिक्स तो आती है, पर मैं न्यूक्लियर के दुष्प्रभाव नहीं जानती। यह भी समझी कि बड़े-से-बड़ा विज्ञान भी संकुचित होता है। ग्रामीण महिलाओं के साथ काम करके मुझे दूसरा ज्ञान यह हुआ कि उन्हें जंगलों और पेड़-पौधों की जानकारी हमसे अधिक है, पर उनके पास डिग्री नहीं हैं। मैंने जाना कि पाश्चात्य शिक्षा और किताबी ज्ञान से इन महिलाओं का ज्ञान अधिक व्यापक है। इस बात को समझने की कोशिश कभी इस मॉडर्न विज्ञान ने नहीं की। इस ज्ञान को उन महिलाओं ने ही जीवित रखा है, क्योंकि वे अपनी रोजमर्रा की ज़रूरतें यहीं से पूरी करती हैं चाहे वह ज़रूरत चारे, भोजन और लकड़ी की ही क्यों ना हो ? ये सारी बातें जानकर मुझे डिग्री पर अभियान नहीं रहा। बात साफ है यदि आपके पास डिग्री है, तो ज़रूरी नहीं कि ज्ञान भी हो। हमारी आने वाली पीढ़ी शिक्षित तो है, पर ज्ञानी और जागरूक नहीं है। इसलिए मैंने पारम्परिक ज्ञान पर ध्यान केन्द्रित किया। शुरू के दस वर्षों में अपने अनुसंधान संबंधी कार्यों को सरलता के साथ कम ख़र्च पर करने के लिए गिनती के सहयोगियों की ही नियुक्ति की। इस तरह अनुसंधान का बड़ा ढांचा खड़ा नहीं किया, जिससे कि मैं कार्यरत अधिकारियों की तनख़्वाह ही न दे पाऊ।

सन् 1991 में मैंने बीजों के संरक्षण के लिए 'नवदान्या' की शुरुआत की। इसके पीछे घटित दो घटनाएं इतनी वीभत्स हैं, जिन्हें कभी नहीं भुलाया जा सकता। सभी जानते हैं कि एक समय में पंजाब में आतंक चरम सीमा पर था। स्वर्ण मन्दिर पर आतंकवादियों ने क़ब्जा कर लिया था, जिसके कारण प्रधानमंत्री श्रीमती इंदिरा गांधी को आप्रेशन ब्लू स्टार के आदेश देने पड़े। इसका परिणाम यह निकला की उनकी हत्या कर दी गई। उस समय हमने पढ़ा था कि हरित क्रान्ति से शान्ति और समृद्धि आएगी। हरित क्रान्ति के मसीहा को नोबेल पुरस्कार से सम्मानित किया गया था। मुझे हैरानी थी कि ऐसे में हमारे यहां शान्ति की जगह आतंक क्यों फैल रहा है? हरित क्रांति की प्रक्रिया में मुझे खामी नज़र आई। मैंने निश्चय किया कि मैं पंजाब में फ़ैलने वाले आतंकवाद के कारणों की जड़ों तक पहुंचकर

उसका अध्ययन करूंगी। मैंने यूनाइटेड नेशन के साथ इस विषय पर गहरा अध्ययन किया। इसके परिणाम चौंकाने वाले थे। रासायनिक खादों पर आधारित खेती और हथियार हम पर पश्चिमी देशों ने थोपे थे। हरित क्रांति उसका एक माध्यम था, जिससे रासायनिक खेती को विकासशील देशों में बढ़ावा दिया जा सके। फलस्वरूप पश्चिमी देश जैविक खेती करें और हमारे जैसे देश रासायनिक खेती। इसके साथ ही खेती से महिलाओं को बहिष्कृत कर दिया गया तथा उसके साथ शुरू हुई कन्या भ्रूण हत्या, जो सबसे पहले पंजाब में शुरू हुई। इन सबने मिलकर महिलाओं पर दोहरा वार किया। पहले उन्हें उत्पादक के कार्यभार से हटाया गया। फिर आर्थिक स्तर के साथ-साथ बायोलॉजिकल स्तर पर भी अयोग्य बना दिया। यह समस्या आज पूरे देश में लिंग असंतुलन का रूप धारण करके खड़ी है। इसके निवारण के लिए सरकार द्वारा उठाए गए तमाम प्रयास निरर्थक साबित हो रहे हैं। उधर आतंकवाद के साये में हजारों लोगों को पंजाब में अपनी जान गंवानी पड़ी।

भोपाल गैस त्रासदी में भी हजारों लोग मौत की नींद सो गए, वहां जीवन की लड़ाई भी महिलाओं ने ही ज़िन्दा रखी। उस प्रदूषित पर्यावरण पर काबू पाने के लिए हम लोग भोपाल में पारम्परिक 'नीम' को लेकर गए। उस साल से मैंने अहिंसक जैविक खेती की शुरुआत की। हमने लोगों को पारम्परिक जैविक कृषि विषय के अंतर्गत नीम के पेड़ के फायदों से उन्हें अवगत कराया। तब मैंने यह क़दम आगे बढ़ाते हुए रासायनिक खेती के ख़िलाफ अभियान और तेज़ कर दिया। साथ ही पारम्परिक खेती को ही अधिक उपयोगी बनाने के लिए शोध करना आरंभ कर दिया। इन कार्यों के परिणाम स्वरूप मुझे कृषि संबंधी सेमिनारों में बुलाया जाने लगा।

तब मुझे यह मालूम हुआ कि बहुराष्ट्रीय कंपनियां 'गेट' एग्रीमेंट कर रही हैं, जिसके अंतर्गत बीजों का पेटेंट करना, मुक्त बाजार, रासायनिक खेती को बढ़ावा देने जैसे कार्य किए जाएंगे। यह सब 1987 में जेनेवा में संयुक्त राष्ट्र के एक सम्मेलन में भाग लेने के दौरान ज्ञात हुआ। भारत लौटते समय मैं पूरे रास्ते यहीं सोचती रही कि हम दोबारा गुलाम होने जा रहे हैं, क्योंकि इन नीतियों से हम आम भारतीयों का व्यापार, भारतीय किसान

की खेती, उनका अपना स्वावलम्बन नहीं बचेगा। पहले जब भारत गुलाम था, तब महात्मा गांधी ने चरखा चलाया। इसे भारतीयों के स्वावलम्बन और आज़ादी के प्रतीक के एक रूप में प्रयोग किया गया। मैंने सोचा इस बार चरखा तो नहीं होगा, बीज ही हमें आज़ादी दिलाएगा।

अपने सभी पुराने आन्दोलनों जिसके अंतर्गत मैं उन लोगों की सक्रिय सहायता करती थी, मैंने उन संगठनों से कहा कि अब आपके पास एक नई पीढ़ी तैयार है। मैं अपना ध्यान पेटेंट से 'बीज' को बचाने पर केन्द्रित करूंगी। इसके बाद मुझे बीजों और फ़सलों के बारे में सीखना पड़ा। विभिन्न गांवों में जाकर वहां की महिलाओं के साथ काम किया। चार साल तक स्वयं कार्य करते रहने के बाद मैंने इस गतिविधि को नवदान्या में शामिल कर लिया। मुझे यह भी जानने का अवसर मिला कि अलग-अलग राज्यों की किसान महिलाओं की स्थिति और कठिनाइयों में कौन-सा फर्क़ है। उत्तरांचल में महिलाएं काम बहुत करती हैं और उन्हें स्वतंत्रता भी प्राप्त है। उत्तर-प्रदेश, मध्य प्रदेश और राजस्थान में वे स्वतंत्रता प्राप्त नहीं हैं, वहां आज भी पर्दा प्रथा और महिलाओं से संबंधित कुरीतियां व्यापक रूप में हैं जबकि विदेशों में अफ्रीका, कनाडा नेटिव अमेरिकी महिला किसानों के साथ काम करते हुए मैंने पाया भारत हो या अन्य कोई देश, प्रत्येक में महिलाओं को पीछे धकेलने के कारणों में अंतर है, स्थिति में नहीं। भारतीय और विदेशी किसान महिलाओं के साथ मिलकर हमने डब्ल्यू. टी. ओ., गेट और रासायनिक खेती के खिलाफ़ 'नवदान्या' में ज़ोर-शोर से स्वयं 'बीज' निर्माण करके आन्दोलन प्रारंभ कर दिया।

सन् 1987 तक किसानों का कहना था कि उन्हें बिना रासायनिक खेती के पूरे दाम नहीं मिलते। उनकी इस समस्या को हल करने के लिए और जनता व किसानों के मध्य सीधा संपर्क बनाने के लिए हमने दिल्ली पर्यटन मंत्रालय से सहायता मांगी, जिसके कारण दिल्ली हाट में हमें 'नवदान्या' के लिए एक स्टॉल मिल गया।

इन कार्यों को करते हुए बहुत-सी कठिनाईयां भी हमारे सामने आईं। हमने रासायनिक खेती के खिलाफ़ अभियान चलाया, तो राष्ट्रीय और अंतर्राष्ट्रीय स्तर पर वैज्ञानिक हमारे ख़िलाफ़ खड़े हो गए। 'बीज' बचाने के

हमारे कार्यक्रम से भारत सरकार सहमत नहीं थी। सरकार हमारे काम को राष्ट्रहित में नहीं मान रही थी। उसका मानना था कि 'बीजों' के भण्डारण और संकलन पर उसी का अधिकार है। हमारा कहना था कि किसान तो पहले से ही बीज संरक्षित करते आए हैं, वह सरकारी बीज कैसे हो गया? इस नियम से तो किसान का बीज नहीं बचेगा और यह सीधा बहुराष्ट्रीय कम्पनियों का एकाधिकार बन जाएगा। समस्या से निजात पाने के लिए हमने जगह-जगह सामुदायिक कमेटियों का गठन किया, ताकि ये समुदाय ही बीज संरक्षण द्वारा अपना बीज बचाने का प्रयास करें। इस तरह हर कदम पर संघर्ष करना पड़ा। आज तक सरकार ने कभी हमारे कार्य की सराहना नहीं की और ना हमें कोई सहायता ही प्रदान की है। आख़िर किसानों के बीच अधिक-से-अधिक कार्य करके, गांवों की यात्राएं करके, 1992-93-94 में जब गेट का नियम पास होना था, तब बैंगलोर में 5 लाख, दिल्ली में 3 लाख किसानों के साथ हमने इसके खिलाफ प्रदर्शन किया। गांवों, प्रांतों, पंचायतों व महिलाओं, किसानों के बीच मेला करके अपनी बात उन तक पहुंचाने की कोशिश की। संस्कृति और मौसम सभी बातों पर विचार कर हम कार्य करते थे। नीम के पेंटेंट के खिलाफ़ जाकर हम देश के लिए इसका अधिकार वापिस लाए। हमने कानूनी लड़ाईयां भी लड़ी और आगे भी लड़ते रहेंगे। गेहूं की हमारी जो पुरानी फसलें हैं, उसके लिए भी हम संघर्ष कर रहे हैं।

आज मीडिया वैज्ञानिकों और किसानों से संबंधित संघर्षों को दिखाना पसंद नहीं करता। वह बाजार में बिकने वाली ख़बरें ही जनता को परोसता है। मैं जानती हूं कि पांच बड़ी बहुराष्ट्रीय कम्पनियों ने ही अपना एकाधिकार करने के लिए मीडिया, पानी, अनाज के व्यापार पर क़ब्ज़ा करने के लिए विश्व भर में हलचल मचाई हुई है। ये सभी आपस में एक-दूसरे से संबंधित हैं। इसका मुकाबला हम जनता के साथ हौंसले, आत्मविश्वास और स्वावलंबन जैसे हथियार द्वारा ही कर सकते हैं। हमारे सुझावों द्वारा किसानों को ऋण की समस्या का सामना नहीं करना पड़ेगा। हमें गांधी के असहयोग आंदोलन से प्रेरणा मिलती है। इसी क़दम को आगे बढ़ाते हुए हमने 300 किसानों के साथ

मिलकर 'वसुन्धरा' नाम की एक संस्था द्वारा एकजुट होकर यह प्रण लिया कि आने वाले दस वर्षों तक जैविक कृषि ही करेंगे और बहुराष्ट्रीय कम्पनियों द्वारा दी गईं सुविधाओं से रासायनिक खेती क़तई नहीं करेंगे। जैविक कृषि व खाद विकेंद्रित उत्पादक हैं, जबकि रासायनिक खाद का अधिकार कुछ लोगों के हाथों में केंद्रित है। एक कृषि मंत्रालय एक मंत्री कृषि के स्तर को सुधारने के लिए क़ाफी नहीं है। विकेंद्रीकरण जैविक कृषि द्वारा मर्द और औरत साथ मिलकर काम करें, तभी कृषि का स्तर सुधर सकता है। केंद्रीकृत खेती से महिलाओं का शोषण बढ़ेगा और अधिकार कम होंगे इन नीतियों का पालन हमने अफ्रीका, एशिया, लैटिन अमेरिका, थाईलैंड, स्विट्ज़रलैंड और ऑस्ट्रेलिया जैसे देशों में भी किया है।

अपनी किताबों में मैंने पर्यावरण व सामाजिक कृषि से जुड़े मुद्दों पर अपनी राय और सुझाव ज़ाहिर करने का प्रयास किया। मेरी किताबों द वालैंस ऑफ ग्रीन रेवोल्यूशन और मोनोकल्चर ऑफ द माइण्ड हरित क्रान्ति के मिथको को प्रस्तुत करती हैं, वहीं बायो पाइरेसी ऑफ स्टालिन हारवेस्ट वाटर वार्स द्वारा मैंने ग्लोबलाइज़ेशन के कारण सामाजिक और आर्थिक शक्ति के साथ उत्पादक क्षेत्रों पर बहुराष्ट्रीय कंपनियों के एकाधिकार को इन किताबों द्वारा उजागर करने का प्रयास किया है। अपने इन्हीं विचारों की वजह से मुझे पाश्चात्य विश्वविद्यालयों में पढ़ाने का मौक़ा मिला।

वंदना जी से जब मैंने उनकी व्यक्तिगत रुचियों और बेटे के बारे में पूछा, तो उन्होंने बताया कि गांव के खुले वातावरण में रहकर मुझे तनाव से मुक्ति और शांति मिलती है। इसे लोग आरम्भ की वस्तुएं मानते हैं। लेकिन आराम के साधनों से मुझे कभी लगाव नहीं रहा।

मेरे बेटे का नाम कार्तिकेय है, मां बनना मेरी ज़िन्दगी का सबसे बड़ा खूबसूरत और ख़ुशी का समय था। अपने बेटे का नाम मैंने कार्तिकेय इसलिए रखा, क्योंकि शिव के वरदान से भी बड़ी ताक़त को प्रदर्शित करने के लिए पार्वती ने अपनी मिट्टी से कार्तिकेय को बनाकर अपनी शक्ति का अहसास दुनिया को कराया था। मेरे बेटे के जन्म के समय मैं अपनी मां के

पास थी बेटे के जन्म के बाद जब मैं दोबारा अपनी नौकरी के लिए बंगलुरु गईं, तभी पंद्रह दिनों के अंदर मेरी मां का देहांत हो गया। ऐसा लगा, मानो वह सिर्फ़ मेरे मां बनने का ही इंतजार कर रही थी।

महिलाओं के सामाजिक व पारिवारिक स्तर पर शोषण को रोकने के विषय में मेरा मानना यह है कि सामूहिकता से ही शोषण से बचा जा सकता है। सामूहिकता की जगह आज एकाकी परिवार ने ले ली है। आधुनिक समाज ने महिलाओं को सिर्फ़ शादी व पति तक सीमित कर दिया है। मेरा मानना है कि शादी के साथ-साथ मां-पिता, भाई-बहन तथा दूसरे रिश्ते भी महत्वपूर्ण हैं। महिलाओं को अपने अधिकारों और सम्मान को पाने के लिए आर्थिक स्तर पर मजबूत होना पड़ेगा। यह स्वतंत्रता चरखा कातकर भी मिल सकती है और पी. एच-डी. करके भी। जीवन एक संघर्ष है, उसे आत्मविश्वास, संयम, सरलता और कार्य के ज्ञान द्वारा ही जीता जा सकता है। वंदना जी की इन्हीं खूबियों के कारण टाइम पत्रिका ने जहां उन्हें सन् 2003 की पर्यावरण 'हीरो' की उपाधि दी। वहीं 'एशिया वीक' ने भी उन्हें पांच महत्त्वपूर्ण एशिया के संदेशवाहकों में से एक माना है।

शहनाज़ हुसैन

शहनाज हुसैन एक ऐसी भारतीय महिला का प्रतिनिधित्व करती हैं, जो नारी अपने ज्ञान, ताकत, प्रतिभा और प्रबंध कौशल के दम पर भारतीय सौंदर्य पद्धति को विश्व पटल तक ले गईं। शहनाज हुसैन ऐसी महिला हैं, जिन्होंने जड़ी-बूटियों के रसों, अर्कों का उपयोग रूप संजीवनी के लिए किया और सौंदर्य की दुनिया में अपना एक अलग मुकाम स्थापित किया।

शहनाज बताती हैं कि उनके पुरखे समरकंद से भारत आए थे। परिवार के सदस्य देश की स्वाधीनता से पहले भोपाल और हैदराबाद की शाही सरकारों में ऊंचे पदों पर थे। हमारा परिवार जाने-माने कानूनविदों का परिवार भी रहा है। मेरे पिता प्रधान न्यायाधीश थे। मैंने इलाहाबाद के क्वींस मेरी कॉन्वेंट से स्कूली शिक्षा प्राप्त की। 15 वर्ष की आयु में मेरा विवाह हो गया और 16 वें जन्मदिन से पहले ही मैं बेटी नीलोफर की मां भी बन गईं। आज हम दोनों अच्छी सहेलियों जैसी हैं।

अपने कार्य की शुरुआत पहले मैंने अपने घर से हर्बल क्लीनिक के रूप में की। मैं अपने काम में बहुत व्यस्त रहती थी। मुझे लगता था कि ज़्यादा-से-ज़्यादा समय अपने बच्चों को दें। घर पर क्लीनिक होने की वजह से चौबीस घंटे मैं उनके समीप थी। इसके बावजूद जिस तरह से और मांएं बच्चों के साथ समय बिता पाती हैं, वह मैं चाहकर भी नहीं बिता पाई। वैसे भी जीवन में हर चीज़ की क़ीमत तो चुकानी ही पड़ती है। कुछ पाने के लिए कुछ खोना भी पड़ता है। मुझे आज भी वो दिन याद है, जब मेरा बेटा समीर बीमार था और मैं विदेश में थी। कुछ ऐसे काम

शहनाज़ हुसैन

थे, जिन्हें मैं चाहकर भी अधूरा नहीं छोड़ सकती थी। उस समय मुझे एक मां और एक उद्यमी दोनों की भूमिका निभानी थीं। मैं निरंतर फोन पर बच्चे से संपर्क बनाए हुए थी, पर मेरा दिमाग़ मेरे काम में अटका हुआ था। मैं जल्दी-से-जल्दी भारत वापस जाना चाहती थी। कभी-कभी तो मुझे ऐसा अहसास भी हुआ कि प्रोफ़ेशनल होने की धुन में मैं शायद पूर्ण मां व पत्नी नहीं बन सकीं। मैं अल्लाह का शुक्रिया अदा करती हूं कि मुझे बहुत ही अच्छा परिवार मिला।

मैं अपने कैरियर को एक व्यवसाय नहीं, बल्कि अपने अस्तित्व का हिस्सा मानती हूं। जब मैं पश्चिम में हेलेना रूबीन्स्टीन, लेनकॉम और क्रिस्टीन वाल्ये जैसे विश्व प्रसिद्ध सौंदर्य प्रसाधन केंद्रों से कॉस्मेटोलॉजी और कॉस्म्यूटिक केमिस्ट्री की शिक्षा लेकर भारत लौटी, तब तक विदेशों में प्रयोग होनेवाले कृत्रिम सौंदर्य रसायन के दुष्प्रभावों को देख चुकी थी। मुझे लगा कि इनका भारत में ही प्राथमिक विकल्प ढूंढ़ना होगा। हमारा भारत देश जड़ी-बूटियों का ख़जाना जो है। तब मैंने हर्बल क्लीनिक बनाया और हर्बल ब्यूटी केअर की शुरुआत की। साथ ही केअर एण्ड क्योर के नए तौर-तरीक़ों को शुरू किया। मेरा उद्देश्य त्वचा और बालों को वास्तव में स्वस्थ बनाना था। मैं दिखावे की सुंदरता में विश्वास नहीं रख़ती।

इस तरह शहनाज द्वारा शुरू किया गया यह कार्य विश्व पटल तक

जा पहुंचा। भारत में ही हर्बल उत्पादों की मांग 300 करोड़ रुपए से अधिक है और दिन-ब-दिन बढ़ती ही जा रही है। अंतर्राष्ट्रीय बाजार के आंकड़े तो उपलब्ध ही नहीं हैं, पर उसमें भी आयुर्वेद की काफ़ी मांग है, जो पहले नहीं थी। शहनाज का कहना है कि हाल ही में हमने अमेरिका, जापान, मलेशिया और मध्य पूर्वी देशों में अपने प्रोडक्ट्स लांच करने के साथ क्लीनिक व सेंटर भी खोले हैं। शहनाज़ के पास त्वचा, बालों, शरीर और स्वास्थ्य की देखभाल के लिए 375 से भी अधिक फॉर्मूले हैं। वह क़दम-क़दम पर अपने प्रोडक्ट्स की क्वालिटी पर भी ध्यान रख़ती हैं। इसी वजह से उनका अपना जड़ी-बूटियों और फूलों का फार्म भी है। इसके साथ ही अनुसंधान और विकास की इकाई भी है, जो गुणवत्ता को बनाए रखने के लिए लगातार जांच-खोज करती रहती है। इसी कारण सौंदर्य की दुनिया में अपनी एक अलग पहचान बनाने वाली शहनाज हुसैन की गिनती देश की सर्वप्रसिद्ध व्यावसायिक महिलाओं में होती है। वह अमेरिका की बिज़नेस पत्रिका 'सक्सेस' की ओर से विश्व की महानतम महिला उद्यमी को एवार्ड पाने वाली पहली भारतीय महिला है।

अपने पिता से 35 हजार रुपए उधार लेकर जड़ी-बूटियों से प्रोडक्ट्स बनाने वाली इस सौंदर्य विशेषज्ञ का आज अपना 400 करोड़ रुपए के टर्न ओवर का कारोबार है। देश-विदेश में शायद ही कोई ऐसा छोटा-बड़ा हवाई अड्डा होगा, जहां के स्टॉलों पर जड़ी-बूटियों से बनाए गए शहनाज हुसैन के उत्पाद नज़र न आएं। अब वे ब्रांड नेम बन गईं हैं। शहनाज आज सेलिब्रिटी शख्सियत हैं। वह बताती हैं कि सेलिब्रेटी होना कोई उपलब्धि नहीं है, बल्कि इससे ज़िम्मेदारियां और बढ़ जाती हैं। चूंकि मैं ब्रांड एम्बेस्डर हूं और मेरा नाम, पता व दूसरी जानकारियां हर प्रोडक्ट के लेबल पर होती हैं, इस वजह से मेरी पहचान दूर-दूर तक फैलना स्वाभाविक है।

हवाई अड्डों, बाजारों में जगह-जगह लगे साइन बोर्ड, दिल्ली के ग्रेटर कैलाश स्थित उनके अपने घर के आकर्षक भित्तिचित्र, अन्य कलाकृतियां, मनमोहक फर्श के डिजाइन, फर्नीचर की खूबसूरती सब एक ही बात की

ओर ध्यान केंद्रित करते हैं कि शहनाज़ भारतीय संस्कृति में रची-बसी हैं और हमेशा सबसे हटकर अलग पहचान बनाना उन्हें बेहद पसंद है। उनकी इसी खूबी की वज़ह से आज विश्व के सौ देशों में उनके 600 केंद्रों का जाल बिछा है।

शहनाज़ अपने जड़ी-बूटियों से जुड़े ज्ञान के विषय में बताती हैं कि उन्हें इस बात की बहुत ख़ुशी है कि हाल ही में इंग्लैंड के माइकल कोकबोर्न, जो कि रेटिनाइटिस की वजह से अंधे हो गए थे, उनके द्वारा तैयार की गईं आयुर्वेदिक दवाई के इस्तेमाल से ठीक हो गए। उन्होंने बताया कि मुझे उनकी मां की तरफ से पत्र मिला और पता चला कि पाइकल की आंखों की रोशनी धीरे-धीरे लौट रही है।

शहनाज़ अपने सौंदर्य को बनाए रखने के लिए अपने ही हर्बल प्रोडक्ट्स के साथ-साथ सादा हल्का पौष्टिक भोजन करना पसंद करती हैं, जिसमें सलाद, दाल, दही विशेष रूप से होते हैं। शहनाज़ को भारतीय सिनेमा और संगीत भी बेहद पसंद हैं। 'बात निकलेगी, तो दूर तलक जाएगी', गाना सुनने और 'गॉन विद द विंड' फ़िल्म देखने से उन्हें आनंद मिलता है। शहनाज़ का मानना है कि महिलाओं को कमज़ोर कहलवाने की जगह अपनी ताक़त, प्रतिभा और प्रबंध कौशल का बढ़-चढ़कर प्रदर्शन करना चाहिए। शहनाज़ अपने बारे में बताती हैं कि अपने विचारों, नई नई बातों के ज़रिए एक नई राह दिखाकर और नया रूझान पैदा कर दूसरे को प्रभावित करने की योग्यता मैंने अपने अंदर पैदा की, जो सबको करना चाहिए। मैंने जड़ी-बूटियों से सौंदर्य को निखारने-संवारने और बढ़ाने के लिए बहुत अधिक काम किया है। इसलिए मैं समझती हूं कि मैंने राष्ट्रीय और अंतर्राष्ट्रीय स्तर पर हर्बल ब्यूटी केंद्र की मांग पैदा करने की महत्त्वपूर्ण भूमिका निभाई है। शहनाज़ हुसैन ने सौंदर्य की दुनिया की मल्लिका, एक पत्नी, एक मां इन सब दायित्वों को जिस तरह एक धागे में अपने प्यार और लगन से बांध रखा है, प्रेरणा से भरने के लिए काफ़ी है।

डॉ. शारदा जैन

एक महिला डॉक्टर किस तरह से एक समाज-सेविका बनकर जनमानस को चेताने का प्रयास बख़ूबी निभा सकती है, इसका जीता-जागता उदाहरण हैं, शारदा जैन, जो पेशे से दिल्ली की एक प्रसिद्ध स्त्री रोग विशेषज्ञ हैं। उसके साथ वह समाज-सेविका, एक पत्नी और एक मां का दायित्व भी बखूबी निभाती हैं। यही सब उन्हें नारी एक सम्पूर्ण व्यक्तित्व की पहचान के साथ प्रदर्शित करता है। डॉ. शारदा जैन का मानना है कि स्त्री का मनोबल और उसकी कार्यशक्ति ही उसका साथ देती है। बाकी सब चीज़ें बाद में।

सन् 1947 के 21 मार्च को उनका जन्म यू.पी. के गांव हरदोई में एक अग्रवाल परिवार में मैकेनिकल इन्जीनियर पिता मंगतराय और माता उर्मिला के घर में हुआ था। मां गृहिणी थीं, पर काफ़ी समझदार थी। वैसे पिता जी को छोड़कर मेरा पूरा परिवार व्यापारी होने के कारण काफ़ी सम्पन्न था। हम तीन बहने और तीन भाई हैं, जिनमें मैं तीसरे नम्बर की हूं। बचपन से ही मैं पढ़ाई में तेज बुद्धि की थी। पांचवीं की बोर्ड परीक्षा भी मैंने प्रथम स्थान में उत्तीर्ण की।

मेरी आयु केवल 6 या 7 वर्ष की थी, जब मां की असमय मृत्यु हो गईं। तब भरा-पूरा परिवार होने के बावजूद नाना या दादा के परिवार में से किसी ने हम बच्चों की ज़िम्मेदारी नहीं ली। पिताजी को यह अहसास हुआ कि वह नौकरी, घर और बच्चों का दायित्व अकेले नहीं उठा सकते। उन्होंने दूसरी शादी करने का फ़ैसला किया। दूसरी मां या जिसे सौतेली मां कहते हैं, पिता के अत्यधिक लगाव और प्रेम के कारण उनसे सौतेलापन महसूस ही नहीं हुआ। बचपन की एक घटना आज भी याद है। मुझे किताबें पढ़ने का शौक

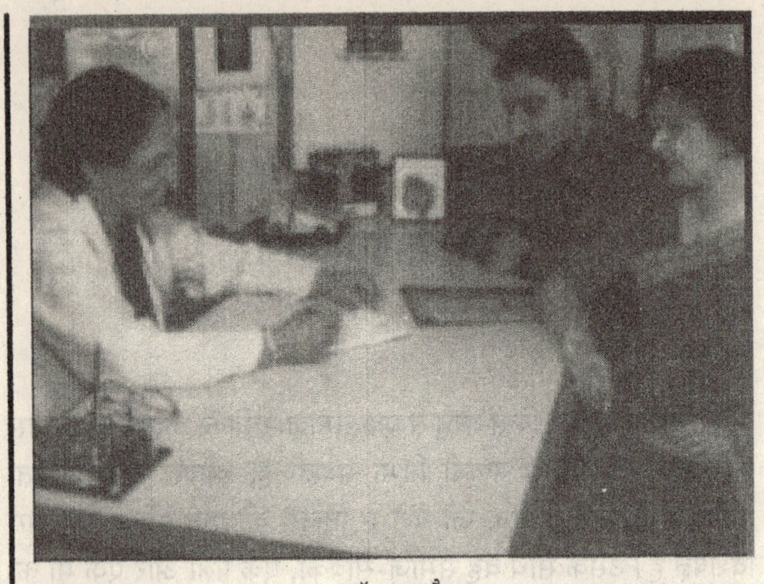

डॉ. शारदा जैन

कुछ ज़्यादा ही था। मेडिकल की किताबें वैसे भी अधिक मूल्यवान होती हैं। एक दिन पिताजी से मैंने पन्द्रह सौ रुपए की एक किताब ख़रीद लाने को कहा। हमारे प्रायः सभी भारतीय घरों में होता है कि रुपया पत्नी ही रख़ती है। पिताजी ने कहा, "बेटा किताब के लिए रुपए मां से ले लेना।" मां से रुपए नहीं मिले, पर पिता जी ने इसका अहसास नहीं होने दिया और मुझसे कहा, "कोई बात नहीं बेटा, मैं रुपयों का इन्तज़ाम करता हूं।" पिताजी का यही प्यार हर कड़वाहट को उभरने से पहले ही मिटा देता था। उन्होंने हमेशा मुझे पढ़ाई के लिए प्रोत्साहित किया।

मैं आई.ए.एस. अफ़सर बनना चाहती थी, पर पिताजी की इच्छा और मां की असमय मौत ने ही मुझे डॉक्टर बनने की राह दिखाई, ताकि मैं महिलाओं के लिए कुछ कर सकूं। मेरी शिक्षा प्राप्ति की राह भी कम कठिन नहीं थी। मैंने रमेश नगर के सरकारी विद्यालय में इतिहास, अर्थशास्त्र लेकर पढ़ना शुरू किया। विद्यालय की बारहवीं कक्षा में मैंने प्रथम स्थान प्राप्त किया। जब दिल्ली विश्वविद्यालय में दाखिले के लिए आई तो आयु कम होने के कारण दाख़िल नहीं मिला। पिताजी ने

मेडिकल की पढ़ाई के लिए प्रेरित किया और मुझे अपनी दादी के पास हरदोई डी.ए.वी. स्कूल में फिर से ग्यारहवीं और बारहवीं की पढ़ाई साइंस में करने के लिए भेज दिया। इस दौरान मेरी चाची से मेरी घनिष्ठता हो गईं थी। उन्होंने मेरा हर क़दम पर साथ दिया। बाद में मुझे 1964 में दिल्ली के लेडी हार्डिंग मेडिकल कॉलेज में प्रवेश मिल गया। प्रवेश परीक्षा में मेरा नम्बर पांचवां था। 1968 में मैंने द्वितीय स्थान में अपनी मेडिकल डिग्री पास की। उन दिनों मैं प्रतियोगिताओं में भाग लिया करती थी। गीतादत्त और मोहम्मद रफ़ी मेरे पसंदीदा गायक अब तक हैं।

पी.जी.आई., चंडीगढ़ में दाखिले में मेरा प्रथम स्थान था। वहां से मैंने एम.डी. किया और स्त्री रोग विशेषज्ञ बनी। वहां सुधीर जैन पैथोलाजिस्ट से मेरी मुलाक़ात हुई। वहां हमारा कोई निजी रिश्ता नहीं था। यह ज़रूर पता चला कि उन दिनों सुधीर अपने दोस्तों से मुझे देखकर कहा करते थे कि देखो, वह लड़की एक दिन मेरी पत्नी बनेगी। शादी का प्रस्ताव दोनों के पिताओं ने आपस में मिलकर किया। हमारे पी.जी.आई. में उस समय दो सुधीर थे। मेरे पिता जी तो सुधीर की ही बात करते थे। कौन-सा सुधीर, इसमें थोड़ी शंका थी। जब पिताजी ने सुधीर जैन की हमारे कॉलेज आकर पूरी छानबीन कर ली, तब पत्र लिखकर मेरी राय पूछी और मैंने सुधीर जैन के नाम पर हामी भर दी।

24 जनवरी, 1975 को हम दोनों बिना किसी दहेज के 'परिणय सूत्र' में बंध गए। मेरे ससुर जी ने जो पैसा मुझे शादी के गहने देने के लिए रखा था, उन पैसों से हम दोनों पति-पत्नी ने जर्मनी में एग्ज़ाम दिया। चंडीगढ़ में पी.जी.आई. में जब दोनों को नौकरी मिल गईं, तब हमने विदेश जाने का इरादा बदल दिया। जिन दो स्तम्भों पर मेरी ज़िन्दगी की नींव टिकी है, वे मेरे पिता और पति ही हैं। उन्होंने हर क़दम पर मेरा साथ दिया।

सुधीर ने शादी के वायदों को चरितार्थ करते हुए ज़िन्दगी के हर मामले में मेरा साथ दिया। चाहे वह मेरे दोनों भाइयों योगेश और संजीव की ज़िम्मेदारी ही क्यों न हो? सुधीर ने दोनों की पढ़ाई, शादी और फिर कैरियर को व्यवस्थित करने में हर तरह से मदद की। सुधीर बहुत ही भावुक, अन्तर्मुखी और गम्भीर प्रवृत्ति के व्यक्ति हैं। इस बात का अहसास मुझे

अपनी गर्भावस्था के दौरान हुआ। दरअसल मुझे शुरुआती दिनों में ही बुख़ार रहता था। एक स्त्री रोग विशेषज्ञ होने के नाते में यह जानती थी यह बच्चे के स्वास्थ्य के लिए हानिकारक है। ऐसा होने पर बच्चे के अंगों का सही ढंग से निर्माण नहीं हो पाता। इसलिए मैं तीन बार गर्भपात कराने के लिए गईं, पर तीनों बार मेरा गर्भपात नहीं हो पाया। तब सुधीर ने मुझे कहा, "अब इस बच्चे को दुनिया में आने दो। अगर भगवान न करे बच्चे में कोई कमी रह जाए तो इसकी परवरिश मैं करूंगा। तुम पर इसकी जिम्मेदारी नहीं होगी।"

जब 1977 में शैली का जन्म हुआ, तो पता चला कि शैली को अस्थमा की बीमारी है। एक दिन जब मैं कमरे में बैठी कुछ काम कर रही थी, देखा कि सुधीर शैली के और अपने कपड़े लेकर बिना मुझसे कुछ कहे घर से जा रहे हैं। उस दिन मुझे सुधीर के व्यक्तित्व का वास्तविक ज्ञान हुआ। मैंने जाना कि अपने घर को बनाए रखने के लिए मुझे सुधीर और अपनी बेटी शैली का बहुत ध्यान रखकर उन्हें समझना होगा। तभी हमारा परिवार स्थिर रह सकेगा।

सन् 1989 में 5 जुलाई मेरी ज़िन्दगी का सबसे दुखद दिन था। सुधीर को बीमारी के कारण बत्रा हस्पताल में रहना पड़ा। उस समय यह अहसास हुआ कि अब हमें अपनी निजी प्रैक्टिस आरम्भ करनी चाहिए। इससे हमें आर्थिक लाभ के साथ-साथ सामाजिक कार्यों का फल भी मिल सकेगा। ऐसा करने पर ग़रीब और असहाय लोग जो मेडिकल सुविधाओं और उनसे जुड़ी जानकारियां न होने के कारण बीमारियों का शिकार हो जाते हैं, उनकी भरपूर मदद करने का समय भी मिल सकेगा। मैंने और सुधीर ने यह निश्चय किया, तब पूरे परिवार ने अपने-अपने सामर्थ्य के अनुसार शुभकामनाओं और धन से हमारी सहायता की। हमने 1990 में 2 अप्रैल को पुष्पांजलि नर्सिंग होम की नींव रखी। पहली बार मैंने सामान्य गर्भवती महिलाओं की समस्याओं और शंकाओं की मदद के लिए गर्भवती महिलाओं पर किताब के साथ-साथ कैसेट भी निकाली, जिसका मुझे बहुत अच्छा परिणाम मिला।

इसके बाद तो मैं समाज-कल्याण के कार्यक्रमों से जुड़ती ही चली

गईं। वर्तमान में मैं पूर्वी दिल्ली स्त्री-रोग विशेषज्ञ फोरम की अध्यक्ष हूं। इस अध्यक्ष पद को स्वीकार मैंने तब किया, जब मुझे लगा कि हां मैं सामाजिक-कल्याण से जुड़े महत्वपूर्ण मुद्दों पर काम कर पाऊंगी। जब मैंने यह पाया कि आज भी एक लड़की को जन्म लेने से पहले कोख में ही मार दिया जाता है और इस काम में ऐसे डॉक्टर भी संलिप्त हो जाते हैं, जो केवल धन कमाना चाहते हैं, तब इस सामाजिक बुराई को मिटाने और समाज में चेतना जगाने के लिए इंडियन मेडिकल एसोसिएशन के माध्यम से मैंने इस पर काम किया। अनेक राज्यों में जाकर डॉक्टरों और आम जनता के बीच अपनी बातें रखीं। इसके अतिरिक्त युवाओं के स्वास्थ्य पर ध्यान केन्द्रित करते हुए बिना ब्याही किशोरियों के लिए 300 वर्कशाप आयोजित किए। इसके तहत डॉक्टरों, लड़कियों और अभिभावकों को जागरूक बनाने का अभियान चलाया।

गुरु तेग बहादुर अस्पताल की सहायता से 70 ऐसे कैम्पों का आयोजन किया, जिसमें 5000 लड़कियों, बच्चों और महिलाओं ने हिस्सा लिया। उसमें सभी ने रक्त की कमी के कारण होने वाली बीमारियों के कारण और रोकथाम के बारे में जानकारी ली। इसे और अधिक कामयाब बनाने के लिए इस बात से भी अवगत करवाया गया कि कुपोषण के कारण जैसे कद न बढ़े, अत्यधिक पतला हो जाना, वहीं हीमोग्लोबिन की सही जानकारी भी लोगों को मुहैया करवाई। यह भी समझाया कि दवाइयों द्वारा किस तरह से इन बीमारियों पर क़ाबू पाया जा सकता है।

'अपनी मदद स्वयं करें' कार्यक्रम वृद्धों के लिए आरम्भ किया गया। उसके अन्तर्गत यह कोशिश की गईं कि लोग 30 वर्ष की आयु में ही अपने स्वास्थ्य के प्रति जागरूक बनें और वृद्धावस्था में स्वावलम्बी बने रहें। उन्हें दूसरों के मुंह की ओर सहायता के लिए नहीं देखना पड़े।

मानसिक दवाब, टी.वी., कैंसर, महिलाओं में रक्तस्राव की बीमारी की रोकथाम के लिए सभी को साल भर में एक बार पूरी चिकित्सा जांच की बात समझाई गईं। नगर निगम के स्कूलों और निचली बस्तियों में इसी तरह की जांच मुफ़्त कराने की व्यवस्था को भी अंजाम दिया गया।

कैंसररोधक कैम्पों में डॉक्टरों द्वारा लोगों को स्वास्थ्य के प्रति जागरूक

बनाने की व्यवस्था की गईं। साध्वी ऋतम्बरा की मदद से 'वात्सल्य प्रोजेक्ट' पर शाहदरा में कई वर्ष से कार्य चल रहा है। इसमें महिलाओं को रोजगारोन्मुखी तकनीकी शिक्षा, जैसे मोमबत्ती बनाना, बेकरी की चीज़ें बनाना, अचार-मुरब्बे, फैन्सी लिफ़ाफ़े, दाल की बड़ियां और मैदा की सिवैंया बनाना सिखाना भी शामिल हैं।

एक महत्वाकांक्षी योजना बनाई गईं कि बस्ती सेविका ट्रेनिंग कार्यक्रमों में ऐसी सेविकाओं को तैयार किया जा सकें, जिससे 2000 की संख़्या पर कोई एक महिला कार्य करें। इसके लिए कर्मठ महिलाओं को प्रशिक्षण दिया जाना तय था। इन सेविकाओं को मान धन के रूप में 500 रुपए प्रति माह दिए जाने की बात रखी गईं। ग़रीब बच्चों की शिक्षा पर ध्यान देते हुए नर्सरी टीचर ट्रेनिंग की शुरुआत भी की है, जिससे ऐसे बच्चे पढ़ भी सकें और पढ़े-लिखे बेरोज़गारों को कार्य भी मिल सके।

सन् 1991 में मुझे इंडियन मेडिकल एसोसिएशन द्वारा चिकित्सा शिक्षा में महत्वपूर्ण योगदान के लिए पुरस्कार से नवाज़ा गया। सन् 2000 में वूमेन ऑफ द इयर एवार्ड अमेरिकन बायोग्राफ़िकल इंस्टीव्यूट द्वारा दिया गया। दिल्ली मेडिकल एसोसिएशन ने 1995 में मुझे एक्सीलेंसी एवार्ड से सम्मानित किया।

मैंने डॉ. शारदा जैन से जानना चाहा कि वह एक पत्नी, एक मां, एक डॉक्टर और समाज-सेविका के कार्यों के बीच अपने लिए कैसे समय निकालती है? इसका राज़ क्या है? इन सब ज़िम्मेदारियों को वह बिना तनाव के बड़ी कर्तव्यनिष्ठा के साथ कैसे निभाती हैं?

शारदा जी ने बताया कि सबसे पहले मेरे लिए मेरा परिवार महत्वपूर्ण है। यदि आप अपने घर से सन्तुष्ट हैं, तभी अन्य दायित्वों को बखूबी निभा पाएंगी। साल में दो बार अवकाश लेकर मैं अपना समय परिवार के साथ बिताती हूं। शास्त्रीय संगीत से मुझे बेहद लगाव है। यह मेरी आत्मिक शक्ति को बढ़ाता है। मस्तिष्क को चुस्त-दुरुस्त बनाए रखने के लिए ज्योतिष भी सीख रही हूं।

शारदा जी के इस कर्मठ निष्ठावान एवं सम्पूर्ण व्यक्तित्व से कौन प्रभावित न होगा!

शीला दीक्षित

आज की राजनीति में शीला दीक्षित एक ऐसा नाम है, जिसने अपने कार्यों के दम पर लाखों दिल्ली वासियों का दिल जीत लिया। उनके अनुभव और काम करने की शैली ने उन्हें मुख्यमंत्री का ताज़ पहनाया। वह अपने इस काम में जी-जान से जुटी रहती हैं। एक महिला किस तरह अपने पारिवारिक दायित्वों की निभाते हुए राजनीति के क्षेत्र में भी कैसे अपना वर्चस्व कायम करती है, इसका उदाहरण हैं, दिल्ली की मुख्यमंत्री शीला दीक्षित।

शीला जी का जन्म 31 मार्च, 1938 को पंजाब के कपूरथला में हुआ। उनके पिता श्रीकृष्ण कपूर सेना में कार्यरत थे। इससे उनका घर शुरू से ही अनुशासन की डोर में बंधा रहा। वह अपनी तीनों बहनों में सबसे बड़ी हैं। उन्होंने अपनी पढ़ाई शुरू से दिल्ली में ही की। दिल्ली के जीसस एंड मेरी स्कूल से निकलने के बाद इतिहास में एम. ए. मिरांडा हाउस से किया।

पढ़ाई के दौरान ही उनकी मुलाकात विनोद दीक्षित से हुई। विनोद दीक्षित भारतीय प्रशासनिक सेवा में थे। उनके पिता स्वतंत्रता सेनानी उमाशंकर दीक्षित थे, जो पूर्व में राज्यपाल और केंद्रीय मंत्री भी रहे। शुरू-शुरू में विनोद दीक्षित के परिवार वालों ने विरोध किया, पर बाद में उनके राज़ी हो जाने पर वह परिणय सूत्र में बंध गईं। विवाह के बाद शीला जी का ससुराल में एक नए माहौल से सामना हुआ। मायके में सेना की तरह का अनुशासन था। वहां राजनीति की ओर किसी का भी झुकाव नहीं था। विनोद जी के पिता एक सामाजिक और राजनैतिक स्तर पर सम्मानित

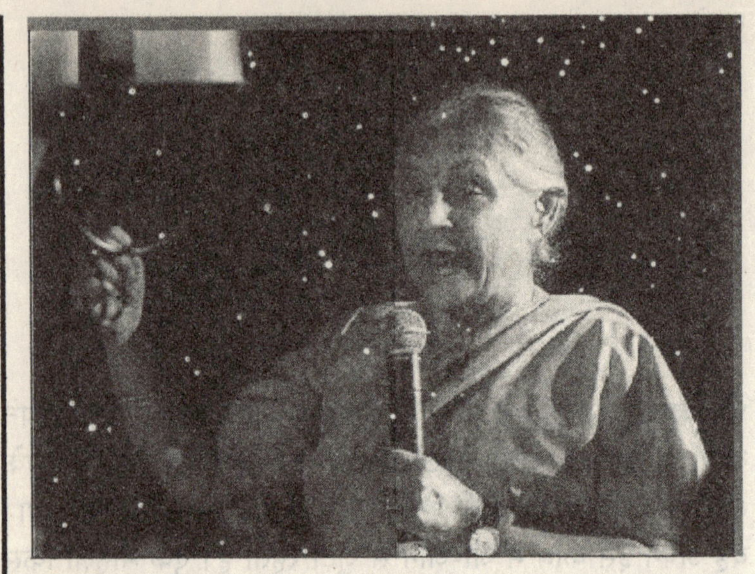

शीला दीक्षित

व्यक्ति थे। ससुराल में राजनेताओं का आना-जाना लगा रहता था। नए परिवेश में अपने को ढालने में शुरू में उन्हें वक़्त लगा। धीरे-धीरे राजनीति में उनकी रुचि बढ़ने लगी। जब कांग्रेस में टूट हुई, तो उन्हें लगा कि कुछ करना चाहिए। इस तरह वह राजनीति में सक्रिय होती चली गईं। उन्होंने कांग्रेस के टिकट पर उत्तर-प्रदेश के कनौज शहर से चुनाव लड़ा। यहां से वे 1984-89 में आठवीं लोकसभा की सदस्य रहीं। इसके बाद उन्होंने पीछे मुड़ कर नहीं देखा। 1985 में एस्टिमेंट कमेटी की सदस्य, 1986 में बिजनेस एडवाइज़री कमेटी की सदस्य तथा 1986 में रूलर कमेटी की सदस्य रहने के बाद 1988 संसदीय कार्य राज्यमंत्री बनी।

जहां वह राजनैतिक और सामाजिक गलियारों में अग्रसर हो रही थी, वहीं अब, पारिवारिक स्तर पर भी दो बच्चों की मां बनीं। शीला जी के बच्चों में एक बेटा और दूसरी बेटी है। उनके बेटे संदीप दीक्षित 2004 के संसदीय चुनावों में पूर्वी दिल्ली से जीत हासिल कर चुके हैं। उन्होंने मुख्यमंत्री के रूप में अपनी दूसरी पारी की शुरूआत 15 दिसंबर,

2003 से की। वह आज जनता से जुड़ी दिल्ली की निर्विवाद नेता हैं। अपने को राजनेता कहलाने की बजाय वह सामाजिक कार्यकर्ता कहलवाना ज़्यादा पसंद करती हैं। शीला जी का मानना है कि नारी उत्थान और महिला सशक्तीकरण की अवधारणा को नज़रअंदाज नहीं किया जा सकता। उन्होंने अगस्त 1990 में उत्तर-प्रदेश में महिलाओं पर हुए अत्याचार के विरोध में जन आंदोलन का नेतृत्व किया। तब अपने 82 सहयोगियों के साथ गिरफ़्तारी देकर 23 दिन जेल में रही। 70 के दशक में शुरू में वह यंग प्रमेस एसोसिएशन की चेयरपर्सन थी और तब दिल्ली में कामकाजी महिलाओं के लिए होस्टल खुलवाने में उन्होंने अहम भूमिका निभाई।

शीला जी ने दिल्ली को प्रदूषणरहित और हरी-भरी बनाने का भरसक प्रयत्न किया। उन्होंने अपने मुख्यमंत्री के कार्यकाल में सी. एन. जी. वाहनों को प्राथमिकता दी। नष्ट होने वाले और बिना नष्ट होने वाले कूड़े को अलग-अलग एकत्रित करने की अपनी योजनाओं के तहत पर्यावरण को स्वच्छ बनाने के कार्य को अंजाम तक ले गईं। अपनी भागीदारी योजना से दिल्लीवासियों के बीच गहरी आत्मीयता बनाई। विभिन्न इलाकों की रेजिडेंट्स वेलफेयर ऐसोसिएशन से रू-ब-रू होना और उनके इलाकों की कठिनाईयों का निरंतर निराकरण करना ही उनकी सरकार की सफलता का राज़ है।

शीला जी का कहना है कि वह दिल्ली को विश्व का आदर्श नगर बनाना चाहती है। इसकी शुरुआत उन्होंने दिल्ली में मैट्रो ट्रेन प्रारंभ करके की। गरीबों के लिए कम लागत के मकान बनाने की योजना के तहत झुग्गी-झोंपड़ियों और अनधिकृत कॉलोनियों की समस्याओं का समाधान करना चाहती हैं। दिल्ली को पूर्ण राज्य का दर्जा दिलाना उनका मक़सद है, जिसके तहत वह चाहती है कि दिल्ली को भूमि, क़ानून और व्यवस्था में राज्य सरकार का अधिकार मिलना चाहिए। शीला जी किसी जाति विशेष के हितों को ध्यान में न रखकर पूर्णतया लोकतांत्रिक ढंग से सद्व्यवहार, ईमानदारी और दूसरों के विचारों और शक्तियों का आदर करने के साथ अपने कार्यों को पूरा करने में जुटी हैं।

शीला जी को फुरसत के पल कम ही मिलते हैं। फुरसत के समय उन्हें अपने पारिवारिक सदस्यों के साथ समय बिताना पसंद है। किताबें पढ़ने, संगीत सुनने और हिन्दी फिल्में देखने में भी काफ़ी रुचि है। शीला जी अपने सभी कार्यों, ज़िम्मेदारियों को जिस तरह निभा रही है, वह दिल्ली वासियों की पसंदीदा मुख्यमंत्री बन गईं है।

शोभना नारायण

सांस्कृतिक मूल्यों तथा धारणाओं के साथ आधुनिकता को अपनाकर किस तरह इसे अपने जीवन में आत्मसात् किया जा सकता है, इसे चरितार्थ कर दिखाया है, शोभना नारायण ने। कहां एक प्रसिद्ध कथक नृत्यांगना और कहां डायरेक्टर जनरल का कार्यभार! शोभना नारायण से मिलकर एक ऐसी बहुमुखी प्रतिभा वाली स्त्री से परिचय हुआ, जो कच्चे धागे की डोरी में जहां अपने कैरियर की ऊंचाईयों को सहेजे रहती है, वहीं अपने पारिवारिक दायित्वों को भी नहीं भूलती।

शोभना नारायण

प्रभात काल में जिस तरह ओस की बूंदे फूलों की पवित्रता को अधिक बढ़ा देती है, वैसा ही जीवन परिचय शोभना नारायण का है। अपने ज़ीवन के सात सुरों सा, रे, गा, मा, पा, धा, नी, सा से परिचय कराते हुए वे बताती हैं कि मेरा जन्म कलकत्ता में हुआ। मेरे पिता कमलदेव नारायण एक सरकारी अधिकारी थे और मां ललिता नारायण

एक सुप्रसिद्ध लेखिका थीं। माता-पिता के ज्ञान और प्रगतिशील विचारों का पुरस्कार हमें विरासत में मिला। मेरे नाना श्यामचरण बिहार से स्वतंत्रता सेनानी रहे थे। मां ने अपनी पढ़ाई बनारस हिन्दू विश्वविद्यालय से की थी। शायद मां ने स्वतः जिन संस्कारों को आत्मसात् किया, उन्हीं संस्कारों की वजह से मैं यहां हूं। मेरी छोटी बहनें रंजना नारायण गायिका और वकील है। हम दोनों बहनें ही अपने माता-पिता की दुनिया की सरताज थीं।

मुझे मां ने बताया था कि वह मुझे ढाई साल की अल्पआयु में ही 'साधना बोस' जी के पास नृत्य की शिक्षा दिलाने ले गईं। मुझे देखकर साधना जी बंगाली में बोली, "क्रोलरे बाचा ने रेशचो" यानि गोद का बच्चा मेरे पास ले आई हो। वे मेरे पैर पकड़-पकड़ कर मुझे नृत्य का अभ्यास कराती थी।

बचपन में मैं बहुत शांत व गंभीर स्वभाव की थी, जबकि छोटी बहन रंजना शरारती थी। मुझे आज भी याद है कि मैं माता-पिता जी की आज्ञा बिना कोई काम नहीं करती थी, जबकि यदि रंजना को किसी शरारत के लिए मां डांटना चाहती थी, तो वह अपनी भोली-भाली सूरत के साथ शैतानी भरे अंदाज में कहती, "मां मैं दीदी की तरह नहीं हूं, मैं आपकी पकड़ में नहीं आऊंगी।" नृत्य बचपन से आज तक मेरा जीवन है, कभी भी यह मुझे बोझ नहीं लगा। यह मां का निर्णय नहीं बल्कि खुद की पसंद है, शायद इसीलिए एक नृत्यांगना के रूप में मेरी एक पहचान बन पाई है।

बचपन में मेरी आयु कोई चार या पांच वर्ष की रही होगी, तब मुझे 'गीता' का 'ग्यारहवां अध्याय' कंठस्थ हो गया था। शास्त्रीय संगीत, उपनिषद का ज्ञान सदैव मुझे अपनी ओर आकर्षित करता है, जितनी बार शास्त्रीय संगीत सुनती हूं या उपनिषद् पढ़ती हूं, उतना ही मेरे ज्ञान का विस्तार होता है। मेरी पढ़ाई तो साथ-साथ चल ही रही थी, मैं खुशनसीब हूं कि पढ़ाई में भी सदैव मेरी गिनती उत्कृष्ट छात्राओं में रही। पिता जी सरकारी अधिकारी थे, जिस कारण उनका तबादला होता रहता था। इस विभिन्नता में हमें भारत के लोगों के बीच सांस्कृतिक,

भाषाई विभिन्नता में एकता देखने को मिली। मैंने चार विद्यालयों से अपनी शिक्षा प्राप्त की, जिनमें लोरेंटो हाउस कलकत्ता, जीसस एण्ड मेरी मुम्बई, सेंट जॉसेफ कान्वेंट पटना और दिल्ली का मार्टर डे कान्वेंट शामिल हैं। दिल्ली विश्वविद्यालय के मिरांडा हाउस से वर्ष 1970 में मैंने बी. एस-सी. (भौतिकी आनर्स) में की। बचपन से, गणित, भौतिकी मेरे पसंदीदा विषय रहे हैं। कॉलेज के वे दिन आज भी रोमांचक लगते हैं। उन दिनों हम सब मित्र ग्रुप बनाकर कॉलेज से कनाट प्लेस घूमने जाते थे। तब पालिका बाजार नहीं बना था। हमारी भौतिकी की कक्षा साइंस फैकल्टी में लगती थी। मिरांडा हाउस से 'बी. एस-सी.' करने के बाद दिल्ली विश्वविद्यालय से 'एम. एस-सी.' वर्ष 1972 में उत्तीर्ण की। मैं पी. एच-डी. भौतिकी में कर ही रही थी कि उसे बीच में ही अधूरा छोड़ मैं 'इण्डियन ओडिट एंड एकांउट सर्विस' में आ गईं, कभी-भी मैंने पढ़ाई के साथ-साथ अपने नृत्य का अभ्यास नहीं छोड़ा।

मैंने वर्ष 1976, जुलाई 23 से अपने 'इण्डियन ओडिट एंड एकांउट सर्विस' की शुरुआत 'मसूरो शहर' से की। अपनी इस शुरुआत के बाद मुझे कई गरिमामय पदों पर कार्य करने का अवसर प्रदान किया गया, जैसे– वर्ष 1990 से 1992 में डायरेक्टर (Administration) राज्य-सभा सचिव व वर्ष 2001 'प्रिंसिपल डायरेक्टर ऑफ ओडिट (रेलवे) कंट्रोलर एण्ड ओडिटर जरनल ऑफ इण्डिया' का कार्यभार शामिल है। अपनी नृत्य साधना के फलस्वरूप मुझे भारत के 'राष्ट्रपति' द्वारा वर्ष 1992 में पद्मश्री सम्मान से नवाज़ा गया। वहीं वर्ष 1999-2000 में संगीत-नृत्य कला में अनुकरणीय योगदान के लिए राष्ट्रपति द्वारा ही 'संगीत नाट्क अकादमी एवार्ड' से सम्मानित किया गया। अपने कला से जुड़े ज्ञान को लोगों तक पहुंचाने के उद्देश्य से मैंने 'नृत्य-कला' पर आधारित जहां आठ किताबों को लिखा, वहीं मुझे देश-विदेश में इस कला से संबंधित 'लेक्चर' देने में भी गुरेज नहीं रहा है।

जहां समाजिक स्तर पर मुझे इतना सम्मान मिला, वहीं मेरे पारिवारिक जीवन में कई उतार-चढ़ाव आए। मेरी ज़िन्दगी का सबसे दुःखद दिन वह था जब मैंने और मेरी छोटी बहन रंजना ने अपने माता-पिता का

अंतिम संस्कार किया। मेरे पिता जी की मृत्यु 23 नवम्बर 1977 में एक ट्रेन दुर्घटना के दौरान हुई । मैं अकेली अपने पिता जी की शिनाख्त करने पहुंची, शिनाख्त के बाद उनका पोस्टमार्टम किया गया। फिर कहीं जाकर उनका पार्थिव शरीर मेरे सुपुर्द किया गया। मैं उनके पार्थिव शरीर को घर लेकर आई और उनका अंतिम संस्कार किया। मेरी बहन ने उनकी अस्थियों का विसर्जन हरिद्वार में किया। समाज का तो काम है ही हमेशा नीतियों-संस्कारों का झूठा रोना-रोना है। मैं नहीं समझती कि मेरे माता-पिता को हम दोनों बहनों से अधिक कोई प्रिय था। उनका कोई पुत्र नहीं था, इसका अहसास उन्हें न था और न कभी उन्होंने खुद किया, न हमें करवाया। इस पर यदि समाज के रूढ़िपंथी मानते हैं कि पुत्र की जगह पुत्री अंतिम संस्कार करें तो मुक्ति नहीं मिलती। मैं इस धारणा को सरासर ग़लत मानती हूं। हम जब सही होते हैं, तो समाज का विरोधी स्वर भी स्वतः शांत हो जाता है। ऐसा तब हुआ जब जनवरी 1990 में हमारी मां का देहांत हो गया और अपने पिता की तरह मां का अंतिम संस्कार भी हम दोनों बहनों ने किया।

मेरी ज़िन्दगी में सबसे रोमांचक दिन 4 दिसंबर, 1979 का है, इस दिन एक समारोह के दौरान मेरी मुलाकात 'डॉ. हरबर्ट ट्रेक्सल' से हुई। हम दोनों एक-दूसरे से इतने प्रभावित हुए कि हमने शादी करने का निश्चय कर लिया। वर्ष 1982 का वो सुहावना दिन जब हम दोनों प्रणय-सूत्र में बंधे। सुबह हमने सीविल शादी की, शाम को वैदिक रीति-रिवाज से और जब हम दोनों ऑस्ट्रेलिया की राजधानी वियना गए, तब हम दोनों ने चर्च में कैथोलिक रीति-रिवाज से शादी की। यह सब बताते हुए हंसी आती है कि मैंने एक ही व्यक्ति से तीन बार शादी की। मेरे पति 'विदेशी राजदूत' के पद का कार्यभार संभालते हैं, जिस कारण उनका तबादला अलग-अलग देशों में होता रहता है। हम दोनों इकट्ठे सबसे ज़्यादा समय साथ तब रहे, जब हमारी शादी हुई थी और उनकी पोस्टिंग भारत में थी। हम दोनों का मिलना लंबे अंतराल के बाद हो पाता है, फिर भी हम आदर, प्यार, विश्वास की अटूट डोर से बंधे हैं। मैं नहीं मानती कि इकट्ठे रहने या एक देश के होने पर ही आपकी

शादी कामयाब होती है। प्यार की कोई परिभाषा, कोई सीमा नहीं होती, भगवान ने हरबर्ट को पति के रूप में मिलाकर, मेरा इस कथन पर अटूट विश्वास कायम करवा दिया। यह अलग बात है कि लोग और मीडिया हमारे रिश्ते के टूटने की झूठी अफ़वाहें फैलाते रहते हैं। मुझे याद है कि जब शादी के 6 महीने बाद उन्हें अपने काम के लिए विदेश में निवास करना पड़ा, तो लोगों ने ऐसी ही झूठी अफ़वाहों को तवज़्ज़ो दी थी। हमारा रिश्ता इतना मजबूत है कि इन सब बातों का हमारी ज़िन्दगी पर कोई प्रभाव नहीं पड़ा। अक्सर जब हम दोनों फोन पर बातें करते हैं, तो एक-दूसरे से पूछते हैं कि अब क्या नई झूठी अफ़वाहें फैलाई जा रही हैं? दोनों ही इस बात पर खूब हंसते हैं।

मेरी ज़िंदगी का सबसे खूबसूरत दिन वह है जिस दिन 18 जून 1985 को मेरे बेटे ईशान ने जन्म लिया, हम उसे ईर्विन [Ervin] भी बुलाते हैं। मेरे मायके और ससुराल में ईशान इकलौती संतान है। ईशान ने हमारे परिवार को संपूर्ण कर दिया। ईशान की उम्र कोई 3 या 4 वर्ष की रही होगी, वह अपने टेनिस खेल के प्रशिक्षण के लिए स्टेडियम जाता था। एक दिन उसके कोच ने पूछा, "ईशान आज बड़े खुश नजर आ रहे हो?" ईशान ने कहा, "मेरे पिताजी विदेश से आ रहे हैं।" इस पर कोच ने पुनः पूछा, "और तुम्हारी मां?" ईशान ने कहा, "मेरी पांच मां हैं।" इस पर कोच अचरज में रह गया। उस बेचारे को क्या पता कि ईशान मेरे अलावा, मेरी बहन, अपनी दो बुआओं, अपनी नानी को भी मां कहता था। ईशान ने 6 साल की उम्र से ही वियना में रहकर पढ़ाई की। मैं खुशनसीब हूं कि मेरा बेटा भी भारतीय एवं पाश्चात्य संस्कृति में अपने व्यक्तित्व को बना पाया है। आज वह वियना के एक विश्वविद्यालय में अपनी पढ़ाई पूरी कर चुका है।

मैं तो इतना ही कहना चाहूंगी कि हम समाज को समाज शब्द से ही उच्चारित करें, न कि किसी पुरुष प्रधान समाज इत्यादि कहकर समाज को लिंगभेद में विभाजित करें। जिस प्रकार कीचड़ का प्रभाव कमल के फूल पर नहीं पड़ता। उसी प्रकार आपके काम को भी कोई नकार नहीं सकता, अगर उसमें सच्चाई व उद्देश्य संलिप्त हो। हम अपनी कमज़ोरियों

को दूसरों के सर क्यों मढ़े? इसके बजाय अपनी क्षमता व गुणों को बढ़ाने का प्रयास करें। पुरुषों को भी प्रतिद्वंद्विता और कठिनाईयों का सामना करना ही पड़ता है। इसलिए आवश्यक यह है कि हम स्त्री-पुरुष समानता पर समाज की नींव रखें। युवा-पीढ़ी से मैं केवल इतना ही कहना चाहूंगी कि किसी भी क्षेत्र की चकाचौंध से प्रभावित होकर उसे न अपनाएं, बल्कि अपने गुणों के साथ अपनी खामियों को जानकर, आत्मविश्लेषण द्वारा अपना भविष्य तलाशें।

अपनी इस ज़िन्दगी में मैं जो कुछ भी कर पाई, उसका श्रेय मैं अपनी मां को देती हूं। मुझे पढ़ने का बेहद शौक है, शायद इसीलिए मैं 2000 में समाज शास्त्र में 'एम. फिल' और लोक प्रशासन में मास्टर डिप्लोमा कर पाई। इसके अलावा जितनी बार मैं वेद, गीता, उपनिषद् को पढ़ती हूं, उतनी ही बार मुझे कुछ नया जानने का अवसर मिलता है। प्रकृति से मुझे बेहद लगाव है, पहाड़ों पर ट्रैकिंग करना रोमांचक लगता है। कबीर, सूरदास के जीवन-दर्शन से मैं काफी प्रभावित हूं, जिसमें अहम् को नगण्य बताया गया है। खाना बनाने की विधियों में मैं नए प्रयोग करती रहती हूं। ज़िन्दगी के हर पल को खूबसूरत मानकर जीना ही ज़िन्दगी है।

शोभा डे

शोभा डे आकर्षक, प्रतिभाशाली, साहित्य और कलाप्रेमी, हंसमुख और जिन्दादिल स्त्री है। मुम्बई में रहने वाली शोभा जी ने एम. ए. मनोविज्ञान विषय में किया, इसलिए वह साहस और सच्चाई से अपने हर काम को अंजाम देती हैं। अपने कैरियर की शुरुआत एक मॉडल के तौर पर की, लेकिन भगवान ने उन्हें खूबसूरती के साथ-साथ एक लेखिका का गुण भी दिया था। जब उन्होंने लेखन में अपना भाग्य आज़माया तो शुरू में ज़रूर कुछ दिक़्क़तों का सामना करना पड़ा, लेकिन आज लेखनी ने ही उन्हें अंग्रेज़ी लेखन में प्रसिद्ध बना दिया। यह उनकी लेखनी का ही कमाल था कि वह 'स्टॉरडस्ट' जैसी प्रतिष्ठित पत्रिका की संपादक बनी। उन्होंने पहले-पहल टी. वी. लेखन की शुरुआत महेश भट्ट के धारावाहिक 'स्वाभिमान' से की। जी. टी. वी. के लिए 'किट्टी पार्टी' का लेखन भी बड़ी सफलता के साथ किया।

ज़िन्दगी जीने का बेबाकपन उनके काम में भी झलकता है। वह हर नए काम को, चाहे वह कितना भी कठ़िन क्यों ना हो, हमेशा Why not [क्यों नहीं] कहकर पूरा करने में जुट जाती हैं। अपनी पारिवारिक व सामाजिक ज़िन्दगी में संघर्ष करने वाली शोभा डे एक मां, एक पत्नी के रूप में कैसी हैं? यह मैंने जानने की कोशिश की। शोभा जी तलाक़ के दर्द को अपने दो बच्चों समेत झेल ही रही थी कि उनकी मुलाक़ात दिलीप डे से हुई। हुआ यूं कि दिलीप जी ने अपने घर एक पार्टी आयोजित की। बुलाए गए मेहमानों में एक दोस्त माइकल की पत्नी उषा से शोभा जी की दोस्ती थी। वह उनकी मैंगजीन 'सेलीब्रिटी' से जुड़ी थी। शोभा पहली एशियन स्त्री थी, जिसे स्टेनफोर्ट यूनिवर्सिटी रायटर से स्कॉरलशिप मिली। वह तीन दिन बाद अमेरिका जाने वाली थी, इसलिए उषा

अपनी बेटी अरुंधती के साथ शोभा डे

और उसके पति उसे फेयरवेल पार्टी देने उसी दिन एक होटल में ले जाने वाले थे। तभी उषा ने शोभा से कहा कि आज वह उसे एक सरप्राइज देगी। दोनों पहले एक मित्र दिलीप के यहां जाएंगे, फिर थोडी देर बाद डिनर पर ले चलेंगे पर शोभा जी इस तरह उनके साथ वहां नहीं जाना चाहती थी, उनके बार-बार कहने पर आख़िर वह राज़ी हो गईं। दिलीप डे के अनुसार मैंने देखा कि वह मेरे दरवाज़े के बाहर खड़ी थी। मैं उसे बुलाकर अंदर ले आया, बातचीत की। बस, यही वह अवसर था, जब मुझे लगा कि उन दोनों के विचार मिलते हैं। अपनी पहली पत्नी की मृत्यु के बाद अपने बेटे राजदीप और बेटी राधिका के साथ अकेली ज़िन्दगी जी रहे थे। उन दोनों ने फिर शादी करके पति-पत्नी बनने का निश्चय किया।

दीलीप कहते हैं, "शोभा ने अमेरिका जाना स्थगित कर अपने माता-पिता को मेरे बारे में बताया। उन्हें भी कोई आपत्ति नहीं थी। इधर मेरे परिवार वाले तो चाहते ही थे कि मैं शादी कर लूं। शोभा इतनी प्रतिभाशाली हैं कि इन्हें स्वीकार न करने का प्रश्न ही नहीं था। हम दोनों ने बंगाली रीति-रिवाज से शादी की। इस तरह लक्ष्मीनारायण मंदिर के पास स्थिति तेजपाल ऑडिटोरियम में हमारी शादी 7 अगस्त, 1984 को सगे-संबंधियों के बीच हो गईं। शोभा ने ससुराल आते ही बंगाली रीति-रिवाज इस तरह अपना लिया कि पता ही नहीं चला कि वह महाराष्ट्रियन हैं। खाने-पीने से लेकर तीज-त्योहार सभी में वह विशेष रुचि रख़ती हैं। घर में खाना बंगाली रीति से ही पकता है, जिसमें मछली प्रमुख होती है।

शोभा घर की हर छोटी-बड़ी चीज का ख़्याल रख़ती है। शादी के बाद हम दोनों बेनिस, लोरेंस, वियना और लंदन गए थे। यहां तीन सप्ताह साथ गुज़ारे। यह सब बड़ा रोमांचक था।"

शोभा जी जितनी अच्छी पत्नी हैं, उतनी ही अच्छी मां भी हैं। उनके घर में छह बच्चे हैं, जिनकी पूरी जीवन शैली का संचालन शोभा ही करती हैं। बच्चों के नाम हैं राधिका, रत्नदीप, अरुंधति, आनंदिता, आदित्य, अवंतिका। इसमें राधिका अभी आर्ट की शिक्षा के लिए हॉस्टल में रहती है। रत्नदीप दुबई में एक ब्रिटिश कंपनी में कार्यरत हैं। शोभा जी को बांग्ला थोड़ी-थोड़ी समझ में आती है और बेटी अरुंधति की बात वह खूब मानती है। शोभा जी ने अपने बंधनों में पूर्णता लाने की कोशिश की है। और उन्हें पूरी आज़ादी दी गईं है, ताकि वे समय के साथ चल सके, कामयाबी अपनी मेहनत से ही हासिल करें। शोभा ने बच्चों को माता और पिता दोनों के ही संस्कार और परम्पराएं बताई अब यह उन पर निर्भर करता है कि वे किसे अपनाएंगे! किसी पर कोई दबाव नहीं है। शोभा ईमानदारी पसंद करती हैं। चाहे वह बच्चों के साथ हो या पति के साथ। हमेशा रिश्ते में विश्वास और ईमानदारी पर अधिक ज़ोर देती हैं।

वह जो कुछ भी लिख़ती हैं, उसे अपने पति और बच्चों के समक्ष अवश्य रख़ती है। दिलीप जी का कहना है कि कोई भी लेख छपने से पहले वह नहीं पढ़ते। छपने के बाद सबसे पहले पढ़ते हैं, क्योंकि सुबह उठकर शोभा जी सबसे पहले उन्हीं की प्रतिक्रिया जानना चाहती है। वह अपनी पारिवारिक ज़िम्मेदारियों के साथ सामाजिक सरोकार भी रख़ती है। शोभा घर से ही सारा काम करती हैं। लिखना, लोगों से मिलना-जुलना सब कुछ। वह एक अच्छी लेखिका, उपन्यासकार और कुछ कंपनियों की सलाहकार है। इसके अलावा स्त्रियों की व्यक्तिगत जीवन से जुड़ी घटनाओं का समाधान भी वे करती हैं। स्त्रियों के विषय में उनका सोचना है कि यह शताब्दी स्त्रियों की है, क्योंकि आज स्त्रियां हर क्षेत्र में आगे आ रही हैं। उनमें पुरुषों की अपेक्षा अधिक प्रतिभा है। इसलिए वह नहीं चाहती कि स्त्रियों को आरक्षण किसी भी क्षेत्र में मिले, क्योंकि वे अपनी प्रतिभा के बल पर आगे जा सकती हैं। ज़रूरत है उन्हें पुरुषों

के बराबर अधिकार देने की, ताकि सफलता हासिल कर सकें। इतना तो निश्चित है कि वे पुरुषों को मात अवश्य देंगी। इसके अलावा शोभा कैंसर सोसायटी के साथ पूरी तरह से जुड़ी हुई हैं।

फुरसत के लम्हों को शोभा अपने पति और बच्चों के साथ बिताना पसंद करती है। नई चुनौतियों का सामना करना उनकी फ़ितरत है। उन्हें फिल्में देखना, किताबें पढ़ना और देश-विदेश घूमना काफ़ी भाता है। शोभा जी ज़िन्दादिल और बेहद खुशमिज़ाज हैं। इसलिए हर कार्य, हर चुनौती, हर रिश्ते को बखूबी निभा पाती हैं।

सानिया मर्ज़ा

आस्ट्रेलियाई ओपन टेनिस टूर्नामेंट के बाद जारी हुई डब्ल्यूटीए रैंकिंग में सानिया मर्ज़ा तीन पायदान छलांग लगाकर 29वें स्थान पर पहुंचने के साथ ही एशिया की नंबर वन व विश्व की 50 शीर्ष महिला टेनिस खिलाड़ी बनने का गौरव हासिल कर चुकी हैं। इस प्रकार वे आज भारत में एक उभरती हुई सितारा हैं।

सानिया अर्थात् एक ऐसी शख्सियत, एक ऐसी लड़की जो कुछ ही साल पहले भारतीय खेल के क्षितिज पर सितारा बनकर चमकीं। एक ऐसे खेल में जो लड़कियों के लिए नहीं जाना जाता था। इस खेल के जरिए न सिर्फ़ उन्होंने देश के लिए नाम कमाया, बल्कि खुद भी बड़ी स्पोर्ट्स आइकन बन गईं।

हैदराबाद की रहने वाली टेनिस स्टार सानिया ने अपने परिवार के लिए और अपने शहर के लिए सब टेनिस के जरिए कमाया।

उनका कहना है कि मैं बचपन से ही स्विमिंग करने जाती थी और छह साल की उम्र से ही मैंने टेनिस खेलना शुरू कर दिया था। मेरे माता-पिता चाहते थे कि उनका बेटा या बेटी किसी खेल में जाए तो मैंने खेलना शुरू किया। मैं टेनिस खेलना चाहती भी थी और घर से समर्थन भी था। जब मैंने टेनिस खेलना शुरू किया, तो तब पता नहीं था कि मैं इतना ऊपर जाकर प्रोफ़ेशनल लेवल पर खेलूंगी, लेकिन जैसे-जैसे दिन बीतते गए बात बनती गई।

मेरा मानना है कि किसी भी महिला टेनिस खिलाड़ी के लिए स्टेफ़ी ग्राफ परफेक्ट रोल मॉडल हैं, वो बहुत अच्छी खिलाड़ी रही हैं, टेनिस की महान

सानिया मिर्ज़ा

खिलाड़ियों में से हैं। अपना टेनिस कैरियर ख़त्म करके अब उन्होंने अपना परिवार भी बसा लिया है।

टेनिस प्रशिक्षण के बारे में उनका कहना है कि, "सीरियस ट्रेनिंग तो आठ-नौ साल की उम्र से शुरू कर दी थी, लेकिन जब मैं छह साल की थी तब से टेनिस खेलना शुरू कर दिया था, मैं हैदराबाद के निजाम क्लब में स्वीमिंग करने जाती थी और हफ्ते में छह दिन टेनिस खेलती थीं।"

टेनिस के अलावा सानिया अपनी नथुनी के कारण भी भारतीय महिलाओं में लोकप्रिय हैं। इसके विषय में वे कहती हैं–

"हम लोग न्यूज में रहते हैं शायद इसलिए। लोग हमें देख़ते हैं और नोटिस करते हैं। अगर मैं न्यूज में नहीं होती तो ऐसे ही कपड़े और नथुनी पहनती और तब शायद कोई नोटिस भी नहीं करता। मैं जिसमें आरामदायक तरीके से रह सकूं वैसे रहती हूं। मुझे ज़्यादा बनना-ठनना नहीं पसंद। लेकिन फिर भी लोग मुझे नोटिस करते हैं, क्योंकि मैं टेनिस खेलती हूं।"

वे आगे कहती हैं, "स्टार-टाइप की पहचान का मजा अलग है। सबको पसंद होता है कि वो पॉपुलर हों। मैं भगवान की शुक्रगुज़ार हूं कि मुझे इतना सबकुछ मिला।"

बिना परिश्रम के कुछ हासिल नहीं होता। इस विषय में सानिया का कहना है कि "मैंने और मेरे परिवार ने इस शोहरत के लिए बहुत हार्ड वर्क किया है। ये भगवान का आशीर्वाद है कि मैं जैसी दिख़ती हूं वो लोगों को पसंद आता है। अगर मैं अगले छह महीने हारने लगूं तो मैं नहीं सोचती कि लोग तब भी कहेंगे कि इसकी नथुनी बहुत अच्छी लगती है।"

सानिया की सबसे अच्छी मित्र रुचा है। जो उनकी सहपाठी रही है, लेकिन जब सानिया प्रख़्यात हो चुकी थी, तब तक रुचा पढ़ाई ही कर रही थी। भाग्य पर विश्वास करने वाली सानिया कहती है–

"जब मैं 16 साल की थी तो मुझे जो मिलना था, मुझे मिला। टेनिस खिलाड़ियों का कैरियर बहुत लंबा नहीं होता। हमारा कैरियर 24-25 साल पर ख़त्म होने लगता है। इसलिए 21-22 की उम्र वैसी होती है जब आप सबसे अच्छा प्रदर्शन कर रहे होते हैं। अपने आलोचकों की बातों पर तुम्हारा क्या रुख रहता है? इस प्रश्न पर वे कहती हैं कि सब के पास अपनी राय होती है और सब अपने को आलोचक समझते हैं, चाहे उन्हें खेल की समझ हो या न हो। उन्हें अपनी राय ज़ाहिर करने की आजादी है तो हमें इस बात की आजादी है कि हम कौन-सी बात गंभीरता से लें और किस बात को नहीं। मेरे पास मेरे माता-पिता हैं, वो हमेशा मेरे विश्वास का स्तर ऊपर रख़ते हैं। लोगों का मुंह है बात करने के लिए वो बात करेंगे। जनता की याददाश्त बहुत छोटी है। अच्छा खेलने पर जो आपके साथ होते हैं बुरा समय चलने पर वही लोग आपको छोड़कर चले जाते हैं। मैंने इतनी कम उम्र में ये सब देख लिया है।

अपनी फिलॉसफी उजागर करती हुई टेनिस के भविष्य के बारे में उनका कहना है कि ये तय है कि भारत में टेनिस को अच्छी शुरुआत मिली है। खिलाड़ी जो भी करें उसे इंज्वाय करें। टेनिस खेलें या गिल्ली-डंडा खेलें, लेकिन हमेशा इंज्वाय करें। अगर आप इंज्वाय कर रहे हैं तो

आपको कामयाबी जरूर मिलेगी। आपका खेल में डेडीकेशन और पैशन होना चाहिए।

हैदराबाद की इस बाला ने विश्व के शीर्ष खिलाड़ियों को हराया, पर उन्हें गर्व तो है, अहम् की भावना नहीं। वे कहती हैं–

"मैंने स्टेफी ग्राफ के बारे में खूब सुना था। उनकी कथा परिकथा-सी लगती है। मैं भी ऐसा बनना चाहती हूं, इसलिए खूब मेहनत कर रही हूं। यह मेहनत का ही फल है कि मैंने जब मार्टिना हिंगिस को हराया, जो टॉप टेन खिलाड़ियों में थी, तो मेरा उत्साह और बढ़ा और इसका परिणाम यह हुआ कि पैट्रोवा व कुजानेत्सोवा जैसी खिलाड़ी भी मैंने पराजित की। इनको हराने के कारण मुझे देश में बहुत सम्मान मिला।"

महान लोगों को महान व्यक्तित्व बड़े पसंद होते हैं। तभी तो सानिया कहती हैं, "सचिन तेन्दुलकर मेरे फेवरेट खिलाड़ी हैं। वह खिलाड़ियों के लिए एक बड़े प्रेरणास्रोत हैं। वह जिस शिखर पर पहुंच चुके हैं, शायद ही कोई पहुंच पाए।

स्वयं फिल्म अभिनेत्री-सी लगने वाली सानिया का फिल्म अभिनेत्रियों के विषय में कहना है–

"भारतीय एक्ट्रेस खूबसूरत होती हैं। लेकिन मेरी आल टाइम फेवरेट माधुरी दीक्षित है।"

अपने टेनिस द्वारा सबको रोमांचित व उल्लासित करने वाली सानिया बेहद शर्मिली हैं। वह इसे खुद भी स्वीकार करती हुई कहती हैं–

"मैं ज़्यादातर घर में ही रहना पसंद करती हूं। मुझे डांस बहुत पसंद है और गाना भी। लेकिन मैं बंद कमरे में ही डांस करती हूं व वहीं गाती हूं।"

भारतीय संस्कारों में पली-बढ़ी सानिया मिर्जा निःसंदेह भारतीय खेल जगत की वह देदीप्यान नक्षत्र हैं, जो अपनी आभा व प्रतिभा से न जाने कितने खिलाड़ियों का मार्ग-प्रशस्त करेंगी।

सोनिया गांधी

अगर पिछले साल कभी यह कहा जाता कि सन् 2004 में बूढ़े और बड़बोले दक्षिणपंथी नेताओं की जगह एक जवान विधवा इस देश की क़िस्मत की डोर थामेगी, तो इसे शायद ही कोई गंभीरता से लेता, लेकिन आज देश का परिदृश्य पूरी तरह पलटा हुआ दिखाई देता है। 2004 के चुनावों में जीत हासिल करने के बावजूद जिस तरह श्रीमती गांधी अपने एक फ़ैसले से न केवल राजनीति के पटल पर छा गईं, बल्कि उन्होंने जनमानस का दिल भी जीत लिया। उनके इस कार्य की प्रशंसा देश के साथ-साथ विदेशों में भी हुई। प्रियंका गांधी ने इस पर जो टिप्पणी की वो सबसे सटीक रही, "मेरी मां ने प्रधानमंत्री पद त्याग कर हमारी संस्कृति की बहुत पुरानी परंपरा निभाई है।"

सोनिया जी का जन्म 9 दिसम्बर, 1946 को इटली के एक छोटे से गांव में हुआ। पओलो और स्टीफ़ेनो की तीन बेटियों में से एक सोनिया जी हैं। उन्होंने अपनी स्कूली पढ़ाई नज़दीकी कॉन्वेंट स्कूल में की। 18 साल की उम्र में इंग्लैंड की कैंब्रिज यूनिवर्सिटी में पढ़ने गईं। श्याम गोयनका ने लिखा है कि वह इटैलियन खाने को काफ़ी मिस करती थीं और हॉट बाथ के लिए कीमत देना उन्हें पसंद नहीं था। कैम्ब्रिज यूनिवर्सिटी के एक रेस्टोरेंट में खाना खाने पर उन्हें तसल्ली हुई। यहां पर मिलने वाला भोजन इटैलियन भोजन से मिलता-जुलता था। सोनिया लिख़ती हैं, "मैं अपने सामने वाली टेबल पर शोर करने वाले विद्यार्थियों के एक बड़े ग्रुप को अकसर देखा करती थी। उस ग्रुप में एक लड़का सबसे अलग था। वह दिखने और सलीक़ में असाधारण था। औरों

बीजिंग में राजीव के साथ सोनिया गांधी

की तरह बातूनी नहीं था, बल्कि थोड़ा रिज़र्व और बहुत सज्जन था।" वह राजीव गांधी थे। राजीव गांधी के साथ जब उनकी मुलाक़ातों का सिलसिला बना, तो उन्हें अपने घर की याद आनी कम हो गईं। जल्द ही उन्होंने शादी का फ़ैसला कर लिया। तब सोनिया जी का इटली में टूरिन के नज़दीक अपने छोटे से होम टाउन ओबरसनो से हिन्दुस्तान तक का सफ़र शुरू हुआ।

13 जनवरी 1968 को सोनिया दिल्ली पहुंची। उनकी शादी 25 फरवरी, 1968 को हुई। इस दौरान वह विवाह पूर्व हरिवंश राय बच्चन के घर में रहीं, क्योंकि श्रीमती इंदिरा गांधी का कहना था कि भारत का जनमानस इस बात को क़तई पसंद नहीं करता कि विवाह पूर्व कोई लड़की अपने पति के घर में रहने लगे। वह जिस तरह से छोटी-छोटी बातों का ध्यान रख़ती थीं, यही कोशिश सोनिया गांधी ने भी की है। मेंहदी की रस्म बच्चन परिवार ने अपने घर पर ही की। रस्म के दौरान उन्होंने लाल रंग का लहंगा और ओढ़नी पहनी थीं। इस अवसर पर उनकी मां, बहनें और अन्य रिश्तेदार भी मौज़ूद थे। केवल उनके पिता शरीक़ नहीं हुए, क्योंकि उस समय तक उन्हें यह विवाह मंज़ूर नहीं था। विवाह में राजीव जी ने सिल्क की अचकन, चूड़ीदार पायजामा और गुलाबी रंग की पगड़ी पहनी और सोनिया ने गुलाबी रंग की खादी की साड़ी। सोनिया के लिए फूलों के आभूषण बनाए गए। इन्दिरा गांधी और फीरोज गांधी की शादी के समय भी इन्दिरा जी के लिए फूलों

के आभूषण बनाए गए थे। जयमाला के समय ऋग्वेद के श्लोकों का उच्चारण किया गया था। जिसका अर्थ था कि बहती मधुर हवाएं, नदियां और वनस्पतियां हमारी रातों और दिनों को खुशहाल बनाएं।

सोनिया जी मानती हैं कि इस दुनिया में मां बनना सबसे ख़ुशी का दिन होता है। उन्होंने 1970 में राहुल गांधी को जन्म देकर यह सुख पाया। वह बताती हैं कि जब गर्भवती थीं, तब राजीव जी को एक पायलट के नाते ड्यूटी पर बाहर जाना होता था, उस समय उनकी सास मां और देवर संजय गांधी उनका पूरा-पूरा ध्यान रख़ते थे। दो साल बाद जब प्रियंका गांधी का जन्म हुआ, तो उनका परिवार पूरा हो गया।

ज़िन्दगी मधुर और खुशहाल थी। पर इसके बाद हादसों का सिलसिला चल पड़ा। पहले हत्यारों ने उनसे उनकी सास मां को छीन लिया। सोनिया जी का कहना है कि उनकी सास मां उन्हें बहुत चुप और घरेलू महिला के रूप में देख़ती थीं, क्योंकि मैंने अपने बच्चों की परवरिश खुद की। बिना किसी आया की मदद के। इंदिरा जी अपने कार्यालय से पर्चियों पर यह लिखकर भेजा करती थीं। सोनिया हम सब तुम्हें बहुत प्यार करते हैं। आगे वह कहती हैं कि उनकी सास परिवार का केंद्र बिंदु थीं, क्योंकि यह जगह उन्हें परिवार को भरपूर प्यार देने और समर्पण की वजह से मिली थी। वे अपने हितों, असहमतियों और चिंताओं को हमारे साथ पूरी तरह शेयर करती थीं। भारतीयता को अपनाने में भी उन्होंने मेरी पूरी-पूरी सहायता की। उन्हें एयर होस्टेस महिलाओं से साड़ी बांधना सिखलाया। हिन्दी सिखाने में भी उनका योगदान है। पूरा परिवार एक साथ खाना खाता था और नियम था कि उस समय सभी लोग हिन्दी बोलते थे।

उसके बाद 1984 में राजीव गांधी प्रधानमंत्री बने। राजीव जी की हत्या 21 मई 1991 कर दी गईं। सोनिया जी ने सत्ता को परिवार के हाथों में खेलते देखा था और परिवार के सदस्यों को खो कर सत्ता की निरर्थकता को भी महसूस किया था। उनके लिए सत्ता महत्वपूर्ण नहीं थी। राजीव गांधी की मौत के बाद वापस अपने देश भी जा सकती थीं, लेकिन वह अपने बच्चों को बड़ा करने में जुट गईं। घरेलू ज़िम्मेदारियों से जो

समय बचता, वह राजीव गांधी फाउंडेशन में लगातीं। हर आम आदमी की भावनाएं उनके दुख की साझेदार थी।

राजनीति में आने का निर्णय कुम्हार की मिट्टी की तरह भट्टी पर पकाया गया ही होगा, जो उन्होंने परिस्थितियों की आंच पर खुद को तपा कर लिया था। जवाहरलाल नेहरू, इंदिरा गांधी और राजीव से सोनिया जी का हिसाब कुछ अलग दिखाई देता है, क्योंकि नेहरू के प्रधानमंत्री बनने के कारकों में पूरा स्वतंत्रता आंदोलन था। महात्मा गांधी जैसे स्वतंत्रता संग्राम के महान योद्धा के आशीर्वाद से ही उनका प्रधानमंत्री बनना संभव हो पाया। इंदिरा जी तो जन्म से ही राजनीति के आंगन में पली-बढ़ी थी। नेहरू जी की छत्र-छाया में उनके लिए सभी अवसर सुलभ हो गए, जिसकी बदौलत उन्होंने अपनी कुशाग्र बुद्धि से देश पर राज किया। राजीव जी राजनीति में नए थे। लेकिन मां ने राजनीति का पाठ पढ़ाया और उनकी मौत से मिली सहानुभूति के चलते ही वे प्रधानमंत्री बने। इसके बावजूद आज सोनिया गांधी अकेले अपने बूते पर भारतीय राजनीति के शिखर पर विराज़मान हैं। वह राजसत्ता की दौड़ में कभी शामिल नहीं रहीं, पर सत्ता खुद-ब-खुद उनके पास चली आई। आज जिसका त्याग करके वह और भी शक्तिशाली बन गईं है। चुनाव प्रचार में उन्होंने 64,000 कि. मी. का सफ़र तय किया और ढेरों सभाओं को संबोधित किया। पूर्वी उत्तर-प्रदेश चुनावों के दौरान एक बूढ़ी औरत सीता देवी ने सोनिया जी से अपनी झोंपड़ी में आने का आग्रह दिया। वह उसकी झोपड़ी तक कई कि. मी. पैदल चल कर गईं और रास्ते में उससे बातें करती रहीं। विरोध भरे शब्द, आत्मदाह की धमकियां, भूख हड़ताल व इस्तीफे भी उनके इस फ़ैसले को बदल नहीं सके कि वह प्रधानमंत्री का पद स्वीकार नहीं करेंगी। उन्होंने जो निर्णय लिया शायद ही कोई सामान्य नेता ले पाता है। उन्होंने तय किया कि भारत का प्रधानमंत्री कौन बने और देश की राजनीति का रूप कैसा हो! उन्होंने भारतीय आदर्श बहू की मिसाल क़ायम की और अपने सभी पारिवारिक व राजनैतिक संघर्षों में खुद को मजबूत साबित कर दिखाया।

सुषमा स्वराज

सिन्दूरी मांग, माथे पर महरून बिन्दी, गले में मंगलसूत्र के साथ साड़ी पहने और चेहरे पर सौम्य मुस्कान लिए अपनी वाणी द्वारा सदैव सबको आकर्षित कर देने वाली महिला का स्मरण करते ही जो चेहरा सामने उभर कर आता है, वह भारतीय जनता पार्टी की वरिष्ठ नेता सुषमा स्वराज का होता है। यह प्रतिरूप तो है एक आम भारतीय नारी का, पर इसके साथ ही अपनी इस छवि में छिपाए हुए है एक प्रखर वक़्ता और राजनेता की भूमिका के दिव्य गुण।

अपने तेज़-तर्रार वक़्तव्यों द्वारा हमेशा मीडिया में छाई रहने वाली सुषमा जी असल ज़िन्दगी में अपने परिवार के लिए क्या हैं? जब इस प्रश्न का उत्तर ढूंढ़ने मैंने उनसे सम्पर्क साधा और आज तक के उनके जीवन से रू-ब-रू होना चाहा, तब उन्होंने निःसंकोच बिना कुछ छिपाए अपने जीवन के विषय में अवगत कराया–

मैं पैदा हुई 14 फरवरी, 1952 को पिता परमात्मा शरण भारद्वाज और माता राममूर्ति के यहां, पर बचपन में ही अपने भाई गुलशन के साथ अपनी मां के मामा के यहां गोद चली गईं। इस तरह मेरे नाना हरदेव शर्मा और नानी लक्ष्मीदेवी मेरे माता-पिता बन गए। मेरे पिताजी प्रगतिशील विचारों के व्यक्ति थे। उन्होंने कभी मुझे लड़की होने का अहसास नहीं होने दिया। उनकी दी हुई इसी स्वतन्त्रता ने मेरे जीवन को संयमित बनाया। तब मुझे अपनी और दूसरी लड़कियों की स्थिति में अन्तर समझ आया कि मैं कितनी भाग्यशाली हूं मेरे पिता जी ने मुझे इतने अधिकार और अवसर दिए, ताकि मैं अपनी प्रतिभा को निखार सकूं। उस समय

सुषमा स्वराज

भी मेरे आस-पास की लड़कियों पर अनेक प्रकार की बन्दिशें थीं और आज भी है। भारतीय परम्पराओं एवं संस्कारों को अपने जीवन में उतारकर एक सम्पूर्ण नारी के व्यक्तित्व को गढ़ने का काम मेरी मां ने किया। फलस्वरूप आज जब मैं जनसभाओं में जाती हूं, तो मुझे देखकर माताएं अपनी बेटियों से कहती हैं कि देख बेटी, बड़े होकर ऐसी बनना। यह सुनकर यह अहसास होता है कि मैं अपने माता-पिता के संस्कारों पर खरी उतरी। मेरे पिता जी कहा करते थे कि तुम वाणी की धनी हो, अतः वकील बनना।

वकालत की पढ़ाई करने के दौरान ही मेरी मुलाक़ात अपने पति श्री स्वराज कौशल से हुई। वह लॉ डिपार्टमेन्ट की डिबेटिंग सोसायटी में अंग्रेज़ी में बोलते थे और मैं हिन्दी में। वह समाजवादी युवा परिषद् और मैं अखिल भारतीय विद्यार्थी परिषद् की तरफ़ से प्रतियोगिता में हिस्सा लेती थी। वह हमेशा जीत कर आते थे। 1975 में मेरी शादी कौशल जी से हुई। हमारी शादी का प्रस्ताव मेरी सासू मां लज्जा देवी जी ने मेरे नानी जी के सामने रखा था और नाना, यानी मेरे पिता जी ने इस शादी पर अपनी सहमति व्यक्त करते हुए कहा था कि कौशल सुषमा के लिए अच्छा वर साबित होगा। सुषमा अपनी वकालत भी कर पाएगी। तब तमाम रीति-रिवाजों सहित सभी रस्मों के साथ पिताजी ने खुद मन्त्रोच्चारण द्वारा हमारी शादी सन् 1975 की जुलाई में 14 तारीख़ को करवाई।

हमने अपनी गृहस्थी की शुरूआत की, तब पूरा देश इमरजेंसी की लपटों में धधक रहा था। बचपन में मैं हमेशा सोचा करती थी कि आज़ादी के लिए हमारे स्वतन्त्रता सेनानियों ने कितनी कुर्बानियां दी हैं, काश मैं भी अपने देश के लिए कुछ कर पाती। यह सपना पूरा हुआ इमरजेंसी के दौरान। तब हमने और हमारे साथियों ने ग़ैर-कांग्रेसवाद मुहिम में निर्भय होकर तथा बढ़-चढ़कर हिस्सा लिया। उसी दौरान हम पहली बार 'बड़ौदा डाइनामाइट केस' की पैरवी के लिए दिल्ली आए। कांग्रेस के बीस सूत्री कार्यक्रम का भी हमने कड़ा विरोध किया। 1977 में मैं पहली बार मन्त्री बनी।

शादी के नौ साल बाद मेरी बेटी बांसुरी का जन्म हुआ मेरा और बांसुरी का रिश्ता मां-बेटी के अलावा गहरे दोस्त का अधिक है। हम दोनों जब भी आपस में बात करने बैठते हैं, तब दोनों एक-दूसरे से कहते हैं, "नाक से नाक मिलाओ सखी, सारी बात बताओ सखी।" आज मेरी बेटी लन्दन विश्वविद्यालय से स्नातक की पढ़ाई कर चुकी है, तो लगता है कि उसे भी उतना ही प्यार, लगाव मिले, जितना मुझे मिला। मैंने हमेशा ही अपने पति और बेटी को समय देने के लिए व्यस्तता के बावजूद सप्ताह में एक दिन केवल उनके लिए ही अवश्य रखा, ताकि सामाजिक दायित्व के साथ-साथ अपना पारिवारिक दायित्व भी निभा सकूं। आज अपनी आंखें बंद करके सोचती हूं कि मेरी शादी को 29 वर्ष बीत चुके हैं, तो यक़ीन ही नहीं आता। आज भी कौशल का प्यार ज्यों-का-त्यों है। उनका कभी नेता जी इत्यादि कहकर सम्बोधित करना अच्छा लगता है। मेरी बांसुरी कभी-कभी व्यंग्य करती है कि आप लोगों की बातें कभी ख़त्म नहीं होती, तब कौशल कहते हैं कि खुशनसीब है तेरी मां, जो शादी के 29 वर्षों बाद भी उसका पति उससे बातें करने को तरसता है। हम दोनों का यह फ़ैसला है कि हमारा अन्तिम संस्कार भी बांसुरी ही करेगी। इसके लिए मैंने अपने राजनीतिक जीवन में कई बार हिन्दू कोड बिल में संशोधन की बात कही, जिससे बेटों के समान ही बेटियों को भी अपने माता-पिता का अन्तिम संस्कार करने का हक़ मिल सके।

अपने राजनैतिक जीवन में मैंने उतार-चढ़ाव भी देखे और मन्त्री भी रही। मन्त्री न रहने के समय मैं एक आम गृहिणी की तरह घर का कार्यभार

संभालती हूं। मैंने अपना संसदीय कार्यमन्त्री का पद मज़े से निभाया, तो केन्द्रीय स्वास्थ्य मन्त्री पद पर डटकर काम किया। इसी में दिल्ली में छः एम्स (मेडिकल इंस्टीट्यूट) की योजना थी। अपने राजनैतिक जीवन की खट्टी-मीठी बातों में एक वाक़या भुलाएं नहीं भूलता। 1979 में हरियाणा में मेहर सिंह राठी विद्युत मन्त्री थे और ख़ुर्शीद अदमद भी उनकी पार्टी के मन्त्री थे। तब प्रश्नकाल के दौरान मैंने राठी जी से पूछा, "माननीय महोदय, मैं यह जानना चाहती हूं कि मेगावाट और यूनिट में क्या फ़र्क़ होता है?" इस पर बजाय तकनीकी उत्तर देने के ख़ुर्शीद जी ने कहा कि यदि सुषमा जी यूनिट हैं तो मेहर जी मेगावाट।

मेरे राजनैतिक गुरु कृष्ण हैं। मैं जयप्रकाश नारायण जी के आवाहन पर राजनीति में आई। आर.एस.एस. परिवार से सम्बन्धित हूं। इसलिए राष्ट्रवादी संस्कार मौज़ूद हैं। इसके साथ-साथ पति से समाजवाद मिला। अगर मैं नेता नहीं होती, तो कहीं वकील होती, पर मेरे लिए जितना निष्ठावान कार्य नेता का है, शायद उतना वकील का नहीं होता, क्योंकि वकील जिससे फ़ीस लेता है, उससे और केवल उसके लिए बाधित हो जाता है, जबकि नेता बनकर हम निष्ठापूर्वक अपना काम करते हैं, किसी के प्रति बाधित होकर नहीं। एक नेता बनकर जो प्यार मुझे जनता और समाज ने दिया है, वकील बनती, तो उससे महरूम रह जाती। आज राजनीति में कई बदलाव आए हैं, जैसे पहले केवल उन्हीं लोगों को प्राथमिकता दी जाती थी, जिन्होंने देश को आज़ाद कराने में अपनी भूमिका निभाई या जिनका परिवार स्वतन्त्रता आन्दोलन से जुड़ा था। आज समय की मांग और बदलाव के चलते सिने कलाकारों को भी राजनीति में स्थान दिया जा रहा है। इसके पीछे दो कारण हैं। पहला यह कि इन कलाकारों ने राजनीति में अपना योगदान नहीं दिया, पर किसी अन्य क्षेत्र में तो जनता के समक्ष अपनी अलग पहचान बनाई है। इसलिए ये जनता के स्वीकार्य पात्र हैं। इसका दूसरा कारण है कि राजनीति में पार्टी को इनसे फ़ायदा पहुंचता है।

आज के दौर में पत्रकारिता में भी काफ़ी बदलाव आया है। इलेक्ट्रॉनिक मीडिया ने अख़बार की स्वतन्त्रता और सोच को बहुत अधिक

प्रभावित किया है। जो मुख्य ख़बरें इलेक्ट्रॉनिक मीडिया में प्रसारित की जाती है, वही ख़बरें सुबह अख़बारों में विस्तार से छपी दिखाई देती हैं। आज मीडिया में होड़-सी हो गई है। जल्द-से-जल्द ख़बर देने की। ख़बर के पीछे सच को जानने और उसे बतलाने का समय किसी के पास नहीं। यह एक बहुत ही घातक स्थिति की शुरुआत है, जिस पर समय रहते ही काबू पा लेना ज़रूरी है।

मैं एक मध्यम वर्ग से आई हूं और जब लोग कहते हैं मैं आम महिला की प्रतिनिधि हूं, तो अच्छा लगता है। मैं सिर्फ़ पूर्णतः शाकाहारी भोजन ही करती हूं, जिसमें मिस्सी रोटी मुझे ज़्यादा पसन्द है। आने वाला समय युवाओं का है। इसके लिए युवाओं की समस्याओं को समझना सबसे महत्त्वपूर्ण है। बेरोजगारी इनकी सबसे बड़ी समस्या है। अपने ख़ाली समय में मुझे हिन्दी साहित्य पढ़ना सबसे रुचिकर लगता है। दिनकर मेरे सबसे प्रिय कवि हैं।

मेरी व्यक्तिगत सोच यह है कि महिलाओं को स्वयं अपना आत्मविश्वास बनाकर कार्य करना होगा। महिलाएं अपने शब्दकोश से, 'मैं कर नहीं सकती', इन शब्दों को निकाल दें। मेरी ज़िन्दगी का दर्शनशास्त्र यही है। कि कुछ भी बनने से पहले किसी भी व्यक्ति का चाहे वह एक पुरुष हो या एक स्त्री 'एक अच्छा इन्सान होना, सबसे महत्वपूर्ण है।

सुषमा वर्मा

आमतौर पर सदियों से यह कहावत चली आ रही है कि औरत ही औरत की सबसे बड़ी दुश्मन हैं। पत्रकारिता एक ऐसा क्षेत्र जिसमें स्वयं को हर कोई सुर्खियों में बनाए रखना चाहता है, पर किसी दूसरे की सहायता करना या प्रोत्साहन देना बहुत ही कम संभव होता है। जब मेरी मुलाकात सुषमा वर्मा से हुई, तब उन्होंने दोनों ही बातों को ग़लत साबित कर दिखाया। सुषमा जी ने पत्रकारिता की संकरी राहों में मुझे भी स्थान दिया। अधिकतर चिर-परिचित लोगों ने मुझे पत्रकारिता के क्षेत्र में अपने भाग्य को आजमाने के लिए निरूत्साहित कर दिया था। सुषमा जी के रूप में मेरी मुलाकात ऐसी स्वछंद व्यक्तित्व वाली महिला से हुई, जो सत्य को जीवन में आत्मसात करती हैं, न कि केवल दिखावा।

जब मैं इस पुस्तक के संबंध में उनके पास गईं और उनसे कहा, "आप मुझे अपने जीवन-चरित्र से परिचित कराएं।" तब यह निश्चित भी नहीं था कि यह पुस्तक कोई प्रकाशक छापेगा या नहीं। ऐसी स्थिति में भी उन्होंने शायद मेरे हौंसले और लगन को देखकर प्रोत्साहित किया और मुझे समझाया कि मैं इसे और बेहतर कैसे बना सकती हूं। जिस सच्चाई से उन्होंने अपने जीवन से परिचित कराया, यह मेरे लिए और पाठकों के लिए भी अवर्णनीय बात रहेगी। सुषमा जी बताती हैं कि मेरा जन्म वर्ष 1952 में 5 जनवरी को दिल्ली में मुकुट बिहारी वर्मा और मां लक्ष्मी देवी के घर में हुआ। अपने पांच-भाई-बहनों में मैं सबसे छोटी हूं। मेरा बचपन पुरानी दिल्ली के रोशन आरा रोड पर स्थित अपने घर में बीता । पुरानी दिल्ली का इलाका जहां सभी धर्मों, कला-संस्कृति के समन्वय का अद्भुत मिश्रण देखने को मिलता है। ऐसे सामाजिक स्वस्थ

अपने कार्य में व्यस्त सुषमा वर्मा

वातावरण और भरे-पूरे परिवार में मैंने पाया कि किस तरह वहां जन्माष्टमी पर जब मां कीर्तन आयोजित करती, श्रीकृष्ण का झूला सजाती तो इस अवसर पर सभी पड़ोसी भी चढ़-चढ़ कर हिस्सा लेते। हिंदू-मुस्लिम या सिख-ईसाई की वहां कोई दीवार नहीं थी। पास-पड़ोस के लोगों के साथ परिवारिक संबंध थे। मुझे यह बताते हुए। हर्ष होता है कि हमारा बचपन सुरक्षित माहौल में गुज़रा। यदि किसी के बच्चे घर पर अकेले होते थे, तब पड़ोसी उनकी देख-रेख करते, जबकि आज बच्चे अपने घरों में या आस-पड़ोस के लोगों द्वारा ही शोषण का शिकार हो जाते हैं। सबसे बड़ी बात जो आज महसूस होती है, यह कि आज परिवारजन भी बच्चों को गलत-राह पर चलने से रोकने में अपनी असमर्थता व्यक्त करते हैं। हमने अपने बचपन में यह देखा कि आपके किसी कार्य पर आपके पड़ोसी भी आपको डांटने-समझाने का हक़ रख़ते थे। अपनी स्कूली पढ़ाई मैंने दीनानाथ रोड स्थित सरकारी स्कूल से की।

अपनी कॉलेज की पढ़ाई मैंने दिल्ली विश्वविद्यालय के दौलत राम कॉलेज से की। कॉलेज में मैं जब बी. ए. कर रही थी, वो दिन आज भी याद आते हैं। उन दिनों हर बात पर हंसी और रोमांच महसूस होता था। पिता जी दैनिक हिन्दुस्तान में संपादक थे। मां के कम पढ़ी-लिखी होने के बावजूद हमारे घर में वातावरण पूरी तरह से प्रगतिशील विचारों का था। उन दिनों कम ही लड़कियां कॉलेज में पढ़ाई करने जाती थी।

जब मैंने अपने कॉलेज की पढ़ाई पूरी कर ली, तब राजस्थान वनस्थली विद्यापीठ से एम. ए. अर्थशास्त्र में करने के लिए मैं वहीं होस्टल में रही। होस्टल की ज़िन्दगी का भी अपना एक अलग अनुभव था, याद करती हूं तो हंसी आती है कि बैंगन की सब्जी और कढ़ी खाकर मेरा मन इतना ऊब गया था कि होस्टल से आने के बाद कई वर्षों तक मैंने इन दोनों सब्जियों को हाथ नहीं लगाया। उन दिनों की अपनी मित्र शकुंतला से मेरा आज तक संपर्क क़ायम है। कॉलेज की मित्र विनय, सविता, शोभा, सरोज, रेखा से भी कभी-कभी मिलना हो जाता है।

मेरे माता-पिता ने हमारे मस्तिष्क में लड़की-लड़के का कोई भेदभाव ही नहीं डाला था, इसलिए मुझे अपने सहपाठी लड़कों से बात-चीत करने में कोई झिझक नहीं होती थी। वहीं दूसरी कई लड़कियां हर-दम यही सोचती रहती थी कि उन्हें, कोई लड़कों से बातें करते ना देख ले इत्यादि। कॉलेज की कई बातें सोच कर आज भी आनंदानुभूति होती है। जैसे–एक बार हुआ यूं कि लड़कों की जैसी आदत होती है, हम लड़कियों का ग्रुप उनके पास से गुज़रा, तो एक लड़के ने कहा–"रातों को नींद नहीं आती।" इस पर मैंने बिना सोचे-समझे तपाक से कहा–"तो जगराता किया करो।" उन दिनों फ़िल्में देखना तो जैसे हमारा जन्मसिद्ध अधिकार था। उन दिनों जितेंद्र मुझे पसंद था। वैसे राज कपूर, शम्मी कपूर को तो मैं आज भी पसंद करती हूं। मैं ना जाने क्यों अपने बड़े भैया से थोड़ा झिझकती थी, पर अपने विनय भैया के प्रोत्साहन पर ही मैंने दिल्ली के Indian Institute of mass communication से पत्रकारिता में डिग्री ली।

यह तो मैंने शायद बचपन में ही तय कर लिया था कि शिक्षिका का प्रोफेशन छोड़कर और कोई ही काम करूंगी, क्योंकि मुझे लगता था, स्कूल से निकल कर फिर स्कूल पहुंच जाओ। वर्ष 1976 के अक्टूबर माह से मैंने दैनिक हिन्दुस्तान संस्थान में उप संपादक ट्रेनी के पद से एक नये जीवन की शुरुआत की। अपने शुरूआती दिनों को याद करके आज । भी महसूस होता है कि समय ने किस कदर करवट बदली है। यही कार्य करते हुए मुझे अपना आत्मविश्वास और योग्यता निर्माण का सुअवसर मिला। याद आता है कि किस तरह हमारे वरिष्ठ सहयोगी

हमारी कॉपी चैक करते थे, हमारी ग़लतियां बताते थे, तब आपस में वैचारिक मतभेद भले ही हों, परन्तु द्वेष की भावना नहीं होती थी। वर्ष 1976 में कुछ महीनों बाद ही एक महिला चित्रकार पर आधारित 'मुस्कुराते चेहरों की चितेरी' नामक अपना पहला लेख लिखने का मुझे मौक़ा मिला। उत्तर-प्रदेश में मैंने इसी वर्ष एक सम्मेलन को भी कवर किया, जिसमें मेरे पिता जी को भी सम्मानित किया गया था। जब मैंने हिन्दी पत्रकारिता में कार्य शुरू किया, तब बहुत ही कम महिला हिन्दी पत्रकारिता में थी।

जहां अब कैरियर में अच्छी शुरुआत हो चुकी थी। वहीं सितंबर 1985 में मैंने धर्मेन्द्र पाल सिंह से आर्य-समाजी रीति से बिना दहेज के विवाह किया। धर्मेन्द्र जी और मैंने दैनिक हिन्दुस्तान में नौकरी साथ-साथ शुरू की। हम दोनों काफी अच्छे मित्र थे, जिस वजह से हम दोनों का एक-दूसरे के घर भी आना-जाना था। जब I. O. J. स्कॉलरशिप के लिए धर्मेन्द्र का चेकोस्लोवाकिया जाना तय हुआ, तो उनकी अम्मा जी ने कहा कि शादी करके ही जाना होगा। वहीं मेरे घर पर भी हमारी दोस्ती का अहसास परिवारजनों को था। मेरे बड़े भैया ने जब धर्मेन्द्र से बात करनी चाही, तो समझ गए कि वो शादी के बारे में बात करना चाहते हैं। हम दोनों रजिस्टर मैरिज चाहते थे, पर उसके लिए महीने का समय नहीं था, इसलिए हमने आर्य-समाजी ढंग से विवाह किया। हमारी बेटी अरूषी जो वर्ष 1993 को पैदा हुई उसने हम दोनों के परिवार को पूरा कर दिया। उसकी आयु 3-4 वर्ष की रही होगी, तब उसने एक दिन कई बार मुझसे किसी काम के लिए कहा, मैं किसी दूसरे काम में व्यस्त थी, इसलिए मैंने उसकी बात को तवज्जो नहीं दी, इस पर अरूषी तपाक से बोली–"अगर आप मेरी बात नहीं मानोगी, तो मैं बड़ी होकर अपनी मर्जी से शादी कर लूंगी।"

अपने पारिवारिक और कैरियर के दायित्वों को मैं अपने पति के सहयोग-प्रोत्साहन द्वारा ही संभाल पाई। ऑफिस में हम दोनों एक ही बैच के हैं, पर सीनियर होने के बावजूद जब धर्मेंद्र को प्रमोशन पहले मिल गया, तब उन्होंने इसके खिलाफ मुझसे पत्र लिखवाया।

यही तालमेल हमारे पारिवारिक दायित्वों पर भी है। जब मेरे पिता जी का Accident हुआ, तब हमारे विवाह को 5-6 महीने ही हुए थे। ऐसे समय में धर्मेन्द्र ने मेरा और मेरे पिता जी को पूरा-पूरा सहयोग किया, यहां तक कि उन्हें दामाद होते हुए बीमार पिता जी का यूरिन करवाने में भी परहेज नहीं था।

हम दोनों मित्र से पति-पत्नी बने। एक बार मैंने धर्मेंद्र से कहा कि छुट्टी ले लो, इस पर उन्होंने कहा, "छुट्टी नहीं ले सकता।" मैंने तपाक से कहा, "यह कह देना मुझे छुट्टी चाहिए, क्योंकि मेरी पत्नी बीमार है।" इस बात पर हम दोनों ही हंस पड़े। हमारे सहयोगी हरीश यादव ने अपने विवाह पर आमन्त्रित करने के लिए हम दोनों को अलग-अलग कार्ड दिए। जब वो मुझे कार्ड देने आए, तो मैंने कहा, "दो कार्ड की क्या ज़रूरत है?" बाद में उन्हें पता चला कि हम दोनों पति-पत्नी हैं।

अपनी पत्रकारिता से जुड़ी एक स्वतंत्र पत्रकार की टिप्पणी मुझे याद आती है। उस पत्रकार ने 'कन्या-भ्रूण हत्या' के विरोध में लिखे मेरे लेख को पढ़कर मुझे कहा, "आप कैसे एक अजन्में बच्चे की आवाज, विचारों को व्यक्त कर पाई?"

मैंने कहा–"यह सब सिर्फ़ महसूस करने की चीज़ है।"

मुझे यह सब देखकर बेहद अफसोस होता है कि जहां पहले पत्रकारिता एक मिशन हुआ करता था, वहीं आज यह सिर्फ़ एक बाजारवाद में स्थित कार्पोरेट व्यापार बनता जा रहा है। बलात्कार की ख़बरों को मेरी व्यक्तिगत नज़र में दिखाना ग़लत है, क्योंकि यह कानून भी है कि आप शोषित महिला का नाम-पता इत्यादि नहीं बता सकते, जबकि होता यह है कि सिर्फ़ नाम बदलकर सारी जानकारी उपलब्ध कराई जाती है, जिस कारण शोषित महिला को अधिक सामाजिक तिरस्कार और परेशानियों का सामना करना पड़ता है।

गुड़िया के मामले में मेरा मानना है कि इस समस्या को मीडिया, पंचायत, कानून, शरियत ने मिलकर ज़्यादा पेचीदा बना दिया था, जबकि इस समस्या का हल तो पारिवारिक सदस्य गुड़िया की रज़ामंदी से ही कर सकते थे। हमारे समाज में मर्द पहली बीवी के होते हुए कितनी ही शादी कर सकता है, पर यदि गुड़िया ने अपने पहले पति के

लापता होने के बाद दूसरी शादी कर ली तो इतना बवाल क्यों?

सबसे ज़्यादा चोट मुझे इस बात से पहुंचती है कि सफल महिलाओं के विषय में लिखने या दिखाने में सबकी रुचि कम है। वहीं महिला अपराधीकरण को नाटकों, फ़िल्मों और ख़बरों में विस्तार से दिखाया जाता है। जो युवा पीढ़ी के लिए बहुत घातक साबित हो रहा है। समाज के लिए यह एक विकट समस्या बनती जा रही है।

अपने जीवन में मैंने सभी रंगों-दुःख या सुख को देखा। मेरी ज़िन्दगी का सबसे ख़ुशी का पल मैं मानती हूं कि जब मैं धर्मेन्द्र जैसे मित्र के साथ प्रणय-सूत्र में बंधी, दूसरा तब तब कुदरत ने मुझे मां के सम्मान से नवाज़ा।

मेरी ज़िन्दगी में सबसे दुःख का क्षण है, अपने बाबू जी की अंतिम इच्छा पूरा न कर पाना। मेरे बाबू जी बहुत ही सादा जीवन जीने वाले व्यक्ति थे। अपने पूरे जीवन में उन्होंने किसी से कभी कोई फरमाईश नहीं की। बाबू जी खादी के कपड़े पहनते थे। मेरे दफ़्तर के नज़दीक ही 'खादी ग्रामोद्योग' की दूकान है, इसलिए पहली बार बाबू जी ने मुझसे रेशमी 'बाफतें' का कुर्ता लाने को कहा। मैंने सोचा-"जब हम अपने नए घर में प्रवेश करेंगे, तब मेरी और धर्मेन्द्र की ओर से यह कुर्ता मैं उन्हें भेंट करूंगी। पर इससे पहले ही मेरे बाबूजी का स्वर्गवास हो गया। तब अंतिम संस्कार के समय उन्हें वह कुर्ता पहनाया गया। वह हमारा नया घर भी नहीं देख पाए ये बात मुझे आज भी दुःख पहुंचाती है।"

मेरा मानना है कि महिलाएं शिक्षित, स्वावलम्बी बनकर शोषण का विरोध करके ही समाज में अपना स्थान पा सकती हैं। अपने फुर्सत के पलों में मुझे अपना समय अपनी बेटी के साथ बिताना पसंद है। साहित्य में मेरी रुचि अमृता प्रीतम, शरत्चंद्र जैसे लेखकों को पढ़ने में है। वहीं कॉलेज का शौक संगीत-फ़िल्में मुझे आज भी पसंद है।

'जहां चाह-वहां राह' के सिद्धांत को आत्मसात् करनेवाली सुषमा जी के जीवन-दर्शन को देखकर यही कहा जाता है कि जिस तरह उन्होंने एक पत्रकार होने के नाते समाज के हर विषय पर अपनी अलग सोच से पाठकों का दिल जीता है। वहीं अपनी व्यक्तिगत ज़िंदगी में भी उन्होंने एक बेटी, बहन, पत्नी, मां के दायित्वों को सहजता से निभाया है।

सुषमा सेठ

सुषमा सेठ उन अभिनेत्रियों में से एक हैं, जिनका व्यक्तित्व बहुमुखी प्रतिभा से सुशोभित है। उनका जन्म उस समय हुआ, जब भारत अपने स्वतंत्रता प्राप्ति के लिए संघर्ष कर रहा था। देश के ऐसे माहौल में रामेश्वर दयाल पिता और प्रकाश रानी जैसी मां के यहां इस तेजस्वी बालिका का जन्म हुआ। जब मैंने सुषमा जी से उनके परिवार और बचपन के बारे में जानना चाहा, तो जैसे वह स्वयं को अपने बचपन के समय में ही खड़ा हुआ मानकर मंत्र-मुग्ध हो गईं। उन्होंने बताया कि उस ज़माने में संयुक्त परिवार हुआ करते थे। इसलिए हमारा भरा-पूरा परिवार था। पिता जी खिलाड़ी और मां गृहिणी, पर दोनों ही प्रगतिशील विचारों के धनी थे। घर में दादा-दादी, चाचा-चाचियां, उनके बच्चे और हम सब एक साथ रहते थे। परिवार के बच्चों में मैं सबसे बड़ी हूं। इसलिए सभी बच्चों को खेल-खिलाना, नाटक करवाना, पढ़ाई-लिखाई से जोड़ना, अपने साथ सबको व्यस्त रखना मेरा काम था। इससे घर की महिलाएं निश्चित होकर दूसरे कामों में लगी रहती थीं। तीज-त्यौहारों को हमारे यहां बड़ी धूमधाम से मनाया जाता था। परिवार के सदस्य काफ़ी थे और उनके एक साथ होने की वजह से त्यौहारों का उल्लास चौगुना हो जाता था। इस अवसर पर पारंपरिक संगीत चलता, जिसमें घर की तथा रिश्तेदार महिलाएं मिलकर हिस्सा लेती थीं। याद आता है, तो कानों में आज भी मिठास-सी घुल जाती है और परम शांति के साथ सुख का अहसास होता है।

इस तरह दिल्ली स्थित हमारे घर में ख़ुशी का माहौल था। कला,

एक नाटक के मंचन के दौरान अमिताभ के साथ सुषमा सेठ

नाटक, चित्रकारी, कविता संगीत में सबकी रुचि थी। उस समय जो दौर था, हमसे उम्र में बड़ी बुआएं तक रेडियो में कार्यक्रम देती थीं। बुआ निरंजन रानी और राजरानी चित्र बनाती, शिबोला रानी कविता लिखती थीं, शरण रानी सरोद बजाती थीं। मेरी बहन चारू माथुर मणिपुरी नृत्य उसी समय से करती आ रही हैं। हमारे घर में स्त्रियों को हर कार्य करने की पूरी स्वतंत्रता थी। हमारे दादा काफी रईस थे। हमारा परिवार धनाद्य कहलाता था, पर ऊपरी दिवारों की जगह, सादगी और संस्कारी जीवन-शैली को अपनाकर हर सदस्य को अपने हुनर विकसित करने का पूरा-पूरा मौक़ा दिया जाता था।

इसी कारण सन् 1952 में हमें जीसस एण्ड मेरी स्कूल में पढ़ने का अवसर दिया गया। वहां हमने सिर्फ़ पढ़ाई की, क्योंकि वहां अन्य कलाएं नाटक, कविता, संगीत, पेंटिंग आदि गतिविधियां नहीं होती थीं। हमारा स्कूल एक ईसाई सम्प्रदाय से संबंधित था और उस समय देश पर अंग्रेज़ियत का प्रभाव था। इस कारण हिन्दी भाषियों और अंग्रेज़ी बोलने वाले बच्चों में भेदभाव किया जाता था। उनके अलग-अलग सेक्शन हुआ करते थे। यहां तक कि एंग्लो इंडियन बच्चों को भी

हिन्दी भाषी बच्चों से ज़्यादा अवसर और सम्मान प्राप्त होते थे। उस समय अंग्रेज़ी न बोल पाना अपनी ही कमज़ोरी नज़र आई थी। पर आज यह बात बहुत अखरती है।

जीसस एण्ड मेरी स्कूल से पढ़ाई पूरी करने के बाद मैंने सन् 1956 में दिल्ली के ही लेडी इरविन कॉलेज से पढ़ाई की। कॉलेज मुझे काफ़ी पसंद रहा, क्योंकि यहां बिना किसी भेदभाव के सबको अपनी प्रतिभा निखारने का अवसर दिया जाता है। यहां मैंने पढ़ाई के साथ-साथ नाटक और संगीत में बढ़-चढ़कर हिस्सा लिया। मुझे अमेरिका जाकर थियेटर अध्ययन करने के लिए स्कालरशिप भी मिल गईं। अमेरिका जाने पर घरवालों को एतराज था कि अब शादी करने की उम्र है, पर माताजी ने मेरा साथ दिया। उनका कहना था कि सुषमा को उसकी प्रतिभा की वजह से विदेश जाने का अवसर मिला है, तो फिर ऐतराज़ क्यों? तब दादा जी की रज़ामंदी पर अमेरिका जाना हुआ। वहां सन् 1956-58 तक ब्रायरक्रिल्फ कॉलेज में और सन् 1958-60 में कारनेगी इंस्टीट्यूट, पिट्सवर्ग में पढ़ाई की। मैं हमेशा ऑनर्स स्कॉलर रही। कारनेगी में मैंने जाना कि वहां सभी नाटक अंग्रेज़ी में खेले जाते हैं और अभिनय का अवसर उन्हें ही दिया जाता है जो अमेरिकन लोगों की तरह दिखाई दें। हमने सोचा कि जब तक भारतीय स्वयं नाटक नहीं करेंगे, उन्हें भागीदारी नहीं दी जाएगी।

वहां अब घर की याद बहुत आने लगे थी। अतः अपना लक्ष्य निर्धारित कर उसको पाने का मन बनाकर मैं भारत वापिस आ गईं। यहां आकर दिल्ली के हर छोटे-बड़े थियेटर ग्रुप के साथ काम किया। हम आठ लोगों ने मिलकर 1962 में यांत्रिक नामसे एक ग्रुप भी बनाया। सन् 1960-62 में मैंने दिल्ली के नाट्य स्कूल में पढ़ाया भी। जीसस एण्ड मेरी स्कूल में भी 1968-79 तक थियेटर के विषय में पढ़ाया। अपने देश में हम बाल प्रतिभाओं को थियेटर से जोड़ना चाहते थे। इसके लिए हमने 1973 से 1981 तक चिल्ड्रन्स क्रिएटिव थियेटर द्वारा बच्चों को दिल्ली और मुम्बई शहरों में 'वर्कशॉप' करके नई प्रतिभाओं को आगे बढ़ने का मौका दिया।

अपने पति ध्रुव सेठ से मेरी मुलाकात 1952 में दिल्ली में हुई थी। भारत वापिस आने के एक वर्ष बाद परिवार की रज़ामंदी से हमारी शादी हुई। मैं पति और ससुराल के सदस्यों की शुक्रगुज़ार हूं कि उन्होंने घर के साथ-साथ मेरे कैरियर में भी पूरा-पूरा सहयोग दिया। मेरे पति और सास स्वस्थ और खुले विचारों के रहे। उस ज़माने में जब रूढ़िवादिता के कारण महिलाओं का नाटक इत्यादि में काम करना मुश्किल हुआ करता था, उन्होंने मुझ पर पूर्ण विश्वास करते हुए मुझे अपनी प्रतिभा निखारने का अवसर दिया। इससे मुझे यह अहसास हुआ कि हमारे भी कुछ दायित्व हैं, अपने परिवार के प्रति, जिसका हमें हमेशा ध्यान रखना चाहिए। इसीलिए मैं सिर्फ़ शूटिंग के दौरान ही कहीं देश के भीतर या बाहर जाती हूं। बाक़ी समय घर पर ही रहना पसंद हैं। अपने घर की हर ख़ुशी या कठिन परिस्थितियों में मैंने विशेष स्थान अपने पारिवारिक दायित्व को ही दिया। आपका व्यक्तित्व तभी संपूर्ण बनता है, जब आप अपने कैरियर और परिवार की ज़िम्मेदारी का निर्वाह ठीक ढंग से एक साथ करें।

इसके लिए आवश्यक है समय प्रबंधन और अपनी सीमाओं का स्वयं निर्धारण। मैं जब थियेटर से फ़िल्मों में कार्य करने मुम्बई जाने लगी, उसी समय यह तय किया कि सिर्फ़ शूटिंग के दौरान ही वहां रहूंगी। किसी पार्टी वगैरह में जाना न मुझे अब ज़्यादा पसंद है, न तब था। अगर हम अपने पारिवारिक और प्रोफ़ेशनल दायित्वों के साथ जवाबदेही का पालन स्वयं करते हैं, बजाय दूसरों पर निर्भर रहने के या दूसरों की ख़ामियां निकालने के, तो निश्चित तौर पर घर और बाहर सही तालमेल बना रहता है।

दुनिया का सबसे प्यारा और खूबसूरत अहसास मां बनना है। आज हमारे तीन बच्चे हैं। कवि बेटा और दिव्या व प्रिया बेटियां। इस दुनिया में मां का स्थान तो कोई ले ही नहीं सकता, जिसके विषय में हमारे पुराण भी बतलाते हैं। मेरी मां की सीख थी कि एक औरत का जीवन तभी सफल होता है, जब वह हर क़दम पर कठिनाइयों का हंसकर मुकाबला करे और उसमें सहनशीलता की अपार क्षमता हो।

फ़िल्मी दुनिया की निंदा उन लोगों की वजह से होती है, जो लोग

नासमझ हैं या उनमें काबिलयत कम है। वे किसी भी रास्ते से या मर्यादा का उल्लंघन करके सिर्फ़ मुक़ाम हासिल करना चाहते हैं। आज फ़िल्मों में जो अश्लीलता का दौर चल रहा है, वह ज़्यादा समय तक नहीं टिक पाएगा और न ही ऐसे डायरेक्टर और कलाकार ही, क्योंकि हमारी भारतीय सभ्यता व संस्कृति की जड़ें बेहद मज़बूत है।

अपने कैरियर में मैंने हर तरह का किरदार किया है। हरेक किरदार को मैं सिर्फ़ करती ही नहीं हूं, बल्कि उसे अपने भीतर महसूस भी करती हूं। जब हम बच्चों के साथ थियेटर करते थे, तब मेरे बच्चे भी छोटे थे। तब एक दिन हुआ यूं कि नाटक की रिहर्सल करते हुए एक बच्चे के सिर पर गहरी चोट लग गई। खून निरंतर बहता ही रहा। उसके मां-पिता के साथ हम उसे अस्पताल ले गए। चोट पर कई टांके आए इस तरह उसका उपचार हो गया। हमें चिंता इस बात की थी कि बच्चा नाटक में महत्वपूर्ण भूमिका निभा रहा था और शो शाम का ही था। ऐसी परिस्थिति में क्या होगा? पर वह दिन भुलाए नहीं भूलता कि शाम को वही बच्चा पट्टी बंधे सर पर टोपी पहनकर अपने किरदार को निभाने के लिए तैयार था। यह और बात थी कि बीच में उसे कमज़ोरी के कारण कभी-कभी चक्कर भी आ रहे थे, पर वह मज़बूत इरादे वाला साबित हुआ। जब बाल रंगमंच की स्थापना की, तब यह जाना कि कलात्मक कार्य कितने सार्थक साबित होते हैं। इससे बच्चों के जीवन में रंग तो फैलते ही हैं, पर दुत्कारे, सहमे, हकलाते बच्चों को जिम्मेदार बनाकर उन्हें उभारकर प्रशंसा करके मानसिक बच्चों की कमी को दूर कर सकते हैं। एक आत्मविश्वास की जोत जला सकते हैं। एकजुट होकर संगठित कार्य का महत्व बच्चों में आपसी तालमेल की भावना को जगाता है।

सन् 1984-85 में हमने दूरदर्शन के पहले 156 एपिसोड वाले धारावाहिक 'हम लोग' में काम किया। उसमें मैंने अपने विग से लेकर कपड़ों तक का चयन स्वयं किया। यह किरदार मुझे अपनी एक दादी से काफ़ी प्रेरित करता था। उन्हीं के जैसे कपड़ों को मैंने इस धारावाहिक में पहना था। सबसे दिलचस्प बात यह याद आती है कि जब हम यह सीरियल कर रहे थे, उन दिनों कई महिलाएं अपना घर छोड़कर मेरे घर सहायता

पाने के लिए आ गईं। उन्हें 'हम लोग' की दादी पर इतना विश्वास था कि जैसे मैं उनकी सभी समस्याओं का हल अवश्य निकाल सकती हूं। पहली बार टेलीविजन के इतिहास में दर्शकों का भावनात्मक जुड़ाव किसी धारावाहिक के साथ हुआ था।

यश चोपड़ा की फिल्म 'सिलसिला' में मुझे अमिताभ बच्चन के साथ काम करने का अवसर मिला। अमिताभ जी ऊंची शख़्सियत हैं। उन्होंने शूटिंग के दौरान एक बार मुझे बताया कि दिल्ली में वह ख़ासतौर पर मेरे द्वारा अभिनीत नाटक देखने आया करते थे। वैसा ही अहसास आज शाहरुख ख़ान के साथ काम करके पैदा होता है।

पहले श्याम बेनेगल, यश चोपड़ा, राजकपूर जैसे डायरेक्टर बहुत ज़्यादा प्रतिभाशाली थे। उन्हें लेखन, संगीत, अदाकारी, सिनेमोटोग्राफ़ी हर चीज़ का बहुत गहराई से ज्ञान था। आज के डायरेक्टर मेहनती ज़्यादा हैं और ज्ञान की जगह तकनीक ने ले ली है। हर किरदार को करने से पहले जब मैं स्क्रिप्ट पढ़ती हूं, तभी दिमाग़ में उस चरित्र की छवि उभर कर आ जाती है। मैं अपने किरदार में अभिनय के बजाय असल ज़िन्दगी में उसकी उपस्थिति का अहसास करके उसे पूर्णता के साथ जीने का प्रयास करती हूं।

ज़िन्दगी में मैंने सिर्फ़ एक बार एक ऐसी फ़िल्म को साइन किया, जो शायद मेरे अनुरूप नहीं थी। वह मद्रास की फिल्म थी। डायरेक्टर ने फोन करके बुलाया। मद्रास पहुंचकर फ़िल्म की स्क्रिप्ट पढ़ी, तो मुझे बड़ा खेद हुआ। वह रोल मैं कैसे कर पाती। वह किरदार मुझे नारी सम्मान के विरुद्ध लगा। दूसरी तरफ फ़िल्म की शूटिंग की तैयारियां पूरी हो चुकी थी। सब लोग एकत्रित थे। तब मैंने स्थिति की नज़ाकत समझते हुए डायरेक्टर से बात कर स्क्रिप्ट में कुछ फेरबदल कर अपने किरदार को निभाया।

पारिवारिक ज़िन्दगी में भी कई उतार-चढ़ाव आते हैं, पर मेरा मानना है कि ये दुख और संघर्ष ही हमें आत्मविश्वासी बनाकर सही या ग़लत का भेद बतलाते हैं, जिससे हम आगे बढ़ते चले जाएं। टेलीविज़न और सिनेमा बहुत ही शक्तिशाली माध्यम हैं। इनसे समाज में ज्ञान का प्रसार कर सकते हैं। ज़िन्दगी में हर वह काम करना चाहिए, जिससे ख़ुशी मिले और दूसरों

को कष्ट न हो। यही मेरा जीवन दर्शन है। मेरी ज़िन्दगी का सार पतंजलि का 'योग सूत्र' है, जो हमें शारीरिक, पारिवारिक, सामाजिक हर स्थिति का ज्ञान करवाता है। हमें आगे आने वाली पीढ़ी को आदर्श देने होंगे, ताकि जो मार्ग हम उस पीढ़ी के लिए छोड़कर जाएं, वे उसी पर चलें।

जो शास्त्रीय संगीत हमने बचपन में सीखा था, उसे फिर से अपनी ज़िन्दगी में लाना चाहती हूं। चित्रकारी मन की सुंदरता को रंगों का रूप देकर प्रदर्शित करती है। यह कला मुझे बहुत पसंद है। मेरे जीवन का लक्ष्य संगीत के माध्यम से सीधा जुड़ता है। अपनी ज़िन्दगी का ज़्यादातर समय अब मैं उन लोगों की सेवा में व्यतीत करना चाहती हूं जिनसे मुझे मान-सम्मान मिला। बच्चों, कैंसर पीड़ितों, सामाजिक विषमता झेल रहे लोगों के लिए मैं समर्पित रहना चाहती हूं।

कला अपने आपमें जीवन को ज्ञान सम्पन्न और सफल बनाने का माध्यम है। संगीत, नृत्य, चित्रकारी व अन्य कलाएं हमारी भावनाओं, कल्पनाओं व अंतर्दृष्टि की राह दिखाकर जीवन के दुखों और कठिनाइयों को झेलने की शक्ति देती है। एक कलाकार के लिए उसकी कला-साधना, जिसमें डूबकर वह सम्मान का अनुभव करता है, वही उसकी सफलता का पुरस्कार है।

सुषमा जी के इन कार्यों के लिए उन्हें ढेरों पुरस्कारों से सम्मानित किया गया। सन् 1972 में साहित्य कला परिषद् की ओर से बैस्ट एक्ट्रेस एवार्ड सन् 1979 में ऑन सिलेक्शन पैनल में सातवें अंतर्राष्ट्रीय फ़िल्म महोत्सव के लिए पुरस्कार मिला। सन् 1985 में 'हमलोग' में बेहतरीन अभिनय और 1994 में श्रेष्ठ सह-कलाकार के रूप में 'देख-भाई देख' व 'आशीर्वाद' जैसे धारावाहिकों के लिए पुरस्कार प्राप्त किए। सुषमा जी उन गिनी-चुनी प्रतिभाओं में से एक हैं, जिन्होंने श्याम बेनेगल से करण जौहर जैसे डायरेक्टरों के साथ काम किया है। यहीं वह अभिनेताओं में अमिताभ बच्चन से लेकर शाहरुख खान जैसे सर्वोच्च कलाकारों के साथ भी काम कर चुकी है।

सिनेमा की इस चकाचौंध भरी दुनिया में संपूर्ण व्यक्तित्व के साथ आज भी सुषमा जी अपनी दिव्य छठा बिखेर रही है।

डॉ. सुरजीत कौर जौली

गुरु गोंविंद दोऊ खड़े,
काके लागू पाय,
बलिहारी गुरु आपने,
जिन गोविंद दियो मिलाये।

बालक-बालिकाएं किसी भी राष्ट्र का भविष्य होते हैं और बालकों के उज्ज्वल भविष्य के निर्माण में सबसे बड़ी भूमिका गुरु की होती है। एक बालक के मन पर सर्वप्रथम जिस बाहरी व्यक्ति के गुणों का प्रभाव पड़ता है, वह गुरु ही होता है, इसलिए हमारे धर्मशास्त्र में भी गुरु को भगवान का दर्जा दिया गया है। मैं भाग्यशाली हूं कि जब अपनी पहली किताब लिख रही थी, तब मेरी मुलाक़ात कॉलेज में मेरी इतिहास विषय की शिक्षिका रह चुकी जौली मैडम से हुई। अपने गुरुजनों के आशीर्वाद से जैसे मैं लेखिका बन गई, वैसे ही आज जौली मैडम को भी श्यामा प्रसाद मुखर्जी कॉलेज की प्रिंसिपल का कार्यभार संभालते हुए देखकर ख़ुशी होती है।

मेरे लिए सबसे रोचक और ख़ुशी की बात यह है कि जिस शिक्षिका के साथ हमारा सिर्फ़ आदर का ही रिश्ता था, आज वह रिश्ता आदर के साथ-साथ मां-बेटी की दोस्ती जैसा हो गया। मैडम ने मुझे अपनी ज़िन्दगी के हर खट्टे-मीठे पहलुओं की सच्चाई से अवगत कराया। वह बताती हैं कि उनका जन्म दिल्ली में 15 अक्टूबर 1950 को हुआ था। मेरे माता-पिता हरवंश कौर और सरदार अर्जुन सिंह शिक्षित व प्रगतिशील विचारों के हैं। भारत पाकिस्तान विभाजन के बाद हमारे पिता जी दिल्ली आकर बस गए और यहां आकर उन्होंने मेरी मां से विवाह किया। हम तीन बहनें और दो

डॉ. एस. के. जौली शादी के समय

भाई हैं, मैं अपने भाई-बहनों में दूसरे नम्बर की संतान हूं। मेरे पिताजी एक सरकारी अधिकारी थे, जिस कारण उनकी पोस्टिंग बदलती रहती थी। मां हमारी पढ़ाई की वजह से हमारे साथ ही रहती थी। इस कारण मैं यह कहूंगी कि उन्होंने अपना पूरा जीवन अपने बच्चों के भविष्य के लिए न्यौछावर कर दिया। अपने पिता के पास हम छुट्टियों में रहने जाते थे, इसलिए बचपन में ही हम करीब-करीब पूरा भारत भ्रमण कर चुके थे। इस विविधता, संस्कृति व ज्ञान, अलग-अलग भाषाओं को देखने समझने के कारण ही मैं समझती हूं कि आज मेरा व्यक्तित्व और आत्मविश्वास बन पाया है। घर में एक स्वस्थ माहौल था, लड़की या लड़के में कोई भेदभाव नहीं था। यहां तक कि मेरी दादी मां मुझसे कहती थी, "जा बेटी बाहर जाकर खेल आ, सारा दिन किताबों में मुंह दिए बैठी रहती है। एक भरे-पूरे परिवार की सदस्य होने के नाते पारिवारिक समझदारी स्वतः ही मुझमें आ गईं थी।

मैं बचपन में खाना बनाने से बहुत कतराती थी। घर में जब भी कोई मौक़ा होता, मां कहती, "आज देखेंगी इसका क्या बहाना होगा?"

ऐसे में पिताजी हमेशा साथ देते थे। मैं रसोई के दरवाज़े से पिता जी के साथ बाहर चली जाती और जब सारा काम पूर्ण हो चुका होता, तब मज़े से पिताजी के साथ टहलती हुई घर वापिस आती। मां, पिता जी से कहती कि "सुरजीत बिगड़ जाएगी, "पिताजी कहते, "छुट्टियों में ही तो फुर्सत के दिन मिलते हैं। हमारी बेटी ज़रूरत पड़ने पर हर कार्य कर सकती है।"

वर्ष 1969 में दिल्ली के जानकी देवी कॉलेज से 'इतिहास ऑनर्स' किया। माता-पिता के संस्कार हमारे अंदर इस तरह समाहित थे कि कॉलेज से स्वेच्छा से छुट्टी वगैरह कभी नहीं ली। मां मेरी सहेली की तरह थी। जब मुझे कोई फ़िल्म देखने का मन होता, तो मैं मां के साथ प्रोग्राम बना लेती। मजे की बात यह है कि उस समय 18 वर्ष से कम आयु के लोगों को सिनेमा हॉल में फ़िल्म देखने की इज़ाजत नहीं थी। मैं 18 वर्ष की होने के बावजूद कम आयु की लगती थी, इस पर मां मेरी गवाह बनती। फिर जैसे-तैसे हम सिनेमा हॉल के अंदर जा पाते। शर्मिला टैगोर, मीना कुमारी जैसी अभिनेत्रियां मुझे इतनी प्रिय थी कि उनकी नई फ़िल्म कितनी भी दूर क्यों न लगी हों, तो देखनी ही है। खैर सिनेमा हॉल के बाहर खड़ा लाईट मैन हाथ पर मोहर लगाता और हम सिनेमा हॉल के अन्दर फ़िल्म देखने जाते। उन दिनों परीक्षा केंद्र दिल्ली विश्वविद्यालय के ही दूसरे कॉलेज को बनाया जाता था, मतलब जहां के आप विद्यार्थी नहीं हैं। मैं जानकी देवी कॉलेज में पढ़ती थी, हमारा परीक्षा केंद्र रामजस कॉलेज बनाया गया। जब हम वहां परीक्षा देने पहुंचे, तो वहां रामजस कॉलेज के लड़के कटाक्ष करने लगे। अभी तक कभी लड़कों से सामना नहीं हुआ था, हमारा स्कूल और कॉलेज दोनों लड़कियों के ही थे। रामजस के लड़के कहते, 'दरअसल जानकी को राम नहीं सहेजेंगे, तो कौन सहेजेगा?"

जब दिल्ली विश्वविद्यालय से ही मैं इतिहास में 'एम. ए.' कर रही थी। तब उस समय घर या कॉलेज हर जगह बहुत मर्यादा हुआ करती थी। उन दिनों होली का अवसर आया। कॉलेज में कुछ असामाजिक तत्त्व ज़बरदस्ती घुस गए। ऐसे में हमारे कॉलेज के लड़कों ने उन लड़कों को

कॉलेज के अंदर नहीं आने दिया। न ही वो लड़के हमें रंग लगा पाए। यहां तक कि हमारे कॉलेज के लड़कों ने अलग-अलग बस स्टॉप पर लड़कों की ड्यूटी लगाई और कहा, "अपने कॉलेज की लड़कियों को बस तक पहुंचा कर आना है।"

एक दिन मैं लाइब्रेरी में किताबें ढूंढ़ रही थी कि एक लड़का आया और मुझसे कहा लगा कि क्या आप मुझसे दोस्ती करेंगी? उसकी यह बात सुनकर मैंने अपनी किताबें उठाई और यहां से सरपट भागी। आज भी यह बात याद करती हूं तो हंसी आती हैं कि उस समय हम लोग कितने संस्कारों में बंधे होते थे, जहां एक लड़के का नाम आते ही घबराहट शुरू हो जाती थी।

जब मैंने 'एम. ए. की पढ़ाई पूरी कर ली। तब मेरे पिता मुझसे पूछा, "बेटा अब तुम्हारी शादी की उम्र हो गईं है, अगर तुम किसी लड़के से परिचित हो, तो हमें बताओ, नहीं तो हम तुम्हारे लिए लड़का देखें।" मैंने अपने पिता जी से कहा, "मैं किसी लड़के से परिचित नहीं हूं, आप ही मेरे लिए वर देखिए। मैं उस लड़के से शादी करना चाहूंगी जो ऑफिसर हो, शराब न पीता हो और पूरा सरदार हो।" मुझसे बात करने के बाद मैंने पाया कि मेरे पिता जी मां से कह रहे थे कि कैसी बेवकूफ लड़की है, शराब पीने का मतलब यह थोड़े ही होता है कि हर कोई शराब पीकर नाली में पड़ा होता है। मेरे पिता जी को उनके किसी मित्र ने जौली साहब का नाम सुझाया। मेरे पिताजी ने मुझसे कहा, "पहले आप तीन-चार बार मिलो, बाद में हां या ना कहना शादी के लिए।" हम दोनों कनॉट प्लेस या इंडिया गेट पर मिलते थे। इनसे मिलकर मैंने यह जाना कि मुझसे विपरीत हैं, पर बहुत भले हैं। वर्ष 1975 दिल्ली में 4 मई को हम दोनों प्रणय-सूत्र में बंधे। तब वो दिल्ली विकास प्राधिकरण में म्यूनिसिपल कमिश्नर थे, अब कंज्यूमर कोर्ट में जज हो गए हैं। इस तरह उजागर सिंह जौली जी के साथ मेरा पारंपरिक विवाह हुआ। हमारी सगाई और शादी के बीच काफ़ी दिनों का अंतर था। उस समय की बातें आज भी उतनी ही हसीन और ताज़ा हैं, जितनी उस समय थी। जौली जी ने एक बार मुझसे कहा था कि मैं एक शाम आपके साथ इण्डिया

गेट पर बिताना चाहता हूं। इस पर मैंने इनकार कर दिया था, क्योंकि मुझे इस बात का अहसास हमेशा रहता था कि हमारे माता-पिता ने हम पर विश्वास करके जो आज़ादी हमें दी है, उसका दुरुपयोग हमें नहीं करना। मेरे पिताजी का यह आदेश था कि शाम होने से पहले तुम्हें घर वापिस आना है। मुझे शादी के बाद इस बात पर और ज़्यादा विश्वास हो गया कि जो मजबूत रिश्ता, लगाव, प्रेम अपनी मर्यादा में रहकर पति का शाम को इंतजार करने के बाद मिलने पर अनुभव होता है। वह अहसास हमारा आजकल का माडन कल्चर हमें कभी नहीं दे सकता।

मेरी ज़िन्दगी का सबसे खूबसूरत दिन है, जिस दिन मैं मां बनी। इस दिन भगवान की शक्ति का अहसास हुआ, यह जाना कि भगवान हर जगह नहीं पहुंच सकता, इसलिए उसने मां को बनाया। जब मुझे जापान जाने का अवसर मिला और हमारा हवाई जहाज जापान की सरज़मीं को छू रहा था। उस दिन भी मेरे रोमांच का ठिकाना नहीं रहा। जापान और चीन का इतिहास हमने एम. ए. में पढ़ा था, जिस वजह से मेरा लगाव था कि मैं कभी इस ऐतिहासिक पृष्ठभूमि को देख पाऊं। जब मैं जापान की सरज़मीं पर पहुंची और वहां के महलों को दिखाने के लिए हमें ले जाया गया, तो मैं उन्हें देखने के लिए बेहताशा भागी। मेरे साथ और जो देश-विदेश के साथी आए थे, वे कहने लगे, 'हू दिस लिटिल गर्ल रनिंग' उस महल से मैं कुछ खरीद कर नहीं लाई, वहां से मैं छोटे-छोटे पत्थर उठा कर लाई, जो आज तक मेरे घर में सुरक्षित रखे हुए हैं।

मेरी तीन संतान हैं, जिसमें दो बेटियां और एक बेटा है। मां बनने के बाद मैंने अपनी 'पी. एच-डी.' पूर्ण की। मेरे लिए मां बनने से ज़्यादा कष्टपूर्ण कार्य अपनी पढ़ाई पूरी करना था। उस समय मैं अपने बच्चों की शरारतों, भोली-भाली अटखेलियों को देखने से कॉफी हद तक वंचित रह गईं, क्योंकि यह समय मैंने अपनी पढ़ाई को दिया। सामाजिक-आर्थिक पृष्ठभूमि पंजाब व निरंकारी आंदोलन मेरी 'पी. एच-डी.' का विषय था। मेरे बच्चे और मेरे बीच दोस्तों वाला रिश्ता रहा है। वे अपनी निजी बातें भी मुझे आकर बताते हैं और मेरी सहायता या राय मांगते हैं। मेरी दूसरी बेटी का दाख़िल सेंट स्टीफन कॉलेज में हो गया था। हम चाहते थे कि वह डॉक्टर

बने, हमने उसे डांटा और कहा, "तुम्हें बिहार की मेडिकल प्रवेश परीक्षा में परीक्षा देनी होगी। आपके कॉलेज के नाम से ज़्यादा आपकी काबलियत कहीं ज़्यादा मायने रख़ती है। मेरी ज़िद्द और समझाने के बाद परीक्षा में बैठी और पास हो गईं। आज वह एक डॉक्टर बन गईं है। आज उसे यह अहसास होता है कि कई बार जो सख्ती मां-बाप या शिक्षक करते हैं, उसी पर हमारे भविष्य निर्माण की आधारशिला टिकी रहती है।

यह नियम विद्यार्थी और शिक्षकों पर भी लागू होता है। आज जब शिखर पर बैठे अपने विद्यार्थियों को मिलती हूं–कोई सुप्रीम कोर्ट का जज बन गया, कोई अपाहिज होते हुए भी मीडिया कंपनी चला रहा है, तो यह सफलता अपनी लगती है। कॉलेज में खुशबू तो इन फूल रूप विद्यार्थियों की ही है। इस रिश्ते में सबसे ज़्यादा ज़िम्मेदारी–जबावदेही हमारी है, क्योंकि विद्यार्थी तो कच्ची मिट्टी के बने होते हैं। जैसा आचार-व्यवहार हम उन्हें सिखाएंगे, वे वैसा ही बर्ताव करेंगे। मेरा मानना है कि जब आप एक प्रिंसिपल हैं और शिक्षकों के साथ-साथ विद्यार्थियों के नेता हैं, तो नेता वही है, जो नज़र ना आए। केवल उसके काम ही नजर आएं।

मैं अपने जीवन के जिस मुकाम पर हूं, वहां मैंने सामाजिक-पारिवारिक स्तरों पर सभी सुखों के साथ संपूर्ण सुख प्राप्त किया है। इसलिए मैं समाज के लिए कार्य करना चाहती हूं-इस कड़ी के तहत ही मैं 'गोविंद सदन' जैसी संस्था से जुड़ी। मेरा मानना है कि सामाजिक विषमता को मिटाने के लिए सामाजिक कार्यों की शुरूआत हमें अपने घरों से करनी होगी। आज जो वृद्धाश्रम की परंपरा जोर पकड़ रही है, वह सरासर ग़लत है। जिस व्यक्ति ने घर-परिवार बनाया, उसे ही वृद्धाश्रम भेज दो। बड़े-बुजुर्गों का आशीर्वाद और साया ही दुनिया की सबसे बड़ी नेमत है। मुझे लगता है कि मेरी मां, दादी, नानी हमसे कहीं अधिक नारी एक 'संपूर्ण व्यक्तित्व' कहलाने योग्य हैं, केवल पद आपकी योग्यता का दर्पण नहीं है। जिन महिलाओं को मौका मिला, पद पा सकीं, पर क्या एक घर को बनाने वाली, उसे संजोकर रखने वाली महिला को हम नकार सकते हैं? कभी नहीं।

शायद अपने इन्हीं कार्यों की वजह से मुझे कई सम्मानों से सम्मानित

होने का अवसर मिला। इसी श्रृंखला में 'भाई लालू शिरोमणि एवार्ड', शांति राजदूत के लिए I. I. F. W. P. Who's who एवार्ड एक प्रोफ़ेशनल और बिजनेस वूमैन के लिए, शिक्षा में योगदान के लिए, प्रशस्ति-पत्र, वर्ष 1999 में शिक्षा में योगदान के लिए 'एवार्ड ऑफ मैरिट' बाय कन्ज़ूमर फैडरेशन ऑफ इण्डिया' इत्यादि। अपनी सफलता का श्रेय मैं अपनी मां और पति को देती हूं। इसके अलावा सबसे बड़ा योगदान ईश्वर का है। मेरा भगवान से मीरा और कृष्ण वाला संबंध है।

"जब जरा गर्दन झुकाई, देख ली तस्वीर यार की।" मेरी ज़िन्दगी का जीवन-दर्शन यही है कि जीवन एक संघर्ष है। संघर्ष के बाद ही सुख प्राप्त करने में आनंद है। सफलता प्राप्ति के लिए कभी भी ग़लत और शॉर्टकट रास्तों को नहीं अपनाना चाहिए। ऐसी सफलता आपके जीवन को ऊंचा उठाने की बजाय और रसातल में धकेल देती हैं। अपनी व्यक्तिगत पसंद-नापसंद में भी मुझे बनावटी, नक़ली चीजों से कुछ ज़्यादा ही गुरेज़ है। घर को संवारना, प्रकृति के बीच अपने पारिवारिक सदस्यों के साथ समय बिताना मुझे बेहद पसंद है। शायद बहुत कम लोग यह जानते हैं कि मुझे सिलाई करना पसंद है।

अपनी ज़िन्दगी को आदर्श बनाकर, ज़िन्दगी के हर पल का जिस तरह जौली मैडम ने सदुपयोग किया है। उसकी ज़िन्दगी गंगा की धारा की तरह एकदम निर्मल और स्वछंद बहती नदी है।

सुष्मिता सेन

सुष्मिता सेन का सौंदर्य किसी को भी अभिभूत कर सकता है। अपनी बौद्धिकता से भी वह हर किसी को प्रभावित कर सकती है। आज बॉलीवुड में उन्हें कई वर्ष हो चुके हैं, लेकिन सुष्मिता कभी भी परंपरागत बॉलीवुड अभिनेत्री नहीं रही। उनको देख़ते ही एक ऐसी शख्सियत का पता चलता है, जो अपनी दृढ़निश्चयता, बौद्धिकता, लगन और साहस के दम पर सफलता हासिल करती है। ये गुण निश्चित तौर पर उन्हें अपने माता-पिता से मिले। उनके पिता सेना अधिकारी रहे हैं। इसलिए घर में हमेशाअनुशासन का साया स्वाभाविक था। सुष्मिता के छोटे भाई एअर फोर्स में हैं। बचपन से ही वह हंसमुख स्वभाव की है। उनकी लम्बाई सामान्य बच्चों के मुक़ाबले ज़्यादा थी, जो उन्हें हमेशा एक अलग पहचान दिलाती रही है।

सुष्मिता मिस यूनिवर्स बनने की राह पर तब चल पड़ीं, जब उनकी मुलाक़ात मिस इण्डिया के एक आयोज़क से हुई। वह उस पार्टी में अपने एक मित्र के साथ गईं थी। पहले-पहले उन्होंने यह ऑफर ठुकरा दिया। कुछ दिन बाद उस आयोजक से ही पूछा कि इस प्रतियोगिता में कौन-कौन युवतियां भाग ले रही हैं। तब उसने कई नाम बताए। सबसे प्रसिद्ध मॉडल ऐश्वर्या राय भी इसमें भाग ले रही थी। इससे सुष्मिता ने प्रतियोगिता में भाग न लेने का निर्णय किया। घर आकर सारी बात अपनी मां को बताई। उनकी मां ने उन्हें समझाया कि चाहे कोई भी इस प्रतियोगिता में हिस्सा ले, अपनी काबलियत को प्रदर्शित करो और जो तुम्हारा गुण हैं, उस पर ध्यान केंद्रित करते हुए लक्ष्य पर ध्यान दो। तब ही सुष्मिता ने प्रतियोगिता में भाग लिया।

सुष्मिता सेन

सुष्मिता बताती हैं, "जब मैं मिस यूनिवर्स प्रतियोगिता में जाने वाली थी, तो मेरे ब्वॉय फ्रेंड रजत तारा को बतौर डिजाइनर अपनी पहली नौकरी मिली थी। उसने मेरी तैयारी के लिए छुट्टी ले ली। मैं जा रही थी, तो उसके आख़िरी शब्द थे, "तुम जानती हो कि तुम्हें बेहतर करके दिखाना होगा, क्योंकि इसमें मेरी नौकरी चली गईं है। मुझे तो दूसरी नौकरी मिल जाएगी, मगर तुम्हें मिस यूनिवर्स बनने का दूसरा मौक़ा नहीं मिलेगा।" उसकी इस सहायता के लिए मैं उसका अत्यंत आदर करती हूं।

मेरा मिस इंडिया बनना संभव हुआ अपनी मां के सहयोग से, क्योंकि इस बार मेरी परेशानी यह थी कि मुझे प्रतियोगिता में भाग लेने के लिए तीन फाइनल ड्रेसे चाहिए थीं। हम एक मध्यमवर्गीय परिवार से थे। डिजाइनर कपड़े हम नहीं खरीद सकते थे। तब मेरी मां ने मेरी सारी ड्रेसों के कपड़े दिल्ली की सरोजनी नगर मार्केट से खरीदें और उन्हें तैयार करवाया। मेरा विनिंग गाउन, जिसमें मैंने प्रतियोगिता जीती थी, हमारी बिल्डिंग के नीचे वाले एक दर्जी ने बनाया था। दस्तानों को मैंने जुराबों को काटकर बनाया। सुष्मिता की यह पहली जीत ही उनकी काबलियत और सादगी को दर्शाती है।

वर्ष 1994 में वह जब मिस यूनिवर्स की प्रतियोगिता के लिए गईं, तब वहां अधिकांशतः भारतीय दर्शक थे, जिन्होंने उनकी जीत की अपनी सीटों से खड़े होकर कामना की। इस अवसर पर सब उनके माता-पिता की

तारीफ़ किए बगैर भी ना रह सके। चारों ओर से उन्हें बधाईयां देने वालों का जमघट लग गया। सुष्मिता पहली ऐसी भारतीय महिला हैं, जिन्होंने यह खिताब जीता।

इसके बाद सुष्मिता ने हिन्दी फ़िल्म जगत में प्रवेश किया। 'दस्तक' उनकी पहली हिन्दी फिल्म थी। उनका मानना है कि हर कार्य जिसे करके उन्हें संतुष्टि मिलती है, वही उनकी प्राथमिकता है, सफलता उनकी प्राथमिकता नहीं है। वह कहती है कि मैं कुछ सकुचाती, हिचकिचाया करती थीं साथ ही अपने सपने भी साकार करना चाहती थी। अक्सर मैं खुद से कहती, अरे, संकोच तोड़ो यार, यह जानो कि मैं कौन हूँ? में जो भी काम करती थी उसमें यह अहसास हमेशा मौजद रहता था। चाहे वह कोई इंटरव्यू हो, फिल्म, नृत्य या कोई शो हो। उनके अभिनय ने ही उन्हें एक अलग पहचान दिलाई। उनका कहना है कि उन्होंने कभी भी सनसनीखेज बनने के लिए अभिनय नहीं किया। उनका मानना है कि कलाकारों को अपना संकोच तोड़कर, वास्तविक और सामान्य अभिनय की ओर ही ध्यान देना चाहिए।

यह पुरातन सूत्र है कि 'एक औरत तब ही सम्पूर्ण होती है, जब वह मां बनती है, शायद यही सोच सुष्मिता के मन में भी रही होगी। जिसके चलते उन्होंने अविवाहित होते हुए भी एक अनाथ बालिका को गोद लिया। सारे सुखों के साथ मातृत्व का सुख भी वह पा लेना चाहती थी। जब वह अपने इस बच्चे की तलाश कर रही थी, तभी से उन्होंने अपने बच्चे का नाम रैने सोच रखा था। रैने का अर्थ है। दुबारा जन्म लेना। उनका मानना था कि इस नाम को सुनकर जो बच्चा अपनी प्रतिक्रिया देगा, वह उसे ही गोद लेंगी। जब वह बच्चा गोद लेने गईं। आश्रम में रैने नाम पुकारा, तब एक प्यारी-सी बड़ी-बड़ी आंखों वाली लड़की उनकी तरफ देखने लगी। इस पर उन्होंने कहा यह ही मेरी बच्ची है।

आज वह अपनी भाग-दौड़ भरी ज़िन्दगी के बावजूद अपनी बेटी को काफ़ी समय देती है। उनका कहना है कि मैं उन मां-बाप की तरह नहीं हूं, जो या तो बच्चों को समय ही नहीं देते या पूरे समय उनके साथ होते हैं। बच्चों की अपनी प्राइवेसी होती है, जिसमें वे अपने आपके साथ होते हैं।

अपने दोस्तों के साथ होते हैं। महत्वपूर्ण यह नहीं है कि आप उन्हें कितना समय देते हैं। महत्वपूर्ण यह है कि जो समय आप देते हैं, वह पूरी तरह उनका हो। मुझे लगता है कि मैं एक अच्छी मां हूं।

सुष्मिता के जीवन परिचय को जानकर यह कहने में मुझे हर्ष महसूस होता है कि वह चकाचौंध भरी दुनिया का हिस्सा होकर भी सादगी और सरलता को ही प्राथमिकता देती है।

स्मृति ईरानी

इक्कीसवीं सदी में हम यह कहते नहीं थकते कि हमारे सामने आज कोई आदर्श पात्र नहीं हैं। आज किसी भी क्षेत्र में अपनी पहचान बना पाना और वह भी एक आदर्श बहू के रूप में कुछ असंभव-सा प्रतीत होता है। इस असंभव को संभव कर दिखाया है स्मृति ईरानी ने, जिन्हें आज लोग 'क्योंकि सास भी कभी बहू थी' की आदर्श बहू 'तुलसी' के रूप में जानते हैं। इस धारावाहिक से स्मृति ने वर्तमान में यह आदर्श क़ायम करने की पहल कि है कि कैसे एक बहू संयुक्त परिवार में रहते हुए पारिवारिक दायित्वों के साथ-साथ अपनी अस्मिता की रक्षा करते हुए हर संघर्ष का सामना पूरे आत्मविश्वास और नेकदिली से करती है।

स्मृति जो अभी युवा हैं, वह एक अभिनेत्री, एक नेता, एक पत्नी और एक मां का दायित्व निभाते हुए इस मुकाम तक कैसे पहुंची? इस प्रश्न पर स्मृति का कहना है कि मैं हर काम को समय के साथ सुनियोजित करके करती हूं। कई बार ऐसा होता है कि एक साथ कई पारिवारिक कार्यक्रमों का आमंत्रण होता है और वहां रिश्तों के सम्मान के लिए जाना आवश्यक होता है। वहीं शूटिंग का काम भी समय पर पूरा करना होता है, क्योंकि हफ्ते में पांच दिनों तक दर्शक धारावाहिक देख़ते हैं। उसके हिसाब से काम भी करना होता है। उन्होंने बताया कि एक बार मुझे अपने बेटे के जन्मदिन पर तैयारी करते वक़्त जहां मां होने का दायित्व निभाना था, वहीं अपने पति ज़ुबैन के भतीजे की सगाई में भी जाना था और मैं "कितनी मस्त है ज़िंदगी" के लिए नए उभरते कलाकारों का चयन करने दिल्ली गईं हुई थी। उसी शाम मुझे मुम्बई आकर अपने

स्मृति ईरानी

इन दोनों पारिवारिक कार्यक्रमों में जाना था। अपने सही समय प्रबंधन के कारण ही मैं यह सब कर पाई।

स्मृति बताती है कि मैं कुछ साल से ही मुम्बई में रह रही हूं। बाक़ी मेरा जीवन 22 साल तक दिल्ली में ही बीता है। दिल्ली में हौजख़ास और गुड़गांव में आज भी मेरे पारिवारिक सदस्य रहते हैं। दिल्ली विश्वविद्यालय से मैंने अपनी स्नातक की पढ़ाई पूरी की। यहां का खुलापन मुझे बेहद पसंद है, बजाए मुम्बई शहर में बनी ऊंची-ऊंची इमारतों के जंगल के।

मुझे आज भी वह दिन याद है, जब मैं बहू के रोल के लिए आवेदन करने गईं थी। उस समय जो मेरी 'लुक' थी, उसके कारण पहले यह रोल नहीं दिया गया। समय और स्थिति के अनुरूप मैंने अपना शारीरिक और मानसिक स्तर सुधारा और आख़िर मैं कामयाब हुई। मेरा मानना है कि असफलता ही सफलता की पहली सीढ़ी है। बशर्ते आप समय और आवश्यकता के अनुसार अपनी खामियों को सुधारते चलें। इसी अनुशासन, आत्मविश्वास और लग्न ने मुझे टी. वी. कलाकार के रूप में पहचान दिलाई।

मैंने और जुबैर ने मुम्बई में कुछ क़रीबी मित्रों और रिश्तेदारों के बीच शादी की। इतनी सादगी को देखकर मेरे माता-पिता को यक़ीन ही नहीं आया था। मैं और मेरे पति अपने-अपने कार्यों में इतने व्यस्त थे कि बिना किसी संगीत, मेंहदी और चूड़ा चढ़ाना के हमारी शादी हुई। हां, इतना याद है कि उस समय फेरे लेते वक़्त पंडित जी ने सात फेरों का

अर्थ हमें बतलाया था। यह दिन मेरी ज़िन्दगी का सबसे ख़ुशी भरा दिन था।

शादी के बाद मैं और मेरे पति हनीमून पर जाने के बजाए अपने-अपने काम पर लौट गए थे। मैं स्टूडियो और वह हमेशा की तरह दफ़्तर गए। हां, अपने मां बनने के समय हम दोनों एक-दूसरे के साथ वक़्त बिताने सिड़नी अवश्य गए थे। हम दोनों के लिए शादी के बाद का हर एक दिन कुछ अलग और महत्वपूर्ण है। आज की अपनी व्यस्तताओं के बावजूद जितना भी समय मिलता है, उसे हम साथ गुजारना पसंद करते हैं। यही हमारी ज़िन्दगी का सबसे बड़ा सुख है।

लोकसभा के चांदनी चौक क्षेत्र से भाजपा प्रत्याशी के रूप में चुनाव प्रचार के दौरान भी उन्होंने हजारों महिलाओं का दिल जीत लिया। इस काम में स्मृति को सहयोग देने के लिए क्योंकि 'सास भी कभी बहू थी' का परिवार भी उनके साथ चुनाव प्रचार के दौरान चांदनी चौक में नज़र आया। कांग्रेस प्रत्याशी कपिल सिब्बल के खिलाफ़ जब स्मृति जी चुनाव लड़ रही थीं, तब उन्हें कई कठिनाइयों का सामना भी करना पड़ा था। भारतीय लोकतंत्र की इस कठिन राजनीति में स्मृति जी को सफलता तो नहीं मिली, फिर भी जनता के बीच उनकी मेहनत और लगन ने लोगों को आकर्षित अवश्य किया। राजनीति में आने के विषय में उनका कहना है कि जब कोई इंसान अपने क्षेत्र में दक्ष हो, तब उसे समाज में अपना योगदान अवश्य देना चाहिए, क्योंकि उस वक़्त वह सबसे अधिक प्रभावी होता है। हालांकि मुझे जीत नहीं मिली, फिर भी मैं जनता का फ़ैसला स्वीकार करके दृढ़ निश्चय के साथ उसके हित में कार्य करने का प्रयास करती रहूंगी। मैं इस हार के कारण राजनीति से बाहर नहीं होऊंगी।

सब टी. वी. के शो 'कुछ दिन से' में भी स्मृति जी ने सामाजिक विषयों, लैंगिक असामान्यताएं, घरेलू हिंसा, तलाक और ऐसे ही गंभीर मुद्दों पर चर्चाएं करवाई हैं। वह बताती हैं कि जैसा कि दर्शकों ने देखा भी होगा, मैं उस प्रोग्राम में किसी प्रकार का संवाद पढ़कर नहीं बोलती हूं, बल्कि खुद अपने विचार ही सामने रख़ती हूं। वैसे भी मैं नहीं मानती कि समाज का वर्गीकरण लिंग, धर्म और सम्प्रदाय के आधार पर होना चाहिए।

इन विचारों पर मैं अपनी व्यक्तिगत ज़िन्दगी में भी हमेशा कायम रहती हूं। मैं एक हिंदू हूं, जुबैर मुसलमान हैं, पर उनसे शादी करते वक़्त मैंने उनका व्यक्तित्व और अपने साथ सही-तालमेल को देखा। मेरा ध्यान कभी जाति या धर्म की तरफ गया ही नहीं। शायद यही मेरे सुखी पारिवारिक जीवन का राज़ है। जुबैर का कहना है कि एक-दूसरे को सम्मान देना, छोटी-बड़ी ज़रुरतों को पूरा करना ही प्यार की सही अभिव्यक्ति है। इसके अलावा एक-दूसरे के क़रीब रहना भी आवश्यक है। यह ज़रूरी नहीं कि प्यार में आप एक-दूसरे को महंगी वस्तुएं ही दें। सही मायने में भरपूर प्यार देना सबसे ज़्यादा ज़रूरी है, न कि उपहार देना। स्मृति एक सुलझी हुई स्त्री है। अपने व्यस्त जीवन में भी वह हमेशा इस बात का ध्यान रख़ती है कि कौन-सा काम कब करना है! उसे कुछ कहना नहीं पड़ता। वह मुझे बहुत सम्मान देती है। अपने व्यस्त समय में भी जाने कितने फ़ोन करती हैं, जिनकी गिनती मैं नहीं कर सकता। मेरा सबसे प्यारा उपहार मेरी बेटी जॉइश है।

स्मृति का कहना है कि अपने दायित्व को निभाना ही प्यार की अभिव्यक्ति है, क्योंकि इसमें आप अपने पति की भावनाओं को प्रमुख़ता देते हैं। व्यक्ति अपनी ज़रुरतों को प्रमुख़ता देने लगता है, तो मुश्किलें सामने आती हैं। मैं बेशक सारा दिन व्यस्त रहूं, लेकिन शाम को अपने हाथ से एक प्याली चाय बनाकर उनको अवश्य देती हूं। सचमुच प्यार में महंगी वस्तुएं कोई मायने नहीं रख़ती। प्यार के साथ दिया गया एक फूल भी बहुत है। पहले जब आप रोमांस करते हैं, ग्रीटिंग कार्ड या तरह-तरह की चीज़ें एक-दूसरे को देते हैं, लेकिन शादी के बाद आपको यह नहीं भूलना चाहिए कि अब आपका दायित्व पहले से कहीं अधिक है।

एक बार मेरे पति ने शूटिंग के दौरान लाल गुलाब का फूल भेजा। मुझे बहुत अच्छा लगा। एक दिन जब वह ऑस्ट्रेलिया जा रहे थे, तो मैंने एक चिट में 'आई मिस यू' लिखा और वह जहां भी गए उन्हें मिला। वह बहुत चकित हो गए। इस तरह ये हरकतें बचकानी तो लगती हैं, पर अच्छी भी लगती हैं। इनमें जो ख़ुशी और पूर्णता छिपी होती है, उसका मोल पैसों से

नहीं चुकाया जा सकता। अहसास को कभी ख़रीदा नहीं जा सकता, उसे करवाना पड़ता है। इसके अलावा पति का दिया गया मंगलसूत्र भी मेरे जीवन की अमूल्य निधि है। मैंने भी पति को वेडिंग बैंड दिया। अपेक्षाएं तो होती ही हैं, क्योंकि वही मेरे प्यारे हैं। मेरा सबसे प्यारा उपहार मेरा मां बनना है।

मैं हमेशा अपना वायदा निभाती हूं। चाहे वह मेरी पारिवारिक ज़िन्दगी में हो या प्रोफ़ेशनल ज़िन्दगी में। मुझे गुस्सा बहुत जल्दी आता है। मैं झूठे लोग और झूठी बातें बिलकुल पसंद नहीं करती। अपनी चिंता न करके मैंने हमेशा उन लोगों की परवाह की, जिन्होंने मुझे मेरा नाम दिया। मैं ज़्यादातर टी. वी. नहीं देख पाती, फिर भी एन. डी. टी. वी. और बीबीसी देखना पसंद करती हूं। एक सिने कलाकार होने के नाते मुझे अपनी त्वचा का सही तरीके से ध्यान रखना पड़ता है। संगीत मुझे बेहद पसंद हैं। सभी क्षेत्रों के लिए ईमानदार रहो, सिद्धांतों के साथ बंधे रहो, यह बेहद मुश्किल है, फिर भी मैं सच्चाई, ईमानदारी और सिद्धांतों पर चलने का पूरा प्रयास करती हूं। मैं दृढ़ निश्चय, आत्मविश्वास और लगन से हर मुश्किल का सामना कर लेती हूं।

स्मृति ईरानी एक ऐसा व्यक्ति है, जिसने टी. वी. के परदे पर ही नहीं, बल्कि ज़िन्दगी के हर क्षेत्र में यह साबित कर दिखाया है कि नारी एक संपूर्ण व्यक्तित्व है।

श्रेया घोषाल

लता मंगेशकर के बाद वर्तमान समय में जिस छोटी उम्र की गायिका ने अपनी आवाज़ के दम पर लोगों का दिल जीता, वह श्रेया घोषाल के सिवा दूसरा नाम भला कौन-सा हो सकता है? श्रेया को देख़ते ही जैसे भारतीय संस्कृति में पली-बढ़ी, सुशिक्षित, जादूभरी आवाज़ और मधुर स्वभाव वाली लड़की से परिचय होता है। श्रेया ने उन तमाम कहावतों और कथन को ग़लत साबित कर दिखाया, जो अच्छी उम्र के साथ-साथ तजुर्बे को ही सफ़लता का श्रेय देते हैं। कौन कहता है कि हर हसरत पूरी नहीं होती, हर मंज़िल हासिल नहीं होती। खुद पे हो यकीं, तो हार न मानने वालों को सफलता हर हाल में मिल ही जाती है। नन्हीं-सी जान और मन भर का हौसला। प्रतिभा कहां मोहताज होती है उम्र की! हम देख सकते हैं, इतनी कम उम्र में ही बहुत कुछ हासिल कर लिया गायिका श्रेया घेषाल ने। संजय लीला भंसाली की फिल्म 'देवदास' का गीत 'डोला रे डोला' और 'बैरी पिया' की सुरीली आवाज़ को भला कौन भुला सकता है।

अट्ठारह वर्ष की आयु से गायिका का सफ़र शुरू करने वाली साइंस की इस छात्रा ने गायन में ही अपना भविष्य बनाने का निश्चय किया। यूं तो कला भगवान की देन होती है, लेकिन श्रेया को संगीत विरासत में मिला है। राजस्थान के कोटा शहर में पली-बढ़ी श्रेया ने संगीत का सफ़र शुरू किया था, टी. वी. प्रोग्राम 'सा रे गा मा' से। अपनी मधुर आवाज़ से सबको मंत्रमुग्ध करने वाली श्रेया का जादू कार्यक्रम में आए कल्याण जी आनंद जी पर भी चल निकला। उन्होंने श्रेया की न केवल तारीफ़ की,

श्रेया घोषाल

बल्कि उसकी आवाज़ में और निखार लाने के लिए उसे प्रशिक्षण भी दिया।

लता मंगेशकर उनकी आदर्श हैं, जिनसे उनकी एक बार ही मुलाक़ात है। आशा भोंसले, नूरजहां और गीता दत्त जैसी गायिकाओं से भी वह काफ़ी प्रभावित हैं। उन्होंने रीमिक्स न गाने का फ़ैसला किया है, क्योंकि उनका मानना है कि श्रोता उससे ऊब रहे हैं। श्रेया हिन्दी, मराठी, बंगला, तेलुगू और तमिल भाषा में भी गाने गा चुकी हैं।

अपने इन्हीं ख़्यालों और मधुर आवाज़ के साथ वह मुंबई रहने लगी। मुंबई में उसकी आवाज़ को लोगों ने काफ़ी पसन्द किया। कुछ वक़्त ने भी मेहरबानी की और फिर वह दिन भी आया, जब संजय लीला भंसाली के एक फ़ोन ने उसकी क़िस्मत का सितारा ही बुलंद कर दिया। फ़िल्म 'देवदास' के लिए गाने का ऑफर मिलना श्रेया के लिए बहुत बड़ी बात थी। पहली रिहर्सल में ही उसकी आवाज़ में संजय लीला भंसाली को अपनी 'पारो' मिल गईं। इसके बाद श्रेया ने पीछे पलटकर नहीं देखा और उसकी आवाज़ का जादू फ़िज़ाओं में निखरता चला गया।

श्रेया का कहना है कि फ़िल्म 'देवदास' में गीत गाने के कारण उन्हें यह लोकप्रियता मिली। उनकी शिकायत है कि लोग उनसे काफ़ी गंभीरता की उम्मीद रख़ते हैं। 'देवदास' के गाने सुनने के बाद लोग सोचते हैं कि मैं केवल गंभीर गाने ही गा सकती हूं, लेकिन यह सच नहीं है। मैं आइटम गाने भी गा सकती हूं और नृत्य के लिए भी गा सकती हूं। लोगों को यह नहीं भूलना चाहिए कि मैंने फ़िल्म 'जिस्म' के लिए भी गाने गाए हैं। इस फ़िल्म के गीतों में मेरी आवाज़ को काफ़ी सराहा गया।

श्रेया अपने गायन का श्रेय माता-पिता को देती है। वह भाभा परमाणु शोध केंद्र के एक इंजीनियर की पुत्री है। उसे गाने की प्रेरणा मां से मिली, जो खुद भी गायिका हैं। वह कहती है मेरी मां ने हमेशा मुझे प्रेरित किया और गाना सिखाया। वह पेशेवर रूप से नहीं गाती, सिर्फ़ शौक़िया ही गाती हैं।

श्रेया ने 'तुम सा नहीं देखा' फ़िल्म के गाने गाए हैं। इसको भी 'जिस्म' फ़िल्म के निर्माता निर्देशक महेश भट्ट और पूजा भट्ट ने बनाया है। श्रेया का कहना है कि यह मेरे लिए बड़ी फ़िल्म है। मैंने फिल्म में अलग-अलग तरह के सात गाने गाए हैं। इसने मुझे अपनी कला का विविध रंगों में स्वतंत्र रूप से प्रदर्शन करने का मौक़ा दिया। फिल्म में इमरान हाशमी व दीया मिर्जा ने अभिनय किया है।

श्रेया चाहती है कि वह ऐश्वर्या राय के लिए गाने गाती रहे। उसने बताया कि 'देवदास' की शूटिंग के समय ऐश्वर्या राय से मेरी कई मुलाक़ातें हुईं। वह बेहद आकर्षक और बहुत विनम्र हैं। मेरे लिए तो यह सपने की तरह था, जो पूरा हो गया। मैंने एक ऐसी फ़िल्म में गाने गाए, जिसमें शाहरुख खान, ऐश्वर्या राय और माधुरी दीक्षित जैसे कलाकार काम कर रहे थे। 'बैरी पिया' गाने के लिए उन्हें राष्ट्रीय पुरस्कार से भी सम्मानित किया गया।

श्रेया उन नौजवानों का प्रतिनिधित्व करती हैं, जो अपने गुणों के आधार पर बड़े-से-बड़े कार्य को बहुत ही सहज बना देते हैं। घर में जितनी आज्ञाकारी और संस्कारवान बेटी है श्रेया, उतनी ही मिठास और गहराई उसकी आवाज़ में भी है। आने वाले समय में वह ऐश्वर्या राय की तरह और भी अभिनेत्रियों की आवाज़ बनेगी।

❑❑❑